AGUSTÍN MARTÍNEZ

LA CACCIATRICE DI EREDITÀ

Traduzione di Sara Meddi

THRILLER

SALANI EDITORE

Titolo originale:
El Esplendor

ISBN 978-88-310-2496-9

Questa opera è frutto della fantasia dell'autore.
Ogni riferimento a fatti realmente accaduti e a persone realmente esistenti è da considerarsi puramente casuale.

dal 1862

Gruppo editoriale Mauri Spagnol, Milano
www.salani.it

A José Óscar e Laura, inseparabili

LA CACCIATRICE DI EREDITÀ

Giuriamo un giuramento, e fermi rispettiamolo,
nella Terra del Loto di vivere e sedere
sui colli come Numi, degli uomini incuranti.

Alfred Tennyson, *I mangiatori di loto*

PARTE PRIMA
César

1.

«Quando è rientrata, Rebeca non era in lei», poi si blocca in un silenzio che ricorda un incidente, un silenzio che contiene echi di frenate e urla. Il dottore, che gli sembra giovane, troppo giovane, deve avere solo qualche anno più di lui – non sa perché gli dia tanto fastidio l'orologio Apple che porta al polso destro, il cinturino arcobaleno intrecciato – non fa nulla per colmare quel vuoto, gli concede un tempo di cortesia in attesa che César aggiunga qualche dettaglio e, rendendosi conto che non riuscirà a farlo, gli indica una zona d'attesa nel corridoio, promettendogli che uscirà a chiamarlo più tardi, quando avrà i risultati degli esami.

Il distributore automatico emette un ronzio punteggiato da bagliori elettrici, tutto nell'ospedale gli sembra difettoso: le pareti hanno bisogno di una verniciata e il pavimento in linoleum, lavato troppe volte, è consumato nei punti di passaggio. Le infermiere, con una felicità offensiva, vanno e vengono dalle stanze con i carrelli dei medicinali; i visitatori invece si tolgono quella maschera appena escono in corridoio e non hanno più bisogno di fingere davanti ai malati. È la paura, César ne è consapevole: un magma incandescente che gli ribolle dentro e gli distorce i sensi come una febbre.

«Quando è rientrata, Rebeca non era in lei» ha detto, e riesce quasi a vederla entrare in casa solo poche ore prima, ieri sera. Aveva lasciato la valigia in corridoio e appeso il trench comprato da Chloé, lui le aveva dato un bacio fugace, un abbraccio. Rebeca odorava di sudore e stanchezza, lui aveva pensato che fosse normale dopo il viaggio: l'atmosfera del treno, del taxi, di spazi a lui sconosciuti, era aggrappata alla sua pelle. Non aveva voluto dare molta importanza alla leggera contrazione dei suoi gesti quando si erano separati, come se l'avesse ferita. «Sono in ritardo» aveva detto César scusandosi. Erano già le dieci di sera e aveva ancora mezz'ora di strada per raggiungere l'hotel dove lavorava. Rebeca non aveva cercato di trattenerlo, nemmeno un accenno di disappunto per il fatto che non avesse chiesto un giorno libero. «Sono stanca morta» gli aveva detto, e il suo sguardo aveva attraversato il corridoio verso la camera da letto, come una palla lanciata involontariamente; tutto ciò di cui aveva bisogno era raggiungere il letto e dormire.

Solo quando si era ritrovato in strada, in attesa del verde al semaforo della rotonda di San Bernardo, in mezzo al caos del traffico e delle persone che andavano a trascorrere il giovedì sera a Malasaña, era stato sopraffatto da una sensazione di stranezza. Il breve incontro con Rebeca si era amplificato nella sua memoria e quelli che prima erano sembrati dettagli poco importanti avevano assunto un significato diverso. Il suo profumo, i modi di fare, persino il sapore della sua bocca gli erano sembrati alieni, come se avesse baciato un'estranea, e una leggera corrente di desiderio gli aveva attraversato il corpo. Si era sentito in colpa e aveva accelerato lungo calle Carranza, obbligandosi a scacciare l'eccitazione. Tuttavia, il pensiero che qualcosa non andasse bene persisteva.

«Chi dovremmo essere?» aveva chiesto César quando Rebeca era entrata per la prima volta nella casa in cui avevano deciso di vivere, in plaza del Conde del Valle de Súchil, quasi sette anni prima. Erano appena ventenni quando avevano occupato quell'appartamento: «Io sono la nipote. Tu solo un parassita che approfitta dell'eredità» gli aveva risposto quella sera ridendo. «Quella che ti piace scoparti», e avevano camminato baciandosi verso la camera da letto principale, ancora ingombra di armadi e comodini di legno scuro coperti di polvere. Si erano sdraiati su un copriletto ingiallito e avevano fatto l'amore sotto lo sguardo di persone ancora giovani quando le fotografie erano state scattate e che ora erano morte. La coppia non aveva figli né famiglia. Rebeca aveva saputo da un'amica infermiera che il proprietario dell'appartamento era morto di cancro due mesi prima. Da allora la casa era rimasta vuota. La moglie dell'uomo, una donna che nelle fotografie aveva i capelli biondi e cotonati, era morta molto tempo prima. Rebeca aveva chiamato un fabbro, aveva cambiato la chiave il venerdì sera ed erano entrati lo stesso finesettimana. I vicini, per lo più anziani, non avevano sentito nulla, ma era chiaro che avrebbero fatto delle domande una volta scoperto che si erano insediati lì. Così avevano deciso di raccontare che Rebeca era la nipote del defunto proprietario. All'inizio pensavano che ci sarebbero rimasti un paio d'anni, ma in sette anni nulla li aveva costretti ad andarsene. Nessuna richiesta ufficiale. Nessun parente lontano che reclamasse l'eredità. I centosessanta metri con terrazza sulla piazza si erano trasformati nei confini del loro universo privato. Tra quelle mura erano diventati adulti nel modo in cui l'amore fonde le identità, come due alberi i cui rami si innestano l'uno sull'altro fino a nutrirsi della stessa linfa.

Come poteva César avere l'impressione che Rebeca fosse un'estranea? Un'impostora. Anche senza dirla ad alta voce, quella parola lo aveva fatto fermare, bloccare a metà strada verso l'hotel come un turista incapace di individuare il nord.

Grazie all'occupazione abusiva Rebeca aveva trovato un nuovo lavoro, o forse era stato il fatto che César fosse orfano a far scattare l'idea, non ne era sicuro. Aveva scoperto che, se svolta legalmente, l'attività poteva essere molto più redditizia. Si era rivolta a Merino, un avvocato che avevano conosciuto prima di entrare nell'appartamento di Conde del Valle de Súchil, quando avevano avuto problemi con la legge. Gli stessi problemi che avevano attraversato le loro vite. Rebeca non aveva la laurea di Merino, ma aveva bisogno di lui per realizzare il suo piano: trovare uomini e donne deceduti senza eredi. Rintracciare i parenti di terzo o quarto grado, persone che in alcuni casi non conoscevano nemmeno il defunto. Aiutarli a ottenere la loro parte di eredità in cambio di una commissione del trenta per cento. Il tutto in modo legale, grazie alla laurea in legge che Merino aveva appeso in una vecchia e angusta stanza che fungeva da ufficio. In questo modo, Rebeca era riuscita a mettere le mani su qualcosa a cui l'occupazione abusiva di una casa non dava accesso: i conti bancari.

«È come giocare alla lotteria, ma si vince sempre» aveva spiegato a César. Nessuno muore senza una qualche eredità, è impossibile sbarazzarsi di tutto quello che si è accumulato nel corso di una vita. E una parte di quello che il defunto lasciava andava a Rebeca, se riusciva a trovare un parente. Percentuali di risparmi in banca o di proprietà. Come un surfista che sogna la Grande Onda, si tuffava in ogni caso nella speranza che scavando tra i beni nascosti saltasse fuori una fortuna.

Non l'aveva ancora trovata, ma il caso di Juan Vendrell sembrava più promettente degli altri. Così gli aveva detto prima di partire per il secondo viaggio a Oristà, una piccola città dell'entroterra in provincia di Barcellona, dieci giorni prima. O forse meno? César non ne era sicuro. Potevano essere di più, forse dodici. Aveva cercato di determinare il giorno esatto in cui Rebeca era partita: erano andati all'inaugurazione di un cocktail bar – ne era quasi sicuro –, lui aveva passato la notte al lavoro e, quando era tornato la mattina dopo, Rebeca era già partita per la stazione.

Aveva controllato il cellulare mentre andava in hotel, aperto la chat di WhatsApp nella speranza che i messaggi rivelassero la data della sua partenza. Scoprire quanto tempo Rebeca era stata via gli sembrava una questione urgente.

Non si scrivevano da quindici giorni. L'ultimo messaggio, un promemoria che gli ricordava che doveva comprare il caffè accanto a un'emoji tanto sorridente quanto vuota, risaliva a molto prima della mattina in cui era partita.

*

Ora Rebeca è in ospedale. Lui tamburella nervosamente le dita sulla sedia della sala d'attesa, aspettando che il medico esca e gli dia i risultati degli esami. È frastornato dall'idea che si possa trattare di cattive notizie. Che sia già troppo tardi. Che le ore che ha sprecato ieri sera, ignaro di ciò che stava accadendo a Rebeca, fossero di vitale importanza. Come qualcuno che si punisce sfregando una ferita aperta, ricorda quando è entrato al Rosewood Villa Magna, ha salutato i suoi colleghi e, seguendo la routine di ogni sera, è andato nella sala della reception vestito con l'abito Tom Ford che gli aveva lasciato la lavanderia. Più che un dipendente, lo faceva sembrare un ospite. Uno con cui tutti vogliono stare.

«Ti stanno aspettando al ristorante. Park Jim-woo. Coreano. Dirigente della Hynix».

Il rituale serale quella volta gli era sembrato noioso. Il responsabile del turno gli aveva consegnato un biglietto con alcune informazioni in più: la città di provenienza dell'ospite, Icheon, e il motivo del suo viaggio a Madrid, accordi per la distribuzione delle memorie *flash* della sua azienda. Una certa vanità, la certezza che quel dirigente coreano non avrebbe dimenticato quella visita, lo aveva fatto sentire un po' meglio. César stava per spalancargli le porte della città e sperava che, come una brezza che pulisce l'aria viziata, il labirinto di domande senza risposta e strani presagi causati dal ritorno di Rebeca sarebbe svanito.

L'una del mattino. Aveva sfoderato davanti a Park Jim-woo il suo repertorio di aneddoti e relazioni tra i vecchi ospiti dell'hotel, come un comico che mette in moto una macchina di gag già collaudata. Il Club Magno. Champagne e fuochi d'artificio scintillanti: qualcuno aveva chiesto un *bottle train*, dodici bottiglie su vassoi trasportati dalle cameriere in tacchi a spillo fino ai tavoli riservati. Musica elettronica. Un DJ fisso. Il locale non è altro che una versione provinciale del Club Jewel di Manhattan, dell'Ace Night Club di Miami South Beach, del Club Holla di Cannes.

Imitano il loro stile, sfruttando la struttura di un vecchio teatro, una pista da ballo circondata da divani riservati ai clienti VIP, bottiglie di Louis Roederer o Veuve Clicquot da più di mille euro. Promoter come Noah hanno il compito di adornare il locale con le ragazze più belle della città, ventenni che sognano di diventare attrici o modelle, alcune delle quali hanno già sfilato. Altre, più realiste, non hanno altro desiderio che essere lì; l'unica cosa che devono fare è mostrare la loro bellezza, ridere e applaudire davanti allo sfarzo. È l'euforia dell'opulenza. Tra i clienti non ci sono attori o star dei social, chi frequenta il Club Magno è padrone dei propri soldi: dirigenti di grandi aziende, CEO di società tecnologiche che non hanno tempo per spendere tutto ciò che accumulano. Ad ogni modo, Madrid non è altro che un pallido riflesso del lusso offerto da altre città del mondo. Un'imitazione di un'imitazione di un'imitazione, il risultato di una catena di lavorazione che, anche se è difficile distinguerla dall'originale, non è altro che un surrogato.

«Hai qualcosa per il coreano?» Noah si era avvicinato al suo orecchio, un dito premuto sotto il lobo per farsi sentire nonostante il frastuono elettronico della musica.

«MD?»

«Un paio di grammi, non voglio che se ne vada troppo presto».

Noah prende una commissione per ogni bottiglia che ordina Park Jim-woo. Le sue ragazze, belle, felici, affondano i tacchi nella tappezzeria dei divani mentre ballano. Per uomini come lui che desiderano che la notte non finisca mai e ordinano un Roederer dopo l'altro. Helena, Marta, Vivian… César le conosce tutte. Ma l'accordo che ha con Noah non riguarda le ragazze. Si conoscono da più di due anni e lo considera il miglior promoter di Madrid; le sue ragazze sono perfette, ma la notte può durare di più se lo champagne è condito con la chimica. César non vuole che in hotel si sappia che, oltre ad accompagnare una clientela selezionata nella notte di Madrid, è anche il loro *dealer.* Usa Noah come intermediario, e ci guadagnano entrambi. Il promoter perché in questo modo clienti come Park Jim-woo continuano a spendere; César perché «integra il suo stipendio», come dice a Rebeca, anche se in realtà guadagna molto di più con il traffico che con lo stipendio del Villa Magna.

«Amico, puoi passarmi un grammo?» Un idiota si era avvicinato a César mentre era al bancone. Camicia bianca di Hugo Boss, jeans di Dior, ma fradicio di sudore, pupille dilatate. «Il mio fornitore non mi risponde al telefono».

«Certo, amico. Solo coca? Ho delle pasticche che non puoi immaginare che effetto ti fanno... Stanotte ti farai la scopata migliore della tua vita». E, senza aspettare risposta, gli aveva fatto scivolare una pasticca sotto la lingua. «La prima la offre la casa».

César aveva preso l'acqua frizzante che aveva ordinato ed era salito fino a un tavolo riservato sulla piattaforma rialzata. Non era passata nemmeno un'ora quando, dall'alto, aveva visto che gli uomini della sicurezza trascinavano via quell'idiota sudato. Qui si celebra la felicità, nessuno vuole la compagnia di chi non sa bere o drogarsi e finisce per fare casini. L'effetto della pillola aveva lasciato lo sfigato privo di forze dopo aver vomitato e pisciato sul palco; il giorno dopo, svegliandosi con il peggior post-sbornia della sua vita, non si sarebbe ricordato cosa fosse successo al Club Magno.

César aveva cercato di ritrovare il buon umore, ma era stato impossibile, anche se sapeva di essere lontano anni luce da tipi come quello che lo aveva scambiato per uno spacciatore qualsiasi. I fuochi d'artificio avevano annunciato un nuovo *bottle train*. Le ragazze dei promoter avevano festeggiato con risate e applausi mentre il DJ alzava la musica in un *crescendo* che sfrigolava con la stessa effervescenza del club.

Cinque del mattino. Era tornato in hotel in taxi e, come chi non si rende conto che c'è una perdita d'acqua finché il pavimento non è allagato, aveva pensato di nuovo a Rebeca e alla spiacevole distanza che sentiva tra loro.

Quando era successo? Perché avevano iniziato a pensare che non fosse necessario sentirsi anche solo una volta al giorno quando lei partiva per un viaggio? I morti senza testamento si trovavano in ogni angolo del Paese. In passato Rebeca lo aveva chiamato da un paesino della Galizia per dirgli che c'erano delle terre che potevano valere molto, che le tasse sulla proprietà erano pagate bene, e che aveva rintracciato una nipote che viveva in Francia. Da una città dell'Estremadura gli aveva mandato le foto di un diario che aveva trovato a casa di un'anziana. Era pieno di fantasie sessuali. Un ragazzo di ventitré anni era morto in un incidente stradale in un paese della Spagna orientale. Era americano e aveva tagliato i ponti con la famiglia, ma Rebeca aveva scoperto che possedeva un patrimonio in criptovalute. Era andata in un paese dello Utah per far sì che i suoi genitori ricevessero l'eredità. Era stato il caso più redditizio e anche il più triste.

Quando era tornata, César si era preso qualche giorno di vacanza per stare con lei. Avevano fatto un viaggio sulla costa, in un paese a Cabo de Gata. Avevano una sorta di patto in base al quale non parlavano del passato, come se gli anni precedenti al loro incontro non fossero mai esistiti: «Non mi importa chi eri, ma chi vuoi essere» gli aveva detto Rebeca una volta, e lui aveva risposto: «Devo essere qualcosa di più del tuo amante?»

«Ti preferirei se fossi milionario» aveva scherzato lei, e nonostante questa restrizione che permetteva loro di vivere solo nella felicità del presente, César sapeva che a Rebeca faceva male indagare sulle relazioni familiari quando si occupava dei suoi casi, perché potevano trasformarsi in uno specchio della sua stessa vita.

Sulla spiaggia, gli aveva raccontato i pochi dettagli che sapeva del suo passato: l'abbandono della madre quando aveva dodici anni, la freddezza di sua zia Patricia, con cui aveva vissuto fino a quando non si era trasferita a Madrid. Rebeca portava impressa la vergogna di essere stata rifiutata, ingannata. Un'insicurezza che mascherava sotto l'ossessione di bandire il passato, come se evocare quegli anni potesse far crollare la nuova Rebeca che aveva costruito. Durante lo stesso viaggio, sulla via del ritorno, una tempesta li aveva costretti a deviare dalla strada. Lì César stava per confessarle la verità sulla sua storia personale – il fuoco e il motivo per cui era diventato orfano – ma alla fine si era trattenuto. Aveva avuto paura. Come dirle che quello che le aveva raccontato fino a quel momento era una bugia? E se, scoperto l'inganno, lei lo avesse lasciato? Aveva preferito lasciare le cose come stavano, che lei credesse alla storia che le aveva raccontato: di come, a sedici anni, aveva perso i suoi genitori e sua sorella in un incendio accidentale.

Erano stati felici in quei giorni ad Almería, lo erano stati ancora di più la notte della tempesta; avevano raggiunto una connessione come quella degli alberi di cui parlava Rebeca, che vivono l'uno dell'altro e, fusi insieme, creano un mondo chiuso. Ma quanto tempo era passato da allora? Due anni? Poi, silenziosamente, si era aperta una frattura, come un abisso crescente che li aveva allontanati a mano a mano che avevano imparato a vivere tanti giorni senza la presenza dell'altro. Come un satellite che orbita sempre più lontano, libero dall'attrazione che prima esercitava il pianeta su di lui.

Rebeca se n'era andata dieci giorni prima – forse erano più o forse meno, non era ancora in grado di stabilirlo – e non avevano sentito il bisogno di parlarsi. Dieci giorni vissuti in parallelo. César si era chiesto se quella diversità che aveva notato in Rebeca, come se avesse una nuova e strana pelle, fosse uno strato protettivo, uno scudo che aveva sollevato per proteggersi dalla loro distanza. Una punizione.

Tornato in hotel, era andato direttamente verso gli ascensori, quinto piano. Stanza 502. Aveva bussato tre volte. Aveva aspettato così tanto da bussare di nuovo. Cora gli aveva aperto con una maglietta troppo grande che le arrivava alle cosce e aveva stampato il logo di una società di catering. Non indossava altro.

«È vietato fumare». César non aveva aspettato il permesso per aprire la finestra. «Suonerà l'allarme antincendio».

«È una leggenda: a chi è mai suonato l'allarme per aver acceso una sigaretta? Tu conosci qualcuno? E poi fumiamo tutte in hotel».

«Tu non puoi fumare».

Nella *boiserie* che correva intorno alla finestra, il legno era gonfio, l'umidità si era accumulata dietro i pannelli. Non era l'unico locale colpito, ma quello in cui i danni erano più evidenti. La ristrutturazione era prevista per la fine di agosto. Nel frattempo, César aveva sistemato Cora in quella stanza dove nessuno entrava. Era magra, le braccia due spaghi che spuntavano dalle maniche della maglietta. César aveva cercato di toglierle la sigaretta, finché il tira e molla si era trasformato in un gioco ed erano caduti sul letto ridendo. «Attenta alla cenere, brucerai le lenzuola» le aveva detto César quando finalmente le aveva strappato il mozzicone per gettarlo nel water.

«Non è rimasto niente?» aveva chiesto davanti al frigorifero vuoto.

«Sono sequestrata in questo cazzo di hotel di lusso, cosa vuoi che faccia? Guardare la TV, fumare e mangiare. Però, se ti va, possiamo chiamare il servizio in camera. Ordiniamo una bottiglia di champagne? O spumante, come i poveri».

Nel cestino della spazzatura erano ammucchiate confezioni di salumi e lattine di birra, ma anche piccoli pezzi di alluminio bruciato. César aveva trascinato i piedi fino alla poltrona. Ci si era accasciato, più triste che stanco.

Le cose si erano messe male per Cora quando aveva creduto di essersi innamorata di un americano che era venuto a Madrid regolarmente per un anno, il tempo che ci aveva messo a respingere il progetto di un parco divertimenti in città, e Cora stessa, anche se, come ricordo, le aveva lasciato la dipendenza dall'eroina. La droga aveva reso imprevedibile il carattere della ragazza – discussioni con Noah nel bel mezzo del club, atteggiamenti sgarbati con i clienti – e aveva anche rovinato il suo aspetto fisico; era dimagrita e la sua pelle si era tinta di una patina grigiastra. Noah aveva smesso di chiamarla, era stata espulsa da quel mondo esclusivo, i sogni di feste sulla Costa Azzurra o sull'isola privata di Mustique erano svaniti.

César usciva con lei di tanto in tanto e, a ogni appuntamento, la trovava sempre peggio. Più triste, più sporca, più disperata. L'aveva messa in contatto con Milo, il greco che lo riforniva di roba, anche se già immaginava che non sarebbe andata bene. Milo non aveva mai visto un centesimo delle pasticche che Cora doveva vendere per suo conto. Non si sapeva se si fosse tenuta i soldi o se, come aveva detto lei, qualche tossico glieli avesse rubati mentre dormiva in un portone. «Mi ero appena fatta, cazzo, è da bastardi. Rubare a una tossica». César l'aveva portata in albergo e le aveva dato la chiave della stanza 502, piena di umidità. Nessuno entrava in quella stanza che credevano vuota. Doveva solo resistere un po', finché Milo non si fosse calmato e avesse rinunciato a spaccarle la faccia.

«Che ti prende?»

César aveva scrollato le spalle e lasciato che una voluta di fumo fluttuasse nella stanza. Pensava che fosse tutta colpa di quell'idiota sudato del club che lo aveva trattato come un pusher. In qualsiasi altra serata avrebbe reagito in modo diverso. «Hai sbagliato persona» gli avrebbe detto per poi voltargli le spalle. Tuttavia, gli aveva messo in bocca una pasticca di MDMA mescolata con un'alta dose di fentanil. Le riservava a coloro che si erano già fatti così tanto da aver bisogno di una bomba per dimenticare chi fossero. Non sapeva perché si fosse comportato in modo così crudele, come se si stesse vendicando di qualcosa attraverso quel povero diavolo.

«Diciamo che è una di quelle serate di merda, Cora».

«Se avessi un po' di ero, saprei come aiutarti».

«Ti dispiace se chiudo un po' gli occhi?»

«Casa mia è casa tua. Sicuro di voler solo dormire?»

Sette del mattino. Aveva lasciato il vestito in lavanderia; sarebbe stato pronto per la sera successiva. Il venerdì mattina gli era sembrato anemico. Neanche il rumore della città era quello di sempre, come se un silenziatore lo filtrasse, né l'alba riusciva a schiarire il giorno; un tessuto, un sudario, avvolgeva il cielo. Dovevano essere la nube di inquinamento, il caldo estivo e l'assenza di correnti d'aria che la rendevano più densa. Si era strofinato l'occhio destro. Certi giorni la cheratite della cornea proiettava un fantasma sulla sua vista, l'aveva sempre chiamato così. L'incendio gli aveva lasciato quella lesione come un eterno promemoria, offuscando tutto ciò che vedeva. Ma quel mattino non si trattava solo di questo. Aveva pensato che il suo cervello fosse intorpidito dal sonno troppo profondo, finché una rivelazione non si era fatta strada tra il groviglio di pensieri come uno strumento che esplode e impone una nuova melodia all'orchestra. Quella rivelazione gli aveva permesso di rileggere le sensazioni della notte precedente e di dare loro un altro significato, così evidente da farlo sentire uno stupido. La stanchezza del lavoro, la frustrazione di muoversi in quell'ambiente artificiale, la rabbia gratuita con il tipo del club – persino la tristezza accanto a Cora – avevano un solo motivo: quella sera non voleva essere in nessuno di quei posti. Avrebbe dovuto stare accanto a Rebeca finché non fosse scomparsa la sensazione di trovarsi con una sconosciuta.

I ritardi che la città gli imponeva, i semafori rossi, il traffico ormai vicino alla rotonda di Bilbao e l'ascensore che non arrivava mai lo avevano esasperato. Era spinto da una strana premonizione, quella che qualcosa si fosse rotto e fosse ormai troppo tardi per aggiustarlo. Doveva correre a casa e, se lei dormiva, coricarsi al suo fianco in modo che potessero svegliarsi insieme e, da lì, iniziare a ricucire la cicatrice che, senza che se ne rendesse conto, li aveva separati.

Aprendo la porta, gli era sembrato che la stranezza che aveva accompagnato l'arrivo di Rebeca avesse contagiato tutta la casa. La cucina e il corridoio erano diversi, modificati in modo impercettibile; ogni elemento era al suo posto, ma allo stesso tempo era tutto diverso. Non sapeva se fosse dovuto all'effetto della luce che a quell'ora inondava il salotto e invadeva l'appartamento, lattiginosa come una nebbia. Era entrato furtivamente in camera, ma il letto era vuoto. Il bagaglio, aveva controllato dopo, era ancora dove Rebeca lo aveva lasciato al suo arrivo, nell'ingresso, il trench di Chloé appeso al manico come un impiccato, le falde che si allungavano sul pavimento. Vi si era attaccato un pelucco.

Rebeca era sdraiata sul divano del salotto, all'inizio aveva pensato che stesse dormendo. Ne era rimasto dispiaciuto, aveva immaginato di trovarla a letto, di poterla abbracciare. Stava per uscire senza fare rumore, ma poi aveva notato gli occhi aperti e scoprirla così, con uno sguardo statico fisso nel vuoto, uno sguardo che non si era mosso nemmeno quando si era avvicinato e aveva pronunciato il suo nome, gli aveva provocato un vuoto nel petto.

Aveva gli occhi aperti e persi, come se fosse morta.

Si era inginocchiato e le aveva cercato il battito sul collo; il cuore batteva e, anche se molto lentamente, il suo petto oscillava come una dolce marea: stava respirando. La sensazione di sollievo era durata solo un istante, il tempo di avere la falsa impressione che stesse dormendo a occhi aperti. Appoggiando la mano sul suo braccio, aveva notato che i muscoli di Rebeca erano tesi, sembrava che stesse stringendo un oggetto invisibile e, poi, si era reso conto che tutto il suo corpo era contratto in quello sforzo. I muscoli del collo, delle gambe, persino del viso venivano disegnati dai contorni di una torsione che non riusciva a spiegarsi, come se fosse stata colpita da una scarica elettrica che l'avesse pietrificata in quella posa di rigidità estrema. «Rebeca!» aveva provato di nuovo, questa volta senza alcuna delicatezza, ma scuotendola.

Ogni tentativo moltiplicava la sua angoscia. Rebeca continuava a non reagire a nessuno stimolo. Quando lui aveva cercato di muoverla, il suo corpo era rimasto immobile come se stesse maneggiando una di quelle terribili figure carbonizzate di Pompei; avrebbe potuto rompersi e trasformarsi in cenere, e, allo stesso tempo, era sicuro che, sotto quello strato di tensione e immobilità, Rebeca fosse viva, sofferente, forse bruciante, ma viva.

Gli si era chiusa la gola, stava per scoppiare a piangere, ma prima aveva chiamato il numero di emergenza.

2.

«Gli esami sono nella norma. Non c'è nessuna infezione virale. Avrei voluto farle una risonanza magnetica al cervello, ma data la situazione è impossibile. Non possiamo farla sdraiare a pancia in su per farla entrare nella macchina. Dovremo aspettare».

«È sempre nella stessa posizione?»

«Presenta rigidità muscolare, è meglio non forzarla. Le faremo un'iniezione di un milligrammo di lorazepam ogni dodici ore e monitoreremo i suoi progressi. Ha mangiato di recente?»

«Rebeca? Non lo so».

«Se non migliora, useremo una sonda nasogastrica per nutrirla».

«Che cosa le sta succedendo?»

«Abbiamo fatto il test di Bush-Francis, il risultato indica un venticinque sulla scala: stupore dissociativo con rigidità muscolare oltre a mutismo. Catatonia. Ma, César, può aiutarmi? So che non è facile. Ho bisogno di saperne di più su Rebeca per fare una diagnosi. Ho già visto nel referto del ricovero che non ha subito interventi chirurgici né è allergica a nessun farmaco. Ha precedenti di malattie mentali? Ha sofferto di qualche crisi? Lei o qualcuno della sua famiglia. Schizofrenia o disturbi bipolari... Epilessia, depressione...»

«No. Rebeca...»

Fa caldo. L'ufficio non ha finestre. Pareti bianche illuminate da una lampada fluorescente che disegna appena delle ombre, un panorama infinito che si estende verso il nulla, come il tavolo e il medico, il suo orologio Apple con il cinturino arcobaleno, il suo sguardo che, ora, mentre si appoggia all'indietro sulla sedia, lo fa pensare a un bambino che gioca a fare l'investigatore. L'arcata sopraccigliare destra è arcuata. Visione a tunnel. César chiude gli occhi. Respira. Si asciuga il sudore dalla fronte con la mano. Una goccia gli è scivolata nell'occhio, gli brucia. Rebeca ha affrontato decine di situazioni che avrebbero fatto perdere il controllo a chiunque e, tuttavia, ha sempre mantenuto la calma. Quando avevano occupato la casa, quando avevano incontrato l'anziana del piano di sopra, sorpresa dal fatto che non avesse mai saputo che il suo vicino avesse una famiglia, tanto meno una nipote. «Non avevo un buon rapporto con mia madre» le aveva risposto Rebeca con un sorriso. Il rimpianto non la turbava. Quante volte avevano occupato camere di hotel di lusso o cenato in ristoranti costosi per poi andarsene senza pagare un centesimo? Non era sicuro che quella determinazione fosse il prodotto di un'eredità genetica: com'era Christy, la madre di Rebeca? Oltre al fatto che era scomparsa dalla vita di sua figlia quando aveva dodici anni, che quest'ultima era cresciuta con sua zia Patricia ad Ariza, un paese vicino a Saragozza, o che il suo cognome, Lang, era l'eredità di un nonno nordamericano che era stato soldato in una base NATO, cos'altro sapeva? César e Rebeca si erano conosciuti a Madrid come due erbe selvatiche che crescono in una fessura nel cemento. Avevano evitato di raccontarsi le loro vite passate. Per César era stato un sollievo: l'ultima cosa che voleva era ricordare l'incendio, l'origine del fantasma nel suo occhio destro.

«César, come sono stati gli ultimi giorni di Rebeca?»

Non ricorda se gli ha confessato che, nonostante siano stati insieme per sette anni, non sa quasi nulla della famiglia di Rebeca, che l'unica volta che ha visto sua zia Patricia non sono andati d'accordo. Ha detto che hanno occupato una casa in plaza del Conde del Valle de Súchil? Ha così tanta difficoltà a mantenere la concentrazione sul presente che il medico deve ripetere la domanda.

«Negli ultimi giorni con Rebeca, ha notato qualcosa di strano? C'è stato qualche evento che potrebbe averla colpita emotivamente?»

«No, credo di no».

Un'inspiegabile vergogna – non sa nulla del medico che lo sta interrogando e non ha bisogno di giustificarsi davanti a lui – lo colpisce in un'ondata di rossore adolescenziale che gli accende le guance. Cosa può dire del passato di Rebeca? Che cazzo ne sa di quello che le è successo nell'ultima settimana? O è stata via più a lungo? Di nuovo, come il sapore di un cibo digerito male, l'incapacità di definire quando Rebeca se ne sia andata torna a occupare tutti i suoi pensieri.

«Faccia uno sforzo, César...» L'insistenza nel pronunciare il suo nome lo costringe ad alzare lo sguardo.

«Ha avuto qualche incidente?»

E, di fronte al cenno negativo di César, il medico si appoggia alla scrivania, cercando di accerchiarlo, o almeno questa è l'impressione che ha quando occupa così tanto il suo campo visivo. «Ne è sicuro?»

Lo sguardo sospettoso del medico ora è più evidente.

A che gioco sta giocando? Ha notato la sua paura nel confessare di non sapere nulla degli ultimi giorni di Rebeca? Cosa intende per «incidente»?

«Avete litigato? Siamo riusciti a farle una radiografia del torace. Rebeca ha due costole rotte».

Il gesto con cui l'ha abbracciata al suo arrivo, quella piccola contrazione delle labbra, come se avesse sentito un dolore lancinante, assume un altro significato, ma César non ha tempo di raccontarglielo.

«Per prassi devo fare rapporto alla polizia».

«Rebeca è tornata ieri sera da un viaggio, l'ho già detto. Sono stato con lei cinque minuti. Dovevo andare al lavoro...» Ora capisce il tono inquisitorio delle domande del medico. «È assurdo, maltrattamenti? Pensa a qualcosa del genere?»

«Sto solo cercando di farmi un'idea di cosa sia successo alla sua compagna».

«Se avesse avuto un incidente, me l'avrebbe detto».

«Le fratture non lasciano dubbi, anche se sembra che abbiano già iniziato a saldarsi, quindi... Non sono un medico legale, ma... be', forse se le è fatte più di quarantotto ore fa. E, ovviamente, è qualcosa di cui deve essersi accorta. Sono molto dolorose. Probabilmente ha avuto difficoltà a respirare».

«Non lo so... Io... Rebeca è partita qualche giorno fa. Aveva un lavoro in un paese vicino a Barcellona e... io, in hotel, seguo un orario diverso e non abbiamo potuto parlare, ma se fosse successo qualcosa... lei davvero crede che sia successo qualcosa?»

«Mi ascolti». Forse vedere César perso in un labirinto di giustificazioni e paure lo ha intenerito. I suoi sospetti, almeno, sembrano accantonati. «La catatonia può avere diverse cause: se escludiamo quella virale, anche se non lo sapremo con certezza finché non avremo fatto tutti gli esami, e quella psichiatrica, dobbiamo considerare che sia una risposta a una sindrome da stress post-traumatico. La frattura delle costole fa pensare che Rebeca possa aver subito una sorta di... incidente... D'altra parte, in quel breve incontro che dice di aver avuto con lei... c'è stato un rapporto sessuale?»

«No».

L'ufficio è, all'improvviso, una scatola bianca dove due figure si guardano in silenzio. È il medico che decide di interrompere questo istante congelato.

«Capisce ora perché sono obbligato ad attivare il protocollo?»

«Come può esserne così sicuro?»

«Abbiamo prelevato campioni di sperma nella zona vaginale».

«È impossibile». Non appena lo dice, César si rende conto dell'assurdità delle sue parole: perché dovrebbe essere impossibile? «L'hanno costretta?»

«Non posso assicurarlo, ma presenta ematomi nella regione pelvica».

*

Non c'è nessuno nel corridoio. Non è nemmeno così tardi, sono le sei. Dovrebbero esserci infermiere, visitatori, ma se ne sono andati tutti. O forse questa è un'ala abbandonata dell'ospedale. Rebeca è ricoverata nella stanza 314. Qui la pittura è recente, come il pavimento. Non ci sono tracce delle centinaia di malati che hanno percorso altri corridoi. Il medico è già entrato, ma lui non si decide a oltrepassare la soglia. Si sente un automa. Un meccanismo che continua a funzionare per inerzia. Troppe domande, così tante che alcune hanno finito per seppellirne altre fino a trasformare il suo pensiero in un rumore bianco.

Rebeca è stata messa su un fianco, proprio come era sul divano di casa. Per un secondo crede che lo stia guardando, ma non è così. Gli occhi lo attraversano quando si avvicina a lei. È lo sguardo di una cieca. Il suo corpo, in una posizione semiflessa, mantiene un piede, il destro, leggermente sollevato, in una tensione contro la gravità impossibile da sostenere a lungo. Lo stesso accade con il suo viso, come se poggiasse su un cuscino invisibile, «un cuscino psicologico», così gli ha detto il medico. I muscoli del collo e delle braccia sono rigidi e tesi; le mani sembrano artigli di uccello, rivolte verso il suo petto, come se fossero state bloccate sul punto di conficcarsi in lei alla ricerca del cuore. Il medico ha usato un termine inglese, *play dead*, per spiegare a César questa reazione così violenta del corpo di Rebeca di fronte allo stress. «Come gli animali quando stanno per essere cacciati da un predatore. Quando sanno che non hanno via di scampo». Fingere la morte. È ridicolo e terrificante. La posizione forzata, innaturale. Il suo viso – il viso che adora – trasformato in una smorfia. Come se ogni centimetro della sua pelle stesse lottando per nascondere la vita.

César allunga una mano per sfiorarle la guancia con la punta delle dita. La accarezza, ma sa che Rebeca non può sentirlo. Tutto il suo sistema nervoso è bloccato. Il suo corpo la sta soffocando. La sta uccidendo.

*

L'ascensore apre le porte e sputa fuori Merino. L'avvocato, la camicia mal infilata nei pantaloni, la giacca sempre segnata da cerchi di sudore sotto le ascelle, si precipita lungo il corridoio dell'ospedale verso César con il solito fracasso, come se fosse accompagnato da una folla di passi invisibili. La mano destra sistema la frangia imbrattata di brillantina e poi cerca quella di César, che preferisce evitare il saluto. C'è puzza di stantio, non crede che quei vestiti siano stati lavati nell'ultimo mese, così come sicuramente anche il corpo malato di Merino, che ora crolla sul sedile accanto, non ha visto una doccia. La sua voce gli era sembrata stanca quando lo aveva chiamato, forse stava facendo un pisolino alcolico. Il suo alito acido sa di vino.

«Che cosa ti hanno detto?»

«Che bisogna aspettare. Devono vedere se le benzodiazepine fanno effetto».

«Che Dio mi fulmini, pensavo che non potesse più succedere. Ai drogati sì. O ai pazzi, ma, cazzo, Rebeca...»

«Hai parlato con lei?»

«Quando?»

«Non lo so, questa settimana. La settimana scorsa. Ti ha chiamato da Oristà?»

«Non mi chiamava mai se non per fare le carte. Le ho parlato giovedì, proprio quando stava partendo». La precisione con cui Merino sottolinea la data è strana e anche fastidiosa, perché questo avvocato alcolizzato se la ricorda e lui no. «20 luglio. Sant'Elia. Me lo ricordo perché mio padre si chiamava Elia. Mi ha detto che la questione di Juan Vendrell stava andando molto bene. Che, forse, questa volta avevamo davvero vinto il jackpot».

«Aveva così tanti soldi?»

«A te non ha detto niente?»

César si alza, ha bisogno di allontanarsi dalla puzza che avvolge Merino, è disgustato dal fatto che l'avvocato non riesca a nascondere la sua frustrazione nel vedere che un patrimonio rischia di sfuggirgli di mano per colpa della situazione di Rebeca. Nel silenzio del corridoio, il respiro di Merino suona come un vecchio ventilatore.

«Aveva rintracciato qualche parente nel secondo viaggio a Oristà?»

«Credo di sì. Immagino di sì. La prima volta aveva trovato una linea affidabile e ora doveva solo concludere l'affare. Mi aveva detto che mi avrebbe avvisato per preparare i documenti della commissione… Era il giorno di Sant'Elia. Poi le ho scritto una volta, ma niente. Non ha risposto. Quanto tempo ti hanno detto che potrebbe stare così?»

«Non ne hanno la più pallida idea. Non sanno niente».

Nel soggiorno, il divano conserva il disordine di cuscini lasciato da Rebeca. La sua assenza occupa tutto e, chiedendosi se un giorno lei riempirà i vuoti che ha lasciato sul divano, sul letto, sulla sedia che di solito occupa in cucina, César viene preso dal panico: è possibile che non accada. Che quel vuoto sia permanente. Che Rebeca scompaia e, allora, cosa rimarrà di lei oltre a questa sensazione persistente che tutto sia incompleto? La casa, sì, ma anche lui. La vita. Non è paura della solitudine, ma terrore della mancanza di significato, come se, in assenza di Rebeca, la realtà parlasse una lingua incomprensibile.

Se lei muore…

Si rifiuta di rimanere intrappolato in quel pensiero. Non succederà. Nella distribuzione casuale delle disgrazie che ogni giorno viene tirata a sorte nel mondo, non toccherà a lui. Rebeca tornerà a essere Rebeca. Tutto avrà una spiegazione.

I vuoti saranno nuovamente occupati.

Una fresca brezza muove le tende del salotto. La notte ha portato aria pulita e un abbassamento delle temperature. Il medico gli ha consigliato di dormire un po'. Ci prova, ma dopo essersi fatto la doccia e sdraiato nudo, la paura, come un demone in agguato, gli fa di nuovo accelerare il polso. Ha deciso di non pensarci, ma non è padrone della deriva che prende la sua mente. In una serie di immagini che esplodono come fuochi d'artificio, immagina cosa potrebbe essere successo a Rebeca. Qualcuno la picchia. Qualcuno la violenta. Il dolore viene sepolto dalla paura. Una paura così fisica che finisce per paralizzarla. Per intrappolarla nello stupore.

Sarebbe andata diversamente se non fosse partito per il Villa Magna. Villa Magna, se fosse rimasto al suo fianco invece di perdersi nella notte del Club con il coreano, galleggiando insieme ai promoter e alle loro ragazze nella schiuma dell'alta società?

Si alza con la colpa che gli percorre la gola fino a provocargli un conato di vomito. Esce dalla stanza. La sagoma della valigia di Rebeca, come un animale addormentato, si delinea nel corridoio, proprio all'ingresso della casa. Il soprabito appeso.

Conosce la combinazione del lucchetto. Sette, otto, tre. La apre proprio lì, nell'atrio. Sa molte cose di Rebeca: che le piacciono tutte le canzoni nordamericane degli anni Quaranta e Cinquanta – adora gli Ink Spots –, quanto detesta il sedano, quanto le piacciono le biografie di personaggi eccentrici – sono la sua lettura preferita –, la sua mania di accendersi le sigarette e spegnerle dopo il primo tiro... Tuttavia, non ha idea di cosa abbia fatto negli ultimi otto giorni. È finalmente riuscito a ricordare la data in cui è partita per Oristà: il 20 luglio. E il giorno in cui è tornata, trasformata in una Rebeca che non era più lei: il 28 luglio.

Lascia sul pavimento i vestiti sgualciti, anche il beauty case. In uno scomparto della valigia c'è il computer. Digita la sua password, mai tenuta nascosta: «Demara». Un omaggio a Fred Demara, un imbroglione di cui Rebeca ha letto la biografia un milione di volte. Il portatile non tarda ad avviarsi. La foto dei loro piedi, quelli di Rebeca e i suoi, intrecciati su una spiaggia bianca di Cabo de Gata. Anche lì, diverse cartelle. Lui stesso le aveva consigliato di tenere un registro delle sue ricerche perché, a volte, si prolungavano troppo ed era impossibile ricordare tutti i dettagli. Dettagli che, chissà, un giorno sarebbero potuti servire per trovare i parenti dei defunti senza testamento.

Per ricostruire la vita dei morti.

In alto a destra c'è la cartella: «Juan Vendrell». Dentro, un unico documento: «Rapporto Vendrell». È un diario. Inizia il 14 maggio, il giorno in cui è andata per la prima volta a Oristà. Ha bisogno di andare fino in fondo, fino agli ultimi appunti del suo secondo viaggio; ha bisogno di ripercorrere tutta la ricerca insieme a Rebeca. I giorni vissuti in parallelo. La vita che non conosce.

3.

14 maggio. Oristà

Tatiana è in ritardo. Oristà è una cicatrice di arenaria in mezzo a un frutteto. Mi lascio trasportare dalla poesia, ma questa è l'impressione che mi ha dato il paese quando mi sono avvicinata lungo la strada. Le case, di pietra marrone, rivolgono le spalle a una distesa di campi verdi e montagne coperte di boschi, come se volessero proteggersi. Mi sono fermata al Cal Julià, il primo ristorante che ho visto e forse l'unico. Dopo aver cercato di ottenere indicazioni per arrivare alla Masia Gavarresa – ho chiesto alla cameriera e a un anziano che stava bevendo del vino al bancone, ma mi hanno parlato in un catalano che non capisco – ho chiamato Tatiana per farmi venire a prendere. Mi ha detto che non ci avrebbe messo molto, ma è quasi un'ora che sono qui.

Bevo un caffè mentre aspetto e scrivo questa prima parte del «Rapporto Vendrell». Sembro una professionista, seduta qui con il mio portatile, qualcuno che sta facendo un lavoro importante.

Il testo ha un effetto curativo, perché, leggendolo, César ascolta la sua voce. Riconosce le inflessioni nell'intonazione di Rebeca, persino il suo sguardo che si abbassa o il mezzo sorriso quando prende in giro il suo lavoro. È viva nelle parole. A differenza del disagio che ha provato quando è rientrata a casa, qui gli sembra di conoscerla. Ad esempio, il gioco di immaginare identità per passare il tempo è qualcosa che hanno fatto tante volte, su una terrazza, nei corridoi del supermercato, osservando sconosciuti e speculando sulle loro vite.

Seduto a un tavolo, c'è un vecchio calvo con delle orecchie straordinarie. Orecchie che sono convinta possano sentire a chilometri di distanza. I peli che spuntano devono funzionare come antenne. Giurerei che la cameriera lo abbia chiamato Isidre, anche se il vecchio non ha mosso un sopracciglio. Sembra che stia guardando un dibattito in televisione, ma io so che finge soltanto. Se spegnessero l'apparecchio, lui rimarrebbe nella stessa posizione, perché in realtà a Isidre non importa un fico secco di quello che dicono in TV o di quello che succede in questo ristorante, lui ha le antenne puntate in un'altra direzione, forse ascolta ben oltre la realtà con quelle orecchie enormi. La voce dei morti. Dovrei chiedergli cosa dice Juan Vendrell.

Ho fatto bene, César? Sono questi i dettagli che mi dici sempre di annotare? Chissà se l'anziano dalle orecchie grandi mi servirà, vero?

«Chissà» risponde César ad alta voce, sorpreso dalla domanda diretta. Non immaginava che Rebeca si rivolgesse a lui nel rapporto, come se lo stesse scrivendo per lui. Era una cosa che faceva sempre? Sebbene l'idea di tenere un diario del suo lavoro fosse nata da César, non gli aveva mai permesso di leggere questi testi.

Presto, il documento cambia direzione e, tra i rimproveri rivolti a se stessa – «Mi manca un ordine, vero, César? È la mia tendenza a fantasticare» – Rebeca abbandona le digressioni per concentrarsi sul caso.

Juan Vendrell è morto il 23 marzo 2016. Circa due mesi fa. Aveva novantatré anni. Poco prima, nel dicembre 2015, era morta sua moglie: Meredith Payne. Cancro. Lei era un po' più vecchia, aveva novantasei anni. Due dinosauri. Juan Vendrell aveva ingaggiato un'impresa di pompe funebri di Vic. L'ha sepolta nel piccolo cimitero di Oristà (domani, se posso, farò una passeggiata da quelle parti). Tatiana, la mia referente, una colombiana che lavorava in casa, ha continuato a venire quattro giorni alla settimana per pulire e portargli la spesa. La fattoria è molto isolata e Juan Vendrell usciva a malapena. Ho chiesto di lui alla parrocchia di Cal Julià e, oltre a un «Ah, sì, lo straniero» – l'ho capito nonostante il catalano – e al fatto che la coppia viveva nella zona da soli tre anni, non mi hanno detto altro. Poco, ma chi si trasferisce a novant'anni in una fattoria sperduta nel nulla?

È arrivata a Juan Vendrell grazie alle reti intessute da Merino. «A volte, tra una sbornia e l'altra, ha delle buone idee» gli concede Rebeca nel documento. «Mandare un regalo ai lavoratori delle pompe funebri, a quelli che si occupano della contabilità, per esempio, o promettere loro una percentuale dei profitti se la loro soffiata si rivela produttiva si è rivelato più efficace dei contatti con gli amministratori di immobili (che si lamentano sempre degli appartamenti che accumulano debiti)». Era stato così che Domènec Riera, di un'impresa di pompe funebri di Vic – «Dovrei invitarlo a pranzo. Ci sono più vecchi che alberi qui e sicuramente può tornare utile» – li aveva avvisati di aver appena seppellito Juan Vendrell e che, al suo funerale, a parte la domestica, Tatiana, non era venuto nessun altro. Per quanto era riuscita a scoprire, né Juan Vendrell né la sua defunta moglie avevano famiglia. Rebeca aveva preso i primi contatti per telefono, si era guadagnata la fiducia di Tatiana e, in quel primo viaggio, intendeva farsi un'idea sul campo di quale fosse il patrimonio di Juan Vendrell. Di quale fosse la sua storia.

Ho seguito Tatiana in macchina lungo una strada sterrata che serpeggiava tra le montagne. Non sarei mai riuscita a trovare la fattoria da sola. È circondata da alberi, un bosco si inerpica sulla montagna alle sue spalle. Si sente il rumore di un fiume, «il torrente Traveria» mi ha detto Tatiana, ma non sono riuscita a vederlo.

Quando tornerò, chiederò a Merino di contattare un esperto di beni culturali per far valutare la fattoria. È antica. «Molto antica» ha insistito Tatiana. L'edificio principale e il torrione sul retro sono in buone condizioni. Tuttavia, negli edifici annessi, che suppongo avessero una funzione legata all'allevamento (stalle, un fienile?), il tetto è crollato. L'intero posto trasuda un'aria di abbandono, Tatiana mi ha detto che a loro non sembrava importare che la fattoria stesse cadendo a pezzi. Ci sono zone della casa inutilizzabili a causa dell'umidità, il proprietario non le ha mai riparate.

Tatiana è arrivata la mattina del 23 marzo alle dieci, come tutti i giorni, e dopo aver sentito un forte odore di gas ha trovato Juan Vendrell senza vita sul pavimento della cucina. Ha aperto le finestre e ha avvisato il medico. Il giudice ha stabilito che era morto per avvelenamento da monossido di carbonio. Aveva lasciato il gas della stufa aperto. Non sono stati in grado di determinare se fosse stato premeditato o un incidente. Anche se era rimasto vedovo solo da pochi mesi, l'assistente colombiana non aveva trovato Juan Vendrell particolarmente depresso.

Mentre visitiamo la casa le faccio delle domande e Tatiana si innervosisce, come se si sentisse una criminale. Ho cercato di rassicurarla, le ho detto che la mia presenza è perfettamente legale, che come avvocato devo fare l'inventario dei beni di Juan Vendrell, ma la bugia non ha funzionato, quindi il giro della casa è stato veloce.

La casa ha solo tre stanze in uso. La camera da letto, la cucina e un piccolo salotto, oltre al bagno. Il resto, perché ce ne sono molte altre, è vuoto. «Avevano bisogno di pochissimo» mi ha detto con ammirazione, come se fossero due mistici a cui bastavano Dio e la preghiera per nutrirsi.

Alla fine della prima parte del rapporto, Rebeca si lamentava dell'hotel che aveva preso a Vic, forse aveva scritto tutto da quella stanza: «Non devo essere così tirchia. Posso permettermi un hotel più dignitoso, non questo posto che puzza di urina, con trapunte e tende di un color salmone che mi farà sanguinare gli occhi». Poi, forse arrabbiata per le scarse informazioni che aveva ottenuto, aveva iniziato a lamentarsi di Juan Vendrell e Meredith Payne: «Tutti vivono una vita che si materializza in oggetti da cui non ci si è voluti o potuti separare. Juan Vendrell e Meredith Payne non avevano nulla, quei fottuti anacoreti che Tatiana ammira tanto. Come se fossero arrivati in quella casa con le valigie vuote. Negli armadi, solo i vestiti, tutti comprati di recente. C'erano solo oggetti utili: posate, utensili da cucina, una stufa, ombrelli… Nemmeno una fotografia. Un vecchio registratore a cassette con la radio è la cosa più personale che ho trovato». César riconosce la frustrazione di Rebeca, la rabbia che le suscita. Finché, dopo uno stacco nel documento, scrive:

> Ho scattato delle foto. Le ho riviste e ognuna di esse emana una volgarità insopportabile. So di non essere una brava fotografa e che il mio cellulare non è il massimo, ma non dipende solo dalla mia goffaggine. Credo che sia quel posto ad avere un grigiore contagioso. Tanto che, in un momento di lucidità, ho pensato che forse quell'ascetismo fosse un po' finto. Come se, in realtà, non fosse una casa, ma un set. Come se ogni elemento fosse posizionato per raccontare la storia che Juan Vendrell e Meredith Payne volevano raccontare: che non erano nessuno.
>
> È impossibile non essere nessuno.
>
> Mentre osservavo le fotografie, mi sono soffermata su una che ho scattato in cucina. Non l'ho notata quando ero lì, mi sento un po' stupida, perché sul cellulare la bottiglia di vino risplende come se fosse al neon. Vega Sicilia Único. Riserva speciale. Per quanto ingrandisca, non riesco a vedere l'annata, ma è una bottiglia che supera i cinquecento euro.

Juan Vendrell e sua moglie non erano così grigi come volevano far credere.

Il giorno dopo, il 15 maggio, Rebeca lo aveva trascorso a Vic. Aveva appuntamento con Domènec Riera per pranzo in un ristorante di plaza Mayor. L'impresario funebre le aveva consegnato una copia dei documenti ufficiali di Juan Vendrell e Meredith Payne: lei era nata nel 1920 a Bristol. Sarebbe stato difficile addentrarsi nella genealogia di Meredith, ma a Rebeca non sembrava importare molto. Al catasto, Juan Vendrell compare come unico proprietario della fattoria dal 2013, non ci sono dati sui precedenti proprietari, ed è su di lui che Rebeca desidera concentrarsi. Il suo documento di identità è scaduto dieci anni fa, si chiama Juan Vendrell Maqueda ed è nato nel 1923 a Prats de Lluçanès, un paese a meno di venti minuti da Oristà. Figlio di Rafael e María. Il suo indirizzo è quello della fattoria Gavarresa. Le ricerche che fa su Internet con questi dati non danno alcun risultato. Dopo il pranzo con Domènec, Rebeca va a Prats de Lluçanès. Parla con il sacerdote della chiesa di Sant Vicenç. Padre Subirà le racconta una storia che Rebeca conosce già: all'inizio della guerra civile arrivarono miliziani da fuori città. Portarono via le opere d'arte e tutta la documentazione conservata in parrocchia. Anche quella del comune. Accesero un falò e, in quel fuoco, insieme ai santi e alle vergini, bruciarono i certificati di battesimo, quelli di matrimonio e i documenti del registro di proprietà. Non è conservato nulla risalente a prima del 1936. In quelle fiamme scomparve anche ogni traccia della famiglia di Juan Vendrell.

Tuttavia, non sono i dettagli del caso a sconcertare César, ma il racconto che, a mano a mano che si procede nella lettura, Rebeca fa del pranzo con Domènec Riera. A volte ha l'impressione che il fantasma di ciò che potrebbe esserle successo – l'incidente, come l'ha chiamato il medico, la possibile aggressione sessuale – aleggi sulla pagina, ma non c'è nulla che giustifichi questa sensazione. Forse Rebeca voleva solo fargli del male.

Gli manca un dente, il premolare accanto al canino destro, nell'arcata superiore. Eppure non smette di ridere. Non so se Domènec Riera si rende conto che quando ride sputa attraverso il buco del dente. Come tutti gli impresari funebri, adora parlare di morti. Ho schivato gli sputi mentre mi raccontava di una signora che aveva deciso di essere sepolta con il suo vestito della comunione; di quando, nel bel mezzo di un funerale, un morto aveva improvvisamente lanciato qualcosa di simile a un grido facendo svenire la sua vedova, che lo credeva risorto, quando era solo un'espulsione di gas. «L'ultimo scoreggione del morto» ha riso Domènec. Inoltre, mentre mi annoiavo fino alla disperazione, non ha mai smesso di guardarmi la scollatura. Si asciugava l'angolo delle labbra tra un boccone e l'altro per la saliva e perché – non sono presuntuosa, lo sai, César – sbavava per affondarmi la lingua tra le tette.

Ho immaginato come sarebbe stato fare sesso con Domènec. Deve avere circa quarant'anni, ha più grasso sul petto che sulla pancia e ha un culo sodo che traccia un profilo femminile. Le sue braccia sono ossa avvolte e ricoperte da una pelle abbondantemente pelosa. Penso che, nudo, debba essere una specie di fauno macilento e affamato. Se ne avesse l'opportunità, Domènec si getterebbe su di me e, disperato, come un animale randagio, mi scoperebbe in meno di un minuto. Mi lascerebbe le guance appiccicose di saliva, verrebbe gridandomi nell'orecchio, con un gemito troppo acuto, dovrei togliermelo di dosso, togliermi il suo cazzo gocciolante perché lui non avrebbe più la forza di farlo. Tutto avrebbe un odore terribile.

Il giorno in cui ti tradirò, César, non sarà con un becchino. Segnatelo. Riduci il numero di candidati.

Non capisce l'allusione, né perché dedichi così tanto a descrivere una fantasia così sgradevole, come se, in qualche modo, più che punirsi per aver lasciato correre la sua immaginazione in quella direzione, sapesse che un giorno lui avrebbe letto questo documento, un testo che gli mostra un volto sconosciuto di Rebeca.

16 maggio. Vic

Non sono uscita dalla pensione. Ho ordinato il cibo in camera e non mi sono nemmeno tolta il pigiama. Ho fumato vicino alla finestra. Ho perso tempo con il cellulare.

Domènec Riera mi ha cercata, ma non ho risposto.

César, sai come sto? Quando è tramontato il sole, ho pensato che tu dovessi essere quasi arrivato all'hotel. Mi sono ricordata della notte della tempesta e anche di quando, non molto tempo fa, non vedevamo l'ora di vederci ogni giorno. Mi piacevano i tuoi giorni liberi perché ci svegliavamo insieme.

Ho ascoltato la playlist degli Ink Spots circa cinque volte. Non sono riuscita a cantare nemmeno con *I'm Beginning to See the Light*. Ieri non ho cenato con Domènec Riera. Aveva lasciato tutti i documenti alla reception, quindi non ce n'era bisogno. Non so nemmeno che faccia abbia. Chi sto prendendo in giro raccontando bugie? Quando sono tornata in albergo – no, non ho passato tutto il giorno chiusa qui dentro, chi cazzo ti credi? – mi sono bevuta mezza bottiglia di vino. Sono un po' ubriaca.

Cosa le stava succedendo? All'improvviso, è certo che Rebeca abbia scritto fin dall'inizio per lui. Per dirgli cosa? Il fatto che nel rapporto sia emersa la menzogna ha reso il testo un terreno instabile: ora César non è in grado di affermare cosa sia vero, non tanto nella descrizione dei dettagli del caso Vendrell, quanto in quelle aggiunte che rivelano lo stato emotivo di Rebeca. Se stava male, perché non gli aveva detto nulla quando era tornata a Madrid? Era passato più di un mese prima che partisse di nuovo.

«C'è stato un rapporto sessuale?» gli ha chiesto il medico, e per la prima volta la gelosia gli provoca una fitta allo stomaco.

Finora ha cercato di non pensare alla possibilità che il sesso fosse consensuale. Si aggrappa ai lividi nella regione pelvica. Ma come si può preferire uno stupro a un tradimento? In ogni caso, è successo poco prima che lei tornasse dal suo secondo viaggio, non dal primo di cui parla il rapporto.

Invece di sprofondare in una spirale di congetture, César si concentra sul documento per scacciare i demoni che ora gli aleggiano intorno.

Il 17 maggio Rebeca ha visitato il cimitero di Oristà. Ha visto le lapidi di Juan Vendrell e Meredith Payne, una accanto all'altra nella parete nord dei loculi. Ha incontrato Tatiana a Cal Julià, il ristorante del paese. Non è riuscita a farsi riaprire le porte della casa di campagna Gavarresa: la donna aveva consegnato le chiavi agli agenti rurali, intuendo – e a ragione – di aver fatto qualcosa di illegale permettendo a Rebeca di entrare in casa. L'ha interrogata sulla vita quotidiana della coppia: parlavano tra loro in inglese, uscivano a malapena dalla casa e, quando Rebeca ha tirato fuori l'argomento del vino, Tatiana, che non era a conoscenza del prezzo di quella bottiglia, le ha detto che un fattorino ne portava una cassa al mese. Lo pagavano in contanti, così come lo stipendio della domestica. Inoltre, a volte, Juan Vendrell prendeva la macchina per andare a comprarlo, secondo lei a Barcellona – «Era anziano e continuava lo stesso a guidare. Non credo che avesse la patente in regola né che gli importasse molto». Rebeca non aveva visto l'auto, e Tatiana le aveva spiegato che un paio di settimane prima che Juan morisse l'avevano portata alla demolizione Punsic Artes, ad Avinyó, un altro paese vicino a Oristà. Era molto vecchia.

> La coppia è arrivata a Oristà tre anni fa come se fosse in fuga. Una vita eremitica e frugale. Il ritorno nella regione in cui era nato Juan Vendrell, come se volessero chiudere un capitolo della loro vita. Non spendevano troppo per non attirare l'attenzione, anche se ci sono vizi che è difficile abbandonare. Il vino. Chi può permettersi di bere Vega Sicilia Único tutti i gior-

ni? Come se fosse un vino da tavola, bottiglie da più di cinquecento euro. Te lo dico io: qualcuno abituato al lusso. Non dava alcuna importanza al fatto di comprare quelle bottiglie. Faceva parte della sua routine. Come fumare o prendere il caffè. Cose che si fanno senza badare a ciò che significano.

La fattoria è solo la punta dell'iceberg. Juan Vendrell deve avere conti bancari più che ingenti. Chissà quali proprietà in Inghilterra. È una specie di Anna Anderson al contrario: lei è scappata dalla miseria facendosi passare per Anastasia Romanov, l'unica figlia sopravvissuta all'assassinio di tutta la famiglia dello zar Nicola, così da rivendicare un'enorme eredità. Juan Vendrell è fuggito da quella ricchezza per fingersi un pover'uomo.

Mi preoccupa solo che tutto quel patrimonio – sì, sono convinta che ci sia un patrimonio – possa avere un'origine illecita. Forse la coppia traboccava di denaro nero, da qui la loro abitudine di pagare solo in contanti, per non lasciare tracce. Perché qualcuno li stava cercando. L'Interpol? O, peggio ancora, qualche mafia?

Non ti sembra divertente immaginare quei due anziani che si spengono lentamente in casa mentre una organizzazione criminale cerca di trovarli?

Ho intenzione di svuotargli le tasche prima che qualcuno dia l'allarme. Ecco che arriva la Grande Onda, César. Lo volevamo entrambi, vero? Smettere di essere due impiegati per diventare clienti VIP. Ma dove mi porta la Grande Onda? Lontano da te?

Dopo quella minaccia, perché è così che interpreta la domanda, César ha difficoltà a concentrarsi sui dettagli dell'indagine. Ci sono pagine che legge obliquamente. Cerca tra le righe le tracce della Rebeca che ha visto prima, quella che si è inventata un pranzo con il becchino o quella che ipotizza la separazione. La donna, non sa più se arrabbiata o triste, che, di tanto in tanto, gli parla direttamente dal rapporto.

Tuttavia, gli interventi si susseguono incentrati esclusivamente su Juan Vendrell, come se tutta la sua precedente instabilità fosse una febbre superata. Grazie al contatto con il parroco di Prats de Lluçanès, Rebeca ha conosciuto doña Felicidad – «Non mi viene in mente un nome più appropriato» – una vecchia vicina del paese. La donna, una bambina negli anni Trenta, ricorda i genitori di Juan Vendrell, Rafael e María. I due morirono nell'ultima battaglia della Guerra Civile, quella che si svolse nella chiesa di Sant Sebastià nel 1939. Poco prima, le ha raccontato, la coppia mise in salvo i propri figli: Juan e Magdalena, la sorella minore. Entrambi fuggirono verso Barcellona in una colonna di comunisti che sapevano già che la guerra era persa.

Ecco il filo da cui partire: Magdalena Vendrell. Rebeca cerca il suo nome nei database di Internet e scopre che è morta a Barcellona nel 1987. Non è l'unico elemento che ottiene da questa pista. Trova anche una voce nell'archivio dei moduli per l'immigrazione di San Paolo. La scheda è del 1954, aveva trentatré anni quando emigrò in Brasile. Viaggiava con un bambino nato nel 1946. Luis Riba Vendrell.

È stato facile rintracciare Luis Riba Vendrell. È molto impegnato in un'associazione di anziani del quartiere di Gràcia, a Barcellona. In tarda serata – ho rimandato il momento, avrei voluto avere una delle bottiglie di Vega Sicilia di Juan Vendrell da stappare quando ho composto il numero – ho parlato con lui. Con la voce da fumatore ha accettato di incontrarmi domani, gli ho detto che volevo parlare dei progetti che sta seguendo l'associazione. Se gli avessi detto la verità, avrebbe pensato che sono una truffatrice.

È meglio che lo pensi domani, dopo che gli avrò detto cosa voglio.

César conosce bene la messa in scena di Rebeca. All'inizio, la provava davanti a lui, prendeva nota delle sue proposte per migliorarla. Il primo impatto è fondamentale; giacca o gonna lunga e camicetta, abiti firmati che scacciano ogni traccia di bisogno. Meglio i capelli raccolti, la chioma castana legata in una coda, un po' di trucco, ma senza esagerare. Rossetto rosso, Forever Night di Dior, ombretto nei toni champagne per esaltare gli occhi azzurri. Una distanza professionale, ma calorosa, prima della presentazione e della spiegazione del motivo dell'incontro.

«Una persona che ha legami di consanguineità con lei è deceduta senza lasciare testamento. Non avendo specificato la sua eredità né avendo parenti di primo grado e dopo un'indagine approfondita, siamo arrivati a lei, che è l'erede legittimo. Prima di rivelarle l'identità di quella persona e il vostro grado di parentela, deve firmare questo contratto. In esso si specifica che, nel caso in cui le passività, i debiti o le tasse superino l'importo totale dell'eredità, ce ne occuperemo noi. Lei non dovrà pagare nulla. So che si chiede chi siamo: queste sono le nostre credenziali, Studio di avvocati Merino. Siamo specializzati nella ricerca di eredi. Io sono Rebeca Lang, la genealogista dello studio. In questo opuscolo sono riportati i contatti di alcuni clienti per i quali abbiamo lavorato. Può chiamarli per verificare l'affidabilità della nostra azienda. Le assicuro che le diranno che sono contenti di averci incontrato. In misura maggiore o minore, abbiamo cambiato la vita di tutti restituendo loro il denaro che gli spettava, perché, non le mentirò: tutto questo riguarda il denaro. È anche il motivo per cui non posso ancora rivelarle l'identità del parente deceduto: prima deve firmare il contratto. Come può vedere in quella clausola, è specificato che lo studio legale ha diritto al trenta per cento dell'eredità per le pratiche svolte. Nessuno di noi due sa ancora se sarà molto o poco, è qualcosa che scopriremo insieme. Ma sono convinta che si ricorderà di questo giorno come uno dei più felici della sua vita. Potrebbe essere sul punto di ricevere una fortuna. Deve solo firmare qui».

Luis Riba Vendrell – «Come tanti che si credono intelligenti, che mi annusano come se potessero fiutare la truffa» – non aveva firmato immediatamente. «Mi ha detto se credevo che fosse un idiota a firmare un contratto senza che gli dicessi il nome del parente morto». Sono difese che poi crollano, è successo anche in altri casi, la tentazione di una fortuna in regalo è un'esca troppo allettante. A Rebeca era bastato dare qualche informazione su sua madre, Magdalena, sulla sua fuga da Prats de Lluçanès alla fine della Guerra Civile, sulla sua emigrazione a San Paolo nel 1954, per piegare il volere di Luis.

Tuttavia, prima di firmare, mi ha guardata di nuovo, come se fosse stato colpito da un fulmine. «Non ha senso. Tutta la famiglia di mia madre è morta, me l'ha raccontato un milione di volte. I suoi genitori hanno perso la vita nella battaglia di Prats de Lluçanès. Lei si è salvata per miracolo con un gruppo che si è rifugiato a Barcellona, ma suo fratello non ha avuto la stessa fortuna. È stato catturato dai franchisti e portato via per essere fucilato. Sarà sepolto in qualche fossa».

Ho preferito non dargli altre informazioni. Gli ho detto che gli avrei lasciato un po' di tempo per pensarci, che non doveva firmare immediatamente. In realtà, non so se preferisco che le cose siano andate così. Lungo tutto il viaggio di ritorno a Vic, non ho smesso di pensare a una cosa: e se Luis avesse ragione? E se suo zio fosse morto molti anni fa? Penso a Juan Vendrell e Meredith, che vivono come spettri evitando il contatto con il resto del mondo. «In fuga» ho scritto qualche giorno fa. E se nella loro fuga avessero assunto un'identità diversa? E se Juan e Meredith avessero preso i nomi di persone decedute? Forse sono più simili di quanto pensassi ad Anna Anderson. Al mio caro Fred Demara. Ora ripenso alle uniche fotografie che ho di Juan Vendrell e Meredith, quelle dei documenti d'identità che mi ha consegnato l'impresario funebre. Lei, devastata dalla vecchiaia, dalla calvizie e dalle macchie dell'età, crateri degli anni vissuti, il mezzo sorriso che non so se nasconda un principio di demenza. Poi guardo lui: più integro, ma anche anziano e, quindi, esausto, uno sguardo acquoso dietro gli occhiali che, allo stesso tempo, sembra altero e sconfitto, come se desiderasse che tutte le fotografie, tutti i ridicoli obblighi di questa vita finissero e, finalmente, potesse riposare in silenzio. Perché non mi parli, Juan? Dimmi chi sei.

A questo punto, dopo le fotografie di Juan Vendrell e di sua moglie che Rebeca ha inserito nel documento, César scopre un salto temporale. Rebeca ha registrato ogni giorno di quel viaggio fino alla sera del 18 maggio, dopo l'incontro con Luis Riba Vendrell. Poi, non ha scritto per due giorni. Non ha aggiunto altro fino a quando non ha intrapreso il viaggio di ritorno.

21 maggio. Treno ave Barcellona-Madrid

Devo ordinare le idee perché, in questo momento, non so quali dovrebbero essere i miei prossimi passi. Non ho mai pensato di abbandonare questo caso. Se prima credevo che Juan Vendrell nascondesse un patrimonio, ora sono convinta che sia ancora più grande di quanto immaginassi. Sono giorni che non apro il portatile, che non scrivo su questo documento.

Quaderno di ricerca, mi dicevi di chiamarlo così, César. Sei sempre stato un bugiardo, tanto che mi è difficile dire quanto di ciò che so di te sia vero e quanto pura invenzione.

Dopo la mia conversazione con Luis Riba Vendrell, la possibilità che lui non si fosse sbagliato e che suo zio fosse morto fucilato nel 1939 mi ha fatto pensare che avevo bisogno di conoscere meglio Juan Vendrell. Non potevo tornare alla fattoria perché Tatiana si era sbarazzata delle chiavi per evitare problemi e, prima di irrompere spaccando una finestra, mi sono ricordata di un altro dettaglio: l'auto. Il proprietario l'aveva lasciata in uno sfasciacarrozze di Avinyó.

In un piazzale dove erano ammucchiati utilitarie e camion venduti a pezzi, ho trovato la Volkswagen Passat bianca di Juan Vendrell. Era come l'aveva lasciata, nessuno aveva frugato nelle sue viscere. Il proprietario della discarica mi ha permesso di curiosare nel veicolo – gli ho detto che ne avevo una uguale, che avevo bisogno di pezzi di ricambio. Ho dato un'occhiata al bagagliaio, guardato in mezzo ai sedili posteriori. Come nella casa di campagna, non ho trovato alcun oggetto personale finché non ho aperto il cruscotto: una busta e, all'interno, un breve biglietto: «Ti sono mancata, papà? Ora che sono la regina di Citadelle, potresti per favore tornare a casa? Ti voglio bene, Virginia».

Nient'altro.

Come uno stormo di uccelli, le domande si sono alzate in volo senza che io sapessi bene su quale concentrare la mia attenzione – e continuo a non saperlo. Sull'esistenza di una figlia? È davvero una figlia o quella Virginia si rivolge a lui come «papà» perché era così che si chiamavano tra loro – «figlia», «papà» – in un gioco di appellativi che non implicano una parentela? D'altra parte, c'era anche quello strano riferimento, la regina di Citadelle, e poi l'uso del condizionale: quale figlia parla a un padre con tanta formalità? Era rispetto o cinismo?

Sulla lettera, al posto dell'indirizzo, c'era un numero di casella postale: «75-1221, Ginevra, Svizzera». In qualche modo devono averla inoltrata a Vendrell a Oristà. Dietro la busta, il mittente non aveva scritto nessun nome, ma un indirizzo e un codice postale: «GY1 2LN. Les Vauxlaurens. Saint Peter Port».

Dove mi porti, caro Vendrell?

Hai lasciato questa lettera nel cruscotto e, solo due settimane dopo esserti sbarazzato dell'auto in demolizione, il tuo corpo appare senza vita nel salotto di casa. Una stufa spenta male. Un suicidio? Chi è Virginia, la regina di Citadelle?

Non aveva raccontato a César alcun dettaglio del caso Vendrell. Era tornata a fine maggio. Avevano scopato. Avevano avuto un problema con l'aria condizionata, erano i primi giorni di un'ondata di caldo. Avevano cenato al ristorante asiatico in plaza de los Mostenses. Un pomeriggio erano andati a fare shopping in un outlet. Rebeca era tornata con due vestiti di Khaite, lui con una camicia di Calvin Klein. Lei gli aveva detto che l'operaio che era venuto a risolvere il problema dell'aria condizionata era un coglione e, inoltre, non aveva risolto nulla. Un paio di giorni dopo, Rebeca era andata a mangiare con Merino, e César ne aveva approfittato per dormire fino alle tre. Era sicura che il caso Vendrell sarebbe andato bene, lo diceva come una bambina che fa intuire un segreto, ma César non aveva indagato oltre. Pensare a quell'atteggiamento ora gli fa male. L'indifferenza che era nata tra loro due è la causa per cui non è rimasto con Rebeca la notte in cui è tornata dal suo secondo viaggio. Se non fosse andato in albergo, forse avrebbe evitato la crisi che ora la tiene bloccata in ospedale. Ricorda che, in quei giorni tra i due viaggi, aveva dovuto prendersi cura di Cora, l'aveva nascosta per evitare che Milo le desse una lezione. Nemmeno lui aveva raccontato nulla di tutto questo a Rebeca. Erano andati alla festa di inaugurazione di un cocktail bar vicino al Club Magno. Avevano incontrato Noah; lei conosceva il promoter e anche alcune delle sue ragazze. Avevano parlato con altri habitué del locale. Piccoli re di Madrid. Rebeca era tornata a casa presto. Gli aveva detto che doveva ripartire per chiudere il caso Vendrell. Non sapeva per quanti giorni. César aveva dato per scontato che la sua destinazione fosse quella città vicino a Barcellona. Oristà.

Ora si rende conto che non è stato così.

L'ultimo appunto del rapporto corrisponde all'inizio del suo secondo viaggio. Non era andata a Oristà. Non era nemmeno in Spagna.

21 luglio. Guernsey. Saint Peter Port

Ho tutta la mattina. Su una cosa ti darò ragione, César: questo «quaderno di ricerca» è utile per organizzare le mie idee. Ho preso un ibuprofene, ho un caffè e la brezza dell'oceano, ma non è facile ricostruire l'intera notte passata fino all'ultimo sussurro di Darcy, quando stava già facendo giorno: «È meglio che non ti avvicini a Virginia».

Ho solo una certezza, il fumo, ma dov'è il fuoco?

Cerco di evitare che la mia tendenza a fantasticare prenda il sopravvento sul processo logico. Torno all'inizio, ai dubbi con cui sono atterrata. Mi fa bene rifugiarmi nel problema, nell'enigma di Juan Vendrell. Ed è anche un sollievo perdersi nelle storie degli altri, César, perché le proprie fanno troppo male. Un vero sollievo.

Arrivata sull'isola, ho preso un taxi all'aeroporto. Una Vauxhall Corsa blu – sì, qui la Opel si chiama Vauxhall – che strano guidare a sinistra. Mi ero ripromessa…

Così, in modo così brusco, finisce il rapporto. A Guernsey. Il 21 luglio, solo un giorno dopo che Rebeca era arrivata su quell'isola del Canale della Manica. La linea che collega il villaggio catalano di Oristà e quest'isola anglonormanna è Juan Vendrell, ma cosa è successo lì? Un incidente che le ha lasciato due costole rotte – un pestaggio? – un rapporto sessuale, uno stupro, si corregge; due eventi che hanno portato Rebeca alla prigione del silenzio della catatonia. Terrorizzata.

Virginia. Darcy. Due nomi che sembrano le porte per una spiegazione.

Ma chi è Rebeca? La domanda esplode involontariamente, non perché César non fosse a conoscenza che lei era partita per Guernsey, ma perché, nel testo che ha letto, la voce di Rebeca trasuda rimproveri – «Mi fa bene rifugiarmi nel problema, nell'enigma di Juan Vendrell. Ed è anche un sollievo perdersi nelle storie degli altri, César, perché quelle proprie fanno troppo male. Un vero sollievo» – e, qualche pagina prima, nell'ultimo appunto del suo primo viaggio: «Sei sempre stato un bugiardo, tanto che mi è difficile dire quanto di ciò che so di te sia vero e quanto pura invenzione». L'accusa lo spaventa: cosa immaginava Rebeca di lui? O, forse, sarebbe più onesto chiedersi: cosa sapeva Rebeca di lui? Durante tutta la loro relazione aveva celato gelosamente il suo passato, le aveva raccontato solo una versione edulcorata della cheratite all'occhio. Del fantasma. Dell'incendio.

Gli anni vissuti insieme non erano sufficienti per sapere chi fosse l'altro? Che importanza aveva il passato?

Ora teme di essersi sbagliato.

Lei aveva dei dubbi – sulla loro relazione, su chi fosse il vero César – e il rapporto che ha scritto, lungi dal rispondere alle domande su ciò che le è successo, non fa altro che sollevare una fitta nebbia intorno a lei. Una nebbia composta da nomi e luoghi estranei: Darcy, Virginia, Guernsey, Citadelle.

4.

Deve ringraziare gli elettroshock. Le benzodiazepine non stavano dando risultati, così, dopo alcuni giorni, il medico ha deciso di passare alla terapia elettroconvulsiva: «La catatonia può cronicizzarsi, è il pericolo maggiore, e questo trattamento fa parte del protocollo» gli ha detto per sfatare la cattiva reputazione delle scariche elettriche, «vogliamo che il suo sistema nervoso si riavvii, come se fosse un computer». Tre sedute con scariche da duecentomila microcoulomb hanno fatto il miracolo.

In sala d'attesa, cammina nervosamente avanti e indietro perché una poliziotta, una donna di circa cinquant'anni dai lineamenti gentili, troppo gentili, gli ha chiesto di lasciarla entrare per prima nella stanza per raccogliere la dichiarazione di Rebeca. César pensa a quale testimonianza potrebbe rilasciare, e anche a chi troverà quando gli permetteranno di entrare. Quali conseguenze ha avuto l'elettricità? L'ha attraversata come l'onda d'urto di una detonazione, forse rompendo connessioni neurali, rompendo fili fino a cancellare la sua identità.

«Non ricorda nulla». La poliziotta non perde mai la sua eccessiva gentilezza. «Mi ha detto che aveva pensato di andare a Guernsey, ma non si ricorda di aver fatto il viaggio».

«Le ha chiesto di quel tale Darcy? Di Virginia...?»

«Quei nomi non le dicono nulla».

«È stata sull'isola per otto giorni. Dal 20 al 28 luglio» insiste César con precisione. «Ha soggiornato a De Havelet, a Saint Peter Port, l'avete controllato? È impossibile avere un vuoto di memoria di così tanti giorni».

«Abbiamo controllato. Sì, è stata lì. E abbiamo parlato con la polizia di Guernsey. Non hanno registrato alcun incidente grave in quei giorni. E tanto meno in relazione a Rebeca. César, se fosse successo qualcosa, lo saprebbero: su quell'isola non succedono molte cose e qualsiasi fatto che coinvolga una turista avrebbe attirato l'attenzione».

«Ma qualcosa è successo. Altrimenti, non si spiegherebbe quella crisi. Cazzo, aveva due costole rotte e...»

Non osa parlare dei segni di aggressione sessuale, dei lividi nella regione pelvica, come se le sue parole potessero rendere tutto più reale. Immagina anche la risposta che le darebbe la poliziotta, «Forse era consenziente», e si odia perché la gelosia, o forse l'orgoglio, stanno influenzando le sue decisioni.

«L'amnesia è frequente nelle crisi catatoniche». Il medico vuole appianare la tensione tra César e l'agente di polizia. «Con la terapia potrebbe recuperare la memoria. È quello che dobbiamo fare per capire cosa ha provocato la crisi».

«O forse non succederà mai» si dice César, ma preferisce tenere per sé la risposta, sa che non serve a nulla prolungare la discussione.

Analisi e risonanze. Ora che il corpo di Rebeca è tornato malleabile, il medico la sottopone a tutti i tipi di esami. César la trova sdraiata sul letto, le braccia distese ai lati, le spalle e la testa appoggiate su un cuscino, un leggero odore di sudore e i suoi occhi blu come velati da una pellicola acquosa, il colore attenuato, quasi grigio. Ma a lui non importa. Lo guarda, può vederlo, e gli sorride, così interpreta il debole arcuarsi delle sue labbra, labbra stanche e secche, come se l'avessero appena salvata da un deserto dove si stava disidratando. Ora è felice, perché Rebeca è riuscita a fuggire dalla prigione, perché è sveglia, perché è di nuovo lei.

César è consapevole di dire qualcosa, che la sua bocca riversa parole, anche se non crede che abbiano senso, non sono altro che una fanfara di tamburi e grancasse che lo accompagna fino al letto dove si siede al suo fianco e la abbraccia con la paura che l'illusione possa svanire da un momento all'altro; ma una mano, quella di Rebeca sulla sua schiena, che lo tira contro di lei, avvicinando ancora di più i loro volti, come se volesse rifugiarsi dentro di lui, gli fa dimenticare ogni preoccupazione, e allora la bacia e la abbraccia, incurante degli sguardi del medico e delle infermiere.

«Ti amo» le sussurra César.

Nel bar di fronte all'ospedale, Merino sorseggia cucchiaiate di brodo che lo fanno sudare ancora di più nei trenta gradi e mezzo di agosto a Madrid.

«Dove hai tirato fuori questa storia di Guernsey?» chiede a César. «Non è la prima volta che ci imbattiamo nelle isole del Canale. Lo saprai, sono un paradiso fiscale, ma perché ci era andata, stavolta?»

«Ho trovato sul suo computer un documento sul caso Vendrell. L'ultima volta che ha scritto, all'inizio del suo secondo viaggio, il 21 luglio, era lì. A Guernsey. È andata sull'isola per via di una lettera che era nell'auto di Vendrell. Ha incontrato un certo Darcy, ti dice qualcosa? Ho controllato anche la sua posta: aveva i biglietti e la prenotazione in un hotel di Saint Peter Port, De Havelet».

«La lettera di Vendrell: era di un parente?»

«Non me ne frega niente di chi fosse. Sei un idiota o non ci arrivi? Ti sto dicendo che le hanno fatto del male. Sai cosa ha passato? Non puoi immaginare Rebeca in piena crisi... Non ti azzardare a cercare ancora i soldi di quel cazzo di Vendrell».

«Hai parlato con la polizia?» Merino allontana il brodo e, con un fragore che César non capisce come sia in grado di produrre, si tira indietro sulla sedia e allarga le gambe per far sì che il suo enorme ventre si riversi tra di esse.

«Non risulta alcuna denuncia a Guernsey. Non c'è nemmeno il verbale di un incidente. Ho guardato i giornali dell'isola e... niente. Non so che cazzo possa essere successo».

«Dovremo aspettare che torni in sé e recuperi la memoria».

Merino non ha smesso di interessarsi al caso. Se la pista di Vendrell ha portato Rebeca su una delle isole della Manica, è possibile che l'anziano di Oristà avesse molti soldi, e l'avvocato non perderà l'occasione di sfuggire alla merda che è la sua vita. Alcolizzato, obeso, bagnato da un sudore acre, Merino si trascina da anni come un'enorme lumaca, incapace di alzarsi in piedi perché gli alimenti per le due figlie, i debiti e la pigrizia in cui si crogiola lo tengono inchiodato al suolo. Senza il guadagno che Rebeca ricavava dalle eredità, Merino non ha altri mezzi di sussistenza, ma a César non importa. Che anneghi nella sua stessa miseria se deve essere così.

César non capisce perché Rebeca abbia mantenuto quel legame per così tanto tempo, quando il Merino di oggi, questo rigattiere ubriaco fradicio, non ha più niente a che fare con l'avvocato con cui César condivideva le strisce nel bagno di un bar di Malasaña, sette anni prima, quando il naso di Merino non era ancora ostruito dal muco e, aspirando, faceva un tiro pulito; quando nulla faceva presagire il suo declino.

«Non ci sarà nessuna condanna: hanno voluto correre troppo, non hanno prove sufficienti per dimostrare che Alberto Fischer avesse una rete di duplicati di carte di credito» gli aveva detto Merino in bagno, passandogli la cannuccia.

«Non ci sarà nessuna condanna?»

«César, ho pisciato sul pubblico ministero».

«Chi era la ragazza che ha testimoniato dopo di me?»

«Rebeca. Tu e gli altri vi procurate le carte, all'hotel Mediodía o dove lavorate. Magari pure da Starbucks, che cazzo. La maggior parte viene usata su Internet, ma Alberto è un nostalgico: si rifiuta di abbandonare il mondo fisico. Gli piace anche comprare gioielli o un profumo in un negozio. È quello che fa Rebeca.

Sta attenta che le telecamere non la riprendano, ovviamente. L'hai già visto in aula: l'unica cosa su cui l'accusa può basarsi è la memoria dei dipendenti. E io sono il migliore nel dimostrare che hanno una memoria di merda, che potrebbero aver confuso Rebeca con qualsiasi altra adorabile ragazza».

A César sembrava impossibile che qualcuno potesse dimenticare il viso di Rebeca. L'aveva vista per la prima volta in aula, si era avvicinata al corridoio per sedersi a testimoniare davanti al giudice. Una stella cadente con occhi azzurri e labbra rosse. Aveva appena avuto il tempo di guardarla prima che si sedesse dandogli le spalle, ma il suo viso continuava a ronzargli in testa, tanto che non era più stato in grado di seguire l'andamento del processo; la sua mente si era dedicata a fantasticare sull'immagine dei suoi occhi, della sua pelle vellutata incorniciata da una chioma castana, una cortina che gli permetteva di intravedere il suo sorriso, bianco e pulito. Un invito in un mondo in cui lui, come aveva scoperto quella stessa sera al bar di Malasaña, voleva entrare.

«Questa è Rebeca» l'aveva presentata Alberto più tardi al bancone. «Chi può non credere a questo angelo?»

C'era *Dance Yrslf Clean*, degli LCD Soundsystem, e, come se un regista di videoclip avesse coreografato il momento, il climax della canzone era esploso quando lei si era avvicinata per baciarlo sulle guance.

«Questa volta abbiamo avuto fortuna, ma non voglio che l'argentino mi incastri di nuovo. Non so cosa pensi di fare tu» gli aveva detto Rebeca sulla porta del bar quando erano usciti a fumare.

Non sa cosa aveva risposto, forse qualcosa di stupido, perché lei aveva riso. Una risata calda che sgorgava dal suo petto e lo affascinava.

Quando nasce l'amore? Lo immagina come se, racchiuso tra i polmoni, sgorgasse un nuovo organo che cresce a poco a poco: sulla porta del bar di Malasaña, ascoltandola raccontare la storia di come era arrivata a Madrid e aveva conosciuto Alberto Fischer, l'argentino. Un altro giorno, in un altro bar, quando lei era con un gruppo di amici e lui si era accorto di desiderarla, la curva del suo culo sotto il vestito, le labbra che, poi, si erano avvicinate al suo orecchio per dirgli di ordinarle da bere, le parole che, ormai senza senso, si arricciavano dentro di lui. La notte in cui era stato confermato che erano stati scagionati e lui aveva osato prenderla per la vita mentre camminavano verso l'ingresso della metropolitana. Il fischio dei treni mentre si baciavano, i loro aliti carichi di alcol.

Un giorno lei lo aveva invitato a dormire al Ritz. Stava entrando nel mondo che il suo sorriso gli aveva promesso. Avevano passato due notti a mescolarsi nel letto, con un desiderio che sembrava inesauribile. Lei gli aveva raccontato di Fred Demara: «Ci sono molti imbroglioni al mondo, ma nessuno come lui». Non cambiava identità, si trasformava in un'altra persona: un militare, un marinaio, un monaco o un chirurgo. Rebeca era affascinata dalla sua storia. Gli aveva detto che, quando Demara interpretava un insegnante, gli studenti lo adoravano, che nei panni di un medico avrebbe potuto salvare la vita dei pazienti sul tavolo operatorio. E, mentre la sentiva parlare, qualcosa cresceva dentro César. Invadeva i vecchi organi, il cuore, i polmoni. Ora era lei a pompare il sangue, a dirigere gli impulsi elettrici che mettevano in moto ogni suo pensiero.

Uscendo dal Ritz, Rebeca aveva presentato una carta di credito che dava errore. «Non so cosa sia potuto accadere. Dov'è il bancomat più vicino?» Il receptionist glielo aveva indicato e, una volta in strada, lei aveva chiamato un taxi. «Vuoi che ti lasci da qualche parte?» gli aveva chiesto mentre salivano. «E se prendessimo un'altra stanza d'albergo e continuassimo a scopare?» aveva risposto César.

Erano due orfani decisi a intrufolarsi a una grande festa. Non erano nati per una vita da impiegati, per guardare attraverso uno schermo come gli altri si godevano il meglio della vita, i ristoranti e gli hotel, i vestiti firmati, le spiagge esclusive. Sapevano che nessuno glielo avrebbe regalato, ma loro erano decisi a prenderselo. Solo poche settimane dopo erano entrati nell'appartamento di plaza del Conde del Valle de Súchil, trasformandolo nella loro casa. A quel punto, il nuovo organo che era nato in César era ormai il fulcro del suo organismo. Non riusciva a immaginare cosa sarebbe successo se qualcuno glielo avesse rimosso perché, allora, come avrebbe potuto continuare a respirare? Come avrebbe fatto a vivere?

Sessioni di fisioterapia. Rebeca deve recuperare il tono muscolare dopo lo sforzo a cui ha sottoposto il suo corpo. La stanchezza dura diversi giorni. Dorme molto e, ogni volta che lo fa, César la sorveglia con paura, temendo che la dolcezza dei suoi lineamenti possa incresparsi, che il terrore possa riprendere il controllo.

«Cercherò di farmi dare qualche giorno di ferie al lavoro» aveva mentito al telefono la zia di Rebeca.

«Comunque sta già meglio».

«Voglio vederla».

Non aveva discusso. Una volta riattaccato, aveva avuto la certezza che Patricia non sarebbe venuta. Avrebbe continuato a chiamarlo e a fornirgli scuse come se fossero biglietti da visita. Lei e Rebeca avevano a malapena un rapporto, era stato costretto a parlare con lei solo per chiederle se ci fossero precedenti di malattie mentali in famiglia. Patricia lo aveva negato con la veemenza di una persona offesa. Prima di mettere via il telefono, César aveva notato diverse chiamate perse dall'hotel, e anche alcune da Cora. «Dove cazzo sei finito?» gli aveva scritto in un messaggio pieno di emoji di fulmini e tuoni. «Vaffanculo» aveva pensato lui.

Parlano di cose senza importanza, dei modi bruschi di una infermiera o dell'orologio del medico, del dolore che le provoca lo stretching. Mangia bene. Non osa confessarle di aver aperto il «Rapporto Vendrell», di aver letto le accuse che trapelavano contro di lui in alcuni passaggi. A volte scivolano in ricordi lontani: quell'estate su una spiaggia di Almería, la notte della tempesta, l'occupazione dell'appartamento in piazza. «Sei sicuro di non averlo ridotto a un disastro?» dice lei con un sorriso, anche se in realtà non le importa, non è mai stata una maniaca della pulizia. Tornano indietro fino ad Alberto Fischer, l'argentino che ha intrecciato le loro vite con la truffa delle carte di credito. A volte dimenticano di essere in ospedale. La maschera di panico che era stata sul viso di Rebeca poco tempo prima.

César approfitta degli appuntamenti di fisioterapia per farsi una doccia a casa e soddisfare le richieste di Rebeca: il suo iPad, vestiti, anche un po' di trucco; è piacevole occuparsi delle faccende quotidiane. Nella tasca della valigia trova diversi opuscoli di Guernsey: una mappa dell'isola; pubblicità di Castle Cornet, una fortificazione a Saint Peter Port; un volantino pubblicitario della Sarnia Venture, una nave che organizza gite verso altre isole del Canale, e circa quattrocento sterline in banconote. Gli opuscoli emanano un profumo vacanziero, spensierato. Il cellulare squilla mentre sta uscendo per andare in ospedale. Teresa, la direttrice delle risorse umane del Villa Magna, gli chiede se ha tempo per andare in albergo.

«Non ce lo aspettavamo. Sai la fiducia che la direzione aveva riposto in te» gli dice appena arriva.

Non c'è liquidazione. Il licenziamento è giustificato. Una cameriera ha scoperto Cora che entrava nella stanza 502. César se l'era dimenticata e lei doveva essere uscita per comprare cibo, tabacco o eroina. Non gli interessa. Sa che lei lo ha chiamato decine di volte. Gli ha anche lasciato diversi messaggi. E che importa? I dettagli legali del licenziamento che la direttrice delle risorse umane si ostina a spiegargli lo esasperano. Perché il mondo si ostina a continuare con la sua assurda burocrazia? Dopo aver temuto di perdere Rebeca, tutto questo gli sembra ridicolo. L'unica cosa di cui vuole parlare sono i giorni a Guernsey, cosa potrebbe aver passato Rebeca per avere quella crisi. Firma il licenziamento e se ne va senza salutare, senza aver detto una sola parola.

«Quando torni in hotel?» Un pomeriggio, dopo la visita del medico, mentre languiscono in camera davanti alla televisione, la domanda di Rebeca lo coglie di sorpresa. Non hanno parlato di lavoro in tutto quel tempo. «Sono già molti giorni che sono qui, in ospedale».

«Ho chiuso. Ero stufo di girare per Madrid con i ricchi, ma non preoccuparti. Abbiamo dei soldi da parte. Ci meritiamo una vacanza».

Rebeca si sistema meglio sul letto, assonnata. Il rumore dell'aria condizionata, i passi delle infermiere nel corridoio, le conversazioni incomprensibili dei parenti che sono andati a visitare i malati creano un cuscinetto di rumore.

«Quando ti dimettono, forse, non so... sarebbe una buona idea andare a Guernsey».

È sorpreso dal tenero sorriso di Rebeca, come la madre che ha pietà del bambino che si rifiuta di accettare una delle leggi inesorabili della natura. Il medico gli ha chiesto di non sollevare l'argomento, portare a galla quel ricordo era qualcosa su cui doveva lavorare in coordinamento con il suo psicologo.

«Bel tentativo».

«Qual è la prima cosa che ti viene in mente se ti dico Guernsey? Dai, prendilo come un gioco».

«I gabbiani».

«Perfetto. I gabbiani. Forse li hai visti su una spiaggia. O dalla terrazza di un hotel, vicino al porto. Ci saranno centinaia di gabbiani al porto».

«Non lo so, César».

E poi Rebeca distoglie lo sguardo verso un angolo della stanza, come se si stesse concentrando per risolvere un qualche gioco ottico.

«Come si chiamano le Opel a Guernsey?»

«Le auto?»

«Sì, le auto».

«Non si chiamano Opel?»

«Lascia perdere, non importa. Proviamo qualcos'altro. Dimmi il primo nome che ti viene in mente. Qualcuno che potrebbe vivere a Guernsey».

«Tom?»

«Chi è Tom?»

«E che ne so. Mi hai chiesto un nome. È il primo che mi è venuto in mente».

«Juan Vendrell».

«Non so cosa c'entri Juan Vendrell con Guernsey. Voglio dire, mi ricordo della lettera che ho trovato nella sua macchina. Era in uno sfasciacarrozze di Avinyó. Veniva da Guernsey; l'ho controllato quando sono tornata a Madrid. Ma non so cosa cazzo ci facesse uno spagnolo a Guernsey. Sai già tutto, te l'ho detto».

«Non mi hai detto niente».

«Forse l'ho detto a Merino. César, ho la testa come un frullatore. Vorrei tanto sapere cosa ho fatto...»

«Darcy. Ti suona familiare questo nome? Fai uno sforzo: Darcy. O Virginia. Chi sono? Citadelle».

«Pensi che non stia cercando di ricordarmelo?»

«Mi dispiace. Parliamo d'altro. Di Merino, per esempio: quel bastardo non smette di mandarmi messaggi per sapere come stai, ma non è venuto a trovarti nemmeno una volta».

«Vuole sapere quando torno al lavoro».

«Gli ho detto che, per il momento, può scordarselo. Andiamo in vacanza».

«Ma non a Guernsey, ok? Scegli un altro posto. Voglio andare in vacanza, non fare una seduta di psicoterapia».

César glielo promette con un sorriso. Chiede a Rebeca se vuole un caffè, lui ne va a prendere uno dal distributore.

Ha bisogno di uscire dalla stanza perché la sensazione di falsità è troppo intensa.

Le sue bugie sul perché non lavori in hotel gli sembrano banali; tuttavia, è sicuro che anche l'amnesia di Rebeca non sia così innocente. Ha voluto apparire disinvolta parlando di Guernsey, ascoltando i nomi di Darcy, Virginia o Citadelle, come se fossero melodie sconosciute, senza altro disagio se non quello di una melodia che una volta conosceva e ora non riesce a canticchiare.

Quando lei ha negato di riconoscere i nomi di Darcy e Virginia, quando gli ha detto: «Pensi che non stia cercando di ricordarmeli?» ha notato che gli lanciava uno sguardo imbarazzato, fintamente impotente, e, con la bocca socchiusa, ha espirato dolcemente l'aria. La coreografia di un personaggio esausto. Nel momento in cui la macchina del caffè finisce di riempire il suo bicchiere, César si è convinto: Rebeca sta mentendo.

5.

Settembre comincia con lo stesso caldo con cui è finito agosto. César butta fuori il fumo appoggiato alla ringhiera della terrazza, il ferro brucia e deve ritirare il braccio. Sta fumando troppo in questi giorni, ne è consapevole. Usa il tabacco per riempire i tempi morti, quelli in cui non sa cosa fare o cosa dire. Ce ne sono stati molti da quando Rebeca è tornata a casa. Momenti come quello di adesso, quando Rebeca e Merino finiscono i caffè in salotto e lui preferisce scappare in terrazza nonostante il caldo afoso. È disperato perché non riesce a ritrovare la normalità che avevano prima della crisi. Ora tutto è forzato, forse per colpa sua, perché César non ce la fa a scacciare la paura di una ricaduta. Sente che Rebeca è ancora in bilico sul filo di un funambolo: resta in allerta durante i suoi frequenti pisolini – la sonnolenza si è impossessata di lei come un virus –, aspetta dall'altra parte della porta del bagno mentre fa la doccia, le concede solo pochi secondi da sola se va in cucina o in camera da letto per poi seguirla con qualche scusa che non inganna nessuno.

«Sembri un padre nevrotico» gli ha detto Rebeca. «Rilassati».

Non ci sono bambini nel parco della piazza, chi ha voglia di girare per la città a quest'ora del pomeriggio? Solo un uomo seduto su una panchina, dev'essere un turista, sta bruciando sotto il sole. Vestito di bianco, piccolo e, forse è un effetto della prospettiva, con una testa enorme, come quella di quei cagnolini che si mettono sul cruscotto dell'auto. L'alopecia guadagna terreno e la fronte arrossata per l'insolazione si estende fino alla sommità del cranio, dove un capello biondo e liscio si solleva ad arco, come se indossasse un copricapo d'oro. Il turista gli sembra familiare e, quando spegne la sigaretta, pensa a Philip Seymour Hoffman che interpreta Capote in un film.

«Come l'hai trovata?»

«Una egocentrica di merda. Come tutti i pazzi, che pensano solo al loro ombelico. Ai loro extraterrestri e a quando erano Napoleone... E gli altri, che si fottano. Loro hanno la loro pazzia, no? Quella gli basta...»

«Sei un idiota, Merino. Che cosa le hai detto? Di continuare con il caso di Juan Vendrell?»

«Di riprendere il lavoro. Non mi importa niente di Vendrell. E invece no. Ci rinuncia, César. Molto bene: voi potete resistere, ma io non so come cazzo pagherò gli alimenti alla mia ex moglie».

Merino gli volta le spalle e, più che scendere, si precipita giù per le scale come se fosse un rottamaio che rimbalza da un gradino all'altro facendo cozzare tutta la sua ferraglia. César torna in salotto, Rebeca raccoglie i piatti, getta le confezioni di cibo cinese in un sacco della spazzatura. Non sa perché lei non gli abbia anticipato la sua decisione di abbandonare il business delle eredità, ma non trova nemmeno il modo di chiederglielo.

«Devo andare, ho appuntamento con Noah per un drink. È da un po' che non ci vediamo» mente lui.

«Non mi muovo di casa» gli promette lei.

César vaga per la Gran Vía, insolitamente deserta. Madrid emana un'atmosfera di sconfitta, come se avesse gettato la spugna di fronte al soffocamento di temperature che la rendono inabitabile. Aveva promesso al medico, il terapista di Rebeca, che non le avrebbe più parlato di Guernsey, Virginia o Darcy, perché avrebbe potuto ostacolare il processo per recuperare la memoria. Non gli avevano dato retta quando si era detto convinto che lei continuasse a fingere, che ricordasse, ma che, per qualche motivo, non volesse ammetterlo. I medici avevano interpretato quella sua certezza come una fantasia dettata dalla frustrazione.

Ma loro non vivono con Rebeca. Non la conoscono quanto lui.

La seconda notte nella casa di plaza del Conde del Valle de Súchil, César si era svegliato all'alba – erano le cinque – e Rebeca non era a letto. Spaventato, era uscito dalla camera da letto, aveva guardato sulla terrazza e poi aveva sentito il rumore del rubinetto in cucina. Era aperto e, arrivando, aveva trovato Rebeca in piedi, che guardava nel vuoto. «Stai bene?» Per un momento aveva pensato che avesse un'altra crisi, ma lei aveva alzato lo sguardo e gli aveva sorriso. «Ehm... sì. Va tutto bene». Si era mossa rapidamente, come se l'avesse scoperta a fare qualcosa di sconveniente, aveva chiuso il rubinetto ed era tornata a letto. Nella penombra della cucina, César aveva avuto la sensazione che avesse pianto.

Approfittava dei momenti in cui lei dormiva per andare in bagno, per farsi una doccia. Il quinto giorno in casa, mentre si insaponava la testa, aveva sentito squillare il cellulare di Rebeca. Tre squilli; poi, silenzio. Quando era uscito avvolto nell'asciugamano, lei dormiva sul divano. Il televisore acceso, un documentario sulla costruzione di un enorme ponte. Aveva preso il cellulare, che lei aveva lasciato sul tavolino, ma era spento. Era sicuro che fingesse di dormire, ma aveva preferito aspettare fino a più tardi per chiederle se qualcuno l'avesse chiamata, magari dall'ospedale per fissare un appuntamento. «Avevo il cellulare spento. Non mi ero accorta che fosse scarico».

«Devi avere pazienza» le diceva il terapeuta, un grassone con i capelli arruffati che, visita dopo visita, assomigliava sempre più a un enorme rospo, verde e appiccicoso sotto la luce delle lampade fluorescenti. Anche i suoi monologhi sulla memoria come un campo minato in cui un passo falso può far saltare tutto in aria sembravano un gracidare roco, sgradevole e stupido.

Una mattina, più di due settimane dopo la dimissione, César era entrato in camera da letto con il caffè. Rebeca si era appena fatta la doccia e, nuda davanti all'armadio aperto, guardava i vestiti sugli appendiabiti come se non fossero suoi. Si era girata sorpresa notando la sua presenza e, per un istante, come se avesse di fronte un'attrice dietro le quinte che non ha ancora indossato il costume del suo personaggio, César aveva visto la vera Rebeca. Ed era spaventata. Aveva lasciato il caffè sul comò e l'aveva abbracciata. Sentiva l'umidità delle lacrime di Rebeca sul collo e, quando aveva voluto chiederle cosa le fosse successo, lei lo aveva zittito con un bacio. La sua mano, impaziente, aveva cercato il suo cazzo e lo aveva accarezzato finché l'erezione gli aveva fatto dimenticare perché l'aveva abbracciata. Cercando di prendere il controllo della situazione, l'aveva baciata ed era sceso fino al suo seno, sapeva quanto le piacesse che le leccasse i capezzoli, ma Rebeca lo aveva trascinato fino al letto. Lo aveva spogliato e si era seduta su di lui. Lo aveva scopato con violenza, quasi con disperazione, come se avesse bisogno di strappare una spina conficcata dove le mani non arrivano. Lui aveva cercato di trasformare il sesso, di renderlo più affettuoso affinché quel ricongiungimento fosse solo un inizio, ma lei non aveva smesso finché lui non aveva finito. Poi si era lasciata cadere al suo fianco. «Dio, quanta voglia avevo» gli aveva detto, aveva sorriso, ma non era più lei, era tornata a essere un'attrice che interpreta un personaggio.

Con le poche informazioni che ha, ha fatto diverse ricerche su Internet. Guernsey, Darcy, Virginia, Citadelle, in tutte le combinazioni. Ha ottenuto pochi risultati. Nemmeno uno su Juan Vendrell. Ha scoperto che Darcy Donkey è l'animale simbolo dell'isola, un enorme peluche con un fiocco verde sulla testa.

Sono le nove quando torna a casa. Non si è reso conto di aver camminato senza meta per quasi quattro ore. Comunque sia, è stato inutile. I suoi pensieri sono ancora persi in un labirinto. Vorrebbe dare ascolto al terapeuta, ma per quanto tempo sarà in grado di fingere una quotidianità in cui non c'è più nulla di consueto? Cosa impedisce a Rebeca di raccontargli cosa è successo a Guernsey?

«Perché non mi hai detto che non avresti più lavorato con Merino?»

«Non ci avevo pensato. Me ne sono resa conto parlando con lui, non voglio continuare con la storia delle eredità».

«E cosa farai?»

«Non lo so. Mi prenderò una pausa, come te».

Il tramonto trasforma in lava gli edifici di mattoni rossi dall'altra parte della piazza. Cenano con dei kebab che lui ha comprato prima di arrivare. La carta stagnola che li avvolgeva, intrisa di sale bianco, è appallottolata al centro del tavolo, come una palla da discoteca abbandonata nel ripostiglio.

«Vuoi farmi impazzire? Non capisco perché non ti fidi di me. Che cazzo ti ho fatto?!»

Dovrebbe controllarsi, ma invece esplode, si frantuma come un vaso di porcellana sul pavimento. Cerca di calmarsi guardando la strada, ma dall'altra parte della terrazza Madrid è in fiamme.

«Per quanto tempo riuscirai a continuare con questa pantomima?»

«Perché non vai a farti fottere, César?»

«È questo che vuoi? Che sparisca dalla tua vita? O preferisci che rimanga qui, fingendo che vada tutto bene? Possiamo programmare la vacanza di merda ad Almería. Finché non ti va di raccontarmi che cazzo è successo a Guernsey».

«Non me lo ricordo».

«Forse il tuo psicologo se lo beve, ma io no, Rebeca».

«Lasciami in pace, per favore».

«Che cosa ti hanno fatto? Cazzo, Rebeca, qualunque cosa sia successa, davvero, devi dirmela».

«Vuoi che mi inventi una storia? Non lo so. Sono uscita a bere e un tizio mi ha presa mentre andavo in hotel. Mi ha picchiata e violentata. Ti tranquillizza?»

«Mi tranquillizzerò quando saprò che mi stai dicendo la verità».

«Ho conosciuto un ragazzo super bello e sono andata a letto con lui».

«Pensi che questo sia un gioco?»

«Preferisco prenderla così. Sei uno stronzo».

«Darcy. Virginia. Quel cazzo di Juan Vendrell. Sei andata sull'isola a cercarlo e sono spuntati fuori quei due».

«Non me lo ricordo, César! Non ho la minima idea di cosa sia successo sull'isola!»

«Non sai come eri ridotta. Non potevi vedere la tua faccia. Avevi il corpo contratto. Qualunque cosa ti sia successa, qualunque cosa ti abbiano fatto, devono... Non so, pagare, cazzo. Che il figlio di puttana che ti ha fatto del male paghi per quello che ha fatto».

«E se non volessi?»

«Come puoi non volerlo?»

«Non mi importa se pensi che sia una bugiarda. Non posso fare nulla per cambiarlo, ma... si tratta di me, César. Non di te. E io non voglio guardarmi indietro. L'unica cosa che voglio è dimenticare, è così difficile capirlo? Non voglio più ripensare a come sono stata, a quello che mi hanno fatto... Un punto e a capo. È quello che sto cercando di fare. E tu non me lo stai rendendo facile».

«Non si può fare punto e a capo, Rebeca. So che ti ricordi. E hai paura. Non so se di Darcy o di Virginia... Lei è la regina di Citadelle, vero? C'era scritto nella lettera che Vendrell aveva in macchina».

«Quante volte hai letto il rapporto?»

«È meglio che non ti avvicini a Virginia. Questo ti ha detto quel tale Darcy. Perché? Che cosa aveva a che fare lei con Vendrell? Era sua figlia?»

«Non lo so e non voglio saperlo. Basta, César. Per favore».

César si è alzato presto. Rebeca non gli ha più parlato ieri sera e, stamattina, gli ha detto solo che preferiva andare da sola alla seduta con il terapeuta. Nella discussione nessuno ha osato fare riferimento ai rimproveri che Rebeca ha scritto contro César nel rapporto. Lui sa che, se le chiederà una spiegazione, dovrà essere sincero e mettere sul tavolo la verità del suo passato. Mentre lei si veste, lui prende un caffè sulla terrazza, scaldandosi come un gatto al sole. Ha la sensazione di non aver dormito per niente. Ha la testa pesante, come un macchinario obsoleto in cui gli ingranaggi, usurati, girano a fatica. In piazza ci sono due bambini che giocano, uno di loro si lancia nel tubo metallico di uno scivolo; deve essere come attraversare una padella di olio bollente. I genitori li osservano dall'ombra. A quest'ora, gli edifici dall'altro lato della strada proteggono parte del parco dal sole. Su una panchina, rivede Philip Seymour Hoffman. Il turista calvo ha la fronte imbrattata di crema, ma è troppo tardi per evitare la scottatura. Lo guarda attentamente; anche se ha la pelle chiara e i capelli biondi, nonostante la testa sproporzionata non assomiglia molto all'attore, ha gli occhi grandi e non deve avere più di quarant'anni, ma allo stesso tempo gli sembra familiare, non sa perché. La porta si chiude, Rebeca se n'è andata e, all'improvviso, come un oggetto smarrito che appare nel luogo meno atteso, la memoria gli restituisce l'immagine del turista nel corridoio dell'ospedale. Mentre César aspettava, non ricorda se il referto del medico o il permesso di entrare per vedere Rebeca, tra le infermiere e i familiari dei ricoverati ricorda di aver visto Seymour Hoffman, o il suo alter ego, lì in piedi. Con la camicia di lino bianca, davanti a un distributore automatico in cui rotolava rumorosamente una lattina di Coca-Cola. Il tipo si era chinato per prenderla e poi lo aveva guardato. In quei giorni, César era distaccato dalla realtà, non gli era sembrato altro che un altro sguardo di pietà da parte di un qualsiasi visitatore dell'ospedale.

Esce di corsa da casa. Non aspetta l'ascensore. Scende le scale a due a due. Uscendo dal portone, non vede Rebeca, ma non si sforza nemmeno di trovarla, non è lei che gli interessa. Attraversa la strada e il parco, ma sulla panchina dove era seduto il turista non c'è più nessuno. Si guarda intorno. «Ancora uno e poi andiamo» sente gridare la madre al bambino che gioca sullo scivolo. I pochi passanti che percorrono la piazza camminano lentamente, come se il calore accumulato dal suolo li trattenesse per le gambe.

Chiama più volte Rebeca, ma il suo cellulare è spento. È normale, deve essere in ambulatorio. Pensa di andare in ospedale per incontrarla quando esce e parlarle del sosia di Seymour Hoffman, ma gli squilla il telefono.

«Non mi importa se ti disturbo, dobbiamo parlare». Noah non gli dà la possibilità di rifiutare. Lo aspetta nella caffetteria dell'hotel Inglés. Il promoter non vuole dare ulteriori spiegazioni al telefono. César sa che non è un amante del dramma, l'urgenza deve essere giustificata.

«Cora sta parlando a ruota libera. E non pensare che la biasimi, forse farei lo stesso. Milo l'ha trovata in un appartamento per spacciatori a Lavapiés, quella stupida stava facendo una scenata perché non le avevano dato una dose, come se non sapesse chi c'era dietro il traffico. Le ha rotto lo zigomo e le ha spaccato le costole, credo che una le si sia conficcata nel polmone. È stata fortunata che alcuni vicini abbiano chiamato la polizia e l'abbiano ricoverata. Quel cazzo di greco voleva ucciderla. Ora è stabile, ma spaventata a morte. Per questo ha iniziato a parlare con la polizia. Vuole che la proteggano da Milo».

«Cosa gli ha detto?»

La cameriera si avvicina con un sorriso. È piuttosto vecchia, sulla cinquantina, è strano che un hotel di lusso abbia una donna così nella caffetteria, come se non avessero trovato altro che una vecchia gloria per interpretare la protagonista di una commedia romantica. César ordina un gin tonic e la cameriera torna al bancone circolare. Noah si accascia sul divano, le gambe aperte, mentre tiene in mano un cocktail arancione. Il promoter sembra un rapper portoricano, pelle scura, sorriso ampio, una maglietta larga di Versace e pantaloni larghi su scarpe da ginnastica Nike blu in edizione limitata. Una catena d'oro al collo.

«Cosa pensi che possa dire Cora?»

«Niente di che, suppongo» mente César.

«Per salvarsi il culo, dovrà infangare Milo il più possibile. E questo include anche te. La polizia potrebbe aver messo sotto controllo il tuo telefono o, chissà, magari un giorno si presenteranno alla porta di casa tua per fare una perquisizione. Non promette niente di buono, César».

La cameriera porta una ciotola di caramelle colorate insieme al gin tonic. Sa che Noah si sta congedando da lui. È la loro ultima conversazione, un ultimo favore a qualcuno che, forse, considera un amico. Non ha paura di ciò che Cora potrebbe raccontare, ma non vuole nemmeno che lo colleghino a César.

«Come sta Rebeca?»

«Meglio».

«Mi fa piacere. Ci vediamo presto al club».

«Certo».

Si ferma a un bancomat della Banca di Spagna. Preleva tutto il denaro consentito dal limite della carta. È possibile che il movimento attiri l'attenzione della polizia, ma preferisce questo a ritrovarsi con il conto bloccato da un momento all'altro. Domani ripeterà l'operazione o forse andrà in un ufficio per ottenere una somma maggiore. È riuscito a risparmiare quasi settantamila euro durante il periodo in cui ha spostato il materiale di Milo. Il poco che Cora sa del greco lo sa attraverso di lui. Dove si incontrano di solito, che tipo di droga gli passa, dove vende. La cosa più logica è che César sia il prossimo della catena a cadere, che gli agenti lo arrestino per metterlo tra l'incudine e il martello. O collabora o lo porteranno in tribunale. Questo se Milo non si fa vivo prima. Allo stesso modo in cui Noah ha ottenuto le informazioni da Cora, anche il greco può ottenerle.

La suoneria del cellulare. Squilla in un tono crescente.

Non ha il numero in rubrica. Risponde, ma rimane in silenzio finché non sente una voce femminile.

«César Guerín?»

«Sì, salve, chi parla?»

«Sono l'infermiera del dottor Serna. Abbiamo il suo numero di telefono come secondo contatto. Questa mattina Rebeca Lang non è venuta e non riesco a parlare con lei. Era per riprogrammare l'appuntamento».

«In questo momento non è con me, ma... le dirò di chiamarvi. Appena la vedo».

Non si stupisce quando, entrando in casa, non la trova. Né quando la chiama e trova il messaggio di telefono spento o senza copertura. Non ha voglia di mangiare e passa il pomeriggio seduto in salotto mentre le ombre guadagnano terreno, mentre tutto intorno a lui si spegne. All'inizio, era in allerta per sentire il rumore di scarpe sul pianerottolo, il suono di chiavi, ma con il calare della notte i suoi sensi hanno smesso di essere in tensione. Non è in grado di fissare la sua attenzione all'esterno, potrebbe esserci un temporale e lui non sentirebbe nemmeno l'umidità. Il dolore al petto è andato crescendo, come un iceberg che emerge dalle profondità rompendo la lastra di ghiaccio che lo ricopriva. Chiude gli occhi e vede il letto vuoto, la cucina silenziosa, il salotto dove la solitudine lo ha inchiodato, i giorni che verranno senza Rebeca. La prospettiva di una vita senza di lei lo travolge.

Sta piangendo quando il suono del cellulare lo distrae. Lo cerca a tentoni, non ha acceso la luce.

«César?» All'inizio non riconosce la voce; solo dopo, quando continua a parlare e nella pronuncia si inserisce una cadenza americana, si rende conto che è Patricia. «Rebeca è a casa, con me. Mi ha chiesto di chiamarti per non farti preoccupare. Sta bene».

«Posso parlare con lei?»

«No, César. Non vuole parlare con te. Ha bisogno di un po' di spazio, cerca di capirlo».

«Non so cosa c'è da capire, Patricia. La verità è che non ne ho la più pallida idea. Me lo spieghi tu?»

Silenzio. Lei non vuole discutere. Sente il suo respiro dall'altra parte, può immaginare un sorriso cinico, come se la sua fosse una vittoria. Non sa perché, e non gli importa, la zia di Rebeca non l'ha mai sopportato.

«Ti chiamerà tra qualche giorno».

Perché Rebeca è scappata da Patricia? In mezzo al salotto, al buio, il primo impulso di César è quello di cercare un treno, un autobus, che lo porti ad Ariza, ma se ne pente quando ha già preso i documenti e i soldi. Dà un calcio alla porta. Andare a cercarla peggiorerebbe solo le cose, perché dopo averle detto quanto la ama, arriverebbero a frotte le domande su Guernsey, su quei giorni della vita di Rebeca che lei nega e che lui è convinto nascondano la ragione del suo comportamento. Cora, Milo, la polizia, cazzo. Ricorda quei *bottle train* di champagne e fuochi d'artificio e li vede come frammenti perduti di un vecchio film, con la celluloide macchiata di bruciature. Era la vita di un'altra persona. La sua, ora, non sa quale sia. Come ha potuto perdere così tanto così in fretta?

6.

Un'isola dei pirati circondata da scogliere che qua e là si sfaldano in spiagge di sabbia bianca aperte sull'oceano, antichi castelli costruiti su promontori rocciosi che si protendono verso il mare, fortificazioni per proteggere i corsari che, spogliati della maschera del romanticismo, rubano, stuprano e uccidono per poi banchettare con arrosti e monete d'oro, prima di rotolarsi con le puttane nella sicurezza della loro isola.

Sta pensando a questo quando l'aereo scende verso l'aeroporto di Guernsey, sorvolando case separate da bassi muretti di pietra, un'irregolare griglia di ville e una natura rigogliosa. Poco più di un'ora da Londra-Gatwick. In realtà, l'isola è più vicina alla Francia che all'Inghilterra. Questa vicinanza geografica è impressa nei nomi: Aurigny Airlines, l'aeroporto di La Villiaze, mezz'ora fino a De Havelet. Ha prenotato una camera nello stesso hotel in cui ha soggiornato Rebeca. Il tassista, Simon, così si chiama, parla con un accento che all'inizio fatica a capire, forse perché le attrazioni turistiche che consiglia sono piene di altre parole in francese: Hauteville, il museo di La Valette o Castle Cornet.

L'interno dell'hotel ha un arredamento tipicamente inglese, moquette e legno alla reception; sebbene dipinti di bianco, emanano una luminosità che evoca il clima vacanziero che è la principale attrazione dell'isola. Romantici fine settimana, soggiorni in famiglia, gite in barca o in bicicletta e tramonti sulla riva dell'Atlantico a Cobo Beach, ma la stagione è già finita e la quiete e la mancanza di ospiti nelle aree comuni lo fanno pensare a un centro termale che sta per chiudere e coprire gli arredi con lenzuola bianche. L'edificio è una casa georgiana dell'inizio del diciannovesimo secolo, gli ha detto il ragazzo che gli ha consegnato la chiave, fornendogli informazioni sugli orari e sulle strutture offerte dall'hotel: una piscina riscaldata, il ristorante, un giardino. Lo accompagna attraverso una hall il cui soffitto è dipinto con un cielo al tramonto in tonalità pastello. Qualcosa che, forse, sarebbe più adatto a un obitorio che a un hotel. Sale le scale per dirigersi al secondo piano, non c'è ascensore, è uno dei problemi causati dal fatto che il De Havelet sia un edificio georgiano del diciannovesimo secolo, gli dice il ragazzo, che appare a disagio nella divisa dell'hotel, sembra un uomo che si traveste da donna a carnevale e, anche se cerca di avere un'aria femminile, il travestimento gli provoca una tale vergogna che la sua imitazione si limita a brevi gesti per paura che qualcuno possa pensare che gli siano naturali. Pensa che questo ragazzo nervoso, con i denti sporgenti e il rado baffo da castoro, possa aiutarlo a conoscere meglio l'isola, ma preferisce aspettare. Si concede un giorno per farsi un'idea più precisa del personale dell'hotel. Poi farà delle domande.

Non sa se la stanza che gli è stata assegnata sia la stessa in cui è stata Rebeca, anche se la probabilità è bassa. Dall'altra parte della finestra intuisce l'oceano e il porto. L'hotel è costruito su una collina, ma gli alberi gli impediscono di vedere oltre. Lascia il bagaglio e si toglie le scarpe. Cammina sul tappeto grigio fino a crollare sul letto. Sul soffitto, una lampada di ottone e lampadine a candela; alle pareti, quadri con fotografie dei tramonti dell'isola, rovine di castelli stagliate contro un cielo arancione; il copriletto blu su cui è sprofondato, dello stesso colore della testiera in tessuto, cerca di emanare un lusso che lo deprime, perché i materiali sono di scarsa qualità, perché l'arredamento sembra progettato da una pensionata che ha letto troppe riviste di interior design. Il materasso, almeno, è comodo.

Decide di fare una passeggiata. Sono passate da poco le cinque e gli uffici a Saint Peter Port stanno per chiudere. Dopo essersi avvicinato al porto, percorre la strada acciottolata di High Street, sale fino a Sunken Gardens, vaga senza meta per una città in cui è facile perdersi, che sembra costruita senza alcun piano urbanistico. Le strade, inondate di fiori – ortensie viola e blu, rose –, spuntano ovunque e si contorcono su pendii ripidi facendogli perdere l'orientamento. Nota l'abbondanza di filiali bancarie: Lloyd's, Credit Suisse, Barclays, ma anche altre i cui nomi non gli suonano familiari, Clariden Bank o Julius Baer & Co. Ce ne sono in quasi tutte le strade, solo le gioiellerie fanno loro una timida concorrenza. I negozi tradizionali, qualche franchising, pochissimi, stanno già chiudendo. Arriva a Les Vauxlaurens, una stradina senza marciapiede che sale tra due muri di pietra che nascondono delle ville. Ha la posizione sul cellulare: GY1 2LN, Les Vauxlaurens, l'indirizzo di quella lettera che ha ricevuto Juan Vendrell. La strada sbocca in un ampio incrocio. Edifici bianchi a due e tre piani, forse vittoriani o georgiani, tutti con file di camini in mattoni sui tetti, si ergono in quella che sembra una delle zone più ricche della città. Chiede a una donna che cammina con un passeggino. Ci sono pochi passanti, come se con la chiusura dei negozi si spegnesse anche la vita degli abitanti del luogo. Gli indica una casa signorile circondata da una recinzione che protegge il giardino, dove, a mo' di parapetto, si innalzano diversi alberi. La porta è chiusa e l'edificio è visibile solo in parte: un tetto di tegole rosse con finestre bianche che sembrano abbaini, una facciata in cui si intuiscono parti in pietra e altre dipinte di bianco. Non s'intravede alcun movimento all'interno, non c'è nessuna luce accesa e non risponde nessuno quando suona il campanello. Accanto c'è una piccola piastrina dorata: Samuel Darcy Legal Services.

Nella fiaba, Hansel e Gretel non riescono a tornare a casa perché gli uccelli hanno mangiato le briciole che hanno lasciato lungo la strada. César ha la sensazione di essere uno di quegli uccelli, si è addentrato nel bosco per trovare Rebeca e per ora ha trovato la prima briciola, Darcy, ma non sa se sarà in grado di ricostruire tutto il suo viaggio, forse il resto delle briciole è già scomparso.

Aveva cercato di parlarle. Aveva insistito con il telefono e, poiché gli dava solo spento o fuori copertura, aveva chiamato Patricia. Lei aveva avuto la pazienza di rispondergli, di spiegargli ancora una volta che Rebeca ha bisogno di tempo, che deve lasciarla in pace. Poi non gli aveva più risposto al telefono. Bloccato in casa sua, aveva fantasticato di nuovo sull'idea di andare ad Ariza, anche se poi aveva deciso di controllarsi e rispettare l'allontanamento che Rebeca gli ha imposto. Non voleva lasciare la casa – e se Rebeca fosse tornata all'improvviso? – ma sapeva anche che ritardare la partenza avrebbe finito per causargli problemi con la polizia. Da un momento all'altro sarebbero venuti a fargli visita, per chiedergli che rapporti avesse con Milo, con Cora. «Sai che possiamo metterti in un bel guaio se non ci aiuti?» gli avrebbe detto uno di quegli agenti con la superbia di chi ostenta un briciolo di potere.

Per due giorni non aveva mangiato quasi nulla e a volte si svegliava da sogni confusi e brevi, di appena pochi minuti, o forse era questa la sua impressione perché non riposava, con la sensazione di aver fatto qualcosa che non doveva; come se avesse aperto una porta per scoprire un'immagine orribile, un cane moribondo che sbavava sangue e ululava chiedendo aiuto, e poi avesse richiuso quella porta senza soccorrerlo. Si sentiva sporco, in colpa, e solo dopo un po' di tempo aveva identificato il motivo del suo malessere. E se Rebeca lo avesse sempre ingannato? E se lei, come Anna Anderson, la falsa Anastasia, o come Fred Demara, avesse finto per lui di essere Rebeca? La donna di cui era innamorato, capace di trasformarsi in ciò che voleva, forse non era nemmeno reale. Ma poi si era convinto che fossero solo la rabbia e la mancanza di informazioni a fargli pensare una cosa del genere. L'elettricità, si diceva, era una spiegazione molto più semplice. La cura poteva aver lasciato dei segni sulla sua identità, come piccole scheggiature su un piatto di porcellana. Aveva riletto ossessivamente il «Rapporto Vendrell», Rebeca non aveva portato con sé il portatile, e così aveva deciso di andare a Guernsey: perché in quel modo si sarebbe allontanato dalla pressione della polizia – non era un obiettivo così importante da giustificare un mandato internazionale – e perché, se Rebeca non gli aveva confessato cosa era successo su quell'isola, lui aveva bisogno di saperlo per trovare una spiegazione per la sua fuga. Aveva fatto le valigie, distribuito il denaro in diversi scomparti. Aveva anche messo da parte alcune pastiglie e un flaconcino di fentanil liquido, nel caso avesse avuto bisogno di procurarsi altro denaro sull'isola; la cosa più intelligente da fare era smettere di usare la carta di credito.

Nei primi giorni a Guernsey, César continua a passeggiare per la città. Visita la chiesa, la casa museo di Victor Hugo, al porto vede un cartello di Sarnia Venture bruciato dal sole, un annuncio di un concerto a Castle Cornet ne copre una parte. Pensa che l'agenzia di escursioni in barca di cui Rebeca aveva un opuscolo possa essere fallita. Nel mare, sotto i gabbiani che non smettono di riempire il cielo, due isolotti si stagliano all'orizzonte: «Herm e Sark, deve assolutamente visitarli» gli dice una delle cameriere dell'hotel. Le si è avvicinato nei panni del turista disorientato: «Un'amica mi ha consigliato di venire qui, a Guernsey, ma non so bene cosa fare» e poi le ha mostrato una foto di Rebeca col pretesto che aveva alloggiato in quello stesso hotel, ma, anche se gli è sembrato che la riconoscesse, la cameriera ha alzato le spalle: «Passa molta gente da queste parti, soprattutto d'estate».

Le cameriere sono in una posizione delicata; entrano nelle camere degli ospiti e, oltre alla rapidità, la loro principale qualità è la discrezione, un errore può essere punito con il licenziamento. È più facile con il ragazzo con il baffo da castoro alla reception.

Bastano alcune battute complici – una presa in giro su una coppia di pensionati che non smette di lamentarsi e non sembra apprezzare nulla dell'hotel – per guadagnarsi la sua fiducia e, quando gli mostra la foto di Rebeca, la riconosce immediatamente.

«È stata qui non molto tempo fa, ma solo per una notte. Aveva prenotato per dieci giorni, ma è scomparsa il mattino dopo. Non abbiamo dato molta importanza alla cosa, aveva pagato in anticipo. Ad alcuni dei nostri clienti non importa perdere soldi se cambiano i loro piani».

César mente. Gli dice che Rebeca si doveva incontrare con alcuni amici dell'isola, Darcy e Virginia, ma il ragazzo non ricorda che qualcuno sia andato a prenderla in hotel.

Se ha trascorso solo una notte a De Havelet, dove ha passato il resto del tempo? César elabora diverse ipotesi. Potrebbe essersi stufata di salire e scendere la ripida collina dove si trova l'hotel e aver cercato una stanza altrove, ha visto The Old Government House, sembra il migliore di Saint Peter Port. O forse è tornata in Spagna. E se tutto questo viaggio non fosse altro che una perdita di tempo?

«È la prima volta che viene a Guernsey?» gli chiede il cameriere del ristorante dell'hotel quando gli consegna il menù.

«Sì. Penso di essere arrivato fuori stagione».

«L'estate è un inferno. È ora che ci si può godere l'isola».

La notte ha portato un vento freddo dall'oceano. In lontananza, si può vedere il bagliore di alcune barche ormeggiate nel porto, che si riflettono nell'acqua come macchie di luce attraverso un vetro bagnato. César si è seduto sulla terrazza del ristorante e approfitta del fatto che non ci sono altri clienti per fare conversazione con il cameriere. Neville, questo è il suo nome, sembra più aperto del resto degli isolani con cui ha avuto a che fare.

«È molto affollata di turisti?»

«Non tanto quanto prima, ma ci sono giorni in cui non si riesce a mettere piede in High Street. Ha pensato di noleggiare un'auto? È il modo migliore per conoscere Guernsey».

«Se avrò tempo. Devo risolvere alcune questioni qui, a Saint Peter Port».

«È un viaggio di lavoro».

Le labbra di Neville si stringono in un lieve sorriso, il suo sguardo, che ora si sofferma sui vestiti di César – la camicia e i pantaloni, gli stivaletti di pelle, non c'è bisogno di riconoscere le marche per sapere che sono costosi –, cambia come se si sintonizzasse su un'altra stazione radio. Neville crede di riconoscere il suo interlocutore, si sente un detective che ha scoperto una pista che gli altri hanno trascurato e pensa di doverlo trattare in modo diverso. La prima impressione che César ha avuto dell'isola, quella di una destinazione di vacanza per la classe media e i pensionati inglesi, con le case pittoresche, le spiagge e le scogliere, è svanita con le prime passeggiate. Guernsey non è opulenta. Non ha trovato gli yacht di Puerto Banús o Ibiza, i bar sembrano aperti a tutti, turisti e famiglie, nemmeno le auto saltano all'occhio, potrebbero essere in qualsiasi quartiere di Madrid con un certo potere d'acquisto. Eppure, è come se un filo invisibile collegasse le banche con le placche dorate simili a quella di Samuel Darcy che si vedono su molte case – Rainbow Trust, Walker & Jo Financial Advisory, Richard Fallaize Limited –, c'è una corrente sotterranea di denaro. Di molto denaro. Somme che viaggiano da diversi paesi per scomparire nel buco nero fiscale dell'isola attraverso società interposte, prestanome, schermi che rendono impossibile indovinare da dove proviene il capitale, chi ne è il vero proprietario.

E Neville ha creduto di vedere in César uno di quei tanti uomini d'affari che, in silenzio, visitano l'isola per nascondervi un tesoro, come gli antichi pirati. Gli conviene che il cameriere continui a crederci, pensa César, e decide di alimentare quell'immagine e di dare importanza a Neville stesso, come se il suo consiglio fosse vitale.

«Ho un appuntamento con Samuel Darcy, non so se lo conosci. Mi farebbe comodo avere delle referenze».

«È difficile conoscere il nome di tutti gli uomini d'affari di quest'isola».

«E Juan Vendrell? Ti dice qualcosa?»

«Mi dispiace».

Quando si scusa, César intravede un velo di vergogna. Neville ha circa cinquant'anni, la pelle abbronzata dal sole, le dita corte e tozze, che può vedere quando gli toglie il piatto con le costolette alla brace che ha appena toccato, sembra chiedere scusa con ogni gesto per essere ancora lì, dopo tanti anni, a lavorare come cameriere in un hotel a quattro stelle.

«Forse il suo viso ti è familiare. L'isola non è poi così grande. Potreste esservi incrociati in città».

Cerca sul cellulare la foto di Vendrell che Rebeca aveva inserito nel suo rapporto. La mostra a Neville, che, non appena la vede, sorride compiaciuto.

«Che nome ha detto?»

«Juan Vendrell».

Neville annuisce come un soldato che ascolta racconti di guerra da qualcuno che non ha mai messo piede al fronte. Prende il cellulare di César per guardare la foto più da vicino.

«Questo bastardo è Eduard Groizard». Neville pronuncia il nome in quella strana miscela di inglese e francese che è comune sull'isola, anche se Eduard potrebbe anche essere un nome catalano. «Mi creda, non è una faccia che si può confondere».

Mentre aspetta che Neville finisca il suo turno – l'ha convinto a bere qualcosa in un club senza rivelargli che è interessato a saperne di più su Groizard/Vendrell, ha conquistato il cameriere chiedendogli di accompagnarlo per conoscere meglio la notte di Guernsey, «Sono sull'isola da diversi giorni e sto iniziando a sembrare un pensionato» –, César si rende conto che Rebeca non aveva torto nel suo rapporto. Aveva ipotizzato che Vendrell e la sua donna si nascondessero sotto una falsa identità, che non fossero due anziani innamorati della solitudine, ma due fuggitivi. La sua intuizione risveglia l'ammirazione che ha sempre provato per lei: quando occupava camere in hotel di lusso, quando si guadagnava la fiducia dei familiari dei morti.

Sta seguendo le orme che Rebeca ha lasciato sulla sabbia dell'isola, perché è sicuro che, se lui ha scoperto la doppia identità di Vendrell, anche lei l'ha fatto.

«Prima ero come te, servivo drink al bar di un hotel, ma ho avuto la fortuna di incontrare un angelo». César sa che, come nel baratto, se vuole che Neville gli racconti una storia, lui deve dargliene un'altra, quindi non esita a inventarne una che pensa possa soddisfare le aspettative del cameriere di De Havelet. «Si chiamava Alister Browley. Era un americano che si trovava a Madrid da un mese; ogni sera veniva al bar per farsi preparare un dry martini. Sai che a volte le persone che si dedicano agli affari si sentono molto sole. Ci annoiamo, questa è la verità, e abbiamo bisogno di fare un po' di conversazione. Io ne facevo, come ne avrai fatte sicuramente anche tu».

«Al De Havelet non si fermano molte persone come te. Di solito scelgono questo hotel».

Sono al Crown Club, il bar dell'Old Government House, un hotel a cinque stelle con un'atmosfera da club privato, camerieri con modi untuosi e in uniforme con gilet che Neville ha salutato con sicurezza mentre si sedevano su un divano in una zona arredata esclusivamente in bianco e nero. César ha ordinato due Talisker invecchiati trentacinque anni. L'investimento, più di duecento sterline a bicchiere, serve a far sì che Neville continui a pensare di avere l'ospite perfetto. Mentre un pianista suona una melodia jazz in un angolo del club, Neville gli racconta che è in questo hotel o nelle ville nel nord dell'isola che di solito si fermano gli investitori.

«Qui, la segretezza è la cosa più importante. I membri del baliato non sopportano l'esibizionismo. Tutto viene fatto con un decoro molto inglese. Sotterraneo, mi capisci».

Neville descrive come funziona l'isola: il governo è un baliato, un sistema giuridico nato nel Medioevo che, sebbene ora nomini i suoi membri attraverso delle elezioni, è ancora nelle mani di poche famiglie, non esistono partiti politici. Rimangono vestigia anacronistiche come Sark, un'altra piccola isola dipendente da Guernsey e che è ancora un feudo. Anche se sotto la protezione della Corona britannica, Guernsey è autonoma dal punto di vista legislativo, quindi è stato possibile progettare un sistema fiscale che attira denaro da tutto il mondo e ne consente una gestione opaca.

Il cameriere di De Havelet si lamenta di come questa deriva abbia finito per privare l'isola stessa della sua identità, rendendola ormai una sorta di scenario per turisti della classe media e un casinò per i più ricchi. César si guarda intorno nel locale, non è particolarmente interessato ai lamenti di un Neville che rimpiange i tempi in cui Guernsey era dedita all'agricoltura e all'allevamento, quando i suoi abitanti erano gli unici proprietari della terra. Da dove si trova, può vedere una terrazza panoramica. Il pavimento è di un bianco splendente, come il legno che incornicia la vetrata e che la trasforma in una sorta di serra. Accanto a una pianta verde fluo che si erge fino al soffitto, c'è un tavolo occupato da sei o sette donne, non riesce a vederle tutte, ma sono molto giovani. Con loro c'è un uomo sulla trentina, dalla pelle scura, che potrebbe essere latinoamericano, forse venezuelano. La camicia con due bottoni aperti, una catenina d'oro che César sa essere molto costosa, come l'anello che porta alla mano sinistra. Si comporta da padrone di casa, questa è l'impressione, come se le ragazze che lo circondano si stessero conoscendo proprio stasera e lui avesse il compito di creare l'atmosfera ideale. Una di quelle ragazze, bruna, con un taglio corto e un po' riccio, tiene i piedi scalzi sulla sedia, il corpo leggermente inclinato all'indietro con un'attitudine indolente, sembra annoiata. Lo sta guardando. Neville chiede a César di tornare alla storia del suo angelo, ma lui ha difficoltà a riprendere il filo. La ragazza ha le labbra dipinte di rosso e, anche se sono a una decina di metri di distanza, ha la sensazione di essere accanto a lei, di poter sentire il suo respiro. È caldo. Vellutato.

«Sì, certo, Alister». Gli ci vogliono alcuni secondi per ricordare quella bugia inventata al momento. «Ci siamo trovati bene e, be', gli ho anche fatto un favore togliendogli di dosso una ragazza che era ossessionata da lui. La poveretta pensava che fossero innamorati». E, mentre inventa la storia, pensa a Cora, a come si è fatta coinvolgere da un americano. Lei, che era la luce di molte notti al Club Magno. «Prima di andarsene, in segno di gratitudine, mi ha detto: 'Theros Systems. Metterei lì tutto quello che ho'. Per questo dico che Alister è stato il mio angelo. Era un'azienda di microprocessori e ha fatto il botto in borsa. I diecimila euro che ho investito sono diventati centomila».

Ha ottenuto su Neville l'effetto desiderato, tanto che balbetta impressionato, sognando un colpo di fortuna come quello di César – e forse sognando che César sia il suo colpo di fortuna – ma lui non riesce a distogliere lo sguardo dalla ragazza indolente al tavolo della terrazza. Indossa dei pantaloncini di jeans e le sue gambe abbronzate si intrecciano come serpenti a sostenere i piedi scalzi sulla sedia dove è seduta. La camicetta bianca, che sembra di seta, è trasparente e, in controluce, César intuisce la silhouette del suo corpo, del suo seno. L'uomo al tavolo le dice qualcosa e lei lo guarda come se fosse appena uscita da un sogno.

«In realtà, sto appena iniziando, ma so che se c'è qualcuno di cui ci si può fidare, sono le persone come te, Neville. Ecco perché mi interessa tanto quello che puoi raccontarmi di Eduard Groizard».

Al tavolo della terrazza si alzano. Le ragazze sanno di essere al centro dell'attenzione quando attraversano il bar e salutano i camerieri. Il venezuelano firma il conto. La ragazza con il taglio corto lancia un ultimo sguardo indietro, César lo stava aspettando e non può evitare una folgorante fantasia piena di desiderio in cui si alza e la raggiunge all'uscita del bar per stringerla alla vita, premersi contro il suo corpo e baciarla. Tuttavia, il lampo si spegne e l'atmosfera riacquista la sua stabilità. Le ragazze e l'uomo se ne sono andati. Sono ragazze da club, pensa César, e lui è un promoter. Conosce bene la configurazione di questo tipo di gruppi. Sono a Guernsey per partecipare a qualche festa.

La melodia del pianoforte attutisce di nuovo la conversazione di Neville, che ha iniziato a raccontargli come ha conosciuto Eduard Groizard.

«Da quando è apparso, Groizard ha fatto quello che voleva. Ed è apparso molto tempo fa. Mio zio dice che è arrivato dopo la Seconda guerra mondiale. Era il 1945. Non so se allora fosse già così vecchio, perché l'ho sempre conosciuto così. È talmente vecchio che sembra immortale». Neville chiede un secondo giro di whisky, ha deciso di sfruttare fino all'ultima parola della sua storia, anche se lui non è altro che un narratore intermedio, perché chi ha avuto un vero rapporto con Eduard Groizard è stato suo zio, Raymond. Ora è in pensione in una vecchia casa di campagna a L'Ancresse, nella parte orientale dell'isola, ma Raymond è stato per anni il capo della polizia di Guernsey. A quel tempo aveva dovuto affrontare più volte Eduard Groizard, lo spagnolo, come veniva chiamato da qualcuno, perché, nonostante avesse trascorso la sua vita a Guernsey, gli isolani, come Neville e suo zio Raymond, lo consideravano sempre un forestiero.

Negli anni Cinquanta, Eduard Groizard aveva fondato una società di investimenti che, con il beneplacito delle autorità e approfittando delle lacune legislative, era cresciuta a dismisura fino a diventare un colosso negli anni Settanta. Groizard era stato uno dei precursori nel trasformare Guernsey in un centro mondiale dell'evasione fiscale. Nessuno sa a quanto possa ammontare il suo patrimonio, non era un uomo che cercava riconoscimenti e, tanto meno, a cui piacesse ostentare il denaro. Tutto quello che faceva, lo faceva nell'ombra, tramite intermediari, con sotterfugi come quello che aveva provocato il licenziamento di Raymond dalla polizia quando aveva deciso di indagare sulla scomparsa di una giornalista britannica a Citadelle, quasi dieci anni fa.

«Che cos'è Citadelle?»

«Casa sua. L'ha comprata negli anni Settanta, quando la fortezza era in rovina. Viveva rinchiuso lì, ma a volte organizzava feste per i suoi clienti. Ci ho lavorato un anno come cameriere: non puoi immaginare quanti soldi circolassero lì. Sua moglie, Mary Ann, era attenta a ogni dettaglio. Un anno, una certa Greta Hobbs è scomparsa durante una di quelle feste. Dopo le prime ore di festa, una volta che tutto era pronto, Mary Ann congedava il personale. Nella fortezza rimanevano solo i migliori clienti con la coppia. Greta non era altro che una giornalista, ma è riuscita a rimanere, non so come. Nessuno lo sa. O forse è vero quello che ha dichiarato Groizard, che la ragazza se n'è andata prima. In ogni caso, quando mio zio Raymond ha cercato di entrare a Citadelle, sono iniziati i suoi problemi. Non ha mai avuto un confronto diretto con Eduard o sua moglie, ma sa che c'è la loro mano dietro il suo licenziamento».

Mentre César elabora tutte le informazioni, Neville scherza sul possibile affare che ha in ballo con Groizard: forse sarà un patto con il diavolo, ma non è il diavolo a offrire i migliori benefici?

«Dov'è Citadelle?»

«Non è qui a Guernsey. Non so se sei mai stato ad Alderney. Ogni giorno ci sono traghetti per l'isola. Vale la pena visitarla, ma se non hai un appuntamento non credo che tu possa entrare a Citadelle».

«Perché?»

«Lo vedrai tu stesso».

«Ho parlato con Groizard. Non credo che ci saranno problemi».

«Ne sei sicuro?» Il whisky ha reso gli occhi di Neville vitrei e César ora si rende conto che forse non è stato lui a giocare con il cameriere, ma il contrario. «Devi insegnarmi come si parla con i fantasmi, perché tutti dicono che Eduard Groizard e sua moglie sono morti».

«Non ho parlato direttamente con loro» mente César, che sa di essere in trappola.

«E con chi hai parlato? Con la figlia? Peggio ancora. Dicono che sia tornata, ma, amico, Virginia era pazza. E queste cose non si aggiustano mai. Vive rinchiusa nella fortezza. Qualcuno ti ha fregato».

Barcollando e con un sorriso di compiacimento, Neville si alza. Fa un cenno a uno dei camerieri con la pettorina perché porti il conto dei Talisker e gli indica César, perché paghi lui.

«Quando vuoi, ci facciamo un altro giro» gli dice congedandosi.

Lo ferisce nell'orgoglio aver creduto di poter manovrare Neville a suo piacimento, ma mette da parte la vanità ferita e, rimasto solo al Crown Club, quando il pianista ha smesso di suonare e sente solo il vento che colpisce la vetrata della terrazza, ripensa ad alcune righe del promemoria incompleto che Rebeca ha lasciato nel rapporto, il suo primo giorno a Guernsey: «L'ultimo sussurro di Darcy, quando stava già facendo giorno: è meglio che non ti avvicini a Virginia».

7.

Sono passate da poco le dieci e mezza quando il traghetto attracca al porto di Alderney. César è l'unico passeggero, oltre a una coppia tedesca sulla sessantina. La stagione turistica si conclude a ottobre e, da quel momento in poi, non ci sono turisti a giustificare la linea. In inverno, quando dominano pioggia e vento, l'oceano in tempesta tiene lontani tutti dalle isole del Canale fino a marzo. Questo gli ha detto Albert, il capitano della nave, un francese obeso di Les Bizeaux, un piccolo paese di Capo La Hague, in Francia, a sole dieci miglia da Alderney. César si è sforzato di essere gentile e non ha quasi mai smesso di fare conversazione con il capitano. «Affari o vacanze?» gli ha chiesto Albert, César si è reso conto che questo è un saluto frequente sulle isole. «Vacanze» ha risposto questa volta, come chi assaggia diversi gusti di un liquore per decidere quale preferisce. Albert gli ha raccontato che lavora sul traghetto durante l'estate e torna nel suo villaggio normanno in inverno, sta già contando i giorni che mancano. Hanno costeggiato Alderney a ovest, hanno lasciato a sinistra l'isola disabitata di Burhou con i suoi pinguini, e poco più lontano Les Casquets, un piccolo arcipelago roccioso che emerge come placche di dinosauro, alcune affilate, contro le quali le onde si infrangono con furia. Nonostante tutto, questo è il passaggio più sicuro; tra Alderney e la costa francese passa The Race, la corrente più forte di tutta Europa.

«Più di uno che si credeva un capitano è naufragato lì» così Albert ha deriso tutti quei principianti che pensavano che il loro fiammeggiante yacht potesse vincere la collera del mare e che ora sono sprofondati negli abissi dell'oceano.

Sin dal momento in cui ha messo piede nel porto, ancor prima di iniziare la navigazione, César ha la sensazione di essersi imbarcato in un viaggio nel tempo verso un'epoca passata in cui tutto è molto più rudimentale, primordiale e, allo stesso tempo, tagliente, come se l'uomo non fosse ancora riuscito a perfezionare la natura. Il vento lo colpisce con forza, la giornata è cominciata nuvolosa, l'odore del mare è più intenso che a Guernsey, e il continuo gocciolare dell'acqua, non si sa se di una pioggia sottile o prodotto delle onde che si infrangono contro il lungo molo che chiude il porto, gli bagna il viso. Al porto c'era poco movimento, solo due o tre uomini in cerate grigie si spostavano tra le barche ormeggiate, per lo più piccoli pescherecci, o tra le imbarcazioni che custodiscono nei capannoni lungo la strada che abbraccia il porto. È come se fosse una domenica d'inverno in un paese dove nessuno vuole stare. Come se stessero prendendo precauzioni per un temporale imminente.

Nel cielo, uno stormo di gabbiani irrompe rumorosamente con schiamazzi che fanno a gara con il rumore del vento, chissà se hanno individuato del pesce su una delle barche, tuttavia César è sopraffatto da una sensazione di impotenza che non capisce. Niente lo minaccia e, allo stesso tempo, sa di essere esposto a qualsiasi forza della natura: il vento, le maree, la pioggia o i gabbiani.

«I gabbiani» gli ha detto Rebeca quando lui le ha chiesto di dirgli la prima cosa che le veniva in mente pensando a Guernsey.

Ha tempo fino alle quattro del pomeriggio, quando il traghetto di Albert farà il viaggio di ritorno. L'isola di Alderney è piccola, non raggiunge gli otto chilometri quadrati, quindi decide di fare una passeggiata fino a Citadelle. Il sentiero non è così semplice come immaginava, si snoda parallelo alla costa, in un continuo saliscendi. Arriva alla fine di Platte Saline, un'immensa spiaggia di sabbia bianca che si trova a ovest del porto. Deve seguire il sentiero che serpeggia verso Clonque Bay, dove si trova la fortezza, la casa di Eduard Groizard, la casa di Virginia.

«Ora che sono la regina di Citadelle» si ricorda che aveva scritto nella lettera inviata a suo padre.

Case modeste, unifamiliari, con tetti a due spioventi e dipinte a colori, rosa, blu, giallo, ma che, alla luce grigiastra di una giornata nuvolosa, gli sembrano spente, tristi, come se tra le loro mura potesse abitare solo il silenzio. Anziani e coppie che non si parlano, bambini immobili davanti ai pezzi di un gioco di costruzioni. Avanza attraverso un prato verde che si estende tra la spiaggia e la strada dove ci sono le case. Incrocia pochissime auto.

Segue le impronte che crede siano state lasciate da Rebeca su quell'isola, ma non è sicuro di dove lo conducano. Ha messo insieme una storia, forse una costruzione mentale che gli consente di comprendere la crisi che l'ha paralizzata. È arrivata su queste isole spinta dalla sua Grande Onda; il caso Vendrell, aveva ragione, nascondeva un patrimonio, ma l'onda si è rivelata troppo grande e l'ha sommersa. Alla morte di Vendrell/Groizard sono emersi decine di aspiranti che, come carogne, hanno addentato la loro parte del cadavere: Darcy, il pezzo che non è ancora riuscito a incastrare; Virginia, che Neville ha definito pazza; chissà quanti altri. L'ambizione potrebbe essere stata la condanna di Rebeca.

Ha cercato Greta Hobbs su Internet; non c'è molto, alcuni articoli scritti da lei su *The Guardian*, il giornale per cui lavorava, un pezzo sul crollo in borsa di una compagnia di assicurazioni a Londra. Era giovane, ventisei anni, quando è scomparsa. Oltre ad alcune foto che i suoi amici hanno caricato sui social network, post che lamentano la sua perdita, ha trovato una breve notizia su *The Guernsey Press*. In tono asettico, come se fosse una trascrizione della comunicazione della polizia, si dava notizia dell'affondamento di una barca a The Race, di fronte alla costa orientale di Alderney. Anche se non era stato trovato alcun corpo, si dava per scontato che Greta Hobbs fosse a bordo di quella barca.

È possibile che sia vero, pensa César mentre si dirige a sud, lasciandosi alle spalle una collina dove sorge un'enorme fortezza, Fort Tourgis, come ha letto su un cartello. O forse il mondo che circondava Groizard era oscuro quanto il suo mestiere. Non ha nessuna prova oltre alle insinuazioni di Neville, quel modo arrogante con cui Groizard aveva liquidato l'ex capo della polizia causandone il licenziamento, ma avverte una violenza sotto quelle azioni – la stessa lingua dell'ambiente di Groizard? – come quella che si può intuire nello sguardo torbido di un violento quando la moglie lo svergogna in pubblico. La promessa di una scarica di botte. Forse Greta Hobbs non era scomparsa inghiottita dalla corrente, ma si erano sbarazzati di lei.

Si rende conto che il nome di Groizard si è imposto. Privato di Vendrell, della sua maschera, dell'aura del povero vecchio, nella sua immaginazione rimane solo il veleno di Groizard.

Quando arriva a Clonque Bay, è convinto che Rebeca si sia addentrata in un terreno sconosciuto, che non abbia saputo individuare il pericolo, come chi percorre una città ignota perso nei propri pensieri e non si rende conto di essere entrato in un quartiere malfamato.

Il vento ora soffia più forte, si attorciglia nelle sue orecchie e gli riempie la testa con un rumore costante, una rabbia simile a un grido. Tra tutte quelle voci c'è la sua, che, anche se fa il possibile per non ascoltarla, insiste nel ricordargli i colpi che ha subito Rebeca quando è stata violentata.

La strada sale a zig-zag su un'altra collina. Lassù, una giovane coppia con il binocolo osserva un isolotto bianco che emerge dal mare, a poche centinaia di metri dalla scogliera. A mano a mano che si avvicina, capisce che la ragione di quel candore non è la roccia, ma le centinaia di uccelli che vi si sono posati. Per farsi capire dalla coppia deve urlare a causa del vento.

«Sapete dov'è Fort Citadelle?»

La ragazza gli risponde qualcosa, ma il frastuono del mare, lo sbattere delle onde e il vento gli impediscono di sentirla. Gli fa cenno di tornare indietro, verso la baia che ha appena superato. César segue le sue indicazioni, anche se non è sicuro di essere sulla strada giusta finché non scende sulla spiaggia. Le onde si infrangono bianche e, sotto la cupola grigia del cielo, gracchiano ancora i gabbiani, ma lui non gli presta attenzione. In mezzo al mare, a poco più di trecento metri, c'è un isolotto e, costruita su di esso, come un animale arroccato su una roccia, sorge una fortezza. O forse è un carcere. I muri di pietra, le finestre strette, la struttura difensiva della cinta muraria che la protegge dagli assalti dell'oceano la fanno assomigliare più a un carcere.

«Sei arrivato tardi». La ragazza è scesa accanto a lui. Porta le mani alla bocca per farsi sentire. «L'unico modo per avvicinarsi a Fort Citadelle è quando c'è la bassa marea».

Poi, fa un cenno verso la punta sinistra della baia. Lì si forma un istmo su cui intuisce una stretta strada. Si estende direttamente verso Citadelle, ma il mare l'ha inghiottita, è solo un'ombra sott'acqua.

«La prossima bassa marea sarà alle nove di sera» gli grida dopo aver consultato il cellulare. «Oppure puoi venire domani. C'è la bassa marea alle dieci e mezza».

«Si può entrare nel castello?»

«Non è un castello. È una fortezza vittoriana del diciannovesimo secolo, ma ora è privata. Non permettono l'ingresso. Puoi visitare Fort Tourgis». E indica alle sue spalle il castello che César ha superato durante la sua passeggiata. «È enorme. Ma ce ne sono molti altri. Fortificarono Alderney per paura dei francesi. E poi i nazisti le rinforzarono, sicuramente conosci la storia».

«Sì, certo» mente César.

La ragazza gli sorride. Ha notato nel suo inglese un accento europeo, forse sono francesi. Saluta con un cenno e scompare sul colle dove la aspetta il suo compagno. Le raffiche di vento non cessano. Si rannicchia nella giacca, non è arrivato preparato per questo tempo e ha freddo. È troppo lontano, ma gli sembra di vedere una sagoma sulla cinta muraria di Fort Citadelle. Qualcuno con un cappotto lungo che sbatte colpito dal vento. Potrebbe essere una donna, una capigliatura di media lunghezza si agita in controluce nel giorno sempre più spento, come se fosse un'alba eterna, che la delinea su una terrazza dell'imponente edificio. Ora si ferma. A César sembra che lo stia guardando, incurante delle onde che si infrangono contro il promontorio roccioso su cui è eretta la sua casa. Poi scompare.

Mangia al Braye Chippy, un modesto bar vicino al porto, al calore di una stufa. Gli è costato molto mettere a tacere il rumore del vento, che, come un'eco, lo ha accompagnato per gran parte del pasto. Ora che è arrivato al caffè, è solo un fischio lontano. Dovrebbe fare conversazione con la cameriera, una donna con la schiena arcuata come un corvo che sta perdendo tempo con il cellulare; ci sono solo tre tavoli occupati, ma gli è sembrata scontrosa e non si sente in grado di avvicinarla per interrogarla con la stessa simpatia che ha mostrato al capitano del traghetto. Inoltre, non crede che si ricordi di Rebeca, anche se si aggrappa alla teoria che, se è stata solo una notte a Guernsey, potrebbe aver trascorso il resto del tempo ad Alderney, non sa se in qualche hotel o a Fort Citadelle. Preferisce questa opzione piuttosto che pensare che potrebbe essere tornata in Spagna, almeno così questo viaggio avrà un senso.

Esce a fumare. Il vento si è calmato, il mare è punteggiato di piccole creste bianche e le barche, protette dal frangiflutti, ondeggiano quiete, come se dormissero sonni tranquilli dopo un incubo. Si strofina le palpebre, il fantasma nel suo occhio destro gli offusca la vista, ma non è questo che lo disturba. È una sensazione di oppressione di cui non riesce a liberarsi. All'inizio crede che sia la sagoma della donna a Fort Citadelle, forse si trattava di Virginia, che gli ha instillato questo malessere, ma poi si rende conto che è l'impotenza a sopraffarlo. Da quando è arrivato non ha smesso di inseguire ombre. La scia sfuggente di Rebeca, i racconti incompleti su Eduard Groizard, il miraggio di sua figlia; Darcy, che sembra non esistere. Non ha ottenuto nulla di concreto, come se fosse arrivato in una terra di fantasmi, e questo fallimento gli pesa così tanto che, all'improvviso, si ritrova senza idee. Cosa fare? Tornare domani per raggiungere Fort Citadelle con la bassa marea? Servirà a qualcosa? Spegne la sigaretta sul pavimento schiacciandola con il piede, è consapevole che sta fumando troppo. Ha iniziato a tossire al mattino. In uno dei capannoni che circondano il porto, un ragazzo solleva una tapparella metallica. Il fragore lo spinge a guardare in quella direzione e, quando la luce interna si accende, vede un piccolo peschereccio. La cabina e il ponte sono anneriti, quella che forse era un'antenna si contorce come se fosse stata divorata dalle fiamme. Sullo scafo, intravede delle lettere dipinte di blu: SARNIA VENTURE. Il nome della nave che, in quel dépliant di Rebeca, offriva gite tra le isole.

«Non so se vale la pena ripararla o se è meglio portarla in cantiere e venderla come rottame».

César si è avvicinato all'imbarcazione e, come se il suo interesse per la barca fosse casuale, ha parlato con il ragazzo, un adolescente rude, con le sopracciglia folte e i gesti fieri, una di quelle persone che attraverserebbero una piazza affollata di gente in centro senza accelerare il passo, con la convinzione di meritare tutti gli sguardi. Un idiota.

«È stata la cucina. Ha preso fuoco: un incendio su una barca è una cosa che nessuno vuole vivere in alto mare. Si è diffuso rapidamente, ma sono stati fortunati. Nessuno è rimasto ferito. Sono riusciti a spegnerlo e, alla fine di luglio, il mare ci dà tregua».

Sarnia Venture. César si concentra di nuovo sul nome e fa uno sforzo per nascondere l'eccitazione.

«Quante persone c'erano sulla barca? Perché ho letto che faceva il giro delle isole».

«Solo due. Il capitano e una cliente».

«Non sarà...?» César sblocca il cellulare, una foto di Rebeca. «Una mia amica è stata qui a fine luglio e mi ha detto che ha avuto un incidente... È lei?» Alza il telefono davanti al ragazzo, che, con quelle sopracciglia folte e lo sguardo da padre che analizza con sufficienza i compiti del figlio, ci mette qualche secondo. Un leggero movimento delle labbra, forse l'inizio di un sorriso, come se l'avesse identificata, gli dà speranza; ma tutta la tracotanza del ragazzo viene schiacciata dalla voce dell'uomo che irrompe sulla nave: «Che cazzo stai facendo? E le reti?»

Avvolto in una giacca impermeabile grigia, corpulento, quell'uomo, che supera César di dieci centimetri e potrebbe pesare il doppio di lui, armeggia rumorosamente tra gli attrezzi della barca, come se ciò bastasse a far andare via César.

«Scusa, stavo mostrando al ragazzo questa foto di un'amica. Credo che la conosca. Io direi di sì, vero?»

«Mi dispiace, non...» Dall'interno dell'imbarcazione, persa nell'ombra, la voce del ragazzo suona spaventata, rifugge da César.

«Sei sicuro? Perché non la guardi di nuovo?»

«L'hai già sentito. Abbiamo del lavoro da fare». L'uomo allontana alcuni attrezzi con un calcio.

«Forse potrei mostrargliela di nuovo. Credo che fosse la mia amica quella che era sulla barca quando è bruciata...»

«Non c'era». E si mette davanti a César, l'invito a sparire da lì è chiaro.

«È ridicolo. Non hai nemmeno guardato la foto».

«Io ero sulla nave. E la donna che era con me è di qui, di Alderney. Non so come possa essere tua amica, perché tu non sei di certo dell'isola. Né di Guernsey. Non c'entri niente qui. Ci lasci lavorare o devo prenderti a pugni?»

L'uomo fa un passo avanti verso César, come un golem che non ha altra missione che distruggere chiunque osi entrare nel suo territorio. César sa che è assurdo iniziare una rissa, ma sono già troppe le porte socchiuse che sembrano promettere qualcosa e poi non si aprono mai del tutto. Stringe il pugno destro, vuole colpire per primo, forse in cambio riceverà una lezione, ma così si sveglierà una volta per tutte e darà un senso al suo viaggio.

«Dobbiamo salpare. Torna a Guernsey?»

Dietro di lui, Albert è appoggiato al muro della strada che conduce al molo. La nave parte tra pochi minuti. Il robusto capitano saluta con un gesto evasivo il golem che minaccia César. Quest'ultimo risponde con un ringhio. Ha l'impressione che tra i due ci sia un passato, un qualche rancore che spiega la secchezza dei loro gesti, la distanza che mantengono, come due paesani che si misurano, ciascuno da una parte del confine che vede contrapposte le loro famiglie.

La coppia di pensionati tedeschi si è sistemata all'interno del traghetto. Mentre la nave costeggia la diga, César vede il golem chiudere la tapparella della cabina. Dietro di lui, a pochi metri, il ragazzo finge di osservare un motore di motoscafo sul pavimento, più per non incrociare lo sguardo dell'uomo che per vero interesse.

«Hai conosciuto Gerald e suo figlio». Albert appoggia il suo enorme corpo alla ringhiera accanto a César e, come se gettasse una lenza in mare, lancia un breve sguardo al porto, dove si trovano l'uomo con l'impermeabile grigio e il ragazzo. «Ti assicuro che non tutti gli isolani sono così».

«E com'è Gerald?»

«L'hai già visto. Meglio stargli lontano».

«È pericoloso?»

Albert esita. La nave si sta lasciando alle spalle Alderney. César insiste con le sue domande su Gerald e suo figlio: hanno avuto problemi con la legge? Perché gli consiglia di mantenere le distanze? Gli sono sembrati poco più che due *hooligan*, di quelli che si arrabbiano quando hanno bevuto troppo. Smuove le braci per far sì che il capitano accenda il fuoco, sa che lo vuole.

«Magari fosse solo questo» gli dice finalmente Albert, e poi, come se temesse che i gabbiani possano sentirlo, abbassa la voce: «Si dicono cose, ma chi lo sa se sono vere? Che sua moglie non sia annegata per caso, per esempio. Anche se è successo molto tempo fa, il ragazzo non doveva avere più di cinque anni. O che, be'... Chi dà fastidio all'avvocato di Groizard di solito riceve una visita da Gerald. E non per portare dei fiori».

«Chi è l'avvocato di Groizard?»

«Samuel Darcy».

«Cosa sai di lui?»

Albert posa lo sguardo sulla baia che stanno lasciando. Alle sue due estremità ci sono fortezze in rovina. Dal tono sfuggente con cui ha finito per parlargli, César deduce che i problemi che aveva immaginato collegassero il golem ad Albert abbiano a che fare anche con Darcy.

«In realtà, molto poco» risponde, e, mentre lo fa, César si rende conto che sta raccogliendo la lenza come un pescatore; non gli dirà tutto quello che sa.

«Chi è Darcy? Di certo non è delle isole, ma è davvero un avvocato? Non ne sono nemmeno sicuro. Si occupa anche di altre attività. Forse è solo il braccio destro di Eduard Groizard, come dice qualcuno. Ha un sacco di soldi, questo è certo, ma non è l'unico da queste parti, e sicuramente non è nemmeno il più ricco».

«Vorrei parlare con questo Darcy. A Saint Peter Port c'è una casa con una targa a suo nome. Samuel Darcy Legal Services. Ma non sembra che ci viva nessuno...» Albert si allontana leggermente da lui, come se avesse scoperto di aver confidato qualcosa alla persona sbagliata. «Si tratta di affari. Ti ho mentito prima, quando ti ho detto che ero venuto sulle isole in vacanza».

«Non sembri uno di quei milionari che vengono a nascondere i loro soldi».

«Preferisco non attirare l'attenzione».

«E non sei nemmeno molto ben informato. Non è un segreto: Darcy passa la maggior parte del tempo qui, ad Alderney. A Guernsey, alcune sere si trova in un club che ha aperto vicino a Saumarez Park, in un antico *manoir* nel nord dell'isola. Non è per tutti, di certo non è per la gente di Guernsey».

«Come si chiama quel posto?»

«Le Comte». Albert si prepara a tornare al timone, ma prima si gira verso César, sta rimuginando qualcosa e non vuole finire la conversazione senza dirglielo. «Ci sono cose migliori da fare sulle isole che frequentare quei due. Gerald sarà anche solo un *hooligan*, come dici tu, ma Darcy... Sai cosa stai facendo?»

8.

Piccole stradine si snodano tra i muri, formando un labirinto nella zona nord dell'isola, vicino alla baia di Cobo. È arrivato in taxi, altrimenti non sarebbe mai riuscito a trovare il posto, una spianata dove si erge una grande casa vittoriana a due piani: LeComte. Qui ci sono Jaguar e Bentley parcheggiate, ecco finalmente i modelli costosi che non ha visto durante le sue passeggiate in città. Non ha difficoltà a convincere il buttafuori in uniforme che è stato invitato da Darcy: le misure di sicurezza e i trucchi per aggirarle sono le stesse in tutti i club, bastano l'abbigliamento giusto e le parole giuste per aprire i lucchetti e far alzare i cordoni di velluto.

Appena varcata la soglia, scende le scale che conducono al seminterrato. Non capisce bene come è fatto il locale: perché bisogna scendere? Perché la pista da ballo non è al livello della strada? Le pareti sono rivestite in legno di noce, decorato con intagli, e applique dorate dalla luce soffusa gli indicano la direzione verso una porta rossa. Quando la apre, viene accolto dal fragore della musica, un ritmo oscuro e denso, ripetitivo, nello stile di una sessione di Norman Nodge al Berghain. I bassi della musica elettronica lo invadono, il battito del cuore gli rimbomba nel torace. Ci mette qualche secondo ad abituarsi alle luci stroboscopiche che illuminano la sala in modo intermittente, mostrando istantanee di donne e uomini che ballano sulla pista in posizioni apparentemente statiche; poi capisce che hanno svuotato l'interno della casa per trasformarla in una specie di teatro.

Lui è nella fossa, la pista da ballo al posto della platea; intorno, come al Club Magno di Madrid, tavoli con divani riservati e, al piano superiore, palchi che salgono fino al soffitto della casa, da cui pende un enorme lampadario a forma di sfera. Non sa di che colore siano le pareti, forse nere, forse rivestite di legno, le luci le tingono di diversi colori, a volte rosso, a volte blu, al ritmo della musica del DJ, che, in controluce, è in piedi su quello che potrebbe essere il palco. Cerca un bancone dove ordinare qualcosa. Avanza un po' stordito, con il battito sempre più intenso dei bassi che gli martella nel petto. Non si aspettava di trovare un locale del genere a Guernsey.

Beve un Seagram's con tonica mentre osserva la pista da ballo. Quasi tutti gli uomini hanno più di quarant'anni, solo pochi sono più giovani. La maggior parte delle donne sono sulla ventina. Se Noah fosse con lui, gli darebbe un voto di sette su dieci, è un'abitudine da promoter. È meglio di Madrid, ma non raggiunge la perfezione dei club-tempio, una lista esclusiva in cui non rientrano più di dieci locali in tutto il mondo. César sarebbe d'accordo con lui, non tanto per la bellezza delle ragazze sulla pista o di quelle che bevono nei salottini, quanto per qualcosa di più etereo, un'eleganza che non è solo abbigliamento, ma che si percepisce anche nel modo in cui si guardano, in cui sorridono, nella morbidezza con cui muovono i loro corpi, come se fossero assolutamente liberi. Non hanno i pesi che fanno camminare tanta gente come se dovesse vincere una resistenza; è un'eleganza che si nota anche negli uomini, non si portano dietro niente che li preoccupi. Qui c'è tutto il denaro che fino ad ora aveva solo intuito scorrere a Guernsey come una sorgente sotterranea. Quando la vede in uno dei salottini, che beve un bicchiere di champagne, sdraiata su un divano mentre le sue amiche ballano con gli uomini che le accompagnano, non si stupisce. Da quando è entrato ha dato per scontato che avrebbe trovato al Le Comte la ragazza con i capelli corti e le labbra rosse del Crown, le sue amiche e quel venezuelano che deve essere il promoter.

Anche se la ragazza ride e scherza con le altre, anche se ascolta quello che un uomo le sussurra all'orecchio e poi gli fa un cenno complice, c'è in lei un abbandono, come quello di un'antica villa vuota, che gli ispira una certa malinconia, quella di un passato di splendore che si può intuire anche in un quadro che ritrae un sontuoso ballo del diciannovesimo secolo, quando tutto era lusso e felicità, anche se tutte quelle persone dipinte sono ormai morte. Invece lei è giovane, ha la pelle perlacea e viva, non capisce perché gli susciti quell'attrazione e, allo stesso tempo, quella tristezza.

«Si chiama Marine. Ti piace?»

Una donna dai tratti asiatici, forse giapponese, gli si avvicina da dietro. Forse è più matura della media del locale, gli è difficile indovinare quanti anni abbia. Cinquanta? Gli rivolge un ampio sorriso con denti minuscoli e splendenti. Non è bella, ha gli occhi un po' sproporzionati. Uno è a mandorla, l'altro è rotondo, come il bottone di una giacca. Quando guarda da una parte e dall'altra, mostrando profili diversi, è come se avesse due facce. Forse il rifiuto fisico che prova è dovuto al fatto che lei lo ha assalito con una familiarità che lo infastidisce, come se fosse un folletto che si è intrufolato nei suoi pensieri, nella sua casa, per rovistare nei cassetti del comodino.

«Non so di cosa stai parlando» riesce a rispondere.

«Posso presentarti Marine, ma prima devo sapere chi sei. Altrimenti cosa le dico? Marine, ti presento questo bel ragazzo che si è intrufolato alla festa».

«Io...»

«Tranquillo, non ti agitare, non chiamerò la sicurezza; visto che sei qui perché non ti diverti un po'?»

«E se ti presenti tu per prima?» le risponde, quasi sopraffatto da tanta parlantina.

«Certo, il mio nome, che sciocca! Sono Hiroko. O, anche, la donna che ti offrirà un altro drink mentre mi racconti perché dovevi venire a questa festa. Non dirmi di no, non farmi questo;

non voglio finire la serata giù di corda perché con l'età sono finita nel club delle donne invisibili, quelle con cui uno come te non vuole nemmeno bere un drink. Preferisco la camera a gas».

Prima che César abbia il tempo di dire qualcosa di più del suo nome, Hiroko ha preso due drink dal barista e lo porta in un angolo appartato. La musica ha cambiato genere, il DJ ha fatto scivolare la serata verso un'atmosfera *ambient* oscura, quasi religiosa, come se volesse guidare il club in una meditazione collettiva. Sulla pista, il ballo si è trasformato in un lento oscillare a occhi chiusi.

«Una mia amica mi ha consigliato Guernsey per investire. Sono venuto per farmi un'idea di persona. Non mi piace affidare i miei soldi a qualcuno che non conosco nemmeno».

«Di cosa ti occupi?»

Hiroko incrocia le gambe sul divano, è scalza. A tratti sembra una bambina curiosa, altre volte una di quelle figure della mitologia giapponese, un misto di ingenuità e crudeltà.

Preferisce non parlare troppo, intuisce che Hiroko potrebbe scoprire le sue bugie, così come ha capito che non è stato invitato al Le Comte.

«Creo opportunità».

«Mi piace. Anch'io faccio qualcosa di simile, ma non parliamo di me. Continua, César: hai già trovato la persona che cercavi?»

«Per ora, oltre a castelli e fortezze, non ho trovato granché».

«Il Vallo Atlantico!» Hiroko scoppia in una risata che sembra sincera. «È quello che Hitler voleva costruire su queste isole. Una muraglia! Avrai sentito dire che questo è stato l'unico territorio inglese occupato dai nazisti. Lo sapevi?»

«Ne ho sentito parlare».

Hiroko fa tintinnare i cubetti di ghiaccio nel bicchiere mentre lo svuota d'un sorso. Si diverte come una guida turistica a parlargli dei castelli e delle fortezze che si trovano in ogni angolo delle isole. Anche i romani ne hanno costruiti alcuni, anche se la maggior parte risalgono al diciannovesimo secolo, quando la regina Vittoria si impegnò a proteggere le isole per impedire che i francesi le attaccassero.

«Come potrebbero gli abitanti del posto non avere paura degli stranieri? Ci sono mura e torri di guardia ovunque. Il paesaggio è un costante promemoria della minaccia. E in parte avevano ragione: i nazisti cacciarono gli abitanti dalle isole, soprattutto da Alderney e Guernsey. Occuparono i castelli e li attrezzarono per impedire all'Inghilterra di attraversare la Manica. Ci sono rifugi, trincee, bunker... Sai che c'erano anche dei campi di concentramento? Francesi, russi, ebrei e spagnoli come te hanno lavorato a tutta quella follia del Vallo Atlantico fino alla morte. Comunque, non è un argomento di cui alla gente del posto piace parlare molto».

Ha la sensazione che Hiroko stia giocando con lui come un gatto col topo, finge indifferenza e poi, non appena si rilassa, sferra il colpo.

«Si vede così tanto che sono spagnolo?»

«Ho un buon orecchio per gli accenti». I suoi occhi a mandorla paiono ridere.

«Non sapevo nulla di quei campi di concentramento...»

«Chi vuole ricordarli? È meglio voltare pagina. Ricominciare una storia che non dipenda dal passato. Le isole ora sono un paradiso del denaro, perché parlare di lavori forzati e di morte? Del fatto che hanno ceduto la loro terra senza combattere? Che settant'anni fa questa era Germania? Non è quello che facciamo tutti? Cancellare ciò che non ci piace della nostra vita e inventarci una storia: guarda te stesso. Ora sei un esperto nel creare opportunità, alla ricerca di investimenti affidabili a Guernsey. Non è meraviglioso?»

«È quello che sono».

Dovrebbe alzarsi e lasciarsi alle spalle questo folletto orientale, sa che lo sta prendendo in giro, anche se non sa perché lo abbia scelto come vittima.

«Certo, César. Spagnolo, investitore e bugiardo». Il suo occhio rotondo lo fissa come il riflettore di un elicottero che illumina un fuggitivo. «Non ti arrabbiare. A volte parlo troppo. È meglio che mi racconti qualcosa, così non continuo a fare gaffe».

«Non ho niente da dirti».

«Neanche della tua ragazza? Quella per cui sei venuto a Guernsey... O preferisci che ti presenti Marine?»

Gli è difficile nascondere l'imbarazzo. Ha fatto un'allusione a Rebeca? Forse sa qualcosa di lei? Ora è Hiroko ad alzarsi, come se la conversazione fosse finita. I suoi occhi spaiati sembrano divertirsi nel vedere César bloccato. Come ha fatto a sapere che Rebeca è la sua ragazza? Ripensa alle conversazioni con Neville, il cameriere del De Havelet, o con Albert, il capitano del traghetto. Ha detto a qualcuno di loro che relazione aveva con Rebeca?

«Preferirei che mi presentassi Darcy» decide di rispondere, ed è un azzardo ma ha successo.

«Come fai a sapere che lo conosco?»

«Comincio a stufarmi di questo gioco, Hiroko. Cosa vuoi da me?»

«La tua amicizia? O ti sembra ridicolo?» Hiroko si siede di nuovo accanto a lui, sembra che il suo occhio a mandorla sia triste. «Viviamo in tempi troppo cinici, chiedere a qualcuno di essere tuo amico è fuori moda come giocare a badminton. Non ti manca? Non intendo il badminton, chi è che sente la mancanza del badminton? Intendo dire che un tempo non eravamo così arroganti. O forse eravamo più innocenti. Sapevamo che c'erano misteri che ci sfuggivano. C'erano luoghi inesplorati, come l'Artico o, non so, pensavamo che fosse possibile parlare con i morti. Ora abbiamo perso l'ingenuità, non c'è più mistero, camminiamo nella vita con arroganza e tutto è diventato un rozzo scambio commerciale. Soldi. Informazioni. A cosa servono l'amicizia o l'amore? Non sono produttivi di per sé».

«Sei pazza».

«Magari».

«Mi aiuterai a conoscere Darcy? È l'unica cosa che mi interessa».

«Mi fa male essere trattata così, César, ma certo che ti aiuterò».

*

Hiroko se n'è andata quasi un'ora fa. Il suo corpo minuto si è fatto strada tra le persone come se affondasse nella gelatina. César pensava che sarebbe tornata presto con Darcy, ma col passare del tempo ha capito che non sarebbe successo. È una squilibrata, forse ha parlato con Neville, cerca di convincersi César, ecco perché ha cercato di provocarlo con Rebeca e Darcy. Mentre il locale torna a scaldarsi con il ritmo aggressivo di *I Hate Models*, la sensazione di essere un'isola in mezzo alla folla eccitata diventa più dolorosa. Per quanto cerchi di dare un senso al poco che sa del soggiorno di Rebeca in questo posto, non riesce a trovare informazioni. Come se qualcuno stesse sabotando la linea, come se avesse sollevato un telefono e dall'altra parte si sentisse solo un crepitio elettrico.

Una mano si posa sul suo collo, si gira per scoprire di chi sia e scopre che è la ragazza con i capelli corti, Marine, Hiroko gli ha detto che si chiama così, gli accarezza il viso, ha notato il suo smarrimento? Lo invita ad alzarsi senza dire una parola e gli fa scorrere la mano lungo il braccio fino a intrecciare le dita con le sue. Lo conduce dolcemente al centro della pista e si gira, César non si decide a ballare al ritmo della musica martellante, sempre più veloce, più intensa. Marine si avvicina a lui, solo pochi centimetri separano i loro corpi, e balla lentamente, lontano dal tempo scandito dalla musica, ma nonostante tutto con una strana sincronia, come se fosse la musica a dover seguire il suo, di ritmo. Lo guarda negli occhi, non sa cosa si aspetta da lui, forse solo che smetta di pensare, che si goda il locale, la musica e lei, come una boa che può salvargli la vita. È più bassa di César e deve mettersi in punta di piedi e appoggiare una mano sul suo petto per sussurrargli all'orecchio: «Ho bisogno di scopare». La sua voce roca non gli sembra oscena, pare fargli una confidenza sincera.

Evita di guardarla negli occhi, turbato, pensa di aver bevuto troppo, e che da ubriaco non è una buona idea passeggiare vicino al burrone, è questo che gli sembra Marine, un posto da cui potrebbe precipitare. Fino a quel momento non aveva notato i palchi al secondo piano. Lassù c'è altra gente che beve e balla nei privé. Nel palco centrale vede un uomo appoggiato alla ringhiera che sorseggia il suo bicchiere e, César se ne rende conto ora, lo osserva come un insetto che, con le ali bagnate, si dimena per terra. Si riconoscono immediatamente, il tipo gli fa persino un cenno portandosi la mano alla fronte, come un soldato saluterebbe un altro soldato. È l'uomo che assomigliava a Philip Seymour Hoffman, lo stesso che passava le giornate a sorvegliarlo nella piazza sotto il suo appartamento a Madrid. O a sorvegliare Rebeca.

«Mi dispiace». Non riesce a pensare a nient'altro da dire a Marine.

La lascia al centro della pista mentre si fa strada per trovare l'accesso ai palchi. Individua la scala su un lato del locale, ma un tipo in giacca e cravatta gli sbarra l'accesso. Cerca di farsi capire gridando, il crescendo della musica è ormai assordante, ma la guardia di sicurezza scuote la testa, non serve che César urli che alcuni amici lo stanno aspettando di sopra, non lo lascerà salire. Si dispera. Sulla pista, con le braccia alzate, la gente gioca con la luce laser che scende dall'alto. Poco prima del culmine, César spinge via la guardia di sicurezza, il tipo non se l'aspettava e inciampa all'indietro cadendo a terra. César sale i gradini a due a due. Non vuole che Seymour Hoffman scompaia come tutto il resto non appena lui si avvicina. Sente le urla della guardia di sicurezza alle sue spalle, si è rialzata e lo sta inseguendo. Il vantaggio è sufficiente e César supera il sipario che dà accesso al palco. Di fronte a lui c'è quell'uomo dalla testa grossa e mezzo calvo, biondo, con lo stesso sguardo di compassione. Non ha il tempo di dire nulla prima di sentire la presa della guardia di sicurezza sulle sue spalle. Si gira e gli urla di lasciarlo andare. Hoffman non è solo, sui divani rivestiti in pelle marrone ci sono una decina di persone. Uomini e donne molto più anziani del resto del pubblico del Le Comte, che lo guardano come se fosse dall'altra parte di un vetro. Hiroko è tra loro, in silenzio. Ora capisce perché ha cercato di parlargli, come faceva a sapere così tante cose su di lui.

«Lascialo stare. Non fa niente».

La guardia di sicurezza molla la presa su César. Dietro Hoffman si avvicina un uomo sulla cinquantina, con i capelli grigi e gli occhi verde pallido. In maniche di camicia, gli tende la mano destra.

«Sono Samuel Darcy, credo che volessi parlare con me».

César cerca di controllare il battito cardiaco mentre Darcy gli indica un divano vuoto e gli chiede se vuole qualcosa da bere. Si guarda alle spalle: l'uomo della sicurezza è sparito e il resto degli ospiti sul palco è tornato a conversare a bassa voce, anche Hoffman gli ha voltato le spalle per appoggiarsi alla ringhiera. L'occhio rotondo di Hiroko lo sorveglia da sopra la spalla di una donna anziana con cui sta chiacchierando. César rifiuta di bere altro e si siede sul divano. Darcy emana un profumo di oceano esotico. César è seccato con se stesso quando si sorprende a cercare di capire se sia Tom Ford o Guerlain.

«César, vero? Hiroko mi ha detto che ha parlato con te».

«Che cosa hai fatto a Rebeca?»

È stufo dei giri di parole, quindi decide di affrontare Darcy senza preamboli. Quest'ultimo non nasconde un'espressione di sorpresa e poi rivolge un sorriso complice agli amici che occupano il palco, come se la maleducazione della classe bassa fosse divertente.

«Ti ha detto che le ho fatto qualcosa?»

César indica Hoffman, che, come gli altri, ha smesso di fingere che loro non siano al centro dell'attenzione e lo tiene d'occhio al pari dell'occhio rotondo di Hiroko.

«Il tuo amico ti avrà detto che ha avuto una crisi a Madrid. Aveva due costole rotte e...» Il ricordo di Rebeca congelata sul divano di casa gli impedisce di finire la frase.

«Ha avuto un incidente».

«Davvero? Sulla barca di Gerald? Quella che ha preso fuoco...»

«Vedo che ne sai abbastanza».

«Non credo che sia stato un incidente».

«In realtà non è stato niente di grave». Darcy preferisce fingere di non aver colto l'accusa. «Il medico le ha consigliato di riposare, ma Rebeca non è voluta restare...»

«Perché?»

«Non te l'ha detto?»

Per la prima volta, César nota in Darcy, che fino a ora si è sempre tenuto a distanza con modi da aristocratico, qualcosa che potrebbe essere un gesto sincero. Forse è compassione.

«È venuta a Guernsey per incontrarti. Stava cercando informazioni su una persona...» insiste César.

«Eduard Groizard. Purtroppo, il signor Groizard e sua moglie hanno lasciato l'isola da tempo e... be', non hanno voluto lasciare un recapito. Nemmeno la figlia sapeva dove fossero».

«Virginia».

«Esatto. Virginia Groizard. E ti assicuro che sia lei che io abbiamo fatto tutto il possibile per trovare i suoi genitori, ma siamo arrivati troppo tardi. Sono morti in Spagna».

«Sei un bugiardo».

«Sto cercando di essere gentile, non capisco perché hai bisogno di insultarmi».

«Non me ne frega niente dei vostri giochetti con l'eredità di Groizard, ma non la passerai liscia per quello che hai fatto a Rebeca. Lei si è intromessa, vero? E tu volevi farle capire chiaramente che questo non era un posto per lei... Per questo le hai rotto le costole, e poi cosa le hai fatto? L'hai violentata?»

La rabbia di César esplode e afferra il colletto di Darcy, vorrebbe dargli una testata, rompergli il naso e imbrattare di sangue quel viso arrogante che scoppia in una risata.

«Tranquilli». Darcy fa un cenno per fermare i suoi amici, che stanno già arrivando per aiutarlo. «César mi lascerà andare, vero? Parliamo in modo civile, per favore...»

Lo libera con una spinta. Darcy si sistema la camicia. Guardandosi intorno, César si rende conto che i vestiti di Hoffman, di Hiroko e degli altri spettatori non hanno alcun marchio, nessun logo appariscente; ma ha la sensazione di riconoscere alcuni capi, i pantaloni larghi di The Row o gli abiti di Jil Sander, quel lusso discreto nato per continuare a distinguere i veri ricchi da quelli che lo sembrano e basta.

«Purtroppo, César, credo che quello che sto per dirti non ti piacerà».

Fa fatica a riportare l'attenzione su Darcy; gli amici che lo circondano hanno tra i cinquanta e i sessant'anni, a eccezione di una coppia di anziani, e non hanno bisogno di essere belli, emanano una superiorità affascinante, perché non è forzata, perché è semplicemente una realtà. È come se fosse caduto in un giardino di uccelli del paradiso.

«Rebeca e io ci siamo conosciuti proprio qui, al Le Comte. È stata una serata speciale e l'ho invitata a casa mia ad Alderney. È vero che all'inizio era molto interessata a conoscere Virginia Groizard, ma... mi dispiace dirtelo, César, poi questo è passato in secondo piano. Sono stati giorni... credo che non sia necessario descriverteli. L'unica cosa che li ha rovinati è stato quell'incidente in barca e... be'. Tu. Non voleva sparire così dalla tua vita. Ha detto che ti meritavi un addio».

La fortezza che César ha costruito nella sua mente inizia a crollare. Il pestaggio. Lo stupro. Vuole sostenere i pochi pilastri che gli sono rimasti.

«Aveva lividi su...»

«Vuoi davvero entrare nei dettagli? La passione ci ha portato in posti che lasciano il segno. Ci siamo divertiti entrambi e abbiamo fatto un patto, lei sarebbe tornata, ma...»

Immagini intrusive di Rebeca e Darcy lo assalgono, come se fossero corde che gli immobilizzano gli arti.

«Rebeca tardava a tornare, così ho chiesto a Salomon di andare a Madrid. A Salomon piace il Prado, soprattutto Velázquez, viaggiare non era un problema per lui e così avrebbe potuto parlarle. Io non riuscivo nemmeno a contattare Rebeca per telefono».

L'uomo che prima chiamava Seymour Hoffman, e che in realtà si chiama Salomon, gli fa un cenno per esprimergli le sue condoglianze, come se César fosse il vedovo a un funerale. Tutti lo guardano in quel modo ora. Anche Hiroko, con i suoi occhi afflitti e pieni di dolore.

«Ho scoperto che si era ammalata, ma da allora non ho più saputo nulla di lei» continua Darcy. «Avrei preferito che fosse Rebeca a darti delle spiegazioni. Non sarebbe stato necessario questo viaggio».

Si alza. Non vuole credere a quello che gli ha detto Darcy, ma trova anche assurdo sostenere le convinzioni che lo hanno portato sulle isole del Canale. Vorrebbe sparire. Scomparire, non solo da quel palco, ma anche dalla propria vita. Cancellare ogni traccia della sua identità, così potrebbe dimenticare come ha conosciuto Rebeca. «Tutti hanno un passato» ricorda di aver letto nel rapporto.

Non sa quanto ha bevuto. Si fa strada tra quelli che continuano a ballare alla festa. Gli sembra di vedere Marine nel privé con le sue amiche e il promoter venezuelano, come fantasmi che appaiono e scompaiono. Salomon non ha smesso di osservarlo dalla ringhiera del palco, o è solo un'immagine fantasma, come il velo che gli offusca la vista dell'occhio destro? Hiroko a un certo punto lo ha spinto via dal centro del locale. Gli ha offerto una pillola.

«È propranololo. Prendila, tesoro. Quello che è successo stasera non merita di essere ricordato. È sicura, credimi, impedirà al tuo cervello di trattenere qualsiasi ricordo...»

È l'alba. Non ricorda come è arrivato alla baia di Cobo. È scalzo, i piedi immersi nella sabbia. Quando si porta la mano ai capelli, li scopre sporchi di sabbia. Forse ha dormito, ora ha freddo, l'umidità gli ha impregnato il vestito e la camicia. C'è una piccola barriera di alghe verdi dove muoiono le onde, ma la marea sta salendo, non tarderà a raggiungerlo. Marine dorme accanto a lui, sdraiata sulla sabbia. Si toglie la giacca e la copre, il vestito non le ripara le braccia, è gelata. Il sole nascente trasforma il mare in una lastra di grigio cobalto, un cristallo opaco.

È difficile contenere la tristezza, il marciume che invade la buccia di un frutto, lentamente ma inevitabilmente. La notte è un caos che non crede di poter riordinare, ma niente, nemmeno quella pillola di Hiroko, ha cancellato la conversazione con Darcy. Non ha avuto tempo di sentirsi uno stupido, forse quello verrà dopo; è il senso di perdita a dominarlo, e nemmeno una flebile speranza adolescenziale – forse la decisione è stata così difficile per Rebeca che ha avuto una crisi e poi ha deciso di rifugiarsi in paese con sua zia – è in grado di scalfire l'unica certezza: l'ha persa. E forse tutto questo è iniziato molto prima, quando hanno smesso di aver bisogno di parlarsi ogni giorno che non trascorrevano insieme.

«Non piangere». Marine si è svegliata, rannicchiata nella sua giacca. Lui non si era accorto delle lacrime finché lei non gliele ha asciugate.

«Sto bene».

«Non è vero».

Lei si alza e appoggia la testa sulla sua spalla. La marea aggira le alghe e abbandona le onde a pochi centimetri dai suoi piedi.

«E se torniamo a Saint Peter Port?»

L'idea di tornare non gli piace; tornare dove? Di certo non all'appartamento in plaza del Conde del Valle de Súchil, non avrebbe senso senza Rebeca, e tornare a Madrid servirebbe solo a scontrarsi con i problemi di Cora, di Milo, della polizia. Vorrebbe scappare, ma non sa dove, perché non si tratta di scappare da un luogo, ma da se stesso. È stanco di essere César, e dalla spiaggia di Guernsey, su quest'isola a metà tra due mondi, come se fosse in un limbo, pensa che potrebbe fare il salto verso un'altra vita, ed è a questo che si aggrappa. Ha davvero preso la pillola di Hiroko? Il propranololo serve a cancellare la memoria?

«A Domaháza; ti ricordi che ti ho detto che vengo da un paese nel nord dell'Ungheria? Non importa. C'era una donna, Julinka, era già anziana quando me ne sono andata. La gente diceva che era una bugiarda, che non ci si poteva fidare di niente di quello che diceva, ma non era vero. Julinka perdeva la memoria quando andava a dormire. Dimenticava tutto. Ogni giorno era il suo primo giorno. Lei sapeva che non poteva essere così, che doveva aver vissuto molte cose in passato, che doveva conoscere Domaháza e la maggior parte dei suoi vicini. Poverina, non mentiva, ma se qualcuno le faceva una domanda, cosa poteva fare? Stare zitta? A Julinka piaceva la gente, le piaceva parlare con gli altri... Quando le chiedevano: 'Dov'è la fermata dell'autobus?' o 'Come stanno i tuoi figli?', Julinka doveva inventarsi qualcosa. Ogni giorno una storia diversa». Dopo un attimo di silenzio, Marine aggiunge: «Mi manca Julinka».

«Che ci fai su quest'isola?»

Marine si alza, si scrolla la sabbia dalle gambe e gli restituisce la giacca.

«Immagino che tutto quello di cui abbiamo parlato ieri sera sia sparito dalla tua testa incasinata».

«Mi dispiace».

«Sono venuta per divertirmi. Per guadagnare un po' di soldi per... non lo so... per quello che sarà la mia vita in futuro».

Non riesce a ricordare quando o come Marine gli abbia raccontato la sua storia, ma ci sono frammenti, frasi musicali che gli sono rimaste in testa: ha conosciuto Leo, il promoter venezuelano, César non si era sbagliato, a Parigi. Non sta con lui da molto tempo. Ha passato qualche giorno con le altre ragazze a Monaco. Poi a Ibiza. Finché Leo non le ha proposto di venire a Guernsey. Né Marine né le sue amiche sono prostitute, César lo sa, possono fare quello che vogliono con i clienti che conoscono nei locali, non vengono pagate per fare sesso con loro, ma è facile che ricevano regali; a volte vestiti, a volte viaggi esclusivi o semplicemente soldi.

«Ho bisogno di riposarmi in un letto vero» gli dice Marine, aiutandolo ad alzarsi.

«Stasera torni al Le Comte?»

«Oggi voglio solo dormire. Domani Leo ci porta ad Alderney. C'è una festa in una specie di castello, Fort Citadelle».

Dovrebbe lasciar perdere, ma, come un pugile al tappeto che sa che alzarsi servirà solo a ricevere un altro pugno – che stupido orgoglio è questo? – César chiede a Marine di convincere Leo a portarlo con loro. «Non darò nell'occhio» le promette. È un desiderio masochistico, lo sa, cercare Virginia Groizard, sentire dalla sua bocca che la versione di Darcy è vera.

«Ancora Rebeca?»

«Te ne ho parlato?»

«Non hai parlato d'altro ieri sera».

«Avrò detto un sacco di stronzate».

«No. Non l'hai fatto, ma ora odio Rebeca». Marine ride tristemente, cercando di scherzarci sopra. Si infila le scarpe. «Nessuno parlerebbe mai di me in quel modo».

César sta per contraddirla, ma in realtà non conosce Marine, anche se il suo tono lo ha rattristato, un mormorio disperato che non aspetta risposta, una semplice constatazione.

«Ne parlerò con Leo» gli promette dopo. «Immagino che non gli dispiacerà se vieni con noi. Sembri un tipo da discoteca. Sai com'è: l'unica cosa che ti chiederà è di divertirti».

9.

Arrivano poco dopo le cinque, quando il sole inizia a tramontare dietro Citadelle. Sbarcano al porto di Alderney, dove li aspetta un furgone con i finestrini oscurati. Ci mettono meno di dieci minuti per arrivare a Clonque Bay. La marea si è ritirata e l'acqua lambisce i lati della stretta strada che porta all'isolotto. Sotto l'acqua, César intuisce l'ombra dell'istmo che collega l'isola alla roccia su cui è costruita la fortezza. La strada rialzata, con un fondo di cemento screpolato, termina in una spianata ricoperta di erba che ora si tinge di riflessi rossi per il tramonto. Il sole tinge anche l'oceano, che si apre, immenso, intorno a Citadelle. «Come una bestia addormentata» pensa César. Non c'è vento e la temperatura è piacevole, sfiora i venti gradi. Attraversano le porte della fortezza ed entrano in una piazza circondata da diversi edifici; forse, in passato, quelle piccole torri circolari erano bastioni e le costruzioni quadrate, le stanze dei soldati o l'arsenale. La fortezza si aggrappa alla conformazione della roccia come se fosse una protuberanza sulla pelle dell'isola ed è distribuita su diversi livelli. César segue Leo e le ragazze su per una scala di pietra, inizia a sentire una musica, una specie di *dark ambient* che gli ricorda quella del Le Comte. Arrivano su un'ampia terrazza con una piscina al centro. È circondata da un muretto. Accanto a delle lanterne che si accendono mentre il sole tramonta a ovest, ci sono due cannoni arrugginiti. Gli invitati sono qui, una trentina di persone, il fior fiore del mondo del Le Comte; vestiti bene come gli amici di Darcy nel privé, la maggior parte deve avere superato i cinquant'anni. C'è un'atmosfera leggera, le voci si confondono con il rumore dell'oceano, come un canto sommesso per non svegliare chi dorme.

La coppia di anziani che ha visto sul palco del Le Comte, sull'ottantina, si gode il tramonto fumando accanto a un cannone arrugginito, mentre un piccolo gruppo di uomini e donne, un po' in disparte, sorseggiano i loro drink. Sembrano una famiglia che si gode il momento con sorrisi e carezze complici. In piscina si tuffa una ragazza giovane, sulla trentina, la sua silhouette da nuotatrice scompare quando gli ultimi raggi di sole oscurano l'acqua, conferendole la stessa patina oleosa dell'oceano.

«È bellissimo» gli sussurra Marine.

Negli ultimi due giorni ha passato molto tempo con lei. Hanno passeggiato lungo le scogliere di Guernsey, nuotato nelle acque gelide di Moulin Huet, lei gli ha raccontato di come è scappata dal suo villaggio in Ungheria per finire a Parigi, delle difficoltà di un viaggio disperato, con pochi soldi, che avrebbe potuto trasformarla in una vagabonda o in una prostituta, Marine lo sa, ma la fortuna ha voluto che incontrasse Leo. Il promoter venezuelano ha notato la sua bellezza e qualcosa di più, quella triste eleganza del suo sguardo che aveva colpito anche César, e l'ha invitata a unirsi al suo gruppo di ragazze del club. È stato Leo a cambiarle nome, Evacska gli sembrava volgare, e l'ha ribattezzata Marine, un nome che la descriveva meglio.

«Cosa cercavi a Parigi? Una vita come quella che hai adesso?» le ha chiesto l'ultima sera, mentre mangiavano un gelato preso in un chiosco nella baia di L'Ancresse. Lei ha alzato le spalle e ha leccato il suo ghiacciolo all'arancia.

«Cercavo solo qualcosa di meglio. Non so cosa. Non lo so nemmeno adesso. Vorrei essere come quelle persone che sanno chiaramente cosa vogliono dalla vita. Come te».

«Io non ho la più pallida idea di cosa cerco».

«Rebeca».

«Lei non c'è più. Credo di essere qui solo per inerzia».

«Allora siamo uguali. Due meteoriti scagliati via dopo un'esplosione che attraversano l'universo...»

«Finché non ci schianteremo».

«O finché non ci disintegreremo nello spazio...»

«Cazzo. Non so cosa sia peggio».

Lei aveva continuato a leccare il ghiacciolo in silenzio. César la guardava senza che lei gli prestasse attenzione. Gli piaceva darle la protezione che Marine sembrava desiderare.

«È una bugia. Tu continui a pensare che riavrai Rebeca».

Lo aveva detto all'improvviso, alzandosi per andarsene dalla baia. Era ridicolo conservare quell'illusione, quella di riconquistare Rebeca, ma non poteva negare che, per quanto impossibile, quell'idea persisteva nel profondo dei suoi pensieri. Forse era l'unica cosa che gli restava. Aveva chiamato Ariza, ma Patricia non aveva risposto. Il cellulare di Rebeca era ancora spento, i suoi messaggi non arrivavano, forse l'aveva bloccato. Aveva parlato con Merino.

«Che cavolo è successo? Ieri sono andato a casa tua e ho visto che la polizia aveva sigillato la porta. Ti hanno buttato fuori?» Era rimasto in silenzio. Dall'altra parte aveva sentito un rumore metallico, come se Merino avesse ribaltato il carretto di rottami che sembrava trascinare sempre con sé. «Dove sei?»

Aveva riattaccato senza rispondere. A che serviva raccontargli la storia di Cora, sicuramente responsabile della visita della polizia al suo appartamento in plaza del Conde del Valle de Súchil, e dell'impossibilità per lui di tornare a Madrid? O doveva confessargli che non aveva la più pallida idea di dove fosse Rebeca? Che non sapeva cosa ci faceva a Guernsey con Marine, anche se la compagnia di quella ragazza era l'unica cosa piacevole che gli era capitata da quando aveva trovato Rebeca congelata in stato di shock?

Stasera a Fort Citadelle, Marine ha un vestito che lascia intravedere la sua pelle. Non indossa mai biancheria intima. Si è seduta con Leo e un paio di amiche nella *lounge*, vicino alla piscina. I camerieri servono bicchieri di champagne e passano vassoi con tartine. Lei ride di gusto per qualcosa che ha detto Salomon; l'uomo che gli ricordava Seymour Hoffman sta monopolizzando la conversazione del gruppo in cui si trova Marine, probabilmente sta raccontando un aneddoto molto divertente. Dalla piscina esce la ragazza che si è tuffata prima, una cameriera le porta un asciugamano in cui si avvolge tremando. Potrebbe essere la donna che ha visto passeggiare su questa stessa terrazza, rialzata rispetto al resto della fortezza, da cui si vede Clonque Bay. Potrebbe essere Virginia.

«Ti ostini a intrufolarti senza invito. A Darcy non piacerà che tu sia qui». Hiroko è al suo fianco con due bicchieri di champagne, gliene porge uno, che lui accetta.

«E a te? Ti dà fastidio che sia venuto?»

«Se fosse per me, verresti a tutte le feste. Si vede tanto che muoio dalla voglia di portarti a letto?»

Gli è difficile capire se sta scherzando, la dualità del suo viso gli dice sia sì che no, ma decide di prenderlo come un complimento e le sorride.

«Allora posso contare su di te se arriva qualcuno per mettermi alla porta?»

«Non succederà» gli promette Hiroko con il suo occhio rotondo. «Non finché stai lontano da Virginia Groizard. È il tesoro di Darcy, non vuole estranei vicino a lei».

«Chi è Virginia?» Indica la ragazza in piscina, che sta lasciando la terrazza avvolta in un asciugamano, probabilmente per mettersi qualcosa di adatto alla festa. Ha il fisico molto tonico, le spalle e le braccia da nuotatrice, come se l'acqua fosse il suo habitat naturale.

«Quella è Saskia, una ragazza olandese di Haarlem» dice Hiroko. «È appena arrivata in casa, oltre a essere bellissima».

«E tu? Sei qui da molto tempo?»

Hiroko beve un sorso di champagne, gli mostra il profilo sinistro, quello con l'occhio a mandorla, che sembra sempre ridere di lui.

«Hai fatto un giro per Citadelle? Vieni, te la faccio vedere».

Trascina César via dalla terrazza. Tornano alla piazza d'ingresso e poi, attraverso una stretta scala di pietra, aperta come una cicatrice nella roccia dell'isolotto, salgono su un'altra terrazza, uguale a quella della piscina, anche se più alta. Il muretto che la delimita disegna la forma di un trifoglio. Hiroko porta César all'estremità occidentale. Da lì, a pochi metri di distanza, si erge un'altra roccia scoscesa e, su di essa, un bastione circolare con un eliporto sulla piattaforma. Il mare si contorce sotto, sulla scogliera che separa l'isolotto principale da quel secondo promontorio.

«Come si arriva lassù?»

«Da sotto» risponde indicando il terreno su cui stanno camminando. «Siamo sopra le stanze del comandante. C'è un tunnel tra questo edificio e quel bastione. Cose dei nazisti. Non ti sembra un po' perverso? Eduard Groizard è arrivato ad Alderney da prigioniero. Sull'isola, non lontano da qui, c'era uno dei campi di concentramento costruiti dai tedeschi: Lager Sylt. Eduard ha passato quattro anni di lavori forzati lì: scavando tunnel, costruendo muri e postazioni di artiglieria per i tedeschi. Lui è sopravvissuto, ma la maggior parte è morta. Per molto tempo si è pensato che le vittime fossero circa trecentonovanta, ma è una cifra ridicola. Faceva parte dello sforzo del governo inglese di minimizzare quello che è successo qui. C'è un motivo se durante la guerra Alderney era chiamata 'l'isola del diavolo'. La chiamavano anche 'la piccola Auschwitz'. Il soprannome non era casuale. Alcuni dicono che qui morirono circa quarantamila prigionieri: per le percosse, alcuni venivano bruciati sulle spiagge e lasciati alle maree, altri venivano gettati dalle scogliere. Guarda là sotto: il fondo deve essere pieno di cadaveri, se i pesci hanno lasciato qualcosa. Altri sono morti per colpa del lavoro, non gli davano da mangiare mentre portavano avanti il folle progetto di Hitler. Dicono che volesse installare dei cannoni per sparare gas nervino sull'Inghilterra. Ecco perché ti dicevo che è perverso: questa fortezza era la casa delle SS che gestivano il campo. I prigionieri hanno costruito la strada che abbiamo percorso per arrivare qui. E qual è stata la prima cosa che ha fatto Eduard Groizard quando è diventato ricco? Ha comprato Citadelle. L'ha trasformata nella sua casa. Ha portato qui sua moglie, sua figlia. Tutti i suoi amici. Ora ti ci faccio entrare: è lussuosa, ma chi mai, sano di mente, vorrebbe vivere qui? Con tutti quei ricordi in ogni angolo...»

Entrano in un salone circolare a cui si accede dalla piazza principale. Strette finestre verticali, feritoie, immagina César, più larghe all'interno che all'esterno, filtrano gli ultimi raggi di sole. La pietra delle pareti contrasta con l'arredamento minimalista: un tavolo rettangolare di vetro decorato con fiori, lampade di design italiano; un tappeto a motivi geometrici incornicia lo spazio centrale, occupato da un grande divano di pelle bianca di fronte a due poltrone. In una libreria di legno scuro che si adatta alla parete circolare ci sono alcuni disegni incorniciati. Sono schizzi in bianco e nero, tracciati con mano nervosa: in uno di essi, una donna anziana conta delle monete in quella che sembra una taverna malfamata. Ricordano in qualche modo le incisioni di Goya, per la bruttezza che descrivono, per la loro esaltazione della miseria.

«Perché nomini sempre la 'casa' quando parli degli amici di Groizard?»

«A volte chiamava questo posto Manoir Citadelle. Adorava il fascino francese delle isole».

«Ho bisogno di parlare con sua figlia».

«Sei deciso a mettermi nei guai». La disinvoltura di Hiroko svanisce all'improvviso, come un piccolo genio minacciato di essere rimesso nella bottiglia. Sembra arrabbiata. «Cosa ti aspetti che ti dica? Che Darcy ti ha mentito? Che è un bastardo che ha violentato la tua ragazza e l'ha picchiata? Non otterrai questa risposta, César. La cosa più logica è che Darcy ha portato Rebeca a casa sua e che hanno passato tutta la settimana a scopare. Devi cambiare prospettiva, tesoro. Finora la tua vita ruotava attorno a una persona, Rebeca, ma lei ha preferito quel riccone affascinante dagli occhi verdi. Ti ho detto che anch'io lavoro creando opportunità, come te. Ma non di affari. Opportunità di vita. Perché non mi lasci aiutarti a cambiare i tuoi orizzonti?»

«Non so a cosa ti riferisci».

«Non hai mai sognato di essere un'altra persona?» E il bagliore nei suoi occhi gli restituisce l'impressione che ha avuto al Le Comte, quella di parlare con una donna con problemi mentali.

Con il passare della serata, l'atmosfera della festa sulla terrazza cambia a poco a poco. È una trasformazione impercettibile, come l'erosione dell'acqua su una roccia, ma l'atmosfera rilassata della cena ha lasciato il posto a una tensione palpabile. La musica ha aumentato ritmo e volume, i camerieri si tengono lontani dalle luci delle lanterne che circondano la terrazza, apparendo solo fugacemente per riempire i bicchieri. Alcuni ballano, la ragazza giovane, Saskia, così Hiroko gli ha detto che si chiama, si bacia con la moglie dell'anziana coppia mentre il marito, seduto accanto a lei, le osserva bevendo impassibile dal suo bicchiere. Più che repulsione, la scena provoca a César un senso di disagio, come se non dovesse essere spettatore di una cosa del genere. Si chiede cosa ci faccia una ragazza come lei a questa festa, non fa parte della cerchia di Leo e la sua giovinezza sembra uno sbaglio di chi ha scelto gli invitati. Saskia lo guarda, ha smesso di baciare l'anziana, che ha ancora una mano sotto la gonna della ragazza, la accarezza meccanicamente vicino al pube, ma Saskia non mostra alcuna emozione; ha qualcosa di anfibio, non solo per il suo fisico da nuotatrice, ma anche per l'inespressività dei suoi occhi, che sembrano morti come quelli di un pesce fuori dall'acqua o, pensa ora, come quelli di Cora quando si faceva una dose. Anche se Saskia lo guarda, César è sicuro che lei non lo veda, che i suoi occhi lo attraversano alla ricerca di qualcosa che non c'è, su quella terrazza, e che non appartiene nemmeno a quel momento.

Le volta le spalle, sconcertato, e si siede con Marine e le altre ragazze. Due di loro sono in piedi sul divano, a ballare. Si alternano in questo ruolo, quello di mantenere alto il tono della festa.

«Conosci Noah? È un promoter di Madrid, ma è stato a delle feste in Costa Azzurra. Ha passato una settimana al Club Holla, a Cannes».

Leo non ha mai incontrato Noah. Non importa, César vuole solo conquistare la sua fiducia parlando di cose banali, ma il promoter venezuelano smette di chiacchierare con lui e invita una coppia di mezza età di colore a sedersi con loro.

«Di dove sei? Aspetta, fammi indovinare: Sudafrica?» chiede César all'uomo dopo le presentazioni. In questo modo rispetta la sua parte dell'accordo con Leo, fare conversazione. Far credere a chi è attratto da lui che l'interesse sia reciproco.

«Esatto» risponde l'uomo con il sorriso più seducente che riesce a sfoggiare.

Marine ha bevuto troppo champagne e scuote eccessivamente la testa, perdendo leggermente l'equilibrio quando César le chiede se qualcuno le ha detto quando uscirà Virginia Groizard.

«Non avevo mai parlato così tanto di Domaháza», sorride divertita per il suo stesso capogiro. «Non so più cosa dire. Tutta questa gente è contagiata da una specie di febbre ungherese».

César si affaccia sull'oceano nero, dall'altra parte del muro. Comincia a fare freddo. La luna crescente illumina a malapena la notte, riflettendo la sua luce sulle nuvole sparse in cielo. L'oscurità è così fitta che il rumore del mare contro la roccia è l'unica cosa che fa pensare che oltre la fortezza si estenda l'Atlantico, che non stanno fluttuando su un enorme vuoto.

Tornando dagli ospiti, si ferma vicino alla scala della terrazza. Nella piazza d'ingresso, in basso, vede Darcy. Sta parlando con Gerald, il golem con cui ha avuto uno scontro nel porto di Alderney. Non sa se è perché si è accorto che lo sta osservando, ma Gerald se ne va, perdendosi come una lucertola tra le ombre della fortezza. Neanche Darcy sale sulla terrazza; non è la prima volta che lo vede stasera, prima era con il resto degli ospiti, ma sempre lontano da César, come due nemici che proteggono i loro territori.

La festa si sposta nel salone circolare. Il numero degli invitati si è ridotto, o forse quelli che mancano si sono sistemati in altre stanze della fortezza. Non c'è più nessuno di servizio, né camerieri né accompagnatrici. Si sente una musica lenta e distorta, sembra una riproduzione digitale che perde colpi ed emette un ronzio intermittente, come quello di un insetto. O forse è solo l'effetto delle droghe. Quando sono entrati, sul tavolo di vetro c'erano dei piattini con delle pillole rosa. Marine, Salomon, Saskia, la coppia di anziani e quella sudafricana ne hanno presa una ciascuno, e César ha fatto lo stesso.

«È l'ora dei mangiatori di loto» gli ha detto Hiroko dopo avergli messo una di quelle pillole sotto la lingua. La percezione alterata dalle droghe gli restituisce una realtà pungente: il bianco del divano in pelle risplende, come se fosse illuminato da un riflettore, ma non contagia il resto del salone, dove alcuni ballano, altri si baciano, avvolti in una nebbia nera. Marine è appoggiata al petto di un ragazzo che non aveva notato prima: ha gli occhi troppo distanti, i capelli impomatati, la pelle lucida, come se si fosse spalmato dell'olio, tanto che la camicia bianca gli si attacca al petto, e quando ride mostra una fila di denti minuscoli; una creatura infernale.

Hiroko si siede accanto a lui sul bracciolo della poltrona, come un gufo sul ramo di un albero.

«Non so cosa ci faccio qui» mormora lui.

«È una merda questa sensazione, quella di non sapere dove andare». La sua voce si confonde con un ronzio musicale che sostiene una nota grave. «Non sai quanto mi dispiace, tesoro, ma chi non si è mai sentito perso come te? Tutta la tua vita era incentrata su uno scopo: Rebeca. A cosa aspiravi? Dai, raccontamelo. Non credo che il tuo sogno fosse una vita normale: un lavoro d'ufficio, una famiglia, il rispetto della comunità... Non era niente di tutto questo, vero? Forse era continuare a salire di grado fino a ottenere tutto. Fino a diventare ricco come noi. Ho ragione?»

La voce di Hiroko gli risuona nella testa, non sa se lui le abbia risposto o se sia tutto un monologo di questa donna che, ogni volta che la guarda, gli sembra una persona diversa, a volte un'amica sincera, altre volte una multimilionaria che si diverte con la sua sofferenza. «Il brutto di perdere l'orizzonte è che anche tutto il percorso che hai fatto non ha senso. Senza Rebeca, che valore hanno gli anni che avete passato insieme? Ma questo può cambiare, tesoro. Hai bisogno di una nuova vita. E forse stasera puoi iniziare a costruirla. Goditi la festa. Goditi gli amici di Citadelle. Forse tutto quello che ti è capitato nella vita non era in funzione di Rebeca. Forse è successo tutto perché tu arrivassi qui, stasera, con noi». Si infila in un corridoio. Trova strana la capacità di Hiroko di analizzare la sua vita, come se lo conoscesse da molto tempo, ma non ha la forza di chiedersi perché. Cerca un bagno. Lo trova dopo una camera con un letto matrimoniale con le lenzuola sgualcite. Mentre percorre le viscere della fortezza, ha la sensazione che ci siano altri abitanti, fantasmi che seguono i suoi passi, ma che lui non può vedere. Si bagna il collo nel lavandino. Fa fatica a concentrarsi su un punto preciso, il suo sistema nervoso non è in grado di gestire così tanti stimoli contemporaneamente.

«È ora che tu vada».

Darcy è appoggiato allo stipite della porta del bagno. Immacolato, come se fosse appena arrivato alla festa. I suoi occhi di un verde così chiaro da sembrare trasparenti, come il Mar dei Caraibi, non si intonano alla pietra e al vetro che dominano l'interno della fortezza.

«Un'auto ti accompagnerà al porto».

Non aspetta risposta. Se ne va, ma a César non importa, non ha voglia di interrogarlo. Ha capito che venire a Citadelle non lo aiuterà a svelare alcun mistero, come chi si rinchiude in un monastero sapendo che Dio non esiste. È perso, brancola nel buio. Esce nella piazza della fortezza. Cerca le sigarette e ne accende una. Dall'altro lato della porta c'è un furgone con i fari accesi. Forse sarà Gerald ad accompagnarlo a una barca nel porto, a riportarlo a Guernsey.

«Andiamo a conoscere Virginia».

César vuole dire a Marine che non gli importa più, che preferisce andarsene e sparire, ma lei gli mette una mano sul petto e si alza in punta di piedi per avvicinare le labbra al suo orecchio.

«Dobbiamo andare in un altro edificio, nella stanza del Comandante, e attraversare un tunnel. Solo alcuni eletti possono entrarci, quelli a cui hanno dato questa. Mettila. Dirò che l'ho persa».

Marine lo lascia solo nella piazza con la maschera di lattice di un volto tra le mani. Sembra di carnevale, i pochi capelli dipinti rappresentano qualcuno mezzo calvo, il bordo del collo è grossolano, ma non riesce a riconoscere la persona su cui è stato modellato. Un uomo bianco, sulla cinquantina, con due fori al posto degli occhi, dai lineamenti volgari.

Dall'altra parte della fortezza, il furgone è ancora lì con le luci accese. César si allontana dalla piazza e sale sulla terrazza a forma di trifoglio dove Hiroko lo ha portato prima. Nella notte buia, nonostante la vicinanza, il profilo del bastione eretto sulla roccia si fonde con il cielo, o forse con l'oceano, in una macchia nera. Fa fatica a concentrarsi, cosa dirà a Virginia? E subito dopo viene assalito dal ricordo del corpo di Marine, che si intravedeva sotto la camicetta trasparente. Perché la desidera?

Non sa per quanto tempo rimane sulla terrazza prima di decidere di scendere. Entra nelle stanze del Comandante. Dopo aver attraversato un salone, un corridoio conduce a una camera da letto con bagno privato. C'è solo una lampada accesa, ma si intuisce il disordine di una stanza vissuta. Marine non gli ha detto come trovare il tunnel, ma il mistero si svela presto: proseguendo lungo il corridoio trova una porta aperta e una stretta scala di pietra che scende quasi a picco. Sui primi gradini vede dei vestiti abbandonati. Un abito da donna – era quello che indossava Saskia? – delle scarpe da uomo. Scende alla luce di alcune lampade rosse fissate alle pareti. A ogni passo l'umidità è più intensa, come se solo una sottile lastra di roccia che trasuda acqua lo separasse dall'oceano; si bagna le dita quando vi si appoggia. Deve camminare con cautela, i pantaloni, le scarpe e le giacche si accumulano sui gradini. Anche la biancheria intima, alcuni boxer, diversi reggiseni, mutandine. César si sbottona la camicia. Il freddo e l'umidità gli fanno rizzare la pelle, ma continua a scendere come un automa, ha smesso di pensare. Si toglie le scarpe e poi si spoglia fino a rimanere nudo. È arrivato alla fine delle scale. Uno slogan in tedesco, DIE PRACHT, non sa cosa significhi, è inciso nella pietra dell'arco che incornicia la porta di legno. Si mette la maschera. Si concede qualche secondo per abituarsi alla vista attraverso i fori, al proprio respiro che gli riscalda la bocca.

Una ventata di calore è la prima cosa che sente varcando la soglia. Un calore umido, come quello di una sauna. All'interno non c'è luce e ci mette un po' ad abituarsi alla nuova oscurità. È guidato dal suono, un rantolo rauco di voci diverse, respiri affannosi e l'odore del mare, in cui si mescola un'altra sfumatura, quella del sesso, del sudore, aspro e salato. Le ombre iniziano a prendere forma perché, ora capisce, una delle pareti è di vetro e, dall'altra parte, l'acqua è debolmente illuminata da alcuni riflettori installati sotto il livello del mare. Quelle forme sono corpi nudi, uomini e donne, alcuni giovani, ma la maggior parte anziani; le rughe, nella penombra, affondano ancora di più nella pelle. Tutti indossano una maschera come la sua. Quella da uomo mezzo calvo, senza caratteristiche particolari. Un gemito, sempre più acuto, il respiro affannoso di una donna, sovrasta il resto dei respiri. Un uomo penetra un altro sbattendo contro il suo culo; una donna fa un pompino attraverso la maschera, la pelle cascante delle sue braccia suggerisce che deve avere più di sessant'anni; una ragazza giovane, lo si capisce dai suoi seni, i capezzoli duri e stretti nelle mani dell'uomo su cui è a cavalcioni. César si stacca dall'orgia in modo istintivo e il suo corpo sbatte contro il muro bagnato, sente un brivido e poi una mano calda gli avvolge il pene e inizia a masturbarlo. L'idea di fermare quella mano gli attraversa la mente, ma appena emerge svanisce. Si abbandona al piacere, l'erezione è così forte che quasi gli fa male. Dopo la mano appare una ragazza, non sa chi sia, indossa la stessa maschera di tutti gli altri e lo spinge delicatamente fino a farlo sedere su una panca rivestita di una imbottitura morbida e vellutata. César si guarda intorno, guarda quelle maschere che nascondono uomini e donne, alcuni in coppia, altri in gruppi di tre o sdraiati per terra, che si leccano, si masturbano, si penetrano urlando di eccitazione. Sempre più forte, sempre più disperati. Chiude gli occhi quando la ragazza gli prende il pene e se lo infila nella vagina, che lo avvolge, setosa, calda. Si muove senza fretta su di lui. Le urla, i rumori, persino gli odori si spengono, perché César è ormai concentrato solo sul proprio piacere. Quando apre gli occhi, prende la ragazza per la vita, poi le accarezza i seni con la mano – sono quelli di Marine? – e poi sale fino alla maschera, vorrebbe togliergliela, ma lei glielo impedisce. Si attacca a César e accelera i colpi contro di lui.

Dall'altra parte della stanza, un uomo con la schiena pelosa scopa una donna contro il muro. Si stacca da lei dopo un grido rauco, è venuto, e a quel punto la donna, mentre si pulisce lo sperma che le cola lungo le cosce, rimane a guardare César dietro la maschera.

Vorrebbe fermare tutto in quel momento, ma la ragazza che ha sopra non la smette di muoversi. Il corpo di César reagisce senza che lui se ne renda conto, eiacula e un attimo dopo spinge via Marine, se è lei. La donna di fronte a lui non ha smesso di guardarlo. Il bagliore che l'acqua riversa attraverso i vetri illumina il suo corpo. Il contorno dei suoi seni, la forma dei suoi capezzoli, la silhouette della sua vita, la mano che le copre il sesso in un gesto di pudore fuori luogo. «È Virginia» gli dice Marine. Ora ne è sicuro, è la sua voce. È con lei che ha scopato. Ma César riesce a fissare solo la donna dall'altra parte della sala, il suo corpo. Come potrebbe non riconoscerlo? Lo ha percorso così tante volte che è diventato la strada di casa, potrebbe identificarlo a occhi chiusi.

Si stacca da Marine e attraversa la sala senza preoccuparsi degli altri, che stanno ancora scopando, che urlano come animali. La donna che Marine gli ha detto essere Virginia Groizard lo vede arrivare, ma non fa alcun gesto per evitarlo. Lui le strappa la maschera e vorrebbe dirle qualcosa: le parole non gli escono, gli si bloccano in gola, perdono di significato, non sa cosa vorrebbe dirle.

Rebeca sta piangendo. Rebeca.

César ha bisogno di tranquillizzarla, di gridarle «ti amo» ma poi qualcuno lo afferra per un braccio, qualcuno gli dà un calcio nelle reni e poi lo butta a terra.

Cerca di resistere, ma è inutile. Lo trascinano fuori dalla stanza, verso le scale, dove lo costringono ad alzarsi, a salire a quattro zampe mentre i calci lo spingono a fare più in fretta. César non riesce a fermare i colpi, chiede che lo lascino in pace, ma ogni urlo è seguito da un calcio, un pugno, finché non arrivano al piano di sopra. Non ha nemmeno il tempo di orientarsi, disteso a terra, con il corpo nudo e dolorante, la vista offuscata dal pestaggio e dalle droghe, quando vede avvicinarsi Gerald; trascina qualcosa che sembra un fucile. L'ultima cosa che sente è l'impatto dell'impugnatura sulla tempia.

Il viaggio è un percorso febbrile fatto di incubi e visioni sconnesse: le sagome di decine di persone sulle mura della fortezza, il duro atterraggio sul pavimento del bagagliaio di un'auto, il dolore delle ferite, il sapore del sangue in bocca, il vomito che gli brucia l'esofago. Le pietre appuntite su cui cammina a piedi nudi, dove? Il mare instabile e poi un silenzio profondo, come se dormisse in un deserto senza vita.

Si sveglia congelato, anche se una coperta ruvida gli copre il corpo. Con fatica, si alza in piedi. È sul ponte di un piccolo peschereccio. Canne da pesca e reti si aggrovigliano accanto a lui. Attrezzi da pesca. Si guarda intorno: anche se il sole non è ancora sorto, la notte si è fatta più chiara. Riesce a distinguere la linea dell'orizzonte tra l'oceano e il cielo. Gira su se stesso e, in tutte e quattro le direzioni, non vede altro che acqua. Si è alzato un po' di vento e il mare, come se anch'esso si stesse svegliando, è agitato. Un rumore metallico lo fa girare verso la cabina. Gerald esce e rimane immobile: il golem non sembra avere alcuna fretta. Capisce che ha spento il motore, non c'è altro rumore se non quello della corrente sottomarina, quello delle onde contro lo scafo dell'imbarcazione. Gerald non dice una parola, fa semplicemente quello che deve fare. César non riesce ancora a ragionare con lucidità, ma capisce chiaramente cosa sta per succedere nel momento in cui Gerald decide di avvicinarsi a lui. Rannicchiato sotto la coperta, morto di freddo e di paura, tutto il suo corpo trema. Quando Gerald è a solo un metro di distanza, César prende una barra di metallo con un uncino che ha visto sul ponte e, con tutta la forza che ha, colpisce Gerald in faccia. L'impatto serve solo a stordirlo, ma comunque abbastanza da permettergli di colpirlo con tutta la sua forza e spingerlo contro la ringhiera della barca con una rabbia che non sapeva di avere. Il corpo di Gerald perde l'equilibrio e cade in mare, infrangendo la superficie e affondando. César corre verso la cabina, non ha mai guidato una barca e preme diversi pulsanti finché non sente il motore accendersi. Poi spinge una leva e l'imbarcazione si mette in moto. Non sa dove sta andando, vuole solo allontanarsi dal luogo in cui ha gettato Gerald.

Cinque minuti. Dieci minuti. Venti. Quando ferma il motore non è sicuro che sia sufficiente. Il sole sta sorgendo a est. César torna sul ponte. Trema ancora, non sa se per il freddo o per il panico. Intorno a lui il mare si alza agitato, le onde si rompono in un groviglio di schiuma. Ha iniziato a piovere. Non sa dove sia Gerald, così come non sa dove possa essere la terraferma.

PARTE SECONDA

Rebeca

1.

Quando Rebeca torna da Oristà, dopo una settimana passata sulle tracce di Juan Vendrell, l'appartamento di Conde del Valle de Súchil le sembra estraneo come il giorno in cui lo hanno occupato, però pensa che possa trattarsi di uno strano gioco della mente, un *déjà-vu* al rovescio, come quando si legge qualcosa di familiare e si ha l'impressione che sia nuovo, ma quella sensazione svanisce subito. Non è così con César, perché quando lo bacia delicatamente in camera da letto – lui si sta vestendo per andare a cena fuori, ha la serata libera e ha prenotato in un ristorante asiatico – è come se baciasse uno sconosciuto. E quella convinzione, quella che César non sia la persona che lei conosceva – o che immaginava di conoscere – non svanisce. Non è un trucco della memoria né una percezione passeggera, ma la certezza che César non è César. Quasi fosse rimasta orfana, si sente invadere da un senso di abbandono. Di insicurezza.

Cammina su una sottile lastra di ghiaccio. In preda a questa instabilità, fa una doccia e si veste, cenano al ristorante asiatico in plaza de los Mostenses, chiacchiera con César senza entrare nei dettagli delle indagini su Juan Vendrell, non perché voglia nascondergli qualcosa, ma perché la fragilità della situazione la travolge; ogni gesto e ogni parola si posano su quella sottile lastra di ghiaccio e lei teme che, da un momento all'altro, possa rompersi e farla sprofondare. Quella notte non fanno l'amore e lei, insonne, lascia che le ore passino seduta sulla terrazza di casa, avvolta nella coperta del divano.

Cora si era presentata a casa il giorno prima del suo viaggio a Oristà. César era già uscito per andare al lavoro, era sorpresa che Cora pensasse di trovarlo ancora a casa, conosceva i suoi orari. Poi aveva capito che voleva incontrarla da sola.

«È che mi aveva detto che mi avrebbe anticipato cento euro... Tra un paio di sere abbiamo una festa in un locale...»

Le faceva pena vedere quanto mentiva male. César le aveva presentato Cora tempo prima e lei aveva assistito al suo progressivo degrado; era rimasto ben poco di quella ragazza bella ed energica, una bandiera al vento, che durante le feste attirava l'attenzione di tutti, sventolando felice al di sopra degli altri. Ora era uno straccio, un brandello, anoressica, con la pelle segnata da una patina grigiastra e lo sguardo disperato di una tossicodipendente. L'aveva invitata a spostarsi in cucina.

«Non ho altri contanti in casa, vanno bene?»

Rebeca aveva tirato fuori settanta euro dal portafoglio. Il sorriso vuoto di Cora le aveva fatto capire che non le sembravano abbastanza, anche se non aveva risposto niente. Le aveva offerto un caffè mentre ascoltava i suoi piani, nuovi accordi con i promoter, inviti ai club più esclusivi di Ibiza, una serie di bugie che Rebeca non aveva voluto contraddire. Non si era resa conto che Cora aveva interpretato quella gentilezza come condiscendenza.

«Non ti sembra che il cazzo del tuo ragazzo sappia di kiwi?» le aveva chiesto mentre mescolava lo zucchero nel caffè. «È strano, lo so, ma ti giuro che a me lascia quel sapore. Di kiwi. All'inizio pensavo di essere impazzita, ma da quanto tempo non mangi un kiwi? Prova e vedrai».

Lei non aveva risposto se non con un sorriso imbarazzato, per liquidare la cosa come una *boutade*. Cora voleva ferirla, era il colpo di un animale disperato che attacca alla cieca. E, anche se Rebeca se l'era cavata per qualche altro minuto, lasciando perdere il commento sul cazzo di César, e si era dedicata ad alimentare l'ego di Cora raccontandole che lui diceva che lo stile delle nuove ragazze del club non aveva nulla a che vedere con il suo, fino a quando il caffè era finito e se n'era andata, la verità è che Cora aveva ottenuto forse più di quanto intendesse, le aveva messo un sassolino nella scarpa che all'inizio non le dava fastidio, ma che poi le aveva reso impossibile camminare.

Era partita per Oristà con lo spettro dell'infedeltà che le ronzava in testa. Voleva rinchiuderlo in qualche soffitta abbandonata e concentrarsi sul caso di Juan Vendrell, ma quello spirito dispettoso si rifiutava di svanire. Appariva nel rapporto che stava scrivendo sotto forma di lievi rimproveri a César, nella fantasia assurda su un becchino che non aveva mai nemmeno conosciuto. Cora era una tossica e quindi una bugiarda, come poteva crederle? La sua fiducia in César era al di sopra di tutto, ma doveva anche ammettere che ultimamente si erano allontanati. Non erano più due alberi che avevano unito i loro tronchi. E se fosse stato vero che andava a letto con Cora? In tutti questi anni, Rebeca aveva fatto solo una richiesta a César: «Non mentirmi. Mai».

Si era scatenata una spirale nevrotica che la stordiva, perché era inaspettata e per le domande che le metteva in testa: forse c'erano stati altri tradimenti? A che punto la loro relazione era diventata una farsa? Chi era il César con cui viveva adesso? Era andata al supermercato e aveva comprato due bottiglie di vino per placare quell'assurda deriva. Non poteva crollare per uno stupido commento di Cora. Chiusa in una camera d'albergo che odiava, con lenzuola color salmone che le bruciavano gli occhi, si era ubriacata, ma invece di calmarsi il dubbio era cresciuto fino a diventare un gigante. Analizzava i ricordi da una nuova prospettiva e ogni conversazione, ogni gesto di César le sembrava nascondere qualcosa. Non all'inizio, quando le loro vite si erano incrociate a causa del processo per duplicazione di carte di credito. Il ricordo delle notti in hotel senza pagare, delle cene in ristoranti costosi spacciate come spese aziendali, del sesso sfrenato manteneva la sua purezza. Ma non era lo stesso per gli anni più recenti, dopo quei giorni a Cabo de Gata. Era stato lì che César le aveva parlato della macchia che aveva nell'occhio destro, una specie di alone che a volte gli offuscava la vista e che lui non voleva operare. Era un ricordo della sua vita precedente: i suoi genitori e la sorella minore erano morti in un incendio, lui era rimasto orfano a sedici anni e da allora si era arrangiato da solo. Il fantasma, come gli piaceva chiamarlo, era una specie di tatuaggio che gli diceva da dove veniva, chi era.

Non ne avevano più parlato, forse perché Rebeca preferiva lasciare il passato dov'era, alle spalle, ma anche César non voleva tornare sull'argomento.

Una volta aperta la valvola della sfiducia, Rebeca si era buttata sul computer alla ricerca di qualche notizia che confermasse quel passato. Non aveva mai sentito il bisogno di prove, ma nell'hotel di Vic, con due bottiglie di vino vuote, aveva digitato tutte le combinazioni che le venivano in mente; nessuna dava risultati. Non c'era nessuna notizia del 2005 su un incendio in cui erano morte tre persone a Madrid, la città dove era cresciuto César. Era entrata nei registri dei decessi, aveva cercato i loro cognomi, Guerín Castro, e non aveva trovato niente. Nessuno con il cognome di César era morto quell'anno.

Quelle poche informazioni che lui le aveva dato sulla sua vita erano false?

La confidenza di Cora era passata in secondo piano, ora doveva affrontare qualcosa di molto più grave: non sapeva chi fosse César e, come una tempesta radioattiva che fa marcire tutto, gli anni passati al suo fianco erano andati in fumo. Prima di poter ripensare a tutti quei «ti amo», ai sogni condivisi, agli sguardi complici, che erano diventati una tortura insopportabile, l'alcol aveva avuto la meglio su di lei. Si era addormentata.

La mattina dopo si era svegliata più tranquilla. Il panico che aveva accumulato le sembrava ridicolo, si era convinta che avrebbe potuto chiarire tutte le sue paure con César. Le era parso impossibile persino che l'avesse tradita con Cora. Era tornata al lavoro, a scavare nella vita di Juan Vendrell. A mano a mano che andava avanti, era sempre più sicura di aver trovato qualcosa di importante. La bottiglia di Vega Sicilia Único, la difficoltà nell'indagare sul suo passato erano segni inequivocabili che Juan e sua moglie nascondevano qualcosa. Una fortuna. Quella possibilità, come un bagliore dorato, le aveva dato coraggio. Aveva parlato con il parroco di Prats de Lluçanès e un'anziana vicina le aveva finalmente fornito un indizio: Magdalena Vendrell, una sorella di Juan dalla quale si era separato alla fine della Guerra civile.

I dubbi su César riaffioravano solo come fastidiosi lampi che lei cercava di sopprimere.

L'incontro con Luis Riba Vendrell e la sicurezza con cui aveva affermato che suo zio era morto in guerra, il sospetto che Juan e sua moglie avessero assunto un'identità falsa, l'avevano fatta pensare a Fred Demara. *Il grande impostore*, la biografia che Robert Crichton aveva scritto su di lui, era una delle poche cose che sua madre aveva lasciato quando era scomparsa. Rebeca aveva dodici anni e non aveva notato nessun indizio che qualcosa del genere stesse per accadere. Un giorno, al ritorno da scuola, sua madre non c'era. Aveva svuotato il suo armadio e si era portata via la macchina. In cucina c'era un biglietto che diceva: «Chiama zia Patricia». Rebeca lo aveva fatto, e così avevano scoperto che sua madre non sarebbe più tornata. Aveva sistemato i conti con il padrone di casa, aveva prelevato tutti i soldi dalla banca e avevano trovato i documenti di Rebeca ordinati in una cartella: certificato di nascita, tessera sanitaria, pagelle scolastiche. Un mese dopo, sua madre aveva chiamato Patricia per dirle che era negli Stati Uniti, che si era innamorata e che aveva bisogno di ricominciare una nuova vita da zero. Da un giorno all'altro, Rebeca si era ritrovata a vivere con la zia in un paese vicino a Saragozza, ad Ariza, orfana. A parte qualche foto e una paura cronica di essere tradita dalle persone che amava, l'unica cosa che aveva portato con sé dalla casa di sua madre era un'edizione del Círculo de Lectores de *Il grande impostore*. Ci aveva messo un po' ad aprirlo, a superare l'apprensione che quel libro le provocava, ricordava Christy che lo leggeva, ma quando finalmente era riuscita ad affrontarlo era rimasta affascinata dalla storia di Fred Demara. Non ha dimenticato molti dei nomi usati da quell'uomo: Robert Linton French, John Payne, Joseph C. Cyr, Benjamin Jones… Ognuno rappresentava una nuova vita: soldato, monaco, chirurgo, psichiatra, insegnante… Il titolo del libro aveva finito per infastidirla, perché Fred Demara non era un impostore. Non interpretava delle identità, ma diventava quelle identità. Abbandonava una pelle per indossarne un'altra e, in quelle trasformazioni, non cercava un guadagno economico, non voleva truffare nessuno, solo vivere altre vite e scappare dal suo passato. Il libro l'aveva aiutata a capire sua madre, almeno così pensava, e anche a trasmetterle la sua stessa voglia: quella di sparire. Da adolescente, mentre pedalava per le strade di Ariza, immaginava di non fermarsi, di allontanarsi dal paese, verso nord, verso i Pirenei, e di attraversare il confine fino a raggiungere una località termale dove avrebbe trovato lavoro in un bar con un altro nome, Susana Sullivan. Non lo aveva mai fatto. Non aveva nemmeno avuto il coraggio di rompere completamente con il suo passato quando si era trasferita a Madrid. Aveva anche mantenuto i contatti, per quanto sporadici, con sua zia Patricia, con cui aveva passato tutta l'adolescenza. A volte con César aveva giocato a cambiare identità. Ma… e se per César non fosse stato solo un gioco?

Aveva passato il viaggio di ritorno in treno a Madrid rimuginando sulla lettera trovata nell'auto di Juan Vendrell. «Ti sono mancata, papà? Ora che sono la regina di Citadelle, potresti per favore tornare a casa? Ti voglio bene, Virginia». Era stata spedita a una casella postale in Svizzera, ma c'era l'indirizzo del mittente: «GY1 2LN. Les Vauxlaurens. Saint Peter Port». Voleva aggrapparsi a quella speranza, quella di essere sulla strada giusta, e credere che, come avevano fantasticato tante volte lei e César, questo caso e i soldi che avrebbero potuto ricavarne gli avrebbero aperto le porte della vita che avevano sempre sognato: basta con gli appartamenti occupati e gli stratagemmi per rubare i soldi ai defunti, basta con le notti passate ad accompagnare clienti VIP e a essere guardati con superiorità.

Ma l'illusione è svanita quando ha incontrato César e ha sentito che lui non era lui. È una convinzione che non ha bisogno di prove materiali. Una rivelazione, come aver scoperto l'esistenza di Dio. Non ha nemmeno pensato a Cora durante la cena al ristorante asiatico, la possibilità di un tradimento non significa più molto, quello che le importa è invece l'assenza di documenti sulla famiglia defunta di César, la menzogna sulla sua vita. Non ha osato affrontare l'argomento. Sono tornati a casa senza quasi parlare. Lui è andato a letto. Lei è rimasta seduta in terrazza ad aspettare di addormentarsi, ma è stata sorpresa dall'arrivo dell'alba.

Essere indaffarata le fa bene. Passa la giornata a indagare sull'indirizzo del mittente della lettera. A parte il fatto che si trova a Guernsey, una delle isole del Canale della Manica, non riesce a scoprire molto altro. Non riesce nemmeno a vedere la casa su Google Maps: un cancello e degli alberi nascondono l'edificio. Evita César; dato che ha orari diversi non è difficile: Rebeca si alza presto, si vedono a malapena all'ora di pranzo, lei fa lunghi pisolini fino a quando lui deve andare a lavorare in hotel. Fa molto caldo e l'aria condizionata non rinfresca. Chiama un tecnico per farla riparare. Riesce ad accedere ai registri immobiliari di Guernsey e, finalmente, trova un nome: la casa appartiene a un certo Samuel Darcy. Cerca informazioni su di lui su Internet e, anche se non ci sono foto né molti risultati, compare il nome di uno studio legale: Samuel Darcy Legal Services. C'è anche un numero di telefono. È tentata di chiamare, ma sa che sarebbe un errore: se Virginia esiste davvero, deve trovarla prima che qualcuno scopra che Juan Vendrell è morto. Altrimenti, tutte le sue possibilità di mettere le mani sull'eredità andrebbero in fumo. Arriva il fine settimana, non riesce a evitare César e passano la giornata in un centro commerciale. Lei si compra dei vestiti da Khaite, lui una camicia di Calvin Klein. Cenano di nuovo al ristorante giapponese in plaza de los Mostenses.

«Vuole farci pagare seicento euro per non so quale cazzata del gas, costa meno mettere un condizionatore nuovo. E poi era un idiota: hai presente quegli operai che ti guardano come se fossi una bambina? Ci mancava che mi dicesse di chiamare mio padre, che voleva parlare con lui».

«Se ti guardava come se fossi una bambina, era un maiale».

«Sai che puzza faceva?» ricorda lei. «Ho dovuto aprire tutte le finestre per far uscire la puzza di sudore». Ridono. Si instaura un clima di normalità, forse perché concentrarsi sul caso di Juan Vendrell le ha fatto dimenticare le sue paure, si sente rilassata, non ha più la sensazione di essere in compagnia di uno sconosciuto. A casa, fanno l'amore. Nonostante la terrazza e le finestre spalancate, fa molto caldo. Il sesso è appiccicoso, un po' scomodo, ma Rebeca si sente bene accanto a César, non c'è diffidenza e, per la prima volta da quando è tornata da Oristà, può guardarlo negli occhi senza paura. Il giorno dopo, durante la colazione, lei fa qualche commento su Juan Vendrell. Dice che potrebbe essere il caso che sta inseguendo da quando ha iniziato a occuparsi di eredità, ma César non sembra interessato come lei sperava. Il fatto che non le faccia domande dimostra il suo disinteresse; è immerso nel cellulare, risponde ai messaggi e sembra non veda l'ora che la conversazione finisca. Lei non insiste.

Si incontra con Merino. Lui la riceve nel suo ufficio, che è anche casa sua, un porcile malsano in cui il disordine ha preso il sopravvento: cartelle di rapporti si mescolano a contenitori di cibo pronto e posacenere pieni di mozziconi di sigarette. Ha avuto l'accortezza di nascondere le bottiglie vuote, ma è impossibile eliminare l'odore acre che impregna ogni angolo da quando è diventato un alcolizzato.

«Cosa pensi che ci sia dietro questo Vendrell?»

«Dammi tempo, Merino, ma forse avremo una bella sorpresa. Non voglio che ti illudi troppo, forse questo non basterà a saldare i tuoi debiti».

«Almeno dimmi su chi stai indagando: un fratello? Un cugino?»

«C'è un parente di terzo grado, ma non so ancora se è il più diretto».

Merino sbuffa come un bufalo, l'obesità ha trasformato il suo respiro in una macchina difettosa, non resiste più e tira fuori da un armadio una bottiglia di whisky. Vuole festeggiare la grana che stanno per fare, dice, anche se Rebeca pensa che sia solo una scusa: è più di un'ora che non beve e non ce la fa più. Il resto dell'incontro lo passano in silenzio, senza parlare delle sue nuove scoperte: non si fida di Merino, teme che la fretta lo porti a fare qualcosa di avventato che le scombinerebbe tutti i piani.

Riesce ad accedere a un database di aziende con sede a Guernsey. Non è un elenco affidabile, lo sa, l'isola è nota per il suo sistema fiscale poco trasparente, ma trova quello che cerca. Il fatto che Darcy sia un avvocato, un intermediario di quella Virginia, gli fa pensare che il regno a cui si riferiva nella lettera non sia altro che un'azienda. Ed eccola lì: Citadelle Trust Services. Come temeva, non è un'azienda che si fa pubblicità. È difficile trovare informazioni sulla società e anche sui proprietari. Le società che si occupano di *trust* basano il loro lavoro proprio su questo, sul creare una cortina fumogena attorno a tutta l'attività; è un espediente legale per nascondere i proprietari e i beneficiari del denaro. Attraverso le vie burocratiche non arriverà mai a nulla, quindi concentra la ricerca sui giornali locali, finché una notizia su *The Guernsey Press* attira la sua attenzione: un investimento generoso della Citadelle Trust Services ha permesso di restaurare Castle Cornet, una fortezza sull'isola di Guernsey. Nel corpo dell'articolo compare un nome, quello del benefattore e fondatore della Citadelle: Eduard Groizard. Non trova nessun'altra informazione sulla società.

Non riesce a evitare l'invito di César all'inaugurazione di un cocktail bar. Avrebbe preferito restare a casa a comporre il puzzle di Juan Vendrell – o di Eduard Groizard? È possibile che quella sia la sua vera identità, che Juan Vendrell non sia altro che il nome che ha usato per nascondersi? –, ma César insiste così tanto che sa che un rifiuto significherebbe una discussione per la quale non è pronta. Il locale è un mix sgargiante di rosso e oro brillante, divani rivestiti di velluto, pavimenti lucidi e luci al neon che fanno brillare come gioielli le bottiglie sul bancone di vetro. Saluta Noah, il promoter arriva con il suo seguito di ragazze bellissime e perennemente felici. Lei ordina un pisco sour e cerca di fare conversazione. Vivian, una ragazza francese di circa vent'anni, le racconta dei soldi che un tedesco ha lasciato la sera prima al Club Magno. Fa fatica a concentrarsi, la musica è troppo alta e, in realtà, non le interessa nulla di quello che le sta raccontando Vivian. Forse il pisco le ha dato alla testa, si sente accaldata e sopraffatta dalle vertigini, è difficile mantenere un sorriso di cortesia. Vede César che parla all'orecchio di Noah, forse gli sta passando qualche grammo di ecstasy o delle pillole; anche se lei gli ha detto che era troppo rischioso, lui da tempo arrotonda grazie a questo giro.

«Stai bene? All'improvviso sei diventata pallida».

Rebeca tranquillizza Vivian, ha solo bisogno di uscire un attimo a prendere aria, fa troppo caldo, ma non è vero. Tutto intorno a lei riverbera, le ragazze nei loro abiti da festa, gli uomini nei loro completi, la maggior parte più vecchi di loro. I sorrisi eccessivi esplodono dai volti degli invitati, così come gli occhi, che sembrano uscire dalle orbite. I colori hanno assunto una sfumatura elettrica. La realtà è un mix di colori, risate e musica e, in mezzo a quel caos, c'è César, distorto come tutti gli altri. Ha gli occhi infiammati e la bocca aperta in una risata che scopre più denti del normale. È una specie di versione sbagliata di César, come se un'intelligenza artificiale avesse ricostruito la sua immagine, ma piena di stranezze, sei dita invece di cinque, sopracciglia troppo folte, troppi denti e occhi che, in realtà, non sono i suoi. O forse questo è il vero César? Si scusa con quelli del cocktail bar e va verso l'uscita, sa che sta avendo un attacco di panico.

In strada, respira un po' d'aria fresca. Regola il respiro finché non si rilassa. Vivian è uscita per vedere come sta. Raccoglie le forze necessarie per tornare al bar e salutare César; con un tono che cerca di sembrare indifferente, gli dice che deve partire per un viaggio la mattina successiva. Saranno solo pochi giorni, aggiunge. César non obietta nulla, non si stupisce nemmeno della fretta, del fatto che non lo abbia avvisato.

Quella stessa sera, compra un biglietto per Guernsey. Prenota una camera al De Havelet. Più che il desiderio di raccogliere informazioni di prima mano e finire di ricostruire la storia di Vendrell, a spingerla è il bisogno di scappare. La sua vita le provoca un malessere fisico, la vicinanza di César le è insopportabile.

Quando l'aereo decolla da Barajas, Rebeca pensa a Fred Demara e si sente tranquilla per la prima volta dopo tanto tempo, come se staccarsi dalla sua vita fosse la medicina che la guarirà, immagina ciò che sta per arrivare in modo quasi infantile, con quell'entusiasmo libero con cui sognano i bambini. È così che doveva sentirsi Fred Demara ogni volta che cambiava identità.

2.

La spiaggia bianca di Vazon Bay è piena di gente che fa il bagno. A nord-ovest di Guernsey, è il posto perfetto per godersi il tramonto. È quello che le ha detto il ragazzo alla reception del De Havelet quando gli ha chiesto dove trovare la spiaggia. Il bagliore rossastro del sole che tramonta sull'Atlantico avvolge in un'aura ramata i turisti in riva al mare. I riflessi violacei delle acque calme aggiungono un tocco californiano al quadro, come se fosse seduta su una terrazza a Santa Monica. È un'illusione, sa che quando il sole scomparirà al di sotto del mare, la spiaggia e i bagnanti, le rocce che spuntano ai confini della baia torneranno ad avere lo stesso aspetto banale che avevano prima che i giochi di colore del sole li camuffassero.

Guernsey era la meta turistica preferita di molti inglesi negli anni Settanta e all'inizio degli anni Ottanta, ma ora è un'isola in declino: gli hotel, le strade, persino i suoi abitanti hanno vissuto tempi migliori. È l'impressione che le è rimasta dopo aver lasciato la valigia in camera e aver fatto un giro per Saint Peter Port. Un'aria di rassegnazione permea non solo i lavoratori dei negozi o dei bar, ma anche i turisti, i pensionati e una classe media di mariti obesi, mogli acide e bambini rumorosi che, fermi in mezzo alla strada acciottolata e piena di fiori che attraversa il centro della città, fingono felicità o incredulità davanti a qualche edificio dalla facciata appariscente, anche se, in fondo, avrebbero preferito una destinazione migliore. Immagina che non abbiano abbastanza soldi per andare a Maiorca o in Grecia. O forse l'amarezza che Rebeca sta provando durante le sue prime ore a Guernsey non è altro che una conseguenza della sua tristezza.

Non è facile ricominciare da zero, come se il passato non fosse mai esistito. César.

Appena arrivata ha contattato Raymond Neville. Ha cercato altri articoli che facessero riferimento alla Citadelle Trust Services: oltre al fatto che è praticamente impossibile trovare informazioni su chi lavori in quella società, ritiene che sia meglio adottare un approccio più indiretto. Qualcuno che non abbia legami con la Citadelle, ma che possa parlarle dell'azienda o di Eduard Groizard, l'unico nome collegato alla società, il mecenate che ha contribuito al restauro di Castle Cornet; è sempre più convinta che possa trattarsi dell'identità da cui era fuggito Juan Vendrell. Deve tenere segreta la sua morte fino all'arrivo di sua figlia, se davvero la Virginia della lettera è sua figlia, e farle firmare il contratto per ottenere una parte del patrimonio. Sa già che potrebbe essere enorme, anche se difficile da quantificare: tutto indica che Groizard/Vendrell fosse coinvolto in affari *offshore*, quindi il suo patrimonio sarà nascosto dietro centinaia di società di comodo; ma, anche se la strada è lunga, è anche, finalmente, la Grande Onda che ha tanto atteso, quella che la porterà in cima.

Nel 2012 Raymond Neville aveva dichiarato al *The Guernsey Press*: «Nessuno è al di sopra della legge. La famiglia della ragazza scomparsa può stare tranquilla, perché le indagini non si fermeranno finché non scopriremo cosa è successo». Il giornale locale riportava che Neville, all'epoca capo della polizia di Guernsey, aveva chiesto un mandato di perquisizione per la sede della Citadelle Trust Services, l'ultimo posto dove era stata vista viva la ventiseienne scomparsa, conosciuta solo con le iniziali G. H. Aveva continuato a sfogliare le edizioni del *The Guernsey Press* fino a quando, in un numero della settimana successiva, in una breve nota che occupava appena mezza colonna, aveva scoperto che le iniziali corrispondevano al nome di Greta Hobbs. L'articolo, scritto in un tono freddo, come la trascrizione di un comunicato ufficiale, diceva che la ragazza era morta in un incidente in barca su The Race, il braccio di mare che separa Alderney dalla Francia. Non c'era nessun riferimento al registro della Citadelle né all'iniziale sospetto che la scomparsa di Greta Hobbs potesse essere collegata a un crimine. Tutto era stato archiviato con il titolo *Incidente su The Race.*

Raymond Neville è già in pensione, glielo ha detto quando gli ha parlato al telefono; ha trovato il suo numero tramite la Guernsey Heritage, un'istituzione che si occupa della conservazione del patrimonio e con cui l'ex poliziotto collabora. Raymond l'ha ascoltata con diffidenza, non capiva perché volesse incontrarlo né cosa potesse dirle sul sistema fiscale dell'isola, finché Rebeca, che si è presentata come una giornalista spagnola che sta scrivendo un reportage sulla trasparenza di alcune aziende delle isole del Canale, ha menzionato la Citadelle Trust Services. Raymond ha subito abbandonato il tono evasivo per darle appuntamento in un ristorante dall'atmosfera familiare di fronte a Vazon Bay, il Crabby Jack's. Un locale con un arredamento che ricorda la paninoteca di SpongeBob, una specie di imitazione di stile hawaiano con granchi sorridenti disegnati sulle pareti. Rebeca si è sistemata sulla terrazza, da dove si vedono la spiaggia e un castello che si erge su uno dei promontori.

«Ha intenzione di parlare male di Guernsey?»

Raymond arriva tardi, quando il sole è solo un bagliore violaceo all'orizzonte. I tavoli della terrazza sono occupati da famiglie e Rebeca è al suo terzo bicchiere di vino bianco.

«La maggior parte del mio reportage è incentrato sugli studi legali e le società finanziarie di Jersey. Di quest'isola mi interessa solo la Citadelle. Forse ha qualche cliente spagnolo».

Il poliziotto in pensione non abbandona il suo atteggiamento diffidente, ma si siede dopo aver sottolineato che Rebeca ha un accento inglese particolare. «La mia famiglia è americana, ma sono cresciuta in Spagna» risponde lei, evitando di commentare l'accento di Raymond, la cui intonazione e pronuncia di alcune parole le sembrano francesi. Deve avere circa settant'anni, a giudicare dal fatto che è in pensione e dallo sguardo annebbiato tipico di quell'età, piuttosto che dal suo aspetto fisico; è un uomo di corporatura robusta, i bicipiti spuntano dalle maniche corte della camicia abbottonata fino al collo, largo quanto la sua testa, rubiconda, la pelle lucida per le tante giornate passate al sole illuminata da una sfumatura rossa sul naso: forse beve troppo? Ordina una pinta non appena riesce ad attirare l'attenzione del cameriere, che chiama per nome, Frederick. Ai lati del berretto che porta calcato sulla testa spuntano ciuffi di capelli bianchi che si confondono con le abbondanti basette, anch'esse canute. Più che un poliziotto in pensione, sembra un marinaio che si sta godendo il suo giorno libero a terra. Gli manca solo un pappagallo sulla spalla.

«In realtà, la Citadelle non è a Guernsey, ma ad Alderney». Una scia di schiuma di birra rimane sospesa sul baffo di Raymond, che la spazza via con la lingua.

«La giurisdizione delle due isole è la stessa, vero? Inoltre, ho letto che la Citadelle collabora ad alcuni progetti di conservazione del patrimonio qui a Guernsey, proprio come lei». Raymond abbozza solo un sorriso cinico, non risponde; fermo come un faro, lascia che Rebeca continui a parlare, sta decidendo se può fidarsi o meno. Lei finge di essere una giornalista alle prime armi, si appoggia al tavolo per guardare Raymond dal basso, parla velocemente, con gli occhi spalancati, snocciola in disordine le poche informazioni di cui dispone, la filantropia della Citadelle nei confronti dell'isola di Guernsey, inventando persino cifre relative alla quantità di denaro che l'azienda è riuscita a movimentare. E quando pensa di aver superato la diffidenza di Raymond e di averlo convinto che è una ragazza ingenua, cerca sul cellulare la foto di Juan Vendrell e la ingrandisce fino a occupare tutto lo schermo. «È lui il titolare della Citadelle?»

«Quella foto deve avere più di vent'anni. Eduard Groizard». La sua intuizione è giusta, Vendrell è Groizard. Inoltre, Raymond sputa il nome con disprezzo, è un segnale incoraggiante che non gli piaccia per niente.

«Come potrei contattarlo? Mi aiuterebbe a ottenere un'intervista?»

«Con Groizard? Impossibile. Se n'è andato circa tre anni fa».

«Dove?»

«Pensa che Groizard mi abbia raccontato la sua vita? Non lo so».

«Ma la Citadelle Trust Services ha continuato a operare. In qualche modo Eduard Groizard deve mantenere i contatti con l'azienda. Forse, se mi dà il nome di un familiare... Sua moglie? È sull'isola?»

«Sua moglie è partita con lui».

«Un fratello? Un figlio?»

«Una figlia». Finalmente ci siamo, anche se Raymond sembra a disagio nel nominarla. «Virginia».

«Come potrei parlare con questa Virginia?»

«Lei non sa nulla degli affari di suo padre».

«Ne è sicuro? Voglio dire: se Eduard Groizard se n'è andato e l'azienda continua a funzionare, qualcuno deve pur dirigerla. Forse sua figlia...»

«Samuel Darcy. È un avvocato, non so, ma forse l'ha nominato suo esecutore testamentario... Anche se non ho il minimo dubbio che, ovunque si trovi, Groizard continui a gestire la Citadelle».

«Se ne è così sicuro, sua figlia deve sapere dove vive ora. Può dire a Virginia che vorrei parlarle?»

Al tavolo accanto, una coppia sta divorando un enorme granchio. Il silenzio di Raymond fa sì che il rumore delle chele spezzate arrivi fino a Rebeca, lei trattiene il disgusto quando li sente succhiare. Raymond ha finito la sua pinta e, con un'espressione scontrosa, sposta lo sguardo verso il cielo, come se sentisse che sta per arrivare un temporale. Sta perdendo terreno, Rebeca lo capisce, quando è spuntato il nome di Virginia, Raymond è scappato chissà dove.

«Mi scusi, non vorrei insistere, ma... La Citadelle potrebbe essere collegata a qualcuno di molto importante in Spagna. Credo che questa persona abbia usato questa azienda per nascondere denaro sporco e... Mi dispiace, ma se potessi parlare con Virginia e lei mi mettesse in contatto con suo padre, avrei una notizia che farebbe tremare il Paese».

«E perché mi ha chiesto di incontrarci? Cosa le fa pensare che io abbia qualche tipo di relazione con Virginia Groizard? O con suo padre?»

«La domanda è: perché è venuto a parlare con me, Raymond?» Il ruolo della giornalista ingenua non le è più utile, decide di passare all'attacco. «Mi è sembrato non le importasse che venissero pubblicate cattive notizie sulla Citadelle».

«Esatto. Groizard e la sua Citadelle fanno quello che vogliono da cinquant'anni senza rispettare le leggi di Guernsey. Se posso aiutare a silurare quell'uomo, sono disposto a farlo. Perché non lascia perdere tutto quel gergo finanziario? È una cassaforte dentro un'altra cassaforte. Non riuscirà mai a districare la matassa di prestanomi e società con cui nascondono i soldi. Greta Hobbs, è questo il suo punto debole: dovrebbe indagare in quella direzione. Vuole innervosire Groizard? Smuova un po' quel caso e vedrà che prima o poi salterà fuori».

«Chi è Greta Hobbs?»

Raymond chiede un'altra pinta prima di buttarsi nel racconto. Ha la voce roca, troppo tabacco e rum nello stomaco: quattro anni prima, Greta Hobbs era arrivata sull'isola, «era una giornalista, come te, lavorava al *The Guardian*», aveva conosciuto la figlia di Eduard Groizard a Londra ed era venuta a passare qualche giorno di vacanza con lei. Era andata a prenderla all'aeroporto di Guernsey ed erano partite per la casa dei Groizard ad Alderney. «Vivono a Citadelle, una fortezza nella parte occidentale dell'isola». Alcuni vicini avevano visto le due amiche passeggiare per Clonque Bay; Greta era più grande di Virginia, aveva ventisei anni, quattro più di lei. I testimoni dicevano che sembravano in intimità, ma forse erano solo pettegolezzi, le donne mostrano il loro affetto in modo diverso dagli uomini. L'ultima volta che Greta Hobbs era stata vista viva era stato a una festa nella fortezza dei Groizard. C'erano diversi camerieri provenienti da Guernsey, ma non erano rimasti per tutta la festa. A mezzanotte se n'erano andati. L'allarme era scattato qualche giorno dopo, quando la famiglia di Greta Hobbs aveva detto che non era tornata con l'aereo previsto e che non riuscivano a contattarla.

«All'epoca ero a capo della polizia. Appena ho avviato le prime indagini, Groizard mi ha detto che la ragazza era partita in aereo. Ho controllato i dati degli aeroporti, ma non c'era traccia di Greta. Non aveva preso nessun volo. Un paio di giorni dopo mi è giunta la notizia che una barca era affondata a The Race, una zona con forti correnti tra Alderney e la Francia. Non c'erano sopravvissuti, e Eduard Groizard ha detto che alla fine Greta Hobbs era rimasta sull'isola, che lui non lo sapeva finché non l'aveva vista salire su quella nave e prendere il largo. Comodo, vero? Come il fatto che non ho mai ottenuto il permesso del tribunale per perquisire Citadelle o che non sono riuscito a parlare con sua figlia, Virginia. Una settimana dopo è stata trasferita in una clinica a Londra; aveva davvero bisogno di cure mediche o la stavano semplicemente allontanando?»

«Virginia è ancora in quella clinica?»

«È tornata circa sei mesi fa. Dicono che non esca mai da Citadelle... Perché non prova a smuovere un po' le acque laggiù? Vedrà che Groizard spunterà fuori».

«Lei era un poliziotto e non ha ottenuto nulla».

«Sì che ci sono riuscito: mi hanno invitato ad andare in pensione». Raymond si appoggia allo schienale della sedia, considera conclusa la sua storia, come un corsaro che racconta l'incontro con un kraken in alto mare e, nonostante la sua enfasi, è consapevole che non convincerà mai nessuno che ciò che ha visto è reale.

«Non lo so, Raymond: la mia indagine si limita all'attività economica, ma... se riesco a parlare con Virginia, posso provare a tirare fuori la questione di Greta Hobbs...»

«Buona fortuna; si è rinchiusa nella fortezza, o almeno così dicono, perché nessuno l'ha più vista».

«Eduard Groizard o sua moglie… non hanno altri parenti?»

«Mary Ann?» Rebeca lo immaginava già, è solo una conferma, anche l'identità della moglie di Juan Vendrell era falsa: l'hanno seppellita a Oristà con il nome di Meredith Payne. «I suoi genitori sono morti in un bombardamento a Londra. Come la maggior parte della gente delle isole, sono scappati in Inghilterra prima che arrivassero i nazisti. L'unico ponte verso Virginia è Samuel Darcy. Se c'è qualcuno che ha contatti con la figlia di Groizard, è quell'avvocato».

«E dove posso trovare Samuel Darcy?»

3.

Forse è colpa del Le Comte: il locale, nascosto in una casa di campagna, sembra un vecchio teatro e le ricorda il Club Magno di Madrid. Ci è andata qualche volta con César. Mentre aspetta che le servano da bere, Rebeca nota la stessa finta felicità e lo stesso sfarzo nell'arredamento e nella gente che balla al ritmo di musica *techno* industriale; e, anche se forse questo è un gradino sopra – gli uomini sembrano più ricchi, le ragazze più belle e felici –, lo scintillio dei fuochi d'artificio nelle bottiglie di champagne dirette a un tavolo riservato è forzato come quello del Magno, come quello di tutti questi club esclusivi, come l'intimità che lei pensava di avere con César.

Beve un lungo sorso di gin tonic non appena il cameriere lo posa sul bancone. Deve concentrarsi sul presente per non precipitare negli ultimi anni trascorsi con César, che ora le sembrano una farsa. Raymond le ha detto che Darcy è un tipo sfuggente. Passa la maggior parte del tempo rinchiuso nella sua casa di Alderney, ma, se è fortunata, può trovarlo al Le Comte. Raymond non era sicuro se sia il proprietario o solo un socio del club. Ci è andata subito dopo aver pagato il conto al Crabby Jack's. È vicino. Di solito non beve più di un paio di bicchieri di vino, ma svuota il gin tonic in tre sorsi veloci. Vuole stordirsi. Si mescola alla gente che balla, i meno importanti del locale; i clienti VIP, quelli per cui è stato aperto un posto come Le Comte, sono nei salottini privati. Al secondo piano ci sono dei palchi privati, delle ombre appaiono e scompaiono lassù al ritmo delle luci della discoteca, come aristocratici del diciannovesimo secolo che si godono da lontano uno spettacolo proibito. Si lascia trasportare dalla musica. Alcuni sguardi di uomini tra i cinquanta e i sessant'anni, venuti sull'isola per nascondere le loro fortune, si posano su di lei. Non si è vestita per l'occasione, ma il buttafuori non ha fatto storie, la maglietta, i jeans e il trench di Chloé gli sono sembrati sufficienti. Non fanno mai problemi a una bella ragazza in più alla festa.

Tra i corpi sudati, lo vede apparire, accompagnato dal buttafuori, che lo scorta fino a una scala che porta ai palchi. Un altro dipendente del club solleva il cordone rosso e scompare nell'ombra, ma ha lasciato la sua immagine fluttuante, come il fosfene che rimane nella vista quando chiudiamo gli occhi dopo aver guardato un oggetto luminoso: una mezza chioma disordinata e bianca, come la camicia che si intravede sotto la giacca, un abito blu scuro – basta guardarne il taglio per capire che è molto costoso –, occhi che non si fermano su nulla perché nulla merita la sua attenzione. Ha quasi cinquant'anni, nel modo ordinato in cui i ricchi raggiungono quell'età, come se ogni giorno uscissero da una clinica di ringiovanimento con sangue ossigenato nelle vene e la pelle liscia come quella di un ventenne. L'ha fatta pensare a Franz Mesmer – ne ha scoperto l'esistenza molto tempo fa in *Famosi impostori*, un altro dei suoi libri preferiti – che, emanando pace dai suoi centottanta centimetri nei salotti europei della fine del diciottesimo secolo, affascinava il pubblico con la sua teoria del magnetismo animale. Mago o delizioso ciarlatano, c'è differenza? Samuel Darcy – perché Rebeca non ha bisogno che nessuno le confermi che l'uomo che ha appena visto è l'avvocato della famiglia Groizard – potrebbe essere il suo erede. La cosa più prudente sarebbe finire il drink e tornare in hotel, forse l'universo che circonda Eduard Groizard non è fatto per lei, forse quell'eredità è irraggiungibile, un caso troppo complesso per il livello a cui gioca di solito Rebeca; ma, forse perché ha più paura di mollare e affrontare César, lascia il bicchiere sul bancone e segue Darcy verso i palchi al piano superiore. Questa è la sua Grande Onda e non vuole perderla.

Trova Samuel Darcy con un bicchiere in mano, la giacca piegata sul bracciolo del divano trapuntato dove è seduto a gambe accavallate, nella penombra delle luci che non penetrano nel palco riservato. Non ha avuto difficoltà a convincere il buttafuori a lasciarla salire, ma, quando si è presentata, non è riuscita a scuotere l'atteggiamento indolente di Darcy, simile a un dio indifferente all'umanità.

«Che senso ha mettere in contatto Virginia Groizard con una sconosciuta?»

«So che quello che ho da dirle potrebbe interessarle».

«Di sicuro hai una risposta migliore: questa è la tipica frase di una truffatrice, viene subito prima che ti chiedano il numero della carta di credito».

«Vengo da parte di Eduard Groizard».

Ora sì che ha l'attenzione di Darcy. Per una frazione di secondo ha pensato di dire che è stata mandata dalla famiglia di Greta Hobbs, ma sarebbe stato un salto nel vuoto. A parte quello che le ha detto Raymond Neville, non ha informazioni affidabili su Greta. Una farsa deve essere costruita sulle fondamenta della verità. In un certo senso, non sta mentendo quando dice che è arrivata lì spinta da Eduard. Non ha ancora pensato a quale storia costruire attorno a questo presunto incarico, ma improvvisare comporta un rischio che Rebeca ama tanto quanto una notte di sesso.

«Come stanno Eduard e Mary Ann?» chiede Darcy con interesse.

«Purtroppo Mary Ann è morta alla fine di dicembre».

Misurare le parole. Le verità e le omissioni. Inutile dire che Eduard Groizard sta bene. Samuel Darcy si sporge in avanti, i gomiti appoggiati sulle ginocchia, fa oscillare il bicchiere tra le gambe e le sorride.

«È una notizia molto brutta. Non sarà facile per Virginia. Vuole… voleva molto bene a sua madre».

«Lo so. Per questo vorrei dirglielo di persona».

«Pensi che una sconosciuta sia la persona più adatta per dire una cosa del genere? Virginia preferirà saperlo da un amico».

«Non è l'unica cosa che devo dirle».

«E perché Eduard ha mandato te? Non sarebbe stato meglio se fosse venuto lui? O se le avesse telefonato?»

«Ha le sue ragioni, ma posso parlarne solo con Virginia».

«Ti va qualcosa da bere?»

«Un vino bianco. Chardonnay».

Il cameriere porta una bottiglia di Montrachet di Louis Latour. Non vuole che l'alcol intralci la conversazione con Darcy, quindi lascia perdere il gin. L'avvocato, con cordialità aristocratica, evita l'argomento, si interessa all'hotel dove alloggia, alle sue prime impressioni su Guernsey; Rebeca gli dice che è la prima volta che visita l'isola.

«Da dove viene il tuo accento?»

Gli racconta delle sue origini americane, anche se gli confessa di essere nata in Spagna. Sa che con questa informazione sta aprendo una strada, è possibile che domani, di prima mattina, Darcy chieda un rapporto su una certa Rebeca Lang, che cerchi di localizzare Groizard in qualche paese spagnolo; ma a questo punto non ha alcun dubbio che le barriere che Eduard ha eretto per impedire a chiunque di scoprire che ora viveva sotto l'identità di Juan Vendrell saranno utili anche a lei.

«Sono tre anni che Eduard e Mary Ann hanno lasciato le isole. Da allora, la comunicazione con loro è stata strana: mi facevano scrivere a una casella postale...»

«In Svizzera. Lo so».

«Quanto sai, Rebeca?» Darcy la guarda come se fosse l'unico esemplare di una specie sconosciuta, una piccola farfalla mai catalogata. Forse, nella sua testa, sta giocando a darle un nome.

«In realtà, è più quello che non so. Ad esempio, da quanto tempo lavori alla Citadelle Trust Services?»

«Presto saranno nove anni. La mia famiglia era delle isole, ma io sono nato e cresciuto a Londra. Sono tornato per occuparmi di una casa ad Alderney quando mia madre è morta e qualcosa di questa terra mi ha affascinato. Capisco cosa intendi quando dici che c'è un'aria di volgarità a Saint Peter Port. Come un parco divertimenti in declino, ma è solo una prima impressione, è normale che voi turisti vi fermiate lì, in superficie. Noi che viviamo sulle isole sappiamo che hanno qualcosa di intangibile che le rende uniche. Non ci interessa renderlo pubblico, chi vorrebbe vedere la propria casa trasformata in Magaluf o Benidorm? No, grazie: gli inglesi e i tedeschi ubriachi possono andare in Spagna. Preferiamo conservare il nostro segreto».

«E immagino che non me lo svelerai».

«È più divertente che lo scopra tu».

«Non so se resterò abbastanza a lungo».

«Sarebbe fantastico se potessi conoscere Alderney».

«Spero proprio di sì: Virginia vive lì».

«A Citadelle. I suoi genitori hanno trasformato la fortezza in una casa...»

«Le dirai che voglio parlarle?»

«Quando Eduard se n'è andato, mi ha lasciato due compiti: eseguire le sue decisioni negli affari e prendermi cura di Virginia».

«Non voglio disturbare Virginia».

«Non la conosci, Rebeca. Meglio che lo dici a me, così posso capire come dirle quello che devi dirle».

Rebeca gli sorride. Hanno portato una seconda bottiglia di Montrachet. Anche Darcy si è dato allo chardonnay. Questo gioco le piace e le ore passano senza che se ne accorga. Giù, sulla pista, la musica e il ballo non si fermano. I corpi esplodono in istantanee fotografiche quando le luci stroboscopiche li colpiscono. Donne e uomini con enormi sorrisi felici o intensamente concentrati ballano al ritmo *techno* che rimbomba al Le Comte, in una concatenazione di brani che, a mano a mano che beve, a Rebeca sembrano suonare in loop. Lei e Darcy intrecciano una conversazione che passa dai commenti sul locale, il suo pubblico e i soldi nascosti nelle isole a riferimenti più o meno velati su Virginia e Eduard Groizard, un gioco di mezze verità che diverte Rebeca. Darcy è un avversario alla sua altezza: nascosto dietro i modi di un affascinante mago, non spinge mai al punto da diventare sgradevole o disperato, sa sfruttare le tracce che Rebeca lascia; lei ha commesso l'errore di dirgli che, come Darcy, si occupa di pratica legale e lui ha supposto che sia venuta a Guernsey con un contratto sotto il braccio che aspetta la firma di Virginia.

«Cosa stai cercando di fare? Ubriacarmi fino a farmi confessare tutto?»

«Sei tu che bevi chardonnay come se fosse acqua».

Ancora una volta, Darcy si allontana dall'argomento principale, Virginia e Eduard, per raccontarle che, sin dalla sua nascita, la Citadelle Trust Services è stata una colonna portante della comunità. Ha contribuito al restauro di gran parte del patrimonio culturale delle isole, compresi alcuni resti dell'occupazione nazista che molti abitanti avrebbero preferito distruggere.

«Temono che diventi un parco a tema sull'occupazione. E non si sentono a loro agio; non è una storia eroica, ma piuttosto quella di una resa vergognosa. Churchill non ha speso un solo proiettile per difendere le isole del Canale dalla Germania nazista. Un gesto francamente disonesto. La bellezza va sempre protetta. E queste isole sono piene di bellezza».

Stanno flirtando? È difficile stabilire il confine tra il tentativo di ottenere informazioni dall'altro e il gioco della seduzione. Darcy è un uomo magnetico, è di nuovo quella parola a insinuarsi nella sua mente quando pensa a lui, come quando le è venuto in mente il nome di Mesmer: lui somministrava ai suoi pazienti una soluzione ricca di metalli per poi, tramite magneti, scatenare una marea artificiale dentro di loro. Darcy ha un effetto simile su di lei, le agita gli umori, come se fosse un ipnotizzatore in grado di controllare la sua volontà. Le propone di uscire da Le Comte, di fare una passeggiata su una spiaggia vicina, è quasi l'alba. L'umidità le raffredda la pelle quando mettono piede in strada, Rebeca si copre con l'impermeabile, Darcy cammina al suo fianco in maniche di camicia; non sa se è effetto del vino, ma, guardandolo, sembra appena uscito dalla doccia, pettinato e con i vestiti stirati, pronto per iniziare la giornata. Non parlano fino a quando non arrivano a Cobo Bay, un'altra delle baie di sabbia bianca che disegnano il profilo di Guernsey come una roccia mordicchiata dall'Atlantico.

«Sai cosa mi sconcerta? Se io avessi avuto il compito di parlare con Virginia, sarei andato direttamente ad Alderney, a Fort Citadelle, e avrei bussato alla porta. Perché tu invece sei venuta a cercare me?»

«Perché so che presentarmi da lei con la lettera di raccomandazione di Eduard Groizard non è il miglior biglietto da visita».

Nonostante il vino, lei è ancora sveglia: le è bastato ricordare il tono della lettera che ha trovato, e che ora le appare evidente nel suo cinismo, «la regina di Citadelle», «potresti per favore tornare a casa?», per rispondere con una scusa convincente. Uno stormo di gabbiani attraversa un cielo che si sta già schiarendo quando Darcy le si avvicina, dandole l'impressione che stia per baciarla sul collo, ma invece le sussurra all'orecchio: «È meglio che non ti avvicini a Virginia».

Quando si sveglia nella sua stanza al De Havelet, cerca di scrivere nel rapporto tutto quello che è successo da quando è arrivata a Guernsey. César si intromette di nuovo nei suoi pensieri come uno che arriva tardi allo spettacolo e raggiunge il suo posto in punta di piedi, cercando di non fare rumore. Il suono del cellulare la interrompe. Darcy la sta aspettando sulla terrazza dell'hotel, seduto su una panchina di pietra. Le dice che sta per partire per Alderney: «Perché non vieni con me? Non ha senso che tu rimanga a Guernsey se vuoi vedere Virginia». Le offre di passare la notte a casa sua. Mentre raccoglie il portatile e la valigia – non ha quasi avuto il tempo di disfarla – sente il battito ansioso del cuore e si rende conto che si sta mettendo nelle mani di un uomo che conosce a malapena. Salgono su una piccola barca – SARNIA VENTURE, c'è scritto sulla carena – guidata da Gerald, un marinaio enorme e silenzioso che passa tutto il viaggio chiuso nella cabina. Lei e Darcy chiacchierano sul ponte, il mare è calmo. Lui le racconta che Alderney è un'isola fuori dal tempo, non ha mai conosciuto il turismo di Guernsey, figuriamoci quello di Jersey. Non ci sono nemmeno molti abitanti registrati, circa duemila sparsi su otto chilometri quadrati. «Un posto tranquillo». Rebeca si è resa conto che, più che un marinaio, Gerald è una specie di factotum per Darcy, li porta in macchina dal porto a una spiaggia a sud-est, Longis Beach. Darcy ha la sua casa lì, su una strada che costeggia la baia, lontana da qualsiasi altra costruzione. Una villa di forma rettangolare e dall'architettura sobria che potrebbe essere la casa di campagna di qualsiasi lord inglese. Sul retro della casa, su una collina, si erge qualcosa che sembra un castello o un palazzo. Dall'ingresso, all'altra estremità di Longis Beach, si vede una fortezza costruita su una formazione rocciosa. «Stasera, a cena, se vuoi ti racconto delle fortezze di Alderney».

Dopo aver lasciato la valigia nella camera degli ospiti, sente il bisogno di controllare di non essere prigioniera. La solitudine e il silenzio che circondano la casa di Darcy, interrotti solo dal rumore del mare, le fanno pensare che potrebbe essere così, ma lui non le impedisce in alcun modo di uscire da sola a fare una passeggiata. Le ha dato le indicazioni per arrivare a Citadelle. Una passeggiata di un'ora e mezza, ma faticosa, perché il percorso è un continuo saliscendi tra le colline. Attraversa parte della città, Saint Anne, le case emanano un sentore di villaggio inglese, pietra e piccoli appezzamenti di giardino protetti da muretti. Gran parte del percorso si snoda attraverso zone non urbanizzate. Un tappeto verde di colline dove, qua e là, si intravedono ville simili a quella di Darcy.

Come le ha detto, arriva a un sentiero a zigzag che scende lungo una scogliera fino a Clonque Bay. L'isola, frastagliata da rocce bianche, si protende nell'Atlantico alle due estremità della baia, vestigia di quella che un tempo era terra ma ora è sommersa dall'acqua. A una di queste estremità c'è una fortezza, una struttura grigia che si adatta alle forme della roccia su cui sorge. È irraggiungibile; la strada, come le ha detto Darcy, è coperta dall'acqua ed è percorribile solo con la bassa marea. Il sole tramonta, i gabbiani volano sopra Fort Citadelle e, anche se non ne è sicura, le sembra di vedere una sagoma che passeggia sulla terrazza di uno dei bastioni. Virginia, pensa. L'Atlantico è un fossato tra loro due, ma il giorno dopo, quando la marea si abbasserà, tornerà a Citadelle. Un brivido le fa accapponare la pelle: la premonizione che tutto sta per cambiare. Anche lei. È sola, in cima a una scarpata a picco sul mare, sente il gracchiare dei gabbiani e immagina che stiano chiamando il suo nome, un nome nuovo. Un nome che non le ricorda César.

4.

«È una ragazza... speciale. È tornata da poco, circa sei mesi fa, e da allora non ha mai messo piede fuori da Citadelle. Non so cosa puoi aspettarti da Virginia. In realtà, ho parlato con lei solo un paio di volte, al telefono. Il resto delle comunicazioni è passato attraverso la signora Langlois».

Lo sguardo di Darcy si sposta verso la porta della sala da pranzo, dove la signora che ha servito la cena arrossisce, come se le avessero fatto un complimento esagerato. Rebeca non conosceva il suo nome, ma era già rimasta colpita da questa anziana signora di circa settant'anni, minuta e paffuta, con le guance rosee e i capelli bianchi ricci, che le ha girato intorno tutta la sera, portando piatti di zuppa di cipolle e carne ricoperta di salse francesi e che, ogni volta che le passa accanto, lascia nell'aria un profumo di biscotti appena sfornati. La signora Langlois. Piccola e paffuta come le fate della Bella Addormentata.

«L'ho vista crescere» si scusa, «e grazie a Dio mi apre la porta. Chi si prenderebbe cura di lei altrimenti?»

«La signora Langlois lavorava a Citadelle. Non ha lavorato da me fino a quando Eduard e Mary Ann se ne sono andati... E ora si occupa anche di Virginia: ogni giorno le prepara da mangiare, pulisce le stanze e, ogni tanto, fa da piccione viaggiatore. È con lei che devi parlare se vuoi vedere Virginia. Che ne pensa, signora Langlois? Crede che se si presenta a Citadelle Virginia si degnerà di farsi vedere? È come un fantasma capriccioso: appare solo quando ne ha voglia».

«Non lo so, signor Darcy».
«Perché non la accompagna domani?»
«Forse... forse sarebbe meglio che ne parlassi prima con la signorina Groizard».
«Perché ti dica di no? Rebeca ha qualcosa di importante da dirle. Un messaggio di suo padre; come può non voler sapere cosa ha da dirle Eduard Groizard?»
«Non ho mai detto che devo portarle un messaggio del signor Groizard, Darcy».
«Non sei venuta da parte di Eduard? Allora ieri sera ho capito male».
«Sì, l'ho detto, ma non che quello di cui devo parlare con Virginia è un messaggio di suo padre. Signora Langlois, mi farebbe molto piacere accompagnarla e, se possibile, parlare cinque minuti con Virginia».
«Come il signor Darcy crede sia meglio».
La signora Langlois si scusa con un sorriso piccolo e forzato, non è contenta dell'impegno preso, e si allontana per uno dei tanti corridoi del *manoir*, si sentono i suoi passi allontanarsi veloci come quelli di un topolino. Darcy lascia il tavolo per preparare dei drink al mobile bar e, anche se è curioso di sapere quale sia lo scopo di Rebeca – «Cosa devi fare con Virginia da tenerlo così segreto?» –, non insiste quando lei risponde in modo evasivo, come una divinità che considera le preoccupazioni umane solo un aneddoto da dimenticare facilmente.
Il salone ha ampie finestre che si affacciano su Longis Beach, che di notte non è altro che un gorgoglio oscuro. Una libreria piena di libri di diritto – compendi di leggi con cui Darcy fa magie quando si tratta di aggirare le tasse – e un enorme quadro sopra il camino, un olio volgare, forse opera di qualche vecchio artista locale, che riproduce un mare in tempesta che si infrange contro una fortezza, Château L'Etoc, le ha detto Darcy, un'altra delle tante costruzioni difensive dell'isola.
Con tutti questi castelli e fortezze, verrebbe da pensare a secoli

di guerre, ma non ce ne sono state poi tante nelle isole del Canale, forse tutte quelle mura di pietra, quelle torri e bastioni hanno fatto il loro dovere: scoraggiare gli estranei, proteggere il cuore di un'isola come Alderney dagli invasori. Darcy le porge un gin tonic e torna al mobile bar per prepararsi il suo.

«Se domani hai fortuna e riesci a parlare con Virginia... Non insisterò più per sapere di cosa si tratta, ma ti chiedo di comportarti con tatto».

Rebeca si siede su una poltrona di pelle, accanto a un tavolino di vetro e a un divano che delimitano un'altra zona della sala da pranzo, accanto al mobile bar.

«Faccio sempre attenzione».

Darcy finisce di prepararsi il suo drink. Non nasconde un sorriso, il gioco continua e Rebeca ha fatto un passo falso dicendo «sempre», come se quello che sta per fare fosse parte della sua routine, ma non aggiunge altro. Si siede di fronte a lei, con le gambe accavallate e il braccio che regge il bicchiere appoggiato sul divano. Emana un'attrazione che non richiede alcuno sforzo per creare l'illusione che tutto ciò che lo circonda sia collegato a lui tramite fili invisibili, come un astro e la sua costellazione. Se Darcy non esercitasse un tale potere, questo *manoir* cesserebbe di esistere, le pareti e il soffitto, persino la spiaggia, il cielo, si disperderebbero in traiettorie casuali perché non ci sarebbe più nulla a tenerli insieme.

«C'è una cosa che devi sapere: Virginia ha passato tre anni in una clinica a Londra. Una clinica psichiatrica, lasciamo perdere gli eufemismi. È stata dimessa, ma non so se prende regolarmente le medicine, è impossibile tenerla sotto controllo, nemmeno la signora Langlois ci riesce».

Darcy mostra una franchezza inaspettata, per la prima volta non usa mezzi termini, sembra che Virginia gli stia davvero a cuore.

«Perché è stata ricoverata?»

«Ansia, depressione, pensieri paranoici... Non lo so, un mix di un po' di tutto».

«Tre anni fa, vero? Più o meno quando i suoi genitori se ne sono andati da Alderney. L'hanno ricoverata e sono scomparsi».

«Mi occupo degli affari finanziari dei Groizard, non di quelli affettivi».

«Ma immagino che tu abbia qualche teoria su questa coincidenza».

Una brezza oceanica che fa pensare a Rebeca a navi corsare e albatros, a grotte umide aperte nelle scogliere, fa ondeggiare le tende di una delle finestre della sala da pranzo. Darcy si alza per chiuderla. Prima, mentre cenavano, non era aperta, ma Rebeca non ricorda che qualcuno l'abbia toccata.

«Un'estate Virginia è venuta con un'amica giornalista che aveva conosciuto a Londra. Eduard l'aveva mandata a studiare al King's College. Non so dove si fossero incontrate, Greta era più grande di Virginia. Si chiamava Greta Hobbs. L'ho vista solo una volta, a una cena dei Groizard a Citadelle: ogni anno organizzavano un paio di ricevimenti per i migliori clienti dello studio. Greta era una ragazza curiosa come un gatto. Ho parlato pochissimo con lei, ma ha approfittato di quei minuti per farmi un milione di domande su come funzionava la Citadelle Trust Services. Poi, col tempo, mi sono convinto che per lei fosse più importante il suo lavoro che l'amicizia con Virginia: era una giornalista ed era venuta per indagare sugli affari dei Groizard. È solo una supposizione, perché non ne ho la certezza. La signora Langlois mi ha raccontato che dopo quella festa c'è stata una violenta discussione in casa. Eduard era molto arrabbiato con Virginia per aver portato Greta, ma non so esattamente perché. L'ho chiesto alcune volte alla signora Langlois, ma non ha saputo dirmi quale fosse il motivo della discussione. Comunque, a partire da quel giorno, è tutto molto confuso. Quando Greta Hobbs non è tornata a Londra come previsto, la sua famiglia ha dato l'allarme. All'inizio, Eduard ha affermato che l'amica di Virginia aveva preso un volo all'aeroporto di Alderney e che era partita, ma il suo nome non era registrato né sull'isola né all'aeroporto di Londra.

C'è stata un'indagine della polizia e poi i Groizard hanno cambiato versione: hanno detto che Greta si era fermata ed era uscita in mare con una barca della famiglia. Quella barca è affondata nel passaggio di The Race. Era una giornata di mare molto mosso e non si capisce come abbiano potuto permetterle di uscire in mare; le correnti nel Canale raggiungono i dieci nodi, tutti sanno quanto sono pericolose. Nonostante le ricerche, il corpo di Greta Hobbs non è mai stato ritrovato. Dopo quell'episodio, Virginia ha avuto un crollo nervoso, è caduta in depressione e ha iniziato a diventare violenta. I Groizard non mi hanno detto nulla, ma la signora Langlois ha assistito a scene terribili... Virginia ha perso il controllo, è l'unica spiegazione possibile. Ai suoi genitori non è rimasto altro che ricoverarla in un ospedale psichiatrico. Su quest'isola non incontrerai molte persone disposte a parlare della loro vita privata, nemmeno con gli amici d'infanzia. Immagino sia una caratteristica degli isolani. Ognuno si costruisce una fortezza, come quelle che difendono Alderney, ma per proteggere la propria vita privata. Eduard e Mary Ann non facevano eccezione. Mi sono occupato di gran parte delle pratiche per il ricovero di Virginia, eppure non mi hanno mai confidato nulla. Posso solo immaginare che tutto quello che è successo, il crollo della figlia, li abbia segnati profondamente e che per questo abbiano lasciato l'isola. Non so che rapporto abbiano mantenuto con Virginia da allora».

Il bicchiere è vuoto. Il racconto di Darcy le rivela un uomo diverso, per nulla distante, ma fragile, colpito dalla sofferenza di Virginia, forse è per questo che ha deciso di aprirsi con una sconosciuta come Rebeca. Perché, nonostante il suo aspetto etereo, anche lui prova affetto, anche lui può avere paura per le persone a cui tiene.

Dice a Darcy che vuole andare a dormire, si scusa per la stanchezza, anche se in realtà preferisce concludere qui la serata, prima che la fiducia che si è creata tra loro la porti a commettere qualche errore; deve custodire il suo segreto, Samuel Darcy, e anche Virginia, credono che Eduard sia ancora vivo, e questo, per Rebeca, è come un biglietto vincente della lotteria.

La sua camera è al secondo piano, sale le scale e arriva a un disimpegno da cui partono due corridoi, uno stretto e basso, dove c'è il bagno, e un altro decorato con foto in bianco e nero che raccontano il passato dell'isola. Nella stanza ha un bagno privato; si lava la faccia, si spoglia e si sdraia sul letto. La lampadina giallastra sul comodino illumina solo un piccolo cerchio, il resto della stanza è immerso in un buio vellutato. La finestra è aperta e la brezza le fa venire la pelle d'oca. Si rifugia sotto le coperte e, quando chiude gli occhi, sente dei passi nel corridoio. Darcy non ha cercato di trattenerla in sala da pranzo, ha capito che voleva dormire, ma ora, con la testa affondata nel cuscino, dopo aver spento la lampada sul comodino, Rebeca ha la sensazione che da un momento all'altro sentirà bussare alla porta. Un brivido di eccitazione le percorre il corpo e, in un riflesso, stringe la mano sinistra tra le cosce. Non c'è nessuna luce sotto la porta che indichi che ci sia qualcuno dall'altra parte, nel corridoio. Non sa nemmeno se le piacerebbe che ci fosse. I minuti passano in silenzio finché il sonno non la vince.

Mentre la signora Langlois sbriga le faccende, Rebeca fa una passeggiata a Longis Beach. È sola, Samuel Darcy è partito di prima mattina per Guernsey, dove passerà la giornata per lavoro, come le ha detto la domestica. È una giornata calda e ci sono pochi bagnanti sulla spiaggia; quelli che entrano in acqua non osano allontanarsi troppo dalla riva. Un muro di cemento delimita la spiaggia, da un'estremità all'altra della baia. Dietro, c'è una spianata con un campeggio. Se avesse tempo, si metterebbe il costume e si tufferebbe nell'oceano che, nonostante il caldo, deve essere gelido. Soprattutto per chi è abituato al Mediterraneo. Comunque, non può farlo. Ha appuntamento con la signora Langlois a mezzogiorno.

Mette il contratto nello zaino, anche se non crede che oggi

avrà occasione di mostrarlo a Virginia, «un suo parente è morto senza testamento...» e tutto il discorso per ottenere la firma e, così, tenersi il trenta per cento dell'eredità di Eduard Groizard.

«Ci andiamo con quella?»

La signora Langlois la aspetta davanti al cancello del *manoir*, seduta su una Honda Super Cub bianca e blu che sembra uscita direttamente dagli anni Ottanta. Ha delle macchie di ruggine color rame sul bauletto e il fango sporca il telaio del motore.

«È il modo migliore per spostarsi sull'isola».

Si siede dietro la signora Langlois e si stringe al suo corpo minuto, più compatto di quanto immaginasse. La strada che prendono è diversa da quella che ha percorso il giorno prima fino a Clonque Bay; la moto segue la costa nord dell'isola, passa per il porto dove è sbarcata con Darcy, per poi proseguire verso ovest. La signora Langlois guida veloce e il rumore del motore e del vento nelle orecchie impediscono loro di parlare fino a quando arrivano alla baia.

«Alle undici e mezza è iniziata la bassa marea. Possiamo restare fino alle cinque, quando tornerà l'alta marea e la strada verrà allagata».

L'oceano si è ritirato e ha rivelato una stretta strada di cemento screpolato, costruita su una lingua di terra che arriva fino alla porta di Citadelle. La fortezza ha come fossato difensivo le maree dell'Atlantico, che, regolate dalle fasi lunari, segnano gli orari di accesso. La diverte vedere la signora Langlois recitare non solo le maree di oggi, ma anche quelle dei giorni a venire, come se fossero un'Ave Maria. È strano che qualcuno dipenda così tanto dall'orologio della natura.

«Le dispiace aspettarmi qui? Vorrei avvisare la signorina Groizard che sono venuta accompagnata».

Rebeca non può fare altro che accettare, anche se pensa che, se la signora Langlois dovesse tornare per riferirle che Virginia non vuole riceverla, non le importerebbe e varcherebbe comunque il cancello che la separa dall'interno del castello. I gabbiani gracchiano sopra la sua testa in un cielo sereno. Le mura di Citadelle aderiscono alla roccia come una seconda pelle. L'Atlantico riposa in una pace che non ha mai visto da quando è arrivata sulle isole. Deve aspettare ancora qualche minuto, finché la signora Langlois torna a piccoli passi per dirle che può entrare, anche se non ci sarà occasione di incontrare Virginia.

«La signorina Groizard non se la sente, non vuole parlare con nessuno, ma non ha nulla in contrario a che lei resti qui mentre io sbrigo le mie faccende».

Non può obiettare nulla. Accompagna la signora Langlois in una piazza circondata da diverse costruzioni: bastioni, scale che conducono a terrazze ai piani superiori, altre che scendono contorcendosi nella roccia su cui è eretta Citadelle; lo sfruttamento delle forme naturali è ancora più evidente una volta all'interno delle mura. Entrano in uno degli edifici del complesso; oltre la pietra della facciata e le finestre a botte, è sorpresa dagli interni moderni: l'architettura del castello è stata mantenuta, così come la pietra su alcune pareti, altrove ci sono legno, librerie, vetro e divani, un sistema di riscaldamento e morbidi tappeti che chiaramente non sono economici.

La signora Langlois si perde in un corridoio e presto Rebeca sente il rumore delle stoviglie in cucina, l'odore della verdura tagliata. Il suo sguardo vaga tra i dorsi dei libri, la maggior parte dei quali, come a casa di Darcy, sono di diritto e finanza, con qualche eccezione, come *The Book of Ebenezer Le Page*, di G.B. Edwards, un libro che racconta la vita di un *guernseyman*, legge sul retro. Oltre a un piccolo disegno a inchiostro incorniciato – il ritratto di una mendicante, le sembra, in una taverna illuminata da candele, che le fa pensare alle incisioni di Goya – non trova nulla che stoni in questo salone. Non ci sono foto personali, sugli scaffali non ci sono ricordi di una vita passata, le viene in mente la fattoria di Oristà, quella stessa mancanza di identità che l'aveva colpita.

Torna al piazzale. La signora Langlois è ancora chiusa in cucina. Rebeca decide di esplorare la fortezza. Una scala di pietra conduce in cima a un bastione dove scopre una terrazza con piscina. Oltre un muretto si estende l'oceano, oggi scintillante, punteggiato di frammenti di diamante; il cielo è sereno, i gabbiani sono scomparsi. Si avvicina al bordo della terrazza e guarda giù: una scogliera frastagliata si estende fino al mare, che lambisce le rocce in silenzio. Intuisce alcune aggiunte di cemento alla fortezza, muri che si uniscono alla pietra e le danno l'aspetto di un bunker piuttosto che di un vecchio parapetto contro le invasioni dei pirati.

All'inizio, è confusa da una macchia rossa, la luce del giorno la costringe a socchiudere gli occhi per metterla a fuoco: è su un'altra terrazza, più alta di quella di Rebeca, seduta sul bordo del muro, con le gambe penzoloni nel vuoto, a circa trenta metri dall'acqua. Si gira, forse ha notato lo sguardo di Rebeca. La macchia rossa è un voluminoso maglione invernale, con il collo alto, su cui galleggia un viso bianco come la luna. Rebeca corre verso le scale, scende dalla terrazza e, dal piazzale, cerca la strada che può portarla da Virginia. Non la trova e, dopo aver girato nel piazzale, quando pensa di dover rinunciare, individua un'altra scala, più stretta, che sale. Lo fa in fretta, convinta che ormai sia troppo tardi, che Virginia se ne sia andata, è quello che pensa quando arriva sulla terrazza. Non c'è nessuno seduto sul muro. A una certa distanza, su un'altra roccia, c'è un'altra torre. Non sa come raggiungerla, è separata dalle altre dall'acqua. Sul tetto, le linee dipinte le fanno pensare che si tratti di un eliporto.

Le passa per la testa la possibilità che Virginia si sia gettata in mare, ma, voltandosi, si rende conto che non è così. È seduta su una sdraio di legno che non aveva notato sulla sinistra. Il sole le batte addosso, ma lei, avvolta come nel giorno più freddo dell'inverno, non sembra soffrire la temperatura, con la pelle pallida e opaca, come se sotto di essa non scorresse sangue, né un filo di sudore.

«È un posto bellissimo». Rebeca ottiene ciò che vuole, che Virginia inclini la testa per guardarla. Ha gli occhi blu, come i suoi, anche se molto più chiari. «Sono Rebeca Lang. Sono venuta con la signora Langlois».

Virginia non ha fretta di rispondere e, mentre il tempo passa, Rebeca teme che non lo farà mai. La ragazza torna a perdersi con lo sguardo nell'oceano. Deve avere più o meno la sua età, ventisei o ventisette anni, e una languidezza che immagina sia il risultato degli antidepressivi. Quando decide di parlare, non la guarda, le dà l'impressione che non si stia nemmeno rivolgendo a lei.

«Un po' presuntuoso. Il nome di questo posto, intendo. Citadelle, cos'è una cittadella? Un castello in una grande piazza. Qui, la nostra piazza è l'Atlantico. Non ti sembra pomposo? Come se tutta quell'acqua fosse nostra».

«Di quando è la fortezza?»

«Dell'epoca vittoriana, come la maggior parte dei castelli delle isole. Furono costruiti per difendersi dai francesi, ma... Qualcuno dovrebbe raccontarti tutta la storia di Fort Citadelle».

«Perché non me la racconti tu?»

«Perché non sei venuta per questo. A te non frega niente della storia».

«Non è proprio vero. Mi piacerebbe ascoltarla, anche se è vero che sei tu che mi interessi davvero».

«So che mia madre è morta, è questo che devi dirmi? Non voglio altri messaggi da mio padre».

«Cosa ti ha detto Darcy?»

Virginia si alza dalla sdraio, senza mostrare alcuna emozione nel parlare della morte di sua madre, nasconde le mani nel maglione, come se fosse un manicotto, si rannicchia leggermente; ha freddo e a Rebeca sembra impossibile, ci sono quasi a trenta gradi. Sa che deve misurare le parole, è infastidita dal tradimento di Darcy, quella storia che non aveva contatti con Virginia se non tramite la signora Langlois, è evidente che le abbia detto che Mary Ann (o Meredith) è morta, l'ha avvisata della sua visita, ma non sarebbe intelligente pretendere che smettano di avere segreti, la cosa migliore è guadagnarsi la fiducia di Virginia.

«Vengo da parte del signor Eduard Groizard, ma quello che devo dirti non è un suo messaggio».

«Non mi interessa. Se mio padre ha qualcosa da dirmi, che lo faccia di persona. Che smetta di nascondersi e venga ad Alderney. Voglio avere la possibilità di rispondere».

«In realtà, questo non dipende da me. In effetti, quello di cui ho bisogno di parlarti, Virginia, riguarda il tuo futuro. So che forse non ci siamo conosciute nel modo migliore, ma col tempo capirai che sono qui per aiutarti. Voglio solo darti ciò che ti appartiene».

«Parli come una truffatrice».

«Non lo sono, davvero».

«Ho imparato a riconoscere le bugiarde, Rebeca Lang, e tu sei una di loro».

«Se mi ascoltassi solo cinque minuti...»

«Non sono stata chiara?! Non voglio sentire nessun altro messaggio di mio padre!» Il modo in cui Virginia esplode sorprende Rebeca, che non sa come reagire. «Voglio che venga a Citadelle!» ripete fuori di sé più volte. Rebeca si guarda intorno, verso l'oceano e il cielo, preoccupata che qualcuno possa sentirle. Virginia si alza e attraversa la terrazza per lasciarla sola, questo primo incontro non poteva finire peggio, ma poi si ferma ai piedi delle scale, quando si volta tutta la sua rabbia si è spenta. «Non ho niente contro di te, Rebeca».

«Neanch'io voglio farti del male...»

Virginia si avvicina a Rebeca portando con sé un profumo acre, come se avesse indossato gli stessi vestiti per troppo tempo, senza lavarsi, immagina la pelle appiccicosa e sporca sotto tutti quegli strati.

«Non dovresti stare vicino a Eduard Groizard. Nessuno dovrebbe». E poi le sussurra all'orecchio: «È un vampiro. Sono tutti vampiri».

Non sa cosa rispondere. Virginia non si aspetta che lo faccia. Lascia la terrazza. Rebeca si pente di aver parlato a Darcy di Eduard Groizard, qualunque siano i dissapori in famiglia, le è servito solo a garantirsi l'ostilità di Virginia. È in svantaggio: vorrebbe approfittare di una situazione di cui sa molto poco. È come se fosse dentro un'opera teatrale di cui non conosce la trama. Guardandosi intorno, sulla terrazza dove si trovava prima vede una sagoma. È la signora Langlois. La sta osservando, senza cercare di nasconderlo, anche se Rebeca l'ha scoperta. Dopo un tempo che le sembra eccessivo, la donna si volta e la sua piccola figura scompare dietro il muro della terrazza.

5.

Ha passato due giorni da sola. Darcy si è scusato attraverso la signora Langlois: alcuni impegni lo hanno trattenuto più del previsto a Guernsey. Non ha avuto il coraggio di chiedere alla domestica di accompagnarla di nuovo a Citadelle, quindi ha sfruttato il tempo per visitare l'isola. Sabato è salita su un vecchio trenino turistico che partiva dall'Odeon, una torre di guardia che risale all'occupazione nazista, non lontano da Longis Beach, e che l'ha portata attraverso le colline dell'isola fino a Braye Beach, il piccolo porto dove è arrivata insieme a Darcy. La Sarnia Venture era ormeggiata lì. Poi ha risalito la collina che porta a Saint Anne. In Victoria Street si concentrano i pochi negozi: una filiale bancaria, diversi negozi di artigianato o prodotti locali, un'agenzia immobiliare. I rari turisti, la maggior parte provenienti da Guernsey, arrivano ad Alderney per una gita pittoresca, ma non si fermano a dormire, vagano fermandosi davanti alle vetrine, scattando foto con la prospettiva della strada acciottolata e le case in stile vittoriano, le facciate color pastello, verde, giallo, blu. Ha preso un bicchiere di vino bianco al The Coronation Inn, un piccolo pub con le pareti rivestite di legno, dove ha avuto la fortuna di incontrare Juliette, una cameriera rotondetta sulla cinquantina con occhiali dalla montatura rosa che sull'isola devono essere considerati una vera eccentricità, tanto quanto il suo carattere estroverso e sorridente. Nessuno degli altri volti che ha incrociato, pescatori del porto, commessi dei negozi, la invitava a scambiare due chiacchiere; tutti la guardavano con sorrisi appena accennati, pura cortesia, così deboli da essere sicura che, non appena avesse provato a parlargli, la gentilezza sarebbe scomparsa per lasciare il posto alla riservatezza, all'austerità. Ormai si era convinta che fosse la caratteristica principale degli isolani, come una cortina che si scosta a lasciar intravedere un salotto arredato in modo spartano. Ma Juliette non era così e, appoggiata al bancone, era riuscita a indirizzare la conversazione verso l'argomento che le interessava.

«Eduard Groizard? Non è morto?» E poi Juliette era scoppiata in una risata fragorosa, forse un po' troppo acuta. «Non lo so, tesoro: quel vecchio viveva rinchiuso a Fort Citadelle. Dicono che se n'è andato, ma chi lo sa? Forse è ancora lì dentro, in una catacomba. Come Dracula».

«Ma sull'isola gireranno sicuramente molte storie su di lui. È l'uomo più ricco di Alderney».

«La Citadelle Trust Services, sì. Quegli investimenti hanno fruttato un sacco di soldi ad alcuni, qui e in tutte le isole, ma non arrivano mai ai vicini, noi non vediamo nemmeno le banconote da cinquanta sterline. E poi, a che ti serve tutto quel denaro se vivi come un monaco? Groizard non spendeva mai niente. Tu cosa faresti se fossi ricca, tesoro? Di sicuro non passeresti la vita rinchiusa in quella fortezza...»

«Andrei a New York. Mi comprerei un appartamento di lusso con vista su Central Park. E farei venire Taylor Swift ogni domenica a cantarmi una canzone all'ora dell'aperitivo. Alcuni giorni non la ascolterei nemmeno. Chiacchiererei con i miei amici senza starla a sentire...»

«Io mi comprerei Liam Neeson. Dio, quanto mi piace Liam Neeson...»

«Per essere ricchi, bisogna saper essere ricchi. Tu e io saremmo due ricche perfette, Juliette, non come Groizard, da dove è uscito quell'uomo che non sa godersi i soldi?»

«Dicono che sia arrivato sull'isola durante l'occupazione nazista, che fosse in uno dei campi di concentramento che c'erano ad Alderney. Ma c'è anche chi dice che non è vero. Che Eduard Groizard era amico di gente importante in America Latina, capisci cosa intendo?» E solo allora Juliette aveva abbassato la voce. «Per molti anni qui è stato un ricettacolo di denaro sporco».

«Il contabile della mafia».

«Non l'ho detto io. E se mi portano a Guernsey e mi fanno giurare sulla Bibbia, dirò che stai mentendo. Che una straniera si è presentata nel mio bar a farmi domande e, siccome non le ho detto niente, si è inventata tutto».

Rebeca aveva riso, ma non era sicura che Juliette stesse scherzando. Non era riuscita a riprendere la conversazione, erano entrati alcuni clienti abituali, un gruppo di ragazzi in giacca e cravatta, la cameriera li aveva salutati per nome e aveva trovato una scusa per non parlare più con lei.

Aveva mangiato al The Georgian House, un ristorante che si affacciava su un cortile interno pieno di alberi e fiori, ma nonostante avesse cercato di attaccare bottone con il cameriere e con una coppia di anziani al tavolo accanto, non era riuscita a superare il muro di cortesia e le chiacchiere erano state brevi, senza darle alcuna pista su Eduard Groizard. La sera, nella sua camera da letto, aveva cercato di farsi un'idea su chi fosse il padre di Virginia, sul perché lei parlasse di lui con tanto odio – vampiro, era arrivata a chiamarlo – e sulla storia di Greta Hobbs, la giornalista scomparsa nel braccio di mare che separa Alderney dalla Francia, ma le sue riflessioni non erano riuscite a tenerla sveglia, come se il suo sforzo di concentrarsi sulla figura di Eduard Groizard non avesse molta importanza.

La domenica era tornata a passeggiare fino a Fort Citadelle. L'alta marea nascondeva la strada. In cima alla collina dove sorge un'altra fortezza, Fort Tourgis – Rebeca non smette di stupirsi che ci siano così tante fortificazioni – una coppia di turisti con il binocolo osservava gli uccelli che volavano sopra Clonque Bay. Si era avvicinata a loro, erano giovani, dovevano avere la sua età, meno di trent'anni, ma più che esploratori le sembravano due professori di storia seduti in tribuna d'onore a una partita di calcio, completamente fuori posto. Non si era sbagliata, Edgar le aveva detto che studiavano filologia e si stavano specializzando in poesia vittoriana. Il ragazzo si era azzardato a recitare alcuni versi: «Questi elmi, piumati per la battaglia o senza piume, coronati dalla tempesta o abbattuti dalla tempesta, custodiscono la memoria dei morti che giacciono senza tomba e di cui nessuno conosce la storia».

«È una poesia di Algernon Swinburne» le aveva spiegato la ragazza, Violet, una britannica alta e pallida. «Parla di quelle isole, Les Casquets».

Le avevano prestato il binocolo perché potesse vedere i sette piccoli scogli; oltre Burhou, il più grande, Les Casquets erano raggruppati a pochi chilometri a ovest della costa di Alderney. Li aveva visti quando era arrivata in barca, ma non ci aveva fatto molto caso. I filologi le avevano detto che ora erano disabitati, ma ai tempi del poeta, nel diciannovesimo secolo, lì ci viveva una famiglia, gli Houguez. Mentre ascoltava, Rebeca aveva puntato il binocolo verso Fort Citadelle, verso le terrazze della fortezza, che ora era completamente circondata dall'oceano, ma non aveva visto traccia di Virginia. Aveva immaginato che fosse assopita su un divano, cullata dai farmaci e dall'acqua che lambiva le pareti.

Una strana sensazione di serenità aveva pervaso Rebeca. Solo più tardi, mentre cenava in un hotel del porto, si era resa conto che era da molto che non pensava a César o a Madrid, alla vita da cui era fuggita, e tornando a piedi al *manoir* di Darcy si era convinta che su quell'isola sospesa nel tempo, con un piede nel diciannovesimo secolo e l'altro nell'occupazione nazista, un luogo estraneo al resto del mondo, avrebbe potuto iniziare una nuova vita. Il suo cuore era pronto, come un armadio vuoto disposto ad accogliere un nuovo guardaroba, con le grucce in attesa dei cappotti.

Il sole tramonta dietro il *manoir*, proiettando la sua ombra sul prato del giardino. Il rumore di un motore la risveglia dal sonnellino in cui era sprofondata, sdraiata in camera da letto. Ha freddo, il calar della sera ha fatto abbassare la temperatura ed è rimasta senza coperte. Dalla finestra, vede Darcy scendere da un'auto. Gerald, il capitano della Sarnia Venture, è il suo autista. Fa manovra nel giardino e se ne va. Scendendo in salotto, incontra la signora Langlois, che sta apparecchiando la tavola per diversi commensali, conta sette coperti.

«Abbiamo ospiti» le annuncia.

Rebeca attraversa il corridoio fino a uno studio, non era mai stata in questa parte della casa, la signora Langlois le ha detto che Darcy è lì. La accoglie con un grande sorriso, le dice che avrebbe voluto avvisarla, ma è stato tutto improvvisato. Stappa una bottiglia di vino bianco che ha comprato a Guernsey, un altro chardonnay, versa due bicchieri.

«Chi viene?»

«Salomon, Hiroko... Saremo in sette in tutto. Li conoscerai. Sono clienti della Citadelle Trust Services, ma non è una cena di lavoro. Sono persone adorabili. Sono appena arrivati a Guernsey».

«Non mi dispiace restare nella mia stanza».

«Non se ne parla. Sei l'attrazione della serata. Di solito non ci sono molte novità sull'isola e non vedono l'ora di conoscerti».

«Me? Non capisco, perché...?»

Darcy beve un sorso, le labbra umide brillano in un sorriso malizioso.

«Vuoi che ti dica la verità? Sono persone affascinanti, ma anche un po' noiose. Mi è venuta in mente una cosa per rendere la serata più interessante; sono sicuro che ti divertirai».

«Cosa gli hai detto di me?»

«Che sei Virginia Groizard. È da anni che sentono parlare di lei, ma i suoi genitori non la lasciavano mai partecipare alle cene a Citadelle e poi ha passato molto tempo a studiare a Londra. A parte qualche volta, quand'era piccola, non l'hanno mai vista».

6.

Non sa perché ha accettato di partecipare a questo gioco. Ha protestato timidamente, ma fin dall'inizio l'idea di fingersi qualcun'altra le è sembrata divertente, almeno finché riuscirà a portarla avanti, anche se è convinta che alla fine scopriranno l'inganno o finirà per confessare tutto. Darcy le ha dato qualche dritta sulla vita di Virginia, le ha prestato dei maglioni di lana tra cui scegliere; lei ne ha selezionato uno rosso: il fatto che abbia sempre freddo, nonostante le temperature estive, è uno dei pochi particolari noti su Virginia, i suoi genitori lo hanno raccontato a tutti. Hanno chiesto alla signora Langlois di lasciare aperte le finestre della sala da pranzo, ha paura di iniziare a sudare.

«Sei molto più bella di quanto immaginassi, tesoro. Non pensare che ti considerassi una specie di mostro, non è così, ma emani una luce di cui nessuno mi aveva parlato. A voi qualcuno aveva detto che era così bella? Tuo padre, perdonami, non ti rendeva giustizia. E nemmeno tua madre, ma immagino che lo sapessi già, né Eduard né Mary Ann sono le persone più comunicative del mondo. E tra i loro doni non c'era la capacità di evocare immagini con le parole. No, signorina. Sarebbe stato più facile se mi avessero mostrato una tua foto, ma dato che avevano questa fobia, non so, manco fossero due apache che hanno paura che una macchina fotografica rubi loro l'anima, bisognava accontentarsi dei loro racconti. Ma perché mi lamento? Non devono mica essere dei poeti. Già è abbastanza che gestiscano i nostri soldi come fanno. Dovrei imparare a chiudere questa boccaccia».

Hiroko esagera con una pantomima di scuse servili, la testa inclinata come se fosse una serva, quando Samuel Darcy la rimprovera con uno sguardo. Sta monopolizzando la conversazione dall'inizio della cena. Nervosa, i suoi occhi asimmetrici – uno dove la piega della palpebra superiore copre il condotto lacrimale, come nella maggior parte degli asiatici; l'altro perfettamente rotondo, una luna piena – passano da un ospite all'altro, vivaci, come bollicine di champagne, mentre lei sorride come un gatto quando scherza, maliziosa, con spirito birichino. A Rebeca è simpatica, forse perché il suo protagonismo le rende più facile fingere di essere Virginia, ma Darcy vuole che il gioco abbia un po' di pepe. Si diverte a mettere Rebeca in difficoltà.

«Eduard è sempre stato un mistero per noi, Virginia. Sicuramente puoi dirci qualcosa di più su tuo padre, perché a volte sembra di parlare con lui in un'altra lingua».

«Se lo capissi, non vivrei da sola a Citadelle. O almeno saprei dove vivono i miei genitori adesso».

Darcy evita il suo sguardo, nasconde la sua reazione bevendo un sorso dal bicchiere, non vuole che un sorriso tradisca il gioco che hanno concordato. È stata una buona mossa, Rebeca lo sa, approfittare della fama di scontrosa di Virginia per rispondere seccamente e chiudere l'argomento senza destare sospetti.

La signora Langlois gira intorno al tavolo servendo insalate di cavolo che sanno di burro e vassoi di granchio. Ha portato un'altra bottiglia di Chardonnay Henri De Villamont e, anche se passa da un punto all'altro della sala da pranzo con il ticchettio dei suoi piedini, un tamburellare frettoloso, ha trovato l'occasione per lanciare qualche sguardo di disapprovazione a Rebeca. Darcy deve averla messa al corrente della messinscena e, anche se tace, la donna vuole chiarire che non approva. Gli ospiti si servono dai vassoi di granchio chiacchierando pigramente, nessuno sa come riprendere il filo della serata dopo che Rebeca ha interrotto la domanda di Darcy in modo così brusco. Ma lei sa che, dopo un po' di convenevoli, riprenderà l'interrogatorio e, per non essere alla mercé delle domande, decide di prendere l'iniziativa.

«Stavo pensando... Sono curiosa di sapere che rapporto avete con i miei genitori». Rebeca fissa lo sguardo su Theodore Godfray e sua moglie Berenice, una coppia di ottantenni seduti accanto a Hiroko. «Come li avete conosciuti?»

«Sembra passata un'eternità. È stato nel 1977?»

«In estate, sì. Abbiamo incontrato tua madre a una cena alla Casa del Governatore, a Guernsey. Mary Ann, come sai, collaborava con l'associazione per la conservazione del patrimonio. Non so cosa sarebbero diventate queste isole senza di loro».

«Un mucchio di rovine. Le fortezze sono ancora in piedi grazie alle loro donazioni».

Theodore e Berenice si alternano nel racconto senza interrompersi, come se fossero un unico essere bicefalo e, mentre una bocca mastica granchio, l'altra parla. Hiroko li ascolta inquieta, fa fatica a rimanere in silenzio. Nel frattempo, gli altri due commensali, Salomon e Saskia, sembrano non prestare molta attenzione a ciò che raccontano. Darcy li ha presentati all'inizio della serata; lui è una versione lentigginosa di Humpty Dumpty, e lei è una ragazza olandese poco loquace, bella nei suoi lineamenti severi, che sembrano scolpiti, come il suo fisico, le spalle e le braccia da nuotatrice, di una giovinezza apatica, come se fosse stufa di essere lì, nel *manoir* di Darcy, circondata da anziani. Rebeca scopre che la fortuna di Theodore e Berenice viene dai tessuti, dalle fabbriche che negli anni Settanta erano in Inghilterra e poi sono state trasferite in Pakistan.

«Eduard non è solo il nostro amministratore. È una definizione che non gli rende giustizia».

«È nostro amico. In un certo senso, siamo cresciuti insieme a lui, ci ha segnato come un compagno d'adolescenza, in quel periodo in cui si forma la personalità. Capisci cosa intendo? Qualcuno che ammiri così tanto che fai di tutto per assomigliargli».

«Eravamo già adulti quando le nostre vite si sono incrociate e, a quell'età, non è comune creare legami tanto intensi, ma è andata così».

«Forse senza di lui saremmo stati persi. Ci ho pensato spesso, cosa ne sarebbe stato di noi se a quella cena non avessimo incontrato Mary Ann?»

«Ci sono avvenimenti che determinano una vita».

Se non li guarda, riesce a malapena a capire quando parla Berenice e quando Theodore. Non presta molta attenzione alla coppia, tiene d'occhio Darcy, che presiede il tavolo come un maestro di cerimonia; da un momento all'altro potrebbe intervenire per metterla in imbarazzo e non far languire il gioco, ma è Saskia a sorprenderla.

«E che ruolo ha in tutto questo Mary Ann? Sua moglie. Tua madre». I suoi occhi gelidi cercano Rebeca. «Non li ho mai conosciuti. Ma tutti mi parlano di Eduard, mentre Mary Ann è come una sorta di nota a piè di pagina. A volte sembra che la sua presenza vi dia fastidio».

«Forse è invidia?» chiede Darcy, non sa se sia per aiutarla: cosa può dire Rebeca della sua presunta madre?

«È logico essere gelosi di una santa. Anche se forse sto esagerando» ride Hiroko, e Rebeca capisce che è qualcosa di più di una battuta innocua. «Ma capisci cosa intendo, Saskia? I santi vedevano Dio e, per un credente, quel contatto diretto può suscitare una certa invidia; perché è stato scelto proprio lui? A volte penso che succeda qualcosa di simile con Mary Ann. È sempre stata al suo fianco e lui è un uomo... non so, speciale... Chi mai sarebbe riuscito a ricostruire la sua vita come ha fatto lui, partendo dall'inferno dei campi di concentramento nazisti? Si è rifatto una vita in modo invidiabile, ha un'aura che fa sì che chiunque rimanga incantato in sua presenza e, perdonami, tesoro, so che è tua madre e che le vuoi molto bene, ma non facciamo gli ipocriti: è una donna con poche virtù. Noiosa. Perché Eduard l'ha scelta? Dimmelo tu, Virginia, forse mi sbaglio. Mary Ann è una donna di poche parole e in molte delle feste che tuo padre organizzava a Citadelle non era nemmeno presente».

«Forse perché non era in condizioni di esserci» osa rispondere Rebeca, consapevole che si sta buttando nel fuoco; cosa ne sa lei di Mary Ann? È riuscita a creare suspense, alcuni secondi di silenzio durante i quali cerca nella sua memoria qualcosa da poter usare, ma così facendo si rende conto che nemmeno lei ha mai prestato attenzione a Mary Ann, o Meredith, come si chiamava quando viveva con Juan Vendrell a Oristà. «Mia madre è stata malata per gran parte della sua vita. Forse avevano tutto, ma a volte questo non bastava a curare quella tristezza che le era entrata nel sangue. Era come una specie di veleno che alcuni giorni non le dava nemmeno la forza di alzarsi dal letto».

«È vero che l'unica volta che ho potuto stare con i tuoi genitori, Mary Ann era malata. È stato poco prima che...» Salomon si interrompe bruscamente, senza volerlo ha toccato un argomento che non sembra opportuno affrontare. «Quello che voglio dire è che Eduard era molto attento a lei».

«Si volevano molto bene» conferma Rebeca, che vorrebbe approfondire quel «poco prima» immaginando che si riferisca ai giorni di Greta Hobbs, alla crisi mentale di Virginia, ma non è appropriato farlo nel suo ruolo di figlia. «Il cancro l'ha portata via poco prima di Natale».

La notizia – che Darcy non aveva condiviso con i suoi ospiti – immerge la serata in un'atmosfera funebre, di condoglianze, ma, dato che Mary Ann non era importante per nessuno dei presenti, la cena torna poco dopo a un tono rilassato grazie agli aneddoti sulla coppia dei Groizard raccontati da Theodore e Berenice, in cui Eduard sembra più una guida spirituale che un contabile di alto livello. Mary Ann è un'ombra sfocata dietro di lui, la scia sbiadita di una cometa. Tra lo scricchiolio dei gusci dei granchi, mentre succhiano il succo delle chele, si puliscono le mani e bevono chardonnay, Rebeca è tentata di fare domande su quel passato a cui Hiroko ha accennato per un attimo – i campi di concentramento dove è stato Eduard – ma non si decide a farlo.

«Sarebbe fantastico se Eduard tornasse» mormora Berenice. La coppia di anziani si pente di aver lasciato passare così tanti anni senza incontrare di persona i Groizard. L'ultima volta, a una di quelle cene dei soci della Citadelle Trust Services, quando Virginia era solo una bambina.

«Spero che non mancherete a quella che faremo a settembre» dice Saskia, anche se più che un invito sembra un avvertimento. Non aspetta risposta, come non ha aspettato durante la cena che qualcuno rispondesse a uno dei suoi commenti: l'olandese spara le sue osservazioni e poi si rifugia in un silenzio cupo, estranea a tutto ciò che la circonda, interessata solo a ciò che abita dentro di lei.

«I soci non vedono l'ora di conoscere Virginia» dice Darcy come un bambino che spinge un compagno a provare un gioco pericoloso.

Rebeca finge di essere ansiosa per la riunione con la scusa che, ora che suo padre non è più in prima linea, tocca a lei assumersi alcune responsabilità all'interno dell'azienda. Sente che sta mettendo in pratica la legge di Demara, quella strategia che il grande impostore diceva di aver usato spesso: fingere di parlare di se stesso, del suo passato o dei suoi progetti per il futuro, quando in realtà non si trattava che di un discorso vuoto, vago, che dava all'ascoltatore la sensazione di essere in confidenza; ma se dopo un po' di tempo qualcuno gli chiedeva quali fossero le intenzioni di Demara o cosa gli avesse rivelato della sua vita, si rendeva conto che in realtà non sapeva nulla. Cosa intendeva Virginia quando diceva che suo padre era stato allontanato? A quali responsabilità all'interno della Citadelle Trust Services si riferiva esattamente? Erano tutte chiacchiere che servivano solo a gettare fumo negli occhi.

Il cibo e il vino cominciano a farla sentire accaldata, vorrebbe togliersi il maglione rosso, teme di sudare e che qualcuno si accorga che è tutta una maschera, il freddo perpetuo è l'unica cosa che gli ospiti conoscono della vera Virginia. Darcy, che forse nota che lei è a disagio, propone di bere qualcosa in giardino. La signora Langlois appare subito con bottiglie di gin e whisky e un secchiello che lascia su un tavolino affinché si servano da soli. Una bottiglia di vodka con l'etichetta blu per Hiroko, BLUE MANTIS, riesce a leggere. Nella notte di Alderney non c'è altro rumore che quello dell'oceano, che dorme tranquillo sulla riva di Longis Beach, né altre luci che quelle delle stelle.

«Non facciamo che parlare dei tuoi genitori, ma tu, tesoro?» Hiroko avvicina una sedia a quella di Rebeca, la guarda con l'occhio rotondo come uno stetoscopio. «Che cosa hai fatto in questi anni?»

«Ho soprattutto riposato».

«Dove? Non scherzo: qualche volta ho cercato di trovarti. La partenza dei tuoi genitori mi ha fatta preoccupare e ho pensato che forse tu sapevi dove erano andati, ma è stato impossibile».

Sarebbe ora di smetterla con questa farsa, questo è ciò che crede di leggere nello sguardo di Darcy, ma forse per dimostrarle che è in grado di andare oltre, Rebeca infrange la legge di Demara. Mentre le parole le escono dalla bocca, sa che sta commettendo l'errore tipico degli impostori, inserire troppi dettagli reali nella sua storia. Informazioni concrete che, con poco sforzo, potrebbero essere smentite.

«Ho passato un periodo in una clinica a Londra e poi mi sono trasferita in Spagna. Ho trascorso gli ultimi due anni a Madrid».

«E come è possibile che non ne sapessi nulla?» insiste Hiroko; nonostante il tono neutro che vuole dare alla sua voce, Rebeca capisce che non le crede. «Ti assicuro che sono un'esperta nel cercare persone scomparse».

«Ho cambiato identità. Avevo dei documenti a nome di Rebeca Lang. Una ragazza nata a Saragozza, da genitori americani, che lavorava in uno studio legale specializzato in questioni commerciali. Era impossibile trovarmi».

La piroetta fa ridere Darcy, che nasconde la sua ilarità dietro lo stupore: «Sei piena di sorprese, Virginia» dice; la coppia di anziani si unisce all'incredulità: «Non l'avrei mai immaginato» commenta Berenice, o forse è Theodore; Hiroko si porta le mani alla bocca con un «oohhh» esagerato, come se avesse scartato un regalo che aspettava da tutta la vita. Saskia si alza e, per un attimo, teme che lei la affronti, che la accusi di essere una bugiarda, ma ha frainteso. La ragazza esce dal giardino spogliandosi, come se l'oceano esercitasse su di lei una forza magnetica irresistibile.

«Adora nuotare» spiega Darcy, che ha notato lo smarrimento di Rebeca, mentre la sagoma di Saskia si perde nella notte.

«È meraviglioso. Virginia è una vera *johatsu*». Hiroko accompagna le sue parole con un applauso di gioia. «Sai a cosa mi riferisco? Darcy, tesoro, le hai detto di cosa mi occupavo? No, certo: Darcy non parla d'altro che di se stesso. Perché dedicare anche solo un secondo al resto dei mortali? Oggi mi occupo di prodotti farmaceutici, ma negli anni Novanta vivevo a Tokyo e avevo un'azienda che si chiamava Gestione dei Rifiuti, un nome poco accattivante, non credi? È stato un periodo incredibile. Molto divertente. Sei mai stata in Giappone? No? Spesso penso che sia come viaggiare nel tempo, non tanto per i gadget, quanto perché si ha l'opportunità di vedere come sarà l'uomo occidentale nel futuro. I dilemmi morali dei giapponesi arrivano qui con trenta o quarant'anni di ritardo». Hiroko riempie il suo bicchiere con la vodka della bottiglia blu, ora è il suo occhio a mandorla a diventare protagonista, come se fosse una creatura fantastica che porta notizie da un'altra dimensione, la sua voce si trasforma, melodiosa, evocativa. «Sai cosa significa *johatsu*? Evaporati. È una parola bellissima, poetica. In quel decennio, gli anni Novanta, circa centoventimila giapponesi svanivano ogni anno. Sparivano senza lasciare traccia. Alcuni avevano debiti o erano stati licenziati. Altri avevano divorziato. I più giovani erano stati bocciati all'università. Ci sono un sacco di ragioni, ma la vera causa era un'altra: non sopportavano la vergogna di essere chi erano. Ed è lì che ho trovato il mio business. La mia azienda di smaltimento rifiuti si occupava di farli sparire. Di notte arrivavamo a casa loro, impacchettavamo tutte le loro cose, alcuni volevano portare via anche i mobili, e li trasferivamo in un altro posto, con un altro nome. In Giappone era incredibilmente facile cambiare identità. Li sistemavamo ad Atami, lì c'era lavoro, hai mai sentito parlare delle acque termali vulcaniche di quella città? Gli *onsen*. Da lì viene il soprannome *johatsu*. La gente andava lì a fare il bagno affinché l'acqua facesse evaporare il loro passato, per rinascere. Non so quante centinaia di giapponesi ho fatto sparire. Con il passare degli anni, l'attività ha perso il suo fascino. Erano poveri diavoli, senza un soldo, non andavano più ad Atami, ma finivano a Kamagasaki, a Osaka, o a San'ya, a Tokyo, in quartieri miserabili, trasformati in anime dannate. In fantasmi. Molti scappavano dalle loro vite per finire nelle reti della Yakuza. Ha smesso di essere divertente, ma per un po' ho sentito che stavo facendo una buona azione, mi capisci? Davo a quei poveri diavoli un'altra opportunità. Ecco perché dico sempre che mi dedico a questo: a creare opportunità».

«Hiroko sta tralasciando l'altro aspetto della sua attività» interviene Darcy. «Con la Gestione dei Rifiuti faceva sparire alcune persone. E con l'Ufficio Persone Scomparse le ritrovava. Le banche e le famiglie la pagavano bene per ritrovare questi 'evaporati'».

«La legge della domanda e dell'offerta, tesoro» ride Hiroko.

Si ritirano nelle loro stanze alle tre del mattino, anche se Saskia non è ancora tornata dal bagno. Appena entra in camera, Rebeca si toglie il maglione rosso e apre la finestra per far entrare la brezza notturna a rinfrescare la stanza. Nonostante l'alcol e l'ora, non ha sonno. Dentro di lei scorre una corrente di euforia che le impedisce di dormire. Bussano delicatamente alla porta; quando apre, trova Darcy che le mostra trionfante una bottiglia di Chardonnay.

«Avevi dei documenti a nome di Rebeca Lang? Giuro che mi ci è voluto uno sforzo per non scoppiare a ridere».

Entra nella stanza senza notare che lei è in reggiseno, o almeno così sembra a Rebeca. Versa due bicchieri di vino mentre lei si infila una camicetta e ripassa sottovoce, come se temesse che qualcuno potesse sentirli, i momenti più critici della messinscena, l'abilità con cui li ha superati. In questa stanza, Darcy esercita quella superiorità innata che la fa pensare agli dei dell'Olimpo, alle loro chiacchierate dopo aver vissuto un'avventura tra gli umani.

«Stasera andranno a dormire convinti di aver cenato con Virginia Groizard. E non solo, ma questa Virginia gli è piaciuta da morire. Li hai stregati».

«E ora cosa faccio con i tuoi amici stregati?»

«Quello che vuoi. Li hai in pugno; un buon ipnotizzatore non approfitterebbe del proprio dono. È sufficiente dimostrare di essere in grado di controllare gli altri sotto il proprio influsso. È più elegante».

«È quello che hai fatto con me? Mi hai ipnotizzata? Non so come hai fatto a trasformarmi in Virginia».

Si siede sul bordo del letto, accanto a lei, e solo allora Rebeca si rende conto che c'è desiderio anche negli occhi verdi di Darcy, non solo nei suoi. Attraverso la finestra, il vento porta con sé un odore nascosto, come se nascesse dal fondo dell'Atlantico, un misto di pesci abissali e coralli tra cui sta sicuramente nuotando Saskia. Darcy le prende delicatamente il mento, così che i loro sguardi si incontrino in silenzio; come per magia, ha la sensazione che tutto ciò che li circonda sia scomparso. Non c'è più la camera, né l'isola di Alderney, non c'è futuro né passato, solo quest'istante in cui non ha più senso reprimere il desiderio. Darcy avvicina la bocca alla sua mentre la mano sinistra scende lungo la scollatura per fermarsi ad accarezzarle il seno, non sa quando né come le abbia tolto la camicetta e il reggiseno, ma quel pensiero svanisce presto, che importa? Il calore della mano sul suo petto, il respiro dolce di Darcy sulla sua bocca, un sapore strano e delizioso che si diffonde nel suo corpo, come un frutto esotico che si apre con aromi sconosciuti, occupano tutto.

7.

È sola quando si sveglia. Le lenzuola hanno un odore di sesso che la infastidisce. Si alza e fa una doccia. Fa tutto in fretta perché se si ferma i ricordi la assalgono come insetti su una ferita. Il sesso è stato bello, forse anche di più, molto bello. Darcy è un amante attento, ha saputo eccitarla al punto da farle perdere il controllo, da portarla al limite del selvaggio, forse è per questo che evita di ricordarlo, perché le è piaciuto e questo la fa sentire ancora più in colpa. È più tardi di quanto pensasse, quasi l'una del pomeriggio, e, quando scende in sala da pranzo, la signora Langlois le dice che Darcy e gli ospiti sono andati via, passeranno la giornata giocando a cricket. L'idea di vederli vestiti di bianco, che colpiscono delle palline con le mazze in mezzo al prato, è del tutto anacronistica. La signora Langlois parla in modo secco, forse sta aspettando l'occasione per rimproverarla per la cena della sera prima, ma Rebeca non ha voglia di essere rimproverata in questo momento. Le dice che passerà la giornata fuori.

Prima di uscire, torna in camera sua. Prende lo zaino con tutti i documenti e mette i vestiti in valigia. Spera di poter partire oggi stesso da Alderney. Cammina fino al centro di Saint Anne. Prende un caffè al The Georgian House. Chiede alla cameriera gli orari delle maree. La prossima bassa marea sarà alle sei del pomeriggio. Non ha voglia di chiacchierare con nessuno. Mangia qualcosa all'hotel di Braye Beach, vicino al porto. Dover aspettare che scenda la marea gioca a suo sfavore. Vorrebbe andare molto più veloce, tenersi occupata per non perdersi in pensieri che le fanno male. Cammina fino a Clonque Bay. L'acqua copre la strada che porta a Citadelle, sono solo le quattro del pomeriggio. Si toglie le scarpe e si siede sui ciottoli della spiaggia. Anche se è una giornata nuvolosa, o forse proprio per questo, fa caldo. L'aria è pesante e la pressione atmosferica non aiuta a farla sentire meglio.

Uno stormo di gabbiani volteggia sopra la sua testa, gracchiando.

Sta piangendo. L'urgenza con cui si è messa in moto non è servita a nulla, lo sapeva già. Il ricordo di César la colpisce come un fulmine destinato a trafiggerla.

Perché le fa così male quello che ha fatto?

César è la sua vita, se ne rende conto. È stata Virginia per una notte, è stata libera, ma si è svegliata come Rebeca. C'era una cosa che diceva Fred Demara in quel libro: «Ogni volta che assumo una nuova identità, muore in me una parte della mia vera personalità». È questo che ha fatto? Uccidere un po' di quello che prova per César?

Chiedersi perché lo ama è troppo impegnativo, anche un po' banale, e si distrae elencando cosa le piace di César, cosa c'è in lui che non ha trovato in nessun altro.

Il modo in cui César si siede, sul bordo della sedia, leggermente inclinato in avanti, la fa pensare a un uccello pronto a spiccare il volo. E il modo in cui ascolta: ha la strana qualità di farle sentire che ogni sua parola è importante. I suoi occhi castani rimangono sospesi su di lei, senza fretta di andarsene, come se fosse un giorno di vacanza in cui non c'è nulla da fare. Ride facilmente. Le piacciono i suoi denti, ha un incisivo storto che gli dà un'aria maliziosa. Gli piace giocare. A letto, nella vita. Gli piace scommettere. Rischiare. All'inizio era più timido, ma, anche per colpa sua, ha scoperto che la scarica di adrenalina vale il rischio. Le notti negli hotel di lusso che non hanno pagato. Le cene, quelle erano una sua idea, in ristoranti dove alcune aziende avevano conti aperti. Gli bastava prenotare a nome di Paso Arquitectos, Alkorta & Casals, per firmare un conto da cinquecento, seicento euro; di solito lasciava una buona mancia inclusa. Per questo, il tradimento non si riduce alla notte con Darcy, il tradimento si estende all'aver impersonato Virginia, come se avesse confidato un segreto privato a chi non doveva.

Le cene con bottiglie di vino da duecento euro che lasciavano a metà erano il loro gioco intimo. Lui diceva che il vero lusso stava nel disprezzare tutte quelle cose così costose, ecco perché non finiva il vino, voleva trattarle per quello che sono: un vino, un cappotto, un accessorio decorativo. Non come se fossero unicorni sacri davanti ai quali bisogna inginocchiarsi. «Lascialo ai poveri» scherzava a volte. E, allo stesso tempo, gli piaceva far parte dei circoli più esclusivi della città, cosa che era riuscito a ottenere quando aveva iniziato a lavorare in hotel. A quel punto vivevano già insieme, avevano già occupato l'appartamento, e César continuava a sfoggiare tutte quelle virtù a cui ora ripensa, quelle che l'avevano fatta innamorare di lui: il buonumore perenne, l'energia, un motore a corrente continua che lo spingeva sempre avanti. In questo senso, aveva trovato in lui un gemello: nessuno dei due voleva perdere tempo a guardare indietro; il passato, anche la storia dell'incendio che aveva distrutto la sua famiglia e che aveva scatenato l'ondata di sfiducia, ha sempre occupato uno spazio minimo nella loro relazione, una nota a piè di pagina nelle confidenze di quel fine settimana ad Almería. E anche se fosse una bugia? Che importanza avrebbe? Anche Rebeca non si diverte a crogiolarsi nell'abbandono di sua madre o nell'adolescenza triste di Ariza. Il passato è una terra nebbiosa da cui sono usciti, ma che non li interessa minimamente; il futuro, invece, sì. Fantasticavano su una villa in Italia, su un appartamento a New York, sulle persone che avrebbero conosciuto, sugli eventi a cui sarebbero stati invitati. Ristoranti, hotel, yacht sull'Adriatico. A volte immaginavano di essere due astronauti lanciati nella stratosfera, due razzi che attraversavano gli strati dell'atmosfera, verso un universo che pochissimi avevano la possibilità di vedere con i propri occhi.

E, mentre ricorda tutto questo, si rende conto che, nel tentativo di mettere in risalto le qualità di César, ha finito per includere anche se stessa. Non l'ha fatto perché è presuntuosa, ma perché lei e César sono una cosa sola. Sono come due alberi innestati l'uno nell'altro. Questo è il loro miracolo. Si sono intrecciati così tanto che i confini tra loro si sono dissolti, come se fossero anime gemelle. Ogni passo che fa uno, lo fa anche per l'altro. Ricorda – e il ricordo le fa male – la felicità che provava quando tornava a casa e lo trovava lì, nella sua vita. Se la parola «casa» significa qualcosa, lei, che non ne aveva mai avuta una, l'ha trovata in César.

Quando ha iniziato a crollare tutto? Le è difficile stabilirlo con precisione, ma un chirurgo invisibile ha tagliato le viscere che li univano. Lavorava con Merino alla ricerca di eredi; ricorda che questa attività le era venuta in mente grazie alla pensione di orfano che César riceveva, circa mille euro fino ai venticinque anni, era quello che la scomparsa della sua famiglia gli aveva lasciato – all'improvviso, si chiede: come poteva avere quella pensione se i suoi genitori non erano morti? O forse erano morti, ma non in un incendio come lui le aveva raccontato? Era quella la sua bugia? Ma evita di tornare su quei dubbi, preferisce continuare a ripensare alla loro relazione, cercando di capire quando hanno iniziato ad allontanarsi. Si chiamavano ogni giorno quando lei partiva per un viaggio. Parlavano dei dettagli dei suoi casi. Una volta, dopo la storia del ragazzo delle criptovalute, di quei genitori americani a cui sembrava non importare che il figlio fosse morto, lei era tornata depressa. Avevano passato alcuni giorni a Cabo de Gata, lontani da tutto, a prendere il sole sulla spiaggia. Baciandosi. Scopando. Di nuovo insieme. Al ritorno, una tempesta li aveva sorpresi sulla strada e avevano dovuto fermarsi in un paese. Non si era mai mostrata così nuda come quella notte, quando avevano dormito sul sedile posteriore in attesa che smettesse di piovere. «Non mentirmi. Mai» gli aveva chiesto lei. Aveva già sofferto il tradimento di sua madre, non si sentiva in grado di superare quello di César. È stato quello a creare la frattura? Al ritorno a Madrid, avevano iniziato ad allontanarsi. Perché non aveva fatto nulla per evitarlo? I due astronauti stavano seguendo traiettorie divergenti. In quell'indifferenza era nato il terreno fertile per la sua sfiducia, lì si era radicata la sua debolezza, ecco perché l'aveva colpita così tanto lo stupido commento di Cora: «Non ti sembra che il cazzo del tuo ragazzo sappia di kiwi?» La paranoia è esplosa quando non ha trovato alcuna traccia dell'incendio che ha distrutto la famiglia di César. Ma se tutto avesse una spiegazione più semplice? Perché non ha avuto il coraggio di parlargliene quando è tornata da Oristà? È successo tutto questo perché hanno smesso di sentirsi una cosa sola e ora, seduta sugli scogli di Clonque Bay, con le onde che le si infrangono ai piedi, non riesce a smettere di piangere. Vorrebbe tornare a casa, da César. Non alimentare più dubbi in segreto, parlare senza paura. Che importa il passato? Ma è diventata un'astronauta errante, lo spazio la sta inghiottendo ed è sola.

L'acqua copre ancora parte della strada, ma si è ritirata abbastanza da poter camminare. Con le scarpe bagnate, arriva alla porta della fortezza. È aperta, Virginia deve considerare sufficientemente sicure le maree dell'oceano che la isolano regolarmente. Il cortile a cui accede è vuoto, non c'è luce in nessuno degli edifici che compongono il complesso. Ha deciso che Virginia firmerà il contratto. Questo viaggio le darà almeno qualcosa di buono: una percentuale della fortuna di Eduard Groizard. Dimenticherà il resto. Tornerà a casa sua in plaza del Conde del Valle de Súchil per dire a César che finalmente hanno trovato la loro Grande Onda. L'onda di entrambi. Prima di entrare in una delle stanze, percorre le terrazze della fortezza. Virginia non è in nessuna di esse, quindi torna nella piazza.

«Che ci fai qui?» Virginia è uscita dal bastione su cui si erge la terrazza dove l'ha incontrata durante la sua precedente visita, l'ha scoperta a gironzolare.

«Ho bisogno di parlarti».

Indossa un maglione di lana viola, sfilacciato, lavato un milione di volte, e, vedendola rabbrividire dal freddo, abbracciarsi a se stessa, Rebeca arrossisce, come se l'altra dormisse tra lenzuola che lei ha sporcato. Non le risponde, ma quando torna al torrione lascia la porta aperta. È un invito a seguirla e Rebeca lo accetta. Dopo aver attraversato un corridoio, arriva in una camera da letto dalle pareti circolari. Al centro c'è un grande letto ingombro di coperte sgualcite e vestiti abbandonati, non sa se sporchi, ci sono altri maglioni, pantaloni; vede degli stivali militari ricoperti di fango sul pavimento, dove regna un caos di vestiti. Virginia si sdraia sul letto. Rebeca non trova un posto dove sedersi, si accovaccia per aprire lo zaino e cercare i documenti.

«Un tuo parente è morto senza lasciare testamento. Hai diritto all'eredità, potremo avviare le pratiche non appena avrai firmato questo contratto».

Allunga i documenti a Virginia, che non fa alcun gesto per prenderli. Rebeca li lascia sul letto insieme a un biglietto con il suo numero di telefono.

«Cosa c'è scritto su quei fogli?»

«È un accordo in base al quale il mio studio legale tratterrà il trenta per cento dell'eredità a titolo di spese: abbiamo fatto un investimento importante nelle ricerche per rintracciarti, Virginia. Nel caso in cui l'eredità fosse gravata da oneri, non devi preoccuparti. Non dovrai pagare un centesimo. Se lo desideri, puoi leggerlo».

«È questo che ti ha detto di fare mio padre?»

«Non conosco tuo padre».

«È per mia madre? Lei non aveva niente: non ha mai intestato nulla a suo nome».

«Non posso darti questa informazione prima che tu firmi».

«Vuole lasciarmi Citadelle? Questo è il suo modo per costringermi ad accettare?»

«Virginia, sono solo un'intermediaria».

«Digli di venire! Digli che venga di persona, se ha il coraggio! O forse ora ha paura di me?!»

Virginia si è inginocchiata sul letto e urla aggrappandosi alle coperte come una donna disperata che vogliono cacciare dal suo ultimo pezzo di terra. Rebeca fa un passo indietro, spaventata. Dovrebbe rinunciare, sa che sarebbe la cosa più intelligente, ma si rifiuta di ammettere che questo viaggio non è servito a nulla. Tutta questa sofferenza deve avere una ricompensa: i soldi di Groizard.

«Non posso dire niente a tuo padre».

«Sai cosa stai facendo? Non ripetermi la stronzata che sei solo un'intermediaria: qui nessuno è imparziale. Devi scegliere da che parte stare e stai scegliendo quella di mio padre. Come tutti. Sai chi stai servendo? Sai davvero chi è Eduard Groizard? Lo sai? Perché se ti ha raccontato da dove viene e tu continui a lavorare per lui, allora mi fai schifo. Fuori! Vattene via!»

Spintonandola, Virginia riporta Rebeca nel cortile. Il cielo si è oscurato, è di un grigio quasi nero, il gracchiare dei gabbiani sembra troppo vicino, come se gridassero che sta arrivando un temporale. Cerca di tranquillizzarla, di farle capire che le sta attribuendo una responsabilità che non ha, ma Virginia ha smesso di ascoltarla. Continua a essere assillata da una serie di domande senza risposta. «Quanto ti paga?! Fino a che punto ti spingeresti per soldi?!» È tentata di porre fine a tutto questo dicendole la verità: che Eduard Groizard è morto. Che nessuna di quelle domande ha più senso. Che suo padre non potrà mai venire a Citadelle. E che, tuttavia, Virginia può ancora aspirare all'eredità perché Rebeca è a conoscenza di un segreto: Eduard Groizard è morto come Juan Vendrell e nessuno dei suoi conoscenti sa di questo cambio di identità. Ma non ha la possibilità di dirglielo. Virginia si avventa su di lei e, fuori di sé, finisce per buttarla a terra.

«E se ti butto nell'oceano?! Forse allora lui verrebbe».

«Sei impazzita, Virginia?! Lasciami!»

Deve coprirsi il viso perché Virginia la prende a calci.

«Non mi importa di te. Dov'è mio padre?!»

Una corsa sul pavimento lastricato e poi l'urlo della signora Langlois, che allontana Virginia da Rebeca. Mentre si riprende, la sente parlarle con l'affetto che si usa con un animale che non è consapevole di ciò che fa. La conduce al bastione dove si trovava, promettendole che parlerà con Rebeca, che nessuno la disturberà più.

Si sente un'idiota sulla spiaggia, Virginia le ha lasciato un graffio sul collo che le brucia, le fa male anche la mano su cui si è appoggiata quando è caduta a terra. Si sta chiedendo se tornare a piedi al *manoir* di Darcy quando la signora Langlois attraversa la striscia di terra che collega la fortezza alla spiaggia con la sua Honda Cub.

«Sta bene?»

«Più o meno. C'è un traghetto per tornare a Guernsey? Vorrei partire oggi, se possibile».

Langlois lancia uno sguardo indietro, verso Citadelle, che dorme silenziosa tra le acque crescenti che presto la isoleranno di nuovo. Non ha spento il motore. Ruggisce inquieto sotto il suo corpo minuto.

«Il signor Darcy pensa che Virginia sia solo una ragazza problematica, ma è molto più di questo. Avrei dovuto dirglielo. Se non fossi arrivata, non so come sarebbe potuta finire...»

«Darcy mi ha raccontato di un'amica di Virginia: Greta Hobbs». All'improvviso quella storia, fino a quel momento piena di mistero, acquista un senso che le sembra del tutto coerente. «Quella ragazza è morta qui, sull'isola... È stata lei, vero? È stata Virginia e i suoi genitori l'hanno nascosto. Ecco perché hanno lasciato anche Alderney».

«Ci sono storie che è meglio non ricordare».

Finisce di preparare la valigia. Quando Langlois l'ha riportata al *manoir*, l'ha trovato ancora vuoto. Meglio così. Non vuole salutare Hiroko né gli altri ospiti, tantomeno Darcy. Alle otto di sera parte l'ultimo traghetto per Guernsey, deve sbrigarsi. I suoi pensieri, però, sono confusi e, anche se non vuole, si perde cercando di disegnare un profilo di Eduard Groizard, per alcuni una specie di illuminato, per Virginia un demone. Che ruolo ha Samuel Darcy in tutto questo? Ha difficoltà a capirlo: perché le ha permesso di avvicinare Virginia? Qual era la sua intenzione portandola ad Alderney? Andare a letto con lei o usarla in qualche modo che non riesce a immaginare? Lui sapeva meglio di chiunque altro che sarebbe stato impossibile negoziare con una donna così instabile.

Aspetta un'auto che deve venire a prenderla per accompagnarla al porto. Il tempo passa e l'auto non arriva. Scende a cercare la signora Langlois per chiedere del ritardo, ma non riesce a trovarla, anche se ha la sensazione di percepire i suoi passi felpati nei corridoi di servizio. Il sole tramonta quando capisce che oggi non riuscirà a lasciare l'isola. È davvero una coincidenza o c'è un disegno preciso? Non sa se, come temeva quando è arrivata a casa di Darcy, sta diventando una prigioniera.

Torna nella sua stanza. La chiuderà a chiave e non uscirà fino al giorno dopo. Eviterà ogni contatto con lui. Il suo cellulare vibra. Non riconosce il numero che le ha mandato il messaggio, non è salvato, ma lo apre comunque. Accanto a una foto c'è un messaggio di testo.

«Dimmi se non merita una punizione. Non puoi continuare a nasconderlo. Se non mi credi, vieni a vedere le prove». Virginia deve aver usato il biglietto da visita con il suo numero che ha lasciato in camera per scriverle. Poi riceve un nuovo file: è un audio. Quando lo scarica, vede che è pesante, non è una registrazione breve. Si rende conto che la chat ha i messaggi temporanei attivati. Non sa se, dopo aver riprodotto il file audio, questo scomparirà, quindi decide di aprire il suo portatile per trascriverlo mentre lo ascolta.

8.

TRASCRIZIONE

Registrazione inviata a Virginia da Juan Vendrell/Eduard Groizard.

CLAC. RUMORE DI SOTTOFONDO: PIOGGIA O SGOCCIOLARE DA UNA GRONDAIA. GAMBE DI UNA SEDIA, SEMBRA SU UN PAVIMENTO DI PIASTRELLE DI TERRACOTTA.

Ciao, Virginia.

TOSSE PROFONDA, ACQUOSA. DI NUOVO, RUMORE DI SEDIA. FORSE UNA FINESTRA CHIUSA. PIOGGIA CONTRO IL VETRO. PASSI.

Ciao, scusa, vuoi che torni a casa, ma io sono già a casa. Questa è casa mia, non Citadelle, anche se faccio fatica a pronunciare bene il nome del posto dove sono nato. Ho dimenticato la mia lingua. Sono troppi anni che parlo inglese.

PAUSA. LA VOCE È UMIDA, CAVERNOSA.

Anche qui fa freddo. La casa è vecchia e il vento entra da tutte le parti. Tua madre non c'è più. Ci sono giorni in cui ho la sensazione che in questa casa non ci sia nessuno. Nemmeno io. Viene una ragazza, Tatiana. Pulisce, cucina, mi porta la spesa… Fa molto rumore, è sgradevole, ma non le ho mai chiesto di essere più discreta. Aspetto solo che se ne vada e che torni il silenzio. Non vivo più nel presente, ma in un tempo lontano, quando ero me stesso. O almeno è quello che cerco di fare non appena la casa rimane silenziosa. Ritornare quello che ero prima di andarmene. Per questo non tornerò a Citadelle, non ha senso e non vale la pena che tu cerchi di contattarmi. Dillo a Samuel Darcy.

Ormai non è rimasto più niente oltre a ciò che ascolterai su questo nastro.

SI AVVICINA AL MICROFONO. L'ECO DELLA VOCE SI ATTENUA. RICORDO IL REGISTRATORE CHE HO VISTO QUANDO SONO STATA ALLA FATTORIA.

La spiegazione di chi sono e perché sono così. Non chiedo perdono, soddisfo solo il tuo bisogno di sapere.

PAUSA. UN SUONO COME SE SI SCHIARISSE LA GOLA, BORBOTTIO DI ACQUE TERMALI.

Comincio da qui. Avevo appena compiuto sedici anni e la guerra era persa. Le truppe repubblicane stavano arrivando in paese per affrontare l'esercito di Franco, ma sapevamo tutti che non sarebbero riuscite a fermarli. Era il 28 gennaio 1939. Io e mia sorella Magdalena scappammo, si diceva che le truppe franchiste violentavano le donne quando occupavano un paese e mio padre mi chiese di portarla via, di metterla in salvo. Ero solo un ragazzino, ma ero cresciuto in guerra, mi credevo abbastanza coraggioso, non sapevo ancora quanto fossero ridicole alcune parole come «coraggio». O come «orgoglio», tesoro mio. L'orgoglio ci rende fragili, nasconde i nostri punti deboli, e la vita fa sempre in modo di trovarli, come uno di quei metal detector che alcuni turisti usavano sulle nostre spiagge – ti ricordi? – alla ricerca di monete o di qualsiasi resto del passaggio dei nazisti sull'isola. Tesori.

UN BREVE ACCENNO DI RISATA.

Lascia che... Faccio fatica a concentrarmi, sono troppi anni, la testa tende a perdersi, ma mi piace. Se la mia mente vuole vagare, che vaghi... Ti stavo parlando di Magdalena, mia sorella... Da quanto tempo non penso a lei? All'uscita del paese, ci unimmo a un altro gruppo, eravamo una cinquantina, credo, per lo più anziani e adolescenti, anche donne. Non sapevamo bene dove andare. Furono loro a dirci che c'era stato un massacro nella chiesa del paese. Non ho mai sentito il bisogno di indagare oltre perché so che i miei genitori sono morti lì.

Un paio di giorni dopo, non so dove ci trovassimo, arrivarono dei camion diretti a Barcellona, ci dissero che lì non ci sarebbero state rappresaglie, ma non c'era posto per tutti. Mia sorella salì su un camion e quella fu l'ultima volta che la vidi. Piangevamo e faceva freddo. Voglio dire, ero io che piangevo, non lei, o forse piangeva anche lei, non ricordo. Il cielo era nero anche se era già giorno da ore. So che non ti interessa, che niente di tutto questo risponde alle tue domande, o meglio, alle accuse contro di me, ma ogni volta che cado in questi buchi faccio di tutto per restarci, vorrei non uscirne mai, come se mi tuffassi in mare e potessi restare per sempre sott'acqua, con le branchie per respirare... Pensare ad Alderney mi mette di cattivo umore e...

FA SCHIOCCARE LA LINGUA.

Non ho più saputo nulla di mia sorella, se n'è andata su quei camion, per lo più pieni di donne. A sedici anni ero un uomo forte, potevo cavarmela da solo, non avevo bisogno che nessuno mi salvasse, ma quel giorno la mia vita avrebbe potuto prendere un'altra piega, capisci cosa intendo? Non provai sollievo al pensiero che Magdalena sarebbe stata bene, ma solo rancore. Fu uno di quei momenti in cui ci si sente divisi tra ciò che si desidera e ciò che è giusto. Feci la cosa giusta e piansi mentre i camion si allontanavano lungo la strada; piansi anche nei giorni successivi, quando partimmo per il confine con la Francia, quando attraversammo a piedi il porto innevato di Lli, a La Vajol. La vita ha questi bivi e il caso o il destino o Dio, credi in Dio? Penso di non avertelo mai chiesto, ma ormai nulla mi sorprende più di te... Qualunque cosa sia, decide per noi. Questo è quello che pensavo allora, sto cercando di farti capire com'era...

PAUSA UN PO' PIÙ LUNGA. SI È ALLONTANATO DAL MICROFONO E LA VOCE SUONA CON UN RIVERBERO LIQUIDO, SI SENTE UN GLUB-GLUB CHE NON RIESCO A IDENTIFICARE. QUALCOSA DI SIMILE ALL'ACQUA CHE ONDEGGIA, UN ACQUARIO? NON HA SENSO.

Quando lasciammo la Spagna ci portarono al campo profughi di Saint-Cyprien, vicino a Perpignan, lì era dove finivano i repubblicani che scappavano in massa da Franco. Lavoravamo dalle sette del mattino alle sette di sera, ci davano solo una zuppa insipida che a malapena ci dava la forza di stare in piedi, ma io pensavo a mia sorella e a quel camion e la odiavo con tutte le mie forze. La immaginavo a Barcellona, forse povera, ma con la possibilità di ricominciare una nuova vita. Invece, io vivevo di stenti in quel campo che, pochi mesi dopo, passò sotto il controllo della Compagnie de Travailleurs Étrangers [*NOTA: pronunciato con un buon francese*]; i soldati francesi controllavano il campo, la guerra era iniziata in Europa e gli adulti venivano arruolati nell'esercito; noi dovevamo occupare i posti che lasciavano liberi affinché l'economia continuasse a funzionare. Quante volte ho pensato a quel camion? Cosa sarebbe successo se fossi salito io al posto di mia sorella? Mi odiavo per questi pensieri, perché desideravo che fosse Magdalena a trovarsi al posto mio nel campo di Saint-Cyprien, ero ossessionato da un futuro impossibile. Sono le vite che avresti potuto vivere e che ti sfuggono, ti scivolano tra le dita come sabbia, e ti disperi cercando di trattenerle. Lo vedi che è una cosa che avevo dentro fin dall'inizio? Allora non riuscivo a vederla con tanta chiarezza, ero ancora convinto di essere una specie di palla colpita dal destino che rimbalzava da una parte all'altra. È il me stesso di adesso che, ricordando com'ero, si rende conto che avevo già iniziato a intravedere che una vita può essere molte vite… che il passato può essere riscritto e che, se impari a farlo… non c'è paura del presente o del futuro, tesoro. È questo che sto cercando di dire.

CLAC. TAGLIO DELLA REGISTRAZIONE.

CONFERMA LA SUA ORIGINE – ORISTÀ, PRATS DE LLUÇANÈS, ANCHE SE NON LI NOMINA – E IL RAPPORTO CON MAGDALENA, SUA SORELLA. QUESTO CONFERMA ANCHE LA PARENTELA CON SUO NIPOTE, LUIS RIBA VENDRELL.

CLAC. RIPRENDE. UN TINTINNIO CONTRO IL VETRO, È UNA PIOGGIA LEGGERA. LA VOCE HA UN'ALTRA RISONANZA, FORSE È IN UN'ALTRA STANZA, E PARLA IN TONO PIÙ BASSO, IL CHE MI FA PENSARE CHE LA REGISTRAZIONE SIA STATA FATTA DI NOTTE.

Conobbi Eduard Groizard a Saint-Pierre-Quilbignon, il campo profughi di Brest dove mi avevano trasferito. Non ho molti ricordi di quei due anni, dal 1939 all'estate del 1941, quando arrivai lì e, nella baracca, incontrai un ragazzo che doveva avere più o meno la mia età – poi scoprii che era tre anni più grande – e che non aveva paura di maledire i tedeschi e Franco. Si diceva pentito di non aver scelto la via delle armi quando ne aveva avuto l'occasione. Ad alcuni, la Compagnie de Travailleurs Étrangers dava la possibilità di arruolarsi nell'esercito francese per lottare contro l'offensiva nazista. Eduard, che aveva combattuto nella difesa di Sitges, aveva scelto di continuare a lavorare per la CTE, come chiamavamo la Compagnie, ma, visto come era andata a finire, si vergognava della sua mancanza di coraggio. La Francia era caduta e noi, i rifugiati repubblicani, come alcuni francesi, polacchi ed ebrei, eravamo stati trasferiti a una compagnia tedesca, l'Organizzazione Todt. Ora usavano le nostre mani per costruire quello che Hitler chiamava il Muro Atlantico, tutte quelle fortificazioni difensive per isolare la Gran Bretagna dall'Europa. Eravamo la manodopera dei nazisti e Eduard non sopportava quel ruolo, né che il suo sudore servisse a rafforzare un regime che odiava.

Anch'io ho avuto degli ideali per un po', figlia mia: Eduard mi ha contagiato con la sua rabbia. Erano due anni che faceva lavori forzati, mangiando male, trattato come un animale che passa di mano in mano, dai francesi alla OT tedesca. Costruiva muri, bunker, bacini per sottomarini, era esausto. A cosa pensa un essere umano a cui è stato proibito di sognare il futuro? Alla vendetta, ecco a cosa pensa, almeno quando gli resta ancora un po' di forza per sognare.

BEVE. IL SUONO DELLA SUA GOLA MENTRE DEGLUTISCE.

Non mi sono mai sentito affezionato alla causa repubblicana, né a quella di Franco. Ero un ragazzo di paese a cui nessuno aveva mai chiesto cosa volesse fare e, se lo avessero fatto, non avrei saputo rispondere. Lavorare, costruire una casa vicino ai miei genitori, guadagnare un po' di soldi, avere una moglie e una famiglia. Credo che sarebbe stata questa la mia risposta, perché mi avevano detto che quelle erano le cose importanti nella vita. Non era un progetto mio, in realtà non sapevo pensare con la mia testa, ma non importa, l'unica cosa che conta è che mi avevano tolto la possibilità di ottenere tutto questo. Avevo bisogno di un nemico, qualcuno da incolpare per la mia sfortuna, e Eduard me lo fece scoprire: Hitler e la sua cricca, i nazisti che stavano devastando l'Europa. Gli ideali di una società democratica mi aiutarono ad alimentare la rabbia: per quello che avevo sofferto in Spagna, per quello che mi avevano fatto in quel campo di lavoro di Saint-Pierre-Quilbignon e per quello che altri prigionieri – avevamo già capito che non eravamo rifugiati, ma prigionieri, inizi a comprendere l'importanza dei nomi? – ci raccontavano della guerra in Francia, in Polonia, della persecuzione contro gli ebrei, contro i russi.

A Saint-Pierre-Quilbignon sono stato me stesso per l'ultima volta.

PAUSA. IL RUMORE DI UNA BOTTIGLIA CHE VIENE STAPPATA, IL LIQUIDO – FORSE VEGA SICILIA? – VERSATO IN UN BICCHIERE. UN SORSO BREVE. LA PIOGGIA CONTINUA A BATTERE SUL VETRO.

Mento e non vorrei farlo, non è lo scopo di questa registrazione. Non è stata l'ultima volta che sono stato me stesso, ma l'ultima in cui mi sono sentito orgoglioso di essere chi ero. Questo è stato il regalo che mi ha fatto Eduard.

UN ALTRO SORSO. PIÙ LUNGO.

Lui aveva un'istruzione che a me mancava; era nato a Sitges, suo padre era gioielliere, ma questo lo sai già, è la mia biografia. La sua famiglia morì in un bombardamento nel 1938 e lui fu costretto all'esilio in Francia, dove fu rinchiuso in un campo simile al mio di Saint-Cyprien fino a quando non fu trasferito in quello di Brest, dove le nostre vite si incrociarono. Avevamo vissuto vite parallele, anche se solo in apparenza: la sua famiglia non era così povera come la mia, gli avevano dato un'istruzione e, quando era scappato verso i Pirenei, non l'aveva fatto a mani vuote. Dall'officina di suo padre aveva preso pietre preziose, oro e argento, alcuni diamanti; non era rimasto molto perché la maggior parte era stata venduta per finanziare la guerra, ma quando me lo raccontò, mi sembrò una fortuna. Prima che i francesi lo arrestassero e lo internassero in un campo ad Argelès, Eduard aveva nascosto i gioielli in una casa a Collioure dove gli avevano dato rifugio. Non parlava molto di quel salvagente che gli avrebbe permesso di ricominciare da capo quando tutto fosse tornato alla normalità – avevamo ancora un po' di ingenuità, abbastanza da pensare che un giorno le guerre sarebbero finite, che saremmo tornati a quella che ricordavamo come una vita normale. Preferiva parlare delle decine di libri di autori russi che aveva letto, ma anche di Galdós e Azorín; alcune sere, stanchi dopo la giornata, mi parlava di Marx. O mi recitava poesie...

[...]

Non riesco a ricordare nemmeno un verso... Di tutto questo, l'unica cosa che mi rimane è il suo entusiasmo, non solo perché gli sembrava di servire un nettare delizioso a uno come me, ma anche perché era emozionato dal mondo che tutta quella letteratura disegnava. Lo ammiravo senza capirlo fino in fondo, anche se riuscivo a vedere che quella passione era il suo carburante, ciò che lo teneva in piedi e, in segreto, gli permetteva di pianificare la nostra fuga.

ALTRO LIQUIDO NEL BICCHIERE. LA PIOGGIA NON È PIÙ UN TINTINNIO, ORA È PIÙ COME UNA TUBATURA CHE NON RIESCE A DRENARE TUTTA L'ACQUA.

Gli ci vollero diversi mesi per rubare un pezzo di ferro da una pala che aveva rotto contro il cemento di un bacino in cui lavoravamo. Aspettò fino a una notte senza stelle, il nostro piano era in mano al caso perché, anche se avevamo intenzione di unirci alla Resistenza una volta scappati dal campo di Saint-Pierre-Quilbignon, non sapevamo dove l'avremmo trovata. Non riesco a immaginare come sarebbe stata la mia vita se ci fossimo riusciti, se le guardie dell'OT non ci avessero scoperti mentre aprivamo il recinto di filo spinato che circondava il campo. Ma andò così. Ci arrestarono. E la punizione, be'... anche quella la conosci dalla mia biografia, quella che è sempre stata raccontata sull'isola, sai bene quale fu la punizione.

PAUSA. COME SE ESITASSE A CONTINUARE A PARLARE, SILENZIO DI ALCUNI SECONDI. RIEMPIE DI NUOVO IL BICCHIERE.

CLAC. TAGLIO DELLA REGISTRAZIONE.

I nomi. Sono più importanti di quanto pensiamo: io sono stato Eduard Groizard, non l'ho sostituito, sono stato lui. Ora, alla fine di questo percorso, forse per colpa tua, ho deciso di tornare all'inizio, di riprendere il mio primo nome. Spero che in questa registrazione... Capirai, figlia mia, che abbiamo bisogno di nomi e storie per sopravvivere.

Prima ho detto «per colpa tua», non è giusto. Avrei dovuto dire «grazie a te», la colpa è un artificio da disprezzare, come quel destino di cui ti ho parlato all'inizio. Forse è proprio questo ritorno a chi ero che sta riportando a galla tutte quelle ideologie che avevo superato. Crediamo che ci sia qualcosa di ineluttabile – il destino, Dio, chiamalo come vuoi – ma è una bugia, non c'è altra strada se non quella che si sceglie. Siamo soli. Ora sono tornato a essere chi ero per mia scelta, perché preferisco morire con questa pelle.

TOSSE. C'È UN RUMORE SIMILE A UN FUOCO, FORSE UNA PENTOLA CHE BOLLE O UNA CAFFETTIERA. NON PIOVE.

Quando arrivammo sull'isola, non sapevamo il suo nome, quello che appare sulle mappe, la conoscevamo come Adolf Island, così ci avevano detto le guardie della Todt, che era il nome del luogo dove eravamo stati condannati per il tentativo di fuga, e già solo il nome era una promessa della grandezza della punizione, perché il Führer aveva scelto questo scoglio in mezzo all'Atlantico per dargli il suo nome.

Parlo dell'oceano come se sapessi dove ci trovavamo: noi, trentadue spagnoli, salimmo su una nave a Brest e ci addentrammo nel mare, di notte, senza sapere quale fosse la nostra rotta. Faceva molto freddo, era il febbraio del 1942, e forse il viaggio non fu così lungo, ma perdemmo l'orientamento. Non mi avrebbe sorpreso se qualcuno mi avesse detto che eravamo all'estremità meridionale dell'Africa o di fronte alla costa tedesca; in realtà, ci ho pensato molte volte in seguito, non sapevo nemmeno che esistessero delle isole nel Canale della Manica. Come avrei potuto saperlo? Un ragazzo che aveva sedici anni quando aveva lasciato il suo paese per la prima volta. Diciannove in quel momento. Che immagine aveva del mondo?

Arrivammo in un porto riparato da un enorme frangiflutti contro cui si infrangeva l'oceano. C'era vento, sai come può soffiare, ed eravamo bagnati e congelati dal freddo. Ci fecero attraversare l'isola a piedi. In quel momento mi sembrò una landa desolata, una specie di terra dei morti infinita, gelida e umida, che puzzava di mare e di benzina, silenziosa, dove non c'era altro rumore che i nostri passi e il vento; non si sentivano gli uccelli, non li ho mai sentiti in quegli anni, poi sarebbe arrivato anche l'odore del sangue e dello sporco, della merda.

C'erano carri armati e reticolati ovunque, mentre noi, in fila, sorvegliati dalle guardie, camminavamo verso il nord-est dell'isola. Ora posso indicare in che direzione andavamo, ma quella notte non c'era né nord né sud, solo un territorio di baie e scogliere frastagliate contro il cielo, di onde e vento che ruggivano intorno a noi, come se tutto fosse una processione verso il cimitero dove ci avrebbero seppellito; nessuno credeva che fossimo lì per continuare a lavorare, anche se era quello che ci avevano detto. «Siete in territorio britannico» disse uno dei soldati, «il primo conquistato da Hitler», e lo dicevano con orgoglio nonostante la terra morta che ci circondava. C'erano delle baracche vicino a una baia, solo dopo seppi il suo nome, Saye Bay, ci dissero di entrare in una di esse. Era il campo di lavoro forzato di Norderney, non demmo importanza al nome, ci lasciammo cadere su dei materassi di paglia, sollevati perché non eravamo morti. Non ci rendevamo conto che, anche se non avevamo perso la vita, avevamo iniziato a perdere qualcosa di più sottile, la nostra identità. Molto tempo dopo, ci misero dei braccialetti con su scritte due lettere: RS. *Rot Spanier.* Rossi spagnoli.

FISCHI. C'ERA UNA CAFFETTIERA SUL FUOCO. RUMORE DI GAMBE DI SEDIA, SI ALZA. LA VOCE SI ALLONTANA, NON HA PORTATO CON SÉ IL REGISTRATORE.

La mattina dopo, le urla dei soldati ci svegliarono sotto il cielo grigio di Alderney, pioveva leggermente e gli altri prigionieri della baracca, francesi, ci dissero che dovevamo fare i letti e stare attenti agli ordini dei soldati. L'ultimo a uscire dalla baracca, un uomo di Teruel di quasi cinquant'anni, fu colpito con il calcio di un fucile appena mise piede fuori. Cadde nel fango, con una ferita aperta in bocca, sanguinante. Era il rituale che si sarebbe ripetuto ogni giorno fino alla fine: l'ultimo a uscire dalla baracca veniva picchiato con più o meno violenza, a volte era solo un pugno, altre volte erano frustate, o potevano sguinzagliare i cani, la violenza aumentava con il passare degli anni, mentre tutti noi impazzivamo, prigionieri e soldati, rinchiusi in un'isola a cui nessuno prestava attenzione.

PASSI. SEDIA STRASCICATA. SI SIEDE. IL SUO TONO È STRANAMENTE ALLEGRO.

[inserire foto pagina seguente]

Hai visto la foto? Eravamo a Norderney da poco, alcuni pensavano che ce l'avremmo fatta. Io no. Sono in ginocchio al centro, guardo la macchina fotografica del soldato tedesco che ci fece la foto. Perché la scattò? Ancora non capisco, cosa voleva conservare di quell'immagine? Eduard Groizard non c'è. Era in ospedale. Mentre lavoravamo a Bibette Head, a un soldato era sembrato che lo avesse guardato male e lo aveva preso a calci fino a farlo svenire. Non ci permisero di tirarlo su, ci costrinsero a marciare verso il campo, ma guardando Eduard disteso a terra, sporco di cemento e fango, di sangue, vidi che apriva leggermente gli occhi e mi resi conto che dietro di essi non c'era più nulla, che la persona che avevo conosciuto nel campo di Brest, quella che gridava senza paura contro Hitler e Franco, orgogliosa, era scomparsa.

[...]

NOTA: Oltre al messaggio e alla registrazione che mi ha inviato Virginia, c'è un'immagine. Una fotografia – suppongo sia la stessa a cui allude Juan Vendrell – in cui si vedono ventuno prigionieri, anche se uno di loro è tagliato sul margine sinistro. Non compaiono tutti gli spagnoli che Vendrell dice siano arrivati ad Alderney nel 1942. Ne mancano undici. Accanto alla foto, Virginia ha scritto: «Spagnoli a Norderney». Su uno di loro (il quinto della fila superiore contando da sinistra) si intravede un segno blu, una croce. «La foto fa parte della dichiarazione che Julio Comín ha rilasciato il 10 agosto 1945 alle truppe britanniche dopo la liberazione, forse il segno indica lui». In ogni caso, la persona che Vendrell indica come se stesso è al centro della foto. Nel 1942 aveva già diciannove anni. Un viso ovale, più pronunciato sulle guance, labbra carnose, capelli neri e occhi che fissano il fotografo. Non sembra malnutrito, né mostra quell'atteggiamento di resa che descrive nella registrazione. Alcuni dei suoi compagni indossano abiti militari, uno di loro si copre il viso dal sole, alcuni sguardi fuggono dal fotografo, altri si perdono sul terreno o lo guardano trasversalmente, dal basso o da un lato, con timidezza, con tristezza, come farebbero degli indigeni conquistati davanti al loro invasore; solo uno accenna qualcosa di simile a un sorriso, forse una smorfia nervosa, ma il volto di Vendrell è rivolto verso il fotografo. Serio, ma non umiliato, fermo, non si nasconde, è in ginocchio, ma con la schiena dritta, le spalle indietro, il petto aperto con orgoglio.

UN SILENZIO PIÙ LUNGO DEL NORMALE – QUARANTA SECONDI, ANCHE LUI STA GUARDANDO LA FOTO? POI, PASSI VELOCI, UN CASSETTO CHE SI APRE, POSATE, FORSE STA CERCANDO UN CUCCHIAINO, ZUCCHERO. QUANDO PARLA, LA VOCE SUONA PIÙ O MENO LONTANA, A SECONDA DELLA SUA POSIZIONE RISPETTO AL REGISTRATORE.

Quello che segue, tesoro, vale la pena raccontarlo? Hai sentito molte volte com'è stata l'occupazione nazista di Alderney, o almeno frammenti di ciò che è successo. Il governo britannico

decise che era impossibile difendere l'isola, quindi evacuò la popolazione e la consegnò ai tedeschi affinché facessero ciò che volevano senza testimoni. Quando la guerra finì, che fine fecero Maximilian List, Kurt Klebeck e Otto Hogëlow? Nessuno di loro fu processato per i crimini commessi ad Alderney. Rimaneva solo la nostra testimonianza, quella delle vittime, ma chi vuole rivivere il passato? Venne imposto il silenzio e a me sembrò giusto. Sono usciti dei libri, lo sai, alcuni scritti dai sopravvissuti di Adolf Island, che hanno raccontato com'era la vita in quegli anni, se si può chiamare vita.

RUMORE DI UNA SEDIA. RESPIRO PROFONDO, VOCE VICINA, PIÙ ACUTA CHE MAI, PIÙ GIOVANE? SI PERCEPISCE IL VENTO CHE AGITA LE FOGLIE, GLI ALBERI CHE CIRCONDANO LA CASA.

È difficile farti capire com'era, immagino sia impossibile, proprio come qualcuno alle porte della morte può provare a trasmetterti tutta la paura che prova, ma tu non potrai mai viverla con quella stessa intensità. Immaginarla sì, viverla no, capisci cosa intendo? Tu non c'eri e non ci sarai mai.

PAUSA. UN RONZIO, FORSE UN ASPIRAPOLVERE IN QUALCHE ALTRA PARTE DELLA CASA.

Conosci i nomi dei quattro principali campi di concentramento dell'isola: Helgoland, Borkum, Sylt e Norderney, ognuno situato a uno degli estremi degli otto chilometri quadrati di Alderney, tutti battezzati in onore di una delle isole frisone tedesche. Ma non fissarti su questa immagine. In realtà, tutta Alderney era un'enorme prigione da cui non si poteva scappare. L'oceano era un muro che nessuno osava superare. Molti, me compreso, ne avevano paura, era sempre increspato e ruggente come una bestia che non si arrende, che ogni giorno cerca di invadere la terra. A volte, a Saye Bay, la marea saliva così tanto che arrivava fino alle nostre baracche di Norderney e le allagava. In realtà, a Sylt era peggio, perché lì erano costruite su un terreno che trasudava acqua. Non c'era bisogno dell'alta marea per svegliarsi bagnati fradici.

La prigione non era solo il campo, né i suoi reticolati o le garitte con le mitragliatrici che ci puntavano dall'esterno. Nemmeno i campi minati che avevano installato per impedirci di scappare. Dove saremmo potuti scappare? Ridicolo. Ogni centimetro di Alderney era una prigione: a Saint Anne riutilizzarono il carcere, ma c'erano anche edifici usati per rinchiudere i prigionieri politici, alcuni dei quali tedeschi, c'era un campo della NSSK e un altro per punire i lavoratori dell'Organizzazione Todt, oltre a Fort Tourgis, Mignot Farm e Rose Farm, le case di Longy Road e Newtown, la prigione per marocchini di Hauteville... E, tra l'uno e l'altro, bunker e postazioni di artiglieria; durante il primo anno lavorai a Bibette Head e poi al muro anticarro di Longis Beach, i riflettori che illuminavano il cielo ogni notte alla ricerca di aerei alleati che in tutti quegli anni vedemmo a malapena. Pensa alle dimensioni dell'isola, si può attraversare da un capo all'altro in poco più di un'ora. Tutto quello che non era un campo di concentramento faceva parte di questo muro difensivo di cemento o, in alternativa, era un cimitero: all'inizio i morti venivano sepolti a Longy Common. Oggi è una zona campeggio. Le tende dei turisti vengono montate sulle ossa di russi, ebrei, polacchi... In realtà non so bene cosa ci sia sotto terra. Non solo a Longy Common, ma anche sotto l'aeroporto o nel cimitero di Saint Anne. Dicono che alla fine della guerra i resti furono riesumati. Che ad Alderney erano morte 385 persone. Un numero assurdamente basso, ma a che sarebbe servito dire loro che era una bugia? Per molti anni quel numero è stato uno scudo per proteggersi dal passato. Li capisco. È normale.

Eduard fu fortunato; dopo il primo pestaggio, il *truppführer* Karl Dietz, che comandava a Norderney, scoprì che nella sua famiglia c'erano dei gioiellieri e lo mise a lavorare nell'orologeria. Come se il tempo avesse qualche importanza ad Alderney. I soldati tedeschi gli portavano gli orologi da riparare. Aveva razioni migliori delle nostre e, a volte, Dietz lo invitava a casa sua. Si era sistemato alla Saye Farm. Vedevo Eduard vagare con lo sguardo fisso a terra, era un sacco di pelle che continuava a muoversi, ma dentro non c'era più nulla. Se fosse rimasto qualcosa, anche solo un briciolo di valore, si sarebbe ucciso come molti altri: gettandosi in mare, calpestando una mina o provocando i soldati affinché gli sparassero. Davano giorni di ferie e sigarette per ogni prigioniero morto, non costava molto premere il grilletto. Ma Eduard Groizard scelse di trasformarsi in un corpo senza anima.

Lo detestavo. Per i suoi privilegi e perché si era alienato. Aveva smesso di essere consapevole di chi fosse. A me costò un po' di più, ma, poco a poco, a forza di lavoro, fame e percosse, anch'io dimenticai chi ero.

La tortura ha questo effetto; il dolore o l'ossessione per il cibo sono così forti che non lasciano spazio ad altro. Diventi un animale il cui unico obiettivo è sopravvivere un altro giorno. Non c'è spazio per il desiderio o la soddisfazione; gli impulsi che spingono qualsiasi essere umano scompaiono. Non ti svegli con la speranza di ottenere un sorriso o di goderti la compagnia di chi ti circonda, di provare qualcosa di simile alla felicità, ma con la paura di altro dolore, di altra fame, con il dubbio di riuscire a sopportare un altro giorno.

Lavoravamo sedici ore al giorno, sette giorni alla settimana, con mezza domenica libera ogni due settimane. Ci svegliavano alle sei del mattino con una tazza di un intruglio scuro che chiamavano caffè e, all'ora di pranzo, avevamo una ciotola di acqua bollente con una foglia di cavolo e una fetta di pane da dividere in cinque. La cena non era migliore: ancora zuppa e dieci grammi di burro. Ad Alderney non c'erano camere a gas, non ce n'era bisogno. L'isola era un laboratorio di sterminio per mezzo del lavoro. La morte era una costante. Esausti, alcuni morivano mentre lavoravano, rimanevano intrappolati nel cemento, altri cadevano dalle scogliere. C'era chi crollava a terra, stremato, e lì veniva abbandonato dai soldati. A volte ci permettevano di portarli in ospedale, ma non c'erano né medici né spazio per curare tutti quei malati, che spesso si ammucchiavano davanti alla porta fino alla morte. Non avevano più un grammo di forza, erano diventati scheletri dagli occhi sporgenti con un'espressione di terrore perenne. La fame, la dissenteria e Dio solo sa quali altre malattie. Eravamo mangiati dalle pulci e dai pidocchi, le latrine traboccavano di merda, eravamo senza scarpe, che si sfaldavano dopo tante giornate di lavoro, ci avvolgevamo i piedi in stracci o in sacchi di cemento e ci affrettavamo a continuare a lavorare perché non potevamo fermarci un solo secondo. Se succedeva, un soldato poteva spararti. Avevano dei cani, dei pastori tedeschi: li vidi mordere a morte alcuni prigionieri, il *feldkommandant* Schultz era un amante di questo tipo di trattamento. E delle frustate. Era vietato andare dal medico per curare le ferite. Si infettavano e, dopo la febbre, molti morivano. Seppellivamo i corpi nel cimitero di Longy Common, in bare con doppio fondo, in fosse comuni, finché non lo ritennero una perdita di tempo. Continuavano ad arrivare prigionieri dall'Europa, non so quanti fossimo solo a Norderney, millecinquecento o più ammassati in circa venticinque baracche. A chi moriva toglievano il numero, e lo davano a uno dei nuovi arrivati. Eravamo isolati: nessuno sorvegliava e a nessuno importava cosa succedeva sull'isola.

La follia non colpiva solo noi, ma anche i soldati, i comandanti dei campi. Dietz sapeva essere sadico. Aveva un cuoco africano, nero, a cui permetteva di fare quello che voleva; picchiò a sangue più di un prigioniero. Cominciarono a gettare i corpi in mare dalle scogliere. Altri venivano seppelliti sulle spiagge affinché le maree li portassero via. Poi i pesci facevano il resto. Juan Dalmau mi raccontò che mentre lavorava alla riparazione di una barca vide ossa e resti umani impigliati tra le rocce, divorati dai granchi e dalle aragoste. Ogni giorno morivano dieci o dodici persone. Quelli che avevano perso completamente la testa insultavano i tedeschi o si scontravano con l'africano di Dietz solo per farsi picchiare di nuovo, per farsi uccidere.

Se hai mai immaginato l'inferno, Alderney era questo: noi prigionieri eravamo disposti a rischiare la vita per un po' di cibo; i tedeschi, ubriachi, senza nessuno che li frenasse, uccidevano e organizzavano feste con prostitute portate dalla Francia o dall'Algeria. Una di loro viveva con il comandante. Si chiamava Ivonne. Usciva sulla terrazza della casa con una fetta di pane, la sbriciolava e la lanciava affinché ci ammazzassimo per accaparrarci una di quelle briciole. Avevamo tutti perso la ragione. La vita, così come la intende chiunque, non esisteva.

[...]

La morale non è altro che paura: paura di Dio, delle leggi, di quello che potrebbero pensare di te le persone a cui tieni. Quando sei sicuro che Dio non esiste, che non c'è un tribunale che ti condannerà né nessuno di cui ti importi l'opinione, la morale scompare. Siamo quello che siamo veramente: animali impazziti. Credi che pensassi mai a mia sorella, al mio paese in Spagna, alla vita che avevo avuto? Tutto questo era sparito. Penso che, se mi avessero chiesto il mio nome, non avrei saputo rispondere. Volevo mangiare. Volevo dormire. Volevo provare un po' di piacere, qualsiasi tipo di piacere, in mezzo a tutto quell'orrore.

L'occasione arrivò quando meno me lo aspettavo: nel 1943, il campo di Sylt passò sotto il controllo delle SS-Totenkopfverbände, le Unità testa di morto che gestivano altri campi in Europa. Divenne un sottocampo di Neuengamme. La SS-Baubrigade1, con il comandante Maximilian List, Kurt Klebeck, Georg Braun e Otto Hogëlow, si stabilì ad Alderney. Iniziammo a vedere le tute a righe dei prigionieri e le uniformi nere delle SS; a volte passeggiavano per Norderney, in realtà potevano fare quello che volevano con i prigionieri di tutta l'isola. Non so perché, ma scelsero me e Eduard Groizard. Ci portarono a Sylt, anche se non ci fecero più lavorare né agli orologi né alle fortificazioni difensive. Eravamo utili perché in quegli anni avevamo imparato un po' di tedesco, francese e polacco, e anche un po' di russo. Anche se alla fine l'inglese è diventata la mia lingua, non avrei mai pensato di essere bravo con le lingue... Comunque, diventammo i loro traduttori.

Vicino a Sylt, il comandante si era costruito una casa in stile hitleriano, come quelle delle Alpi. I prigionieri russi costruirono la strada rialzata che porta a Fort Citadelle, la nostra casa. Da Sylt potevo vedere la sagoma della fortezza a Clonque Bay. A volte la usavano anche come prigione, anche se era soprattutto la residenza di alcuni membri delle SS. Di Otto Hogëlow. Non avevo mai più pronunciato quei nomi ad alta voce: List, Klebeck, Braun... Otto Hogëlow...

UN LUNGO SILENZIO. IL TINTINNIO DI UNA TAZZA DI PORCELLANA. IL CAFFÈ, CREDO CHE SE NE FOSSE DIMENTICATO. NON BEVE, FORSE STA SOLO CONTROLLANDO SE È FREDDO. CLAC. TAGLIO DELLA REGISTRAZIONE.

NOTA: A differenza dei frammenti precedenti, il discorso di Juan Vendrell è stato più veloce, come se stesse correndo su una terra che scotta. Con un'energia che non aveva all'inizio della registrazione. Solo alla fine, quando ha nominato Otto Hogëlow, mi è sembrato stanco. Il silenzio è stato attutito da un respiro irregolare.

CLAC. RIPRENDE LA REGISTRAZIONE.

Klebeck era un pazzo. Il giorno in cui arrivammo al campo di concentramento di Sylt c'era un russo impiccato alla porta. Per aver rubato del pane, c'era scritto in tedesco su un cartello che gli avevano appeso al collo. Rimase lì per diversi giorni a marcire.

PAUSA. È UBRIACO? NON AVEVO NOTATO DIFETTI DI PRONUNCIA E ORA – FORSE DI NUOVO DI NOTTE, SI SENTONO POCHI RUMORI NELL'AMBIENTE – LA DIZIONE RISULTA DIFFICILE IN PAROLE COME HANGED *(«IMPICCATO») O* CONCENTRATION CAMP.

Avevamo anche il compito di pulire la casa del comandante, lì potevo parlare con i soldati, almeno io; Eduard continuava a rimanere in silenzio e faceva quello che ci veniva chiesto come un automa, ascoltava solo quando gli chiedevano di fare da interprete per qualche prigioniero. Il quadro era un po' cambiato per noi: avevamo razioni migliori, non ci picchiavano così spesso, ma non era così per gli altri. Sylt era ancora peggio di Norderney: Klebeck faceva «ballare» i prigionieri. Ballare. Li metteva in cerchio e sparava per terra. I prigionieri dovevano schivare i proiettili perché, se cadevano, Klebeck o Braun o chiunque altro gli sparava in testa. Non c'erano vincitori. Alla fine cadevano tutti a terra e finivano tutti morti. Li portavo sulla scogliera, dove stavano ancora costruendo una postazione di artiglieria, e li gettavo in mare.

Eduard dovette imbiancare più volte l'ufficio di Maximilian List. Il comandante faceva portare a casa i prigionieri che non svolgevano il loro compito. Li frustava a morte e le pareti rimanevano macchiate di sangue. Era un ubriacone. Biondo, magro, avvolto nel suo cappotto delle SS, girava per le baracche con una bottiglia in mano in cerca di divertimento. Aveva la mascella sfuggente e i denti superiori a forma di cuneo, mi ricordava un pesce, untuoso, bagnato, che si orientava nell'oscurità del mare con una specie di radar in grado di individuare sempre chi ferire. Portava con sé salsicce che lanciava dall'altra parte della recinzione elettrificata e alcuni, disperati, cercavano di prenderle. Quelli che non morivano fulminati, morivano superando la recinzione: i soldati gli sparavano perché cercavano di scappare. Braun non era migliore, aspettava solo il suo momento, quello arrivò quando List fu destituito e lui rimase a capo del campo.

Chi ero io allora? Nessuno, figlia mia. Non ero più nessuno. Vedere morire gli altri non mi provocava alcuna emozione, né ricevere frustate o calci. Ero anestetizzato. Quando Georg Braun assunse il comando del campo, ci portarono a Norderney per farci partecipare a una prova. Avevano sigillato l'uscita del tunnel che collega la baia di Saye con quella di Corblets, si può ancora percorrere. Ci rinchiusero in più di ottocento; sicuramente ci sei stata anche tu, il tunnel è lungo appena venti metri e largo poco più di cinque. Non si respirava. Un soldato tedesco montò una mitragliatrice. Era la prova generale della nostra esecuzione; se la Germania avesse perso la guerra, avevano l'ordine di sterminare tutti i prigionieri. Non so se con quella mitragliatrice o murandoci nel tunnel fino a farci morire asfissiati. Non volevano lasciare testimoni di quello che era successo sull'isola. Alcuni gridavano, si davano gomitate, cercando di nascondersi in fondo al tunnel, lontano dalla mitragliatrice, convinti che ci avrebbero sparato. Tuttavia, io non avevo paura. Non provavo più nulla.

Fu all'inizio del 1944 che Braun divenne comandante di Sylt. Questi sono i cambiamenti che ricordo, non gli ucraini, gli ebrei e i russi che morivano, come altri spagnoli. Nel corso del tempo ne arrivarono più di trecento, e in quanti siamo sopravvissuti? Venti? Forse meno? È incredibile che sia stata ritenuta attendibile la cifra di 385 vittime, quando sicuramente si dovrebbe parlare di migliaia, ma che importanza hanno i morti?

A marzo il maltempo ci diede tregua e Eduard Groizard si risvegliò dal suo letargo. L'evento per cui accadde non era niente di speciale, avevamo vissuto centinaia di situazioni simili. Un kapo, un prigioniero politico tedesco con un triangolo nero sul bracciale, se la stava prendendo con un detenuto, un mucchio di ossa che riusciva a malapena a stare in piedi e che voleva costringere a continuare a lavorare in uno dei bunker. Eduard spinse via il kapo, gli urlò di lasciare in pace quell'uomo: «Non vedi che non ha più forze?!» Che ridicolo, che modo assurdo di affrettare la morte, chi aveva ancora forze? Il kapo, credo si chiamasse Hans, si rivoltò contro Eduard, che non oppose resistenza. Io rimasi impassibile finché non lo lasciò privo di sensi. Mi avvicinai per vedere se era ancora vivo.

Che cosa era successo? Un ultimo slancio del suo idealismo? Non lo so. Da quando Eduard Groizard aveva smesso di parlare, era diventato un libro chiuso per me. I soldati mi videro mentre lo soccorrevo e mi imprigionarono a Fort Citadelle insieme a lui. Percorremmo la strada prima che salisse la marea e pensai che ci avrebbero lasciato lì per qualche giorno, che sicuramente avrei visto morire Eduard Groizard nella cella, dato che nessun medico avrebbe curato le sue ferite.

Quella stessa notte, sentimmo delle voci di donne nella fortezza. Otto Hogëlow ci tirò fuori dalla cella a spintoni. C'erano anche Georg Braun e altri ufficiali delle SS. Erano ubriachi, circondati dalle prostitute che avevano ad Alderney. Alcune erano nude. Ci portarono nel tunnel sotto la stanza del comandante. Lo conosci. Scendemmo le scale. Eduard respirava a fatica, il kapo gli aveva rotto alcune costole. Entrammo nel Die Pracht, il nome era scritto con quelle lettere gotiche sulla porta, come si vede ancora oggi. Ho voluto conservarlo. «Lo Splendore». Passammo nella sala con la vetrata subacquea. Ci diedero un'acquavite che non ho mai più provato. Braun iniziò a fare sesso con due delle donne. Qualcosa si agitò dentro di me nel vedere tutti quei volti, malati ed eccitati, non so se avessero preso qualche droga, ma mi sembravano deformi. Era un'orgia in cui si passava facilmente dal sesso alla violenza, alcuni ufficiali picchiavano anche le donne, e io non capivo perché provassi qualcosa di nuovo dentro di me, qualcosa che non riuscivo a identificare. Hogëlow ci spinse al centro e tirò fuori una pistola. Me la puntò alla testa e mi disse: «Uccidilo». Vorrei dirti che opposi resistenza; be', forse nemmeno questo è vero, ho promesso di essere sincero. Non opposi resistenza e non ha senso dire che me ne pento. Agii senza pensare. Eduard non era in grado di difendersi, così mi inginocchiai su di lui e iniziai a prenderlo a pugni con tutte le mie forze. Hogëlow, Braun, le puttane, tutti mi incitavano. E io continuai a colpirlo fino a quando non gli spaccai la mascella, fino a quando non seppi più bene dove colpire, sentivo solo lo scricchiolio delle sue ossa, vedevo come affondavano e gli deformavano il viso. Il sangue bagnava il suo volto e i miei pugni, non sentivo dolore quando li piantavo contro di lui, ancora e ancora, finché non sentii una sostanza molle, non so cosa fosse, muscoli o cervello, occhi... Eduard era morto, ma io continuai senza che nessuno me lo chiedesse. Quel qualcosa che prima ribolliva dentro di me ora era in eruzione, mi faceva rizzare la pelle. Forse fu Hogëlow a dire a una delle ragazze di avvicinarsi, era il mio premio. E sai una cosa, figlia mia? È stata la prima volta che ho provato qualcosa in tanti anni. Ti ho detto che non ti mentirò: non c'era colpa, né vergogna, né paura. Era piacere. Era un piacere incredibile, mi eccitava, è poco convenzionale raccontare questi dettagli a una figlia, ma è la verità. Mi sentii vivo, brutalmente vivo, come se avessi sconfitto la morte. Avrei voluto continuare a picchiare Eduard Groizard per sempre. Per sempre. Mentre facevo l'amore con quella prostituta. Ti faccio schifo? Non sai che sensazione di splendore, di brillare, tutto il mio corpo brillava...

CLAC. TAGLIO DELLA REGISTRAZIONE.

Sei tu che hai chiesto una spiegazione.

CLAC. TAGLIO DELLA REGISTRAZIONE.

Non tornai più al Die Pracht. Non riattraversai nemmeno il passaggio per Citadelle. So che ci furono altre feste in quella sala con vista subacquea. Nel maggio del '44 ci fu un concerto: una banda di tredici musicisti suonò in due turni. La sera, gli ufficiali andarono a Citadelle. Portarono via due prigionieri russi e immaginai che avrebbero ripetuto il rituale. Non rividi mai più quei prigionieri. Mi sarebbe piaciuto essere invitato.

In estate iniziarono a evacuare i campi. Sylt fu uno dei primi a essere evacuato, ma io feci di tutto per rimanere sull'isola, mi sembrava più sicuro che imbarcarmi per l'Europa e morire in un bombardamento. Riuscii a farmi trasferire al campo di Borkum. Oltre ai comandanti dell'Organizzazione Todt, alla guarnigione di soldati tedeschi e alle ultime prostitute, eravamo rimasti circa duecento prigionieri; distruggemmo baracche e edifici per procurarci legna con cui riscaldarci. Quell'ultimo inverno non arrivarono provviste. Dal giorno dello sbarco in Normandia, comunicare tra Alderney e l'Europa era praticamente impossibile. Georg Braun, Kurt Klebeck e Otto Hogëlow non c'erano più. Nella follia della fame, a volte mi lasciavo andare ai ricordi di quella notte al Die Pracht. All'eccitazione che avevo provato quando avevo picchiato Eduard Groizard. Unita al sesso. Sapevo che quella passione che mi bruciava dentro era folle, che nessuno avrebbe potuto capirla, ma non volevo nemmeno dimenticarla. Alcune notti, prima di addormentarmi, assaporavo di nascosto quelle sensazioni che mi avevano fatto sentire così vivo e sorridevo, anche se sapevo che se qualcuno avesse avuto il potere di guardare dentro di me avrebbe pensato che ero un mostro.

Alderney e il resto delle isole del Canale furono gli ultimi territori liberati. Berlino era già caduta quando arrivarono le truppe britanniche e i tedeschi si arresero. Avevano avuto abbastanza tempo per ripulire l'isola e i cimiteri e fingere che fosse stata un'occupazione esemplare.

Un soldato britannico ci intervistò. Quando mi chiese il mio nome, risposi: Eduard Groizard. Non l'avevo pianificato, ma, non appena lo dissi, provai un'enorme pace. Era come se fosse stata fatta giustizia e fossi stato io a morire sull'isola, non Eduard. Tutti quei sensi di colpa per quello che avevo fatto e, soprattutto, per quello che aveva significato per me, scomparvero. La mia vita era quella di un idealista che aveva combattuto contro Franco, che aveva sofferto nei campi profughi in Francia e poi in quelli di sterminio di Alderney. Un uomo che non poteva tornare in Spagna, perché lì sarebbe stato fucilato. Mi permisero di stabilirmi a Guernsey; iniziai una relazione con tua madre, Mary Ann, anche lei orfana, che aveva perso tutto in guerra. Immagino che tu possa immaginare come ho fatto a ricominciare: i gioielli che Eduard aveva nascosto a Collioure. Mi aveva detto in quale casa li aveva lasciati, nello spazio tra le pietre della stalla. Li recuperai e tornai a Guernsey per sposare Mary Ann. Per continuare la vita di Eduard Groizard.

PAUSA. NON RIESCO A CAPIRE QUANDO È STATO REGISTRATO QUESTO FRAMMENTO. SEMBRA ANCORA UN INTERNO, MA L'AMBIENTE NON PERMETTE DI CAPIRE SE È GIORNO O NOTTE. NON SI SENTONO NEANCHE I SUONI TIPICI DI UN'ABITAZIONE, COME IN ALTRE OCCASIONI. FORSE È NELLA SUA CAMERA DA LETTO. IL SILENZIO SI PROLUNGA PER PIÙ DI UN MINUTO, COME SE AVESSE DIMENTICATO DI STARE REGISTRANDO.

Quello che viene dopo forse ti interesserà di più, ma, in realtà, l'importante è già stato detto, figlia mia. Puoi capirlo o disprezzarlo, credo che non mi importi.

Io e tua madre abbiamo cercato di condurre una vita normale:

con i soldi che avevo ricavato dai gioielli comprammo una casa molto modesta. Io lavoravo qua e là, a volte al porto, altre volte in una fattoria. Nessuno parlava di quello che era successo ad Alderney. Quando gli abitanti dell'isola tornarono, con la scusa della ricostruzione, cancellarono ogni traccia dell'occupazione nazista. Il legno delle baracche dei campi di concentramento fu riutilizzato per sistemare l'hotel di Braye Beach e le case di Saint Anne. Non riuscirono a distruggere le costruzioni in cemento, i bunker, i muri anticarro, le aggiunte fatte alle fortezze... Tutto questo è ancora visibile. Ma riuscirono a cancellare il cimitero in cui si era trasformata Alderney. Il governo britannico, con la scusa che le vittime erano russe, affidò la responsabilità delle indagini alla Russia, che non aveva molto interesse a investigare. Tutti i nomi che ti ho dato sono svaniti: List, Braun, Klebeck, Hogëlow... Dissero che erano morti, anche se anni dopo si scoprì che non era così. Alcuni furono processati, nessuno per i crimini commessi ad Alderney, tutti ricevettero condanne minori e poterono continuare la loro vita in Germania.

Ricordi cosa ti ho detto all'inizio? Quanto sono importanti i nomi e le storie? La gente di Alderney aveva bisogno di una storia con cui poter convivere: avevano abbandonato la loro terra, l'avevano lasciata nelle mani dei tedeschi e preferivano credere che fosse stata una buona decisione, perché erano sopravvissuti e sulla loro isola non era successo nulla di paragonabile ai campi di sterminio dell'Europa. Lo negarono fino a convincersi che fosse vero. E io stesso li appoggiai: perché avrei dovuto parlare loro dei morti in mare, delle fosse comuni, della crudeltà degli ufficiali nazisti? È meglio che il passato sia un letto morbido su cui poggia il nostro presente. Proprio come io mi ero assicurato quel letto con la vita eroica di Eduard Groizard, gli abitanti di Alderney hanno modellato il passato secondo i loro bisogni. Nessuno voleva guardare indietro, ma solo al futuro.

CLAC. TAGLIO DELLA REGISTRAZIONE. RIPRESA.

Ti interessano i dettagli di come sono diventato ricco? Immagino di no. Inoltre, la storia non è poi così diversa da quella di altri imprenditori delle isole. Sarò molto breve: negli anni Cinquanta, stanchi di pagare il costo della ricostruzione dell'Inghilterra, i banchieri inglesi iniziarono a cercare modi per evadere le tasse.

LA SUA VOCE SUONA SECCA, TAGLIENTE. IL DISCORSO È DIRETTO, ARROGANTE?

Le leggi di Guernsey e Alderney, come sai, sono molto speciali. Benedetto baliato. Benedette leggi medievali. Un avvocato di una società della City di Londra mi ha proposto un affare: nominarmi presidente del suo consiglio di amministrazione. Non dovevo fare nulla e mi pagavano puntualmente. Venivano tre o quattro volte all'anno, fingevano di riunirsi a casa mia e così evadevano le tasse. Era un affare perfetto per tutte le parti. Lo chiamavano *Sark lark* – lo scherzo di Sark – perché su quell'isola è rimasta in vigore fino al 1989 una legge che lo consentiva.

Forse il mio unico merito è stato quello di aver capito che questi stratagemmi potevano essere un buon modo per fare un sacco di soldi e ho deciso di studiare meglio l'argomento, i *trust*, come nascondere i profitti delle aziende con lo *scaling*, cioè dividendo una struttura in diverse giurisdizioni. Sono diventato una figura chiave nella nascita di quello che hanno chiamato «eurodollaro». Il mercato *offshore*. Le isole del Canale stavano diventando una piccola Svizzera o, forse, sarebbe più corretto dire delle Isole Cayman. Tutti erano interessati a far fiorire questo business.

Con i primi soldi che ho guadagnato, ho comprato la fortezza di Citadelle. Ho chiamato così anche la mia azienda. Capisci l'importanza dei nomi? Citadelle Trust Services.

Vorrei parlarti del significato della parola *trust*, un concetto che è uno specchio curioso e invertito della mia stessa esistenza. Era una formula del Medioevo, quando i cavalieri partivano per le crociate e «affidavano» la loro fortuna a un terzo, che non poteva goderne, anche se figurava come titolare. Eduard Groizard mi ha affidato la sua vita perché io potessi goderne.

Forse tutto questo non ti interessa. Credo che tu non sia mai riuscita a capirmi. Avrei voluto che fossi diversa, figlia mia. Più libera, come tua madre e come me. Di cosa vuoi che ti parli adesso? Della tua amica giornalista? Di Greta Hobbs? Sei stata indiscreta, se vuoi trovare un colpevole, dovresti cercarlo in te stessa. Nella tua ridicola morale, che ti ha resa una persona così limitata. Tua madre e io pensavamo che potessi essere una persona speciale, non so dove abbiamo sbagliato, forse all'inizio, con l'adozione. Mary Ann aveva avuto diversi aborti e non poteva avere figli, ci abbiamo pensato molto, ecco perché l'abbiamo fatto così tardi, nel 1993, quando eravamo già anziani. Ti abbiamo aperto le porte di Citadelle, ma tu non hai voluto vedere la grandezza del dono che ti avevamo fatto. Dettagli, Virginia. Non sei stata capace di vedere altro che i dettagli, senza cogliere il quadro completo. In realtà, non hai idea di quale sia quel quadro. Mi dici di tornare ad Alderney, cosa vuoi? Vendetta?

Credi davvero che con la mia morte finirà qualcosa?

PAUSA. CLAC. INTERRUZIONE DELLA REGISTRAZIONE. NUOVO CLAC PER RIPRENDERE.

Citadelle è alchimia, idiota.

PARLA CON EVIDENTE DISPREZZO. LA SUA VOCE NON SEMBRA QUELLA DELLO STESSO UOMO CHE HA INIZIATO LA REGISTRAZIONE, NON C'È PIÙ TRACCIA DELL'ANZIANO DUBBIOSO E DALLA VOCE TREMOLANTE.

Ho fatto un sacco di soldi negli anni Sessanta e Settanta, ma niente mi ha aiutato a dimenticare quello che è successo quella notte al Die Pracht. Lo Splendore: ecco cosa significava davvero per me, un momento assoluto, di emozione sovrumana. Tua madre è stata la prima persona a cui l'ho raccontato, ma poi l'ho condiviso anche con alcuni soci di Citadelle. Sommersi dai soldi, avevano tutto e allo stesso tempo mancava loro qualcosa che facesse davvero la differenza. Balthasar, Aldous, Leonor sono stati i primi, i loro nomi non dicono niente a te né a nessun altro, quindi non mi preoccupa citarli. La vita era troppo poco per loro. Avevano bisogno di sperimentare di più. L'omicidio, perché no? Ma non essere superficiale, pensi davvero che sia quello che facciamo? È molto di più, è una mutazione, come quella che ho vissuto io. L'importante non era distruggere Eduard Groizard, ma diventare lui. Scambiare le nostre vite.

Questo è Citadelle: non capirai mai come funziona. O forse è meglio dire: non riuscirai mai a districare la matassa. Non è un'esplosione, non è un atto impulsivo. Lo prepariamo per anni: nessuno vuole perdere la propria posizione, nessuno vuole smettere di essere ricco per diventare un vagabondo. Quando si decide, si avvia un processo di dissoluzione della fortuna, il denaro viene distribuito in decine di *trust* fino a quando è impossibile sapere da dove proviene o dove va, ma la verità è che, alla fine, il beneficiario ultimo di quel denaro è la vittima prescelta. Qualcuno che ha la stessa età e poco altro in comune con la persona che vuole dissolversi in quell'identità. Una volta che tutto è pronto, sì, andiamo al Die Pracht, celebriamo il rito di cui siamo tutti testimoni. Se diventiamo colpevoli davanti a tutti voi, abbiamo anche la certezza che nessuno tradirà ciò che succede lì. Se qualcuno volesse raccontare cosa succede nella sala sotterranea e andasse alla polizia, si incriminerebbe, e chi vuole finire la propria vita in prigione? Ecco perché filmiamo tutto. Ecco perché ci sono filmati fin dal 1972, l'anno in cui sono tornato al Die Pracht dopo quel 1944 in cui ci ero stato con Eduard.

Ti rendi conto dell'alchimia? Lasciamo la nostra vita, il nostro passato, e occupiamo un'altra vita e un altro passato. Ci liberiamo dei pesi. Possiamo uccidere, torturare, possiamo superare qualsiasi limite, perché il giorno dopo non saremo più noi. Saremo un'altra persona. La colpa non può trovarci.

Ho rinunciato a farti capire. L'ho fatto il giorno in cui hai portato quella giornalista e le hai permesso di fotografare il Die Pracht. L'abbiamo fermata e ti abbiamo costretto a fare quello che le hai fatto, è questo che ti ha fatto impazzire? Sei debole. Mi aspettavo di più da te. Non hai nemmeno avuto il coraggio di gettarla in mare affinché l'oceano la inghiottisse. Ti sei distrutta: ricoverarti in un ospedale psichiatrico è stato il nostro ultimo atto d'amore genitoriale. Non volevamo più sapere nulla di te. Credi che abbiamo lasciato Alderney a causa delle tue accuse? Per paura di te? No, figlia mia: ho deciso di cambiare di nuovo pelle, di riprendere il mio vecchio nome. Nient'altro.

PAUSA. UN CREPITIO. FORSE IL FUOCO, UN CAMINO. UNA PADELLA.

Ho sbagliato con te. Non puoi far parte dello Splendore. Ma non essere ingenua: non puoi nemmeno distruggerlo. Goditi i filmati e pensa a tutto quello che hai perso. Non vale la pena cercare sostegno in Samuel Darcy, lo conosco meglio di te. Non è interessato alla giustizia che speri, vuole solo i tuoi soldi. È un bravo avvocato, ecco perché mi fido di lui. Non sono mai riuscito a renderlo un vero socio, sicuramente avrai riguardato tutte le riprese senza mai vederlo, ma a lui non importa nulla di ciò che ti tormenta, Darcy è un uomo pragmatico, vuole solo impossessarsi della fortuna che c'è a Citadelle.

[…]

Addio, figlia mia.

CLAC. FINE DELLA REGISTRAZIONE.

9.

Non riesce a dormire. Ha confrontato la foto di Juan Vendrell nel campo di concentramento di Norderney con i documenti che ha trovato a Oristà. Il giovane e l'anziano, i settant'anni che li separano, il lasso di tempo che lo ha trasformato in un assassino: è questo a rendere attendibile la registrazione, perché che senso avrebbe mentire in una confessione del genere? Eppure, in nessuna delle due immagini vede segni di malvagità, vorrebbe che fossero evidenti, è inquietante pensare che una degenerazione come quella descritta da Vendrell possa nascondersi in un volto comune.

È mezzanotte. Quando il sole è tramontato, dopo le otto, ha sentito dei passi e delle voci, ma non è riuscita a capire cosa stessero dicendo: erano tornati al *manoir*. Quelli che la sera prima le sono sembrati una compagnia piacevole – Hiroko, Saskia, Salomon e la coppia di anziani – ora le fanno paura. Come soci di Citadelle devono aver partecipato a quel rito di sostituzione descritto da Vendrell. È vero che esistono anche delle riprese? Hanno registrato i loro crimini? Temeva che da un momento all'altro qualcuno bussasse alla sua porta, che Darcy decidesse di farle visita per chiederle perché si era rinchiusa nella sua camera. Ma non è successo nulla. Dopo un po', è tornato il silenzio in casa, come se fosse disabitata.

Sebbene lo abbia già deciso da tempo, solo dopo mezzanotte ha il coraggio di aprire la porta della sua camera. Ha messo lo stretto necessario nello zaino – il computer, un cambio di vestiti, il beauty case – lascerà la valigia, cercherà di farsela spedire in seguito. Non le importa nemmeno di non riuscire a recuperarla. Percorre il corridoio e scende le scale, il leggero scricchiolio dei gradini di legno a ogni passo la fa temere che qualcuno possa svegliarsi. Non sa come reagirebbe se Darcy o la signora Langlois, con i loro sorrisi, cercassero di trattenerla ancora un po', fino all'alba, per poi trovare altre scuse o fingere imprevisti, come quell'auto che non è mai venuta a prenderla, per prolungare la sua permanenza. O forse cadrebbero le maschere che nascondono la loro vera natura, qualunque essa sia. Non ha idea di cosa vogliano da lei, l'unica cosa di cui è certa è che si trova nel mezzo di una lotta di interessi che non capisce. Forse lei è una sorta di merce di scambio.

Quando esce in giardino viene bagnata da una pioggia sottile, così invisibile da non capire se piove davvero o se l'acqua che le si attacca alla pelle, ai capelli e all'impermeabile è solo frutto dell'umidità. Ha freddo. La temperatura deve essere scesa sotto i dieci gradi. Si allontana dalla casa di Darcy lungo il sentiero che porta a Longis Beach. La luna piena illumina la notte con una chiarezza insolita; il cielo, di un grigio profondo, fa risaltare chiaramente gli edifici dell'isola, che altrimenti si confonderebbero nell'oscurità. Ecco il muro anticarro di Longis Beach. Più in là, l'Odeon, la torre di guardia della Luftwaffe. Rebeca prende la strada che, salendo su per una collina, la porta verso Saint Anne. Intorno a lei, come in un teatro delle ombre, la osservano i castelli, le sagome delle fortezze, e mentre avanza sotto la pioggia immagina senza difficoltà i fili spinati, le postazioni delle mitragliatrici, le auto delle SS o della Todt, i prigionieri esausti, vestiti di stracci, scheletrici, mentre gli ufficiali li fanno lavorare a colpi di frusta, i pastori tedeschi che abbaiano e l'odore acido del sudore, dell'alcol e della diarrea. L'assenza di uccelli. L'enorme campo di concentramento che era Alderney si proietta intorno a lei, come un fantasma che si materializza per dimostrare che è sempre stato lì, vigile.

Le strade di Saint Anne sono silenziose. I pochi lampioni fanno brillare il selciato umido. Le case dormono. Rebeca non ha un piano. Aveva solo bisogno di uscire da casa di Darcy, ma, arrivata a questo punto, non sa quale strada prendere. Potrebbe dirigersi verso il porto e aspettare lì l'alba affinché qualche pescatore o il traghetto la porti a Guernsey. Tuttavia, forse perché comincia a sentirsi al sicuro, si dirige verso ovest, ripercorre la strada che ha fatto il primo giorno, risale una collina fino a Fort Tourgis. Entra nella fortezza attraverso un bunker. Si ripara dal vento che ha iniziato a soffiare tra le mura, alcune ricoperte dalla vegetazione. Dall'esterno può sembrare che Fort Tourgis sia stato ristrutturato, ma all'interno regnano l'abbandono e la rovina. Tetti crollati, scale che non portano da nessuna parte. Sul pavimento si intravedono le tracce di quelli che un tempo erano binari per spostare le mitragliatrici. Ci sono molte aggiunte in cemento, tunnel e altri bunker costruiti dai nazisti. Da una terrazza che un tempo era una postazione di artiglieria, si vedono Clonque Bay e la striscia di terra che arriva fino a Citadelle. La marea è bassa, la casa di Virginia è accessibile.

Lascia Fort Tourgis. Percorre una strada sterrata fino a Clonque Bay. Attraversa la strada rialzata con una certa ansia; non sa quanto durerà la bassa marea e non vuole rimanere intrappolata a Citadelle, ma sente di avere un debito con Virginia. Non può lasciare Alderney senza dirle che Eduard Groizard è morto sotto il nome di Juan Vendrell. Le piace pensare che la notizia le sarà di conforto.

Attraversa il cortile fino al bastione dove si trova la camera da letto di Virginia, la torre del Comandante, ricorda che l'ha chiamata così: sotto, se tutto quello che ha raccontato Vendrell è vero, ci sono il tunnel e il Die Pracht, la sala sottomarina. Anche se la luce è accesa, il letto è vuoto.

«Virginia?» si azzarda a chiedere, timida, ma nessuno le risponde. Torna nel cortile centrale e, da lì, prende le scale che portano alla terrazza della piscina.

«Virginia. Non spaventarti...»

Non sembra sorpresa. Seduta su un lettino di fronte all'Atlantico, avvolta in una coperta, Virginia la guarda più annoiata che stupita, nonostante l'ora. Forse, dopo averle mandato la registrazione, si aspettava la sua visita. Virginia si siede sul muretto che circonda la terrazza. In basso, la scogliera e la schiuma dell'oceano che brilla alla luce della luna.

«Avevi ragione la prima volta» ammette Rebeca. «Sono una truffatrice. Sono venuta per spillarti un po' di soldi, ma... ti giuro che non sapevo chi fosse Eduard Groizard».

Vuole dirle tutta la verità. Che lei lo ha conosciuto come Juan Vendrell. Che è morto a Oristà, un piccolo paese vicino a Barcellona, molto vicino a dove è nato. Che anche sua madre, Mary Ann o Meredith Payne, è morta lì. Che glielo aveva nascosto per tenersi una parte dell'eredità. Ma Virginia si alza e con un gesto teatrale le chiede di tacere; nei suoi movimenti c'è una languidezza che potrebbe essere dovuta ai farmaci. Senza fretta, lascia la terrazza e Rebeca capisce che deve seguirla. Si dirigono verso il cortile centrale e, da lì, alla torre del Comandante. Non si ferma alla sua camera da letto, ma continua ad avanzare lungo un corridoio come un fantasma che ogni notte ripete il giro a cui l'eternità lo ha condannato. Apre una porticina di legno alla sua destra e una lampadina color ambra illumina una stretta scala di pietra. Scende, e Rebeca la segue. L'umidità è soffocante, la roccia delle pareti trasuda acqua. Alcune candele rosse indicano la strada. La scala finisce in una piccola stanza con un'altra porta incorniciata in pietra. Sopra l'architrave, inciso in caratteri gotici, si legge: DIE PRACHT.

«Lo Splendore» dice Virginia, come se fosse il nome di un defunto. Poi apre la porta.

È uno spazio circolare e, di fronte all'ingresso, un'enorme vetrata occupa gran parte della parete. Sono sotto il livello del mare e, nonostante sia notte, si intuiscono lievi correnti marine dietro il vetro, alcuni riflettori esterni illuminano l'oceano. Ombre di pesci. Macchie di luce lattiginosa, riflessi della luna, che rischiarano anche porzioni d'acqua. Il pavimento e una panca che circonda la sala sono rivestiti di velluto rosso.

«Digli di venire» mormora Virginia. «Digli che conosco la chiave. Ho scoperto il suo segreto. Potrei distruggere tutto. A me non importa più cosa mi succederà, ma mi deve la soddisfazione di farlo davanti a lui. Non passerò tutta la vita ad aspettarlo».

Virginia maneggia qualcosa che era sfuggito a Rebeca: su un lato della sala, tra le pietre che la compongono, c'è una specie di nicchia e, al suo interno, una tastiera che deve essere collegata a qualche dispositivo nascosto perché proietta un fascio di luce sulla parete opposta. Anche se la superficie delle pietre distorce l'immagine, Rebeca riconosce che si tratta di una registrazione di questo stesso spazio, la sala sottomarina. La grana, il colore saturo, le fanno pensare che sia stato girato con una pellicola di celluloide, vecchia. Al centro dell'immagine c'è un uomo di circa quaranta o cinquant'anni, mezzo calvo, non c'è nulla di particolare nei suoi lineamenti. È nudo e in ginocchio. Dietro di lui, la vetrata attraverso la quale si intravede la profondità del mare. Rebeca sta per dirle che non ha bisogno di vedere altro quando nella registrazione entra in scena un altro uomo, anche lui nudo, che si posiziona dietro quello in ginocchio e con un coltello ricurvo, non si sa da dove lo abbia preso, gli taglia la gola. L'uomo sanguina, si contorce dal dolore e cerca di fermare l'emorragia, ma poi nella registrazione compaiono altre persone: tre o quattro uomini, due donne. Sono tutti nudi. Si accalcano intorno alla vittima come iene, alcuni la prendono a pugni, altri la pugnalano allo stomaco, alla schiena, ci sono alcuni peni eretti in mezzo a quel tripudio di violenza.

«Aspetta» dice Virginia quando Rebeca distoglie lo sguardo. «Devi vedere il resto».

Ora è una donna a trovarsi al centro della stanza, inginocchiata, nuda. A ucciderla è un'altra donna, anche lei con un coltello, e poi l'orgia si ripete, con l'aggiunta di sei o sette persone, tra gli uomini questa volta le sembra di riconoscere Juan Vendrell. Un tizio sulla cinquantina è il prossimo. Lo stesso rituale di violenza, sangue e sesso, alcuni si baciano o scopano mentre lo torturano a morte, anche se ora è cambiato qualcosa: all'inizio del video, tutti indossano una maschera. Gli ricorda il volto della prima vittima, l'uomo comune. A metà dell'orgia, tutti se le tolgono, come se avessero concordato il momento in cui raggiungere il culmine di quella barbarie.

Un africano. Una ragazza che non sembra maggiorenne. Due anziani, rugosi e obesi. Il numero dei partecipanti aumenta. Non sono più i cinque o sei dell'inizio. In alcune di queste registrazioni ci sono forse anche venti persone. Cambiano anche i supporti: dalla pellicola al video di bassa qualità, poi al digitale. Man mano che si avanza nel tempo, riconosce alcuni dei partecipanti: c'è Mary Ann, la moglie di Vendrell, e anche Theodore e Berenice Godfray, la coppia di anziani. Ognuno di loro, a un certo punto, è stato il primo carnefice.

«Fermalo, Virginia, per favore».

«Non si può. È un'altra delle manie di mio padre: quando si inizia la proiezione di ciò che è successo allo Splendore, bisogna arrivare fino alla fine».

«È malato».

I volti proiettati, eccitati, sudati, si deformano ancora di più contro la superficie irregolare delle pietre, come mostri grotteschi. Non c'è audio, ma è possibile immaginare le urla strazianti delle vittime, i gemiti di piacere degli assassini.

«Capisci ora perché ho bisogno che venga? Voglio consegnare le registrazioni alla polizia, so già come scaricarle, ma voglio farlo davanti a lui. Ho bisogno di vedere che lo ammanettano, lo portano via e chiudono Citadelle. Per sempre».

«È impossibile, Virginia. Tuo padre è morto». Lo sguardo assente di Virginia si posa su Rebeca, come se fosse un'allucinazione. «Eduard Groizard e Mary Ann si sono nascosti a Oristà, un paese vicino a Barcellona. Hanno cambiato nome. Tua madre si faceva chiamare Meredith Payne e tuo padre ha ripreso la sua identità originale. Ti ha parlato della sua adolescenza nella registrazione, di quando si chiamava Juan Vendrell. Tua madre è morta poco prima di Natale. E Juan Vendrell è morto cinque mesi fa».

«Come?» le chiede con tono meccanico.

«La polizia ha stabilito che si è trattato di avvelenamento da monossido di carbonio. Il gas di una stufa. Oppure potrebbe essere stato un suicidio».

Lo sguardo di Virginia si sposta ora sulla proiezione, che continua il suo carosello di esecuzioni; tuttavia, non sembra vederla, guarda altrove, forse al futuro che aveva sognato, quello in cui suo padre veniva punito per l'inferno che aveva creato nella sua stessa casa, un tempo che non potrà mai più esistere.

«Devi consegnare tutto questo alla polizia».

«Non è morto».

L'impotenza infiamma il viso di Virginia, per la prima volta c'è un rossore sulla sua pelle, solitamente così pallida.

«Non può essere morto! Stai mentendo! Lui non è Juan Vendrell!»

Rebeca fa un passo indietro, la rabbia dell'ultima visita a Virginia è tornata. Sulla parete si proietta un nuovo rituale: una ragazza di circa vent'anni, inginocchiata, nuda. Le sembra familiare quando si toglie la maschera.

«Posso mostrarti i documenti, Virginia: è sepolto nel cimitero di Vic».

«Bugie! Era questa la tua missione? Molto comodo! Mio padre è morto, io eredito Citadelle... Credi che voglia farmi carico di questa merda? So che è una trappola!»

È fuori controllo. Rebeca pensa di andarsene, ma Virginia le blocca la porta. Guarda di nuovo lo schermo e capisce chi è la ragazza che vede lì. È Greta Hobbs. La giornalista che dovrebbe essere annegata nelle correnti che separano Alderney dalla Francia.

«Dov'è mio padre?!»

«Te l'ho già detto, Virginia! È morto!»

Un'altra donna appare nel filmato. Nuda, cammina fino a quando non si trova dietro Greta Hobbs. Si abbassa per mettersi alla sua altezza e, mentre lo fa e si toglie la maschera dell'uomo comune, Rebeca capisce chi è: Virginia.

«Bugiarda di merda!»

Cerca di mantenere le distanze, ma è impossibile, Virginia avanza verso di lei mettendola con le spalle contro la vetrata. Ogni segno di debolezza è scomparso dai suoi movimenti, i suoi passi sono fermi, così come i gesti che compie con le braccia. Nella proiezione, Virginia solleva un coltello e lo conficca alla base del collo di Greta. Il sangue sgorga denso mentre la ragazza si contorce. Non contenta di quel primo colpo, Virginia strappa via il coltello e lo conficca di nuovo, due volte, tre volte. È l'unico video in cui nessun altro partecipa all'esecuzione. Le pupille di Virginia nel filmato sono dilatate, non si capisce se per l'adrenalina o per qualche droga. Sono dilatate come lo sono ora, quando si avventa su Rebeca e le urla: «Puttana! Dimmi dove è mio padre!» Cerca di liberarsi dalla presa di Virginia, dai pugni che le sferra senza precisione, ma inciampa e cade a terra. Lì non può difendersi, Virginia le dà due calci nelle costole, indossa degli stivali militari e ogni colpo le toglie il respiro. Nel video, sulle pietre, l'omicidio di Greta si è trasformato in un banchetto per Virginia: continua a conficcarle il coltello mentre le lecca i capezzoli, le passa la lingua sul décolleté per poi morderle la base del collo come una vampira. La saliva e il sangue si mescolano.

«Lasciami, ti prego».

Ma la sua supplica non ha alcun effetto. Virginia è fuori di sé; urla e piange mentre continua a prenderla a calci, finché non si inginocchia su di lei, le afferra i capelli e, prendendo slancio, le sbatte la testa contro il pavimento. Stordita, Rebeca riesce a darle una ginocchiata e, ancora intontita, si alza in piedi mentre Virginia si riprende. L'acqua si infrange contro il vetro, ruggendo, come se incitasse al combattimento. Lo zaino che portava è finito per terra. Il suo computer, il beauty case, i vestiti e qualche penna. Non fa in tempo a raggiungere la porta, Virginia le si arrampica sulla schiena e la butta di nuovo a terra. Le tira i capelli, isterica. Rebeca prende una penna e si gira quel tanto che basta per attaccarla, usando la penna come se fosse un pugnale. Non controlla la forza e la penna trova un punto della pelle abbastanza sottile da attraversarla. Cadono alcune gocce di sangue. Si trascina all'indietro, improvvisamente liberata dalla pressione di Virginia. Sta per alzarsi quando vede cosa ha fatto: la figlia di Groizard ha la penna conficcata sotto il mento, dalla bocca fuoriesce sangue e, anche se dice qualcosa, non è altro che un balbettio senza senso. Virginia si strappa via la penna e la ferita si trasforma in un getto di sangue, cerca di coprirsi la ferita, ma le mani non sono sufficienti. Tutto succede in fretta: il viso impallidisce, gli occhi si perdono dietro le palpebre, diventando bianchi, finché alla fine Virginia crolla come se il suo corpo fosse un rudere. A terra, a faccia in giù, il sangue continua a bagnare il velluto che riveste la stanza. La proiezione non è finita. Le immagini continuano sul muro. Il banchetto infinito di sangue e sesso di altre esecuzioni. L'oceano stende una rete di luce diffusa sul pavimento, come se anche loro fossero sommerse.

«Mio Dio...» mormora Rebeca con un respiro tremante che presto si trasforma in pianto.

10.

Il volo è strano. Dal finestrino guarda, sempre più lontana, la macchia bruna che è diventata l'Inghilterra, i toni blu dell'Atlantico, il suo agitarsi lontano, ma non sa se si trova in uno stato di sonno leggero, al confine tra sogno e realtà, perché si vede anche disperata al Die Pracht, accanto al cadavere di Virginia, mentre decide di chiamare Darcy per chiedere aiuto, come se invece di essere su un volo per Madrid fosse ancora nella sala sottomarina. Dove si trova davvero?

Rebeca gli ha balbettato al telefono quello che è successo. Ora non riesce più a dire niente: il pianto ha preso il controllo del suo corpo e ogni volta che cerca di giustificarsi, è stato un incidente, si stava solo difendendo, l'unica cosa che esce dai suoi polmoni è un gemito senza senso. La proiezione è ormai finita quando Darcy arriva con Gerald, il golem corpulento. Darcy la abbraccia. Da sopra la sua spalla, vede Gerald avvolgere il corpo di Virginia in un lenzuolo. Quando ha ricevuto quell'ordine? Non importa, sta già chiudendo il fagotto con del nastro adesivo per evitare che si apra. Un'assistente di volo si avvicina per chiederle se sta bene. Non riesce a controllare il tremore del suo corpo, come se fosse affetta dal morbo di Parkinson, e la signora seduta accanto a lei deve averla avvisata. «Ho paura di volare» riesce a rispondere Rebeca. Le offrono un ansiolitico. E poi un altro.

La marea è salita, la strada è impraticabile, ma non hanno bisogno di usarla. Darcy infila il braccio sotto quello di Rebeca per tenerla in piedi. Fanno piccoli passi, lui la tranquillizza, non c'è fretta. Gerald getta il fardello con il corpo di Virginia sul Sarnia Venture, ancorato vicino all'isolotto della fortezza. «Bisogna avvisare la polizia» è la prima cosa che Rebeca riesce a dire chiaramente. Darcy però fa finta di non averla sentita. «Dai, ci siamo quasi» la incoraggia. La luna piena le sembra uno di quei riflettori della polizia che illuminano la notte alla ricerca di malviventi.

Si chiude in bagno. C'è un po' di turbolenza, dovrebbe tornare al suo posto, ma ha paura di chiudere gli occhi perché ogni volta che lo fa torna alla notte ad Alderney. O forse è ancora lì e questo volo esiste solo nella sua immaginazione?

La barca si allontana dalla terraferma. Superano Burhou e le sette rocce di Les Casquets, che spuntano tra la schiuma di un mare agitato che li fa oscillare. Si è rannicchiata nella cabina e ripete: «Dobbiamo chiamare la polizia». «No, Rebeca. Non è una buona idea. Lascia che me ne occupi io». Darcy vuole sembrare paterno, ma ottiene l'effetto contrario: le vertigini che le girano come un tornado nella testa la fanno vomitare. Gerald ha preso una sega. Sul ponte, inondato a tratti dalle onde, ha aperto il fagotto. Ha deciso di iniziare tagliando la testa.

L'hostess la costringe a lasciare il bagno e la riporta al suo posto. Le turbolenze provocano qualche sospiro soffocato nel corridoio. Si appoggia alle valigie per non perdere l'equilibrio. E se si schiantassero? Non sarebbe una liberazione?

«Cosa state facendo?!» urla barcollando mentre esce dalla cabina della barca.

«Aiutarti, Rebeca: nessuno deve sapere cosa è successo a Virginia».

Il suo corpo segato sul lenzuolo, le onde del mare diluiscono il sangue, la testa, le braccia, un tronco nudo e triste.

«Voleva distruggere Citadelle...»

«Lo volevamo entrambi». Darcy la prende per le spalle, costringendola a distogliere lo sguardo dal massacro che Gerald sta compiendo con metodo. «Ecco perché dobbiamo farlo. Quando sarai più calma, capirai». Sono in alto mare. È notte fonda e l'oceano continua a ruggire intorno a loro. Perde il controllo, lotta con Darcy nella cabina, non sa come – forse ha lanciato una padella piena di olio bollente – ha provocato un incendio che Darcy spegne senza agitarsi. Gerald getta i pezzi del corpo di Virginia in mare, che li inghiotte come un animale affamato.

L'aereo atterra. Sente la velocità mentre percorre la pista. Il tremore è visibile quando saluta l'assistente di volo sulla passerella; le fa qualche battuta che Rebeca non riesce a capire, perché, anche se sembra aver ritrovato la calma, il tremore non è sparito, è dentro di lei, vibra come un foglio di metallo. È così tesa che ha dimenticato il dolore al petto, ora è solo un'ombra. L'aeroporto la confonde con i suoi mille stimoli, i viaggiatori e le valigie che vanno e vengono, le luci dei negozi, le voci dall'altoparlante, i segnali delle porte e le indicazioni ovunque.

Non sa quanto tempo ha dormito. Né come è arrivata nella sua stanza a casa di Darcy. È di nuovo notte, o forse non è mai spuntato il giorno? Si alza stordita, come se fosse ancora sul ponte oscillante della Sarnia Venture. Le fa molto male il petto. I calci di Virginia. Darcy è seduto su una poltrona nella penombra, come un parente che veglia un malato.

«Dimmi che è stato solo un incubo».

«Devi dimenticare, Rebeca. E guardare avanti. Per te e per Virginia».

«Per Virginia? Ma lei voleva morire? È ridicolo. Io...» Non trova la forza di dire quello che pensa: «Sono un'assassina».

«Era malata. E ha perso il controllo, sappiamo tutti che poteva diventare violenta. Tu ti sei solo difesa».

«Tu non c'eri. Avrei potuto fare altro. Avrei potuto provare a scappare...» Si porta le mani alla testa, sconvolta. «Non so perché sono andata alla fortezza. Me ne sarei dovuta andare da questa cazzo di isola. Me ne sarei dovuta andare!»

«Prendi una pillola». Darcy gliel'ha preparata sul comodino, accanto a un bicchiere d'acqua. «In questo momento non riesci a pensare lucidamente. Ascoltami, ti prego, Rebeca».

«Ho visto come ha ucciso Greta Hobbs». Il ricordo della proiezione la assale come un tassello in grado di dare un senso al disastro in cui è precipitata la sua vita. «Nelle registrazioni c'era anche lei, Virginia. Ha pugnalato Greta con un coltello...»

«Eduard l'ha costretta a farlo. Aveva scoperto che Greta stava preparando un reportage, non sugli affari loschi della Citadelle, ma su ciò che succedeva in quella sala, allo Splendore. Credo che avesse seguito le tracce di una delle vittime fino a lì. Virginia non sapeva nulla fino ad allora: suo padre l'ha costretta, obbligata a prendere delle pillole, minacciata fino a quando non è riuscito a spezzarla per farle fare quello che hai visto. L'ha distrutta per sempre. Per questo l'ha fatta internare in un ospedale psichiatrico».

Forse la pillola ha iniziato a fare effetto, il racconto di Darcy le sembra una storia di cui lei non fa parte, la chimica spegne la sua capacità di provare emozioni.

«Ecco perché ti dico che facciamo tutto questo per Virginia» continua lui mentre la rimette a letto. «Dobbiamo distruggere Citadelle e, per farlo, Virginia deve restare viva».

Il taxi percorre la M30. La radio è accesa, l'autista le ha parlato solo per chiederle l'indirizzo. Plaza del Conde del Valle de Súchil. Si aggrappa alla maniglia con forza, come se fosse sulle montagne russe. Non riesce a mettere a fuoco il paesaggio oltre il finestrino, tutto è un'enorme macchia. La paura si è insinuata nel suo cervello e, quando il tassista sterza leggermente, è sicura che stiano per schiantarsi. Che sia inevitabile. Tutto quello che avrebbero potuto fare per evitarlo è già passato, sono fuori controllo e l'unica cosa che si chiede è se la carrozzeria le trafiggerà il petto uccidendola all'istante, se soffrirà una morte lenta o se rimarrà paraplegica. Ma il taxi continua a viaggiare senza incidenti. Entrano in città.

Non c'è traccia degli invitati. Il *manoir* di Darcy risuona del rumore lontano della signora Langlois che lavora in cucina. Non riesce a decidere se uscire dalla stanza. Cerca il cellulare, ma non lo trova: l'ha perso a Citadelle o più tardi, sulla barca? È indecisa se andare alla polizia o al porto per prendere un traghetto e sparire dall'isola. Non ha mai desiderato così tanto smettere di essere se stessa. Quello che hanno fatto Darcy e Gerald la dissuade dall'andare alla polizia: come spiegare che, dopo aver ucciso Virginia, ha permesso che la facessero a pezzi e la gettassero in mare? Fuggire è l'unica opzione possibile, ma quando cerca di aprire la porta della camera da letto, scopre che è chiusa dall'esterno. Cerca di forzare la maniglia senza successo. Grida il nome di Langlois. Nessuna risposta. Le fa male il petto; forse le costole sono più gravi di quanto pensasse. Si affaccia alla finestra: è troppo alto per provare a scappare da lì. Forse più di venti metri. Si ucciderebbe, ma non sarebbe la cosa migliore?

Sale sull'ascensore di casa sua. Il ritorno in un luogo familiare non allevia la paura come sperava. Il tremore continua a vibrare dentro di lei. Nemmeno l'incontro con César è un antidoto. Il suo bacio veloce. Le sue scuse perché deve andare al lavoro. È uno sforzo sovrumano fingere che tutto sia normale, dirgli che non le importa e che vuole solo dormire. Aveva pensato di vomitare tutto quello che ha vissuto ad Alderney, ma tutta quella storia è rinchiusa dentro di lei come un mostro che ha preso forza e che ride di lei. Quando César se ne va e lei rimane sola a casa, ha quella sensazione che si prova in alcuni incubi in cui, anche se tutto intorno sembra tranquillo, si sa che sta per succedere qualcosa di orribile.

Darcy non apre la porta della camera da letto fino a quando non fa di nuovo buio.

«Sono prigioniera?»

«Non essere ridicola, Rebeca. Volevo solo che ti riposassi e che non facessi sciocchezze».

Ha portato del vino e un panino. Lei non ha fame. Ha la testa così pesante che non riesce a ragionare, il suo cervello è avvolto in una rete che lo imprigiona. Darcy versa due bicchieri mentre le spiega che a settembre ci sarà una riunione di gran parte dei soci di Citadelle. Potrebbero mantenere fino ad allora l'illusione che Virginia sia ancora viva, e Rebeca potrebbe incaricarsi di far venire Eduard. Hanno bisogno di lui per ottenere le registrazioni dalla sala sottomarina. Darcy è deciso a costringerlo. E così, da un lato, Citadelle cadrà e, dall'altro, nessuno si farà troppe domande su dove sia Virginia. Tutti sanno che era una ragazza instabile, imprevedibile. Alcuni penseranno che si sia suicidata, altri che sia scomparsa. Rebeca non riesce a trattenere una risata nervosa.

«Eduard Groizard è morto. È morto cinque mesi fa. A che serve ora il tuo piano del cavolo, Darcy? Vado a parlare con la polizia. Che siano loro a procurarsi le immagini e a sbattere in prigione tutta quella banda di pazzi».

«Non possono farlo». Per la prima volta, Darcy non sembra avere il controllo della situazione, cammina avanti e indietro per la camera da letto, a disagio. «Le immagini sono sul cloud. Si possono riprodurre, ma non scaricare. Quale giudice accetterebbe una cosa del genere come prova, senza poter verificare se sono state manipolate o meno? Nessuno. Avevamo bisogno di Groizard per avere la chiave...»

«Lascia perdere, Darcy. Lascia perdere e affrontiamo le conseguenze di quello che è successo».

Beve d'un fiato il bicchiere che le ha servito. Non ha prestato attenzione alle condizioni atmosferiche finché lui non le ha voltato le spalle per guardare fuori dalla finestra. La pioggia batte contro il vetro. È la prima volta che Rebeca sente che si apre una via d'uscita. Espierà la sua colpa.

«Dobbiamo fingere che Virginia sia ancora viva».

«Parla con la polizia, cazzo. Loro hanno degli esperti di informatica, sapranno come accedere ai file delle registrazioni».

Qualcosa cambia nel tono di Darcy, come se fosse un attore che abbandona il palcoscenico e, con esso, il personaggio che ha incantato il pubblico, per trasformarsi in un essere oscuro, un'ombra che si perde nella città. Non c'è alcuna gentilezza nella sua espressione quando si gira verso Rebeca.

«Non parlerai con nessuno».

La via d'uscita si chiude. Il panico prende il sopravvento.

«Mi costringerai?»

«Cosa dirai? Che ti ha aggredita? Come pensi di dimostrarlo? Posso dire tutto il contrario: sei venuta per prenderti parte dell'eredità e, siccome lei non voleva dividere nulla con te, l'hai uccisa».

«Sarà solo la tua versione».

«Sai che ci sono telecamere allo Splendore? Virginia le ha installate quando è arrivata. Se non fosse riuscita a far venire suo padre, era pronta a registrare di nascosto una di quelle notti. E a quelle immagini ho accesso».

«Non pensavo di nascondere quello che ho fatto».

«Posso cancellare parte della registrazione. Mostrare solo il momento in cui l'hai uccisa. Non sembrerai così innocente».

«Sei un figlio di puttana».

«Ti sto solo chiedendo aiuto. Lo devi a Virginia».

«Cosa hai in mente? Di organizzare un altro di quei sabba? Non ti importa se muore un'altra persona?»

«Purché si faccia giustizia per tutti gli altri».

«Col cazzo. Tu non stai cercando giustizia: vuoi solo tenerti tutti i soldi che ci sono qui».

Riesce quasi a sentire la voce di Groizard/Vendrell nella registrazione che le ha inviato Virginia: «A lui non importa nulla di ciò che ti tormenta, Darcy è un uomo pragmatico, vuole solo impossessarsi della fortuna che c'è a Citadelle».

«Eduard si è assicurato che si perda la possibilità di accedere alle registrazioni se si inserisce una password errata. E anche ai soldi. Non guardarmi così: io ho le mie ragioni, tu le tue. Non le giudico. Ma alla fine si arriva allo stesso punto. Virginia può riunire i soci di Citadelle...»

«Sei pazzo. Virginia non c'è...»

«Ma tu sì. L'hai già impersonata per una serata e l'hai fatto molto bene».

È sempre stato questo il suo piano? Rebeca sa che è assurdo, come poteva prevedere quello che è successo? Eppure da quando ha messo piede a Guernsey non ha fatto altro che sprofondare in una ragnatela in cui tutto sembra possibile: la facilità con cui ha instaurato un rapporto di fiducia con Darcy, la sua complicità per permetterle di incontrare Virginia...

«Voglio andarmene. Me lo impedirai?»

«Sei libera».

Sulla terrazza di casa sua, cerca di concentrarsi sui dettagli di plaza del Conde del Valle de Súchil. Le altalene. Un gruppo di adolescenti che bevono alcolici su una panchina. Vuole convincersi di essere lì, che Madrid non è parte di un sogno e che i flashback al *manoir* di Darcy, alla sala sottomarina, non sono altro che allucinazioni, ma è difficile. Non hanno la consistenza di una fantasia, il corpo sezionato di Virginia sulla barca, il muro di pietra dello Splendore: è così reale che può persino sentire l'umidità, il fascio di luce del proiettore che la attraversa. Ha paura di restare sulla terrazza e quindi si rifugia nel salotto. È lì e qui allo stesso tempo. Il susseguirsi dei crimini filmati e la discussione con Virginia. Riesce a sentire il suo odore acre quando la spinge e la getta a terra. «Bugiarda di merda!» Si rannicchia sul divano. Non sa se chiudere gli occhi sia peggio, perché il territorio dei sogni sembra irraggiungibile. La lamiera che è il panico vibra dentro di lei e può persino sentirne il sibilo, che le attraversa il cervello. Ma ora è di nuovo sul pavimento del Die Pracht. Il contenuto del suo zaino è sparso ovunque e, tra le altre cose, c'è la penna. Non vuole prenderla. Non vuole voltarsi e conficcarla sotto il mento di Virginia. Ma sa che lo farà, di nuovo. Il terrore è così intenso da farle male. Se potesse fermare il tempo... La tensione a cui sta sottoponendo il suo corpo per fermare tutto, per non riviverlo, le fa dolere i muscoli, ogni centimetro della sua pelle, ma non smetterà di farlo, deve seppellire questo orrore, dentro, in profondità, tanto da non poterlo più vedere, anche se le costerà la vita.

11.

Ha difficoltà a mettere a fuoco lo sguardo tanto quanto a distinguere le parole nel mare di rumori. Ci sono figure sfocate che si muovono intorno a lei, una luce che le colpisce le pupille. Il rumore, come se riemergesse dopo un'immersione, si attenua, e ora capisce alcune frasi sparse: «Rebeca, mi senti?» Lei crede di rispondere con un cenno, ma non è sicura di aver mosso la testa. «Hai avuto un episodio di shock dissociativo. Catatonia» continua il medico. Era una delle figure che le volteggiavano intorno. È in un letto d'ospedale e ha un mal di testa insopportabile, il medico è seduto accanto a lei.

«Ricordi qualcosa degli ultimi giorni?»

«Quali ultimi giorni?» risponde. Tutte quelle spiegazioni le sembrano parte di uno scherzo di cattivo gusto. È stata paralizzata dalla catatonia. L'hanno curata con lorazepam e terapia elettroconvulsiva fino a quando non ha recuperato la mobilità muscolare e la coscienza. Avrà bisogno di sedute di fisioterapia. Spera che, prima o poi, questa farsa finisca, anche se ammette di sentirsi come se avesse avuto un incidente e, dopo che il suo corpo è stato sbalzato via, rotolando sull'asfalto o sbattendo contro il guardrail, avesse contusioni dappertutto.

Nelle ore successive, prende per vero quello che le dicono i medici. È un atto di fede, come quando raccontano a un sonnambulo le sue passeggiate notturne: accetta di non essere padrona del suo corpo come pensava. A volte, il corpo decide di agire di propria iniziativa, come se fosse uno zombie guidato da qualche rito voodoo. Un'agente di polizia entra nella stanza e le fa una serie di domande che la lasciano perplessa: «Cosa ci faceva a Guernsey? Chi ha incontrato lì? I nomi Virginia o Darcy le dicono qualcosa? Ha avuto un incidente? Ha subito una violenza sessuale?» Non ha una risposta a nessuna di queste domande e, costretta dalla polizia a ripensare al passato, riferisce il suo ultimo ricordo, quello che stava facendo prima di svegliarsi in ospedale: ha accompagnato César a una festa in un cocktail bar.

«Non si ricorda di aver preso un aereo per Guernsey?» insiste la poliziotta.

«Io... stavo lavorando a un caso e... sospettavo che la persona che cercavo potesse avere un legame con quell'isola, ma... ci sono andata?»

«Ha trascorso otto giorni lì. Poi è tornata e ha avuto la crisi».

Con i tre giorni che ha passato in ospedale, sono undici giorni di vuoto. Poco dopo che la poliziotta se ne va, vede César. Lo abbraccia come se fosse un rifugio, ma l'emozione le impedisce di parlare. «Ti amo» le dice lui. Lei nota il suo sollievo e anche le tracce di troppe ore senza dormire. Deve essere stato molto preoccupato per lei.

Parlano a malapena, lui si sdraia accanto a lei, le mette un braccio intorno alle spalle per stringerla a sé.

«Ti faccio male?»

Rebeca scuote la testa e si rannicchia accanto a lui. Le fa male tutto, ma respira tranquillamente. Chiude gli occhi affinché la stanchezza la culli e la porti nel sonno, protetta da César.

I ricordi arrivano come una valanga, quella stessa notte. Le fortezze di Alderney e Citadelle. Il corpo smembrato di Virginia sul ponte della barca e Darcy che le chiede di interpretare il personaggio. La minaccia del video. Si sveglia senza fiato, piangendo. Il cuore le batte forte. Accanto a lei, su una poltrona, César dorme.

Si protegge dietro l'amnesia. Il medico lo trova logico e dice che, col tempo, recupererà i giorni persi. César non si muove quasi mai dalla stanza; guardano programmi stupidi in TV, tornano indietro nel tempo all'anno in cui si sono conosciuti, quando entrambi avevano a che fare con Fischer, l'argentino. In un certo senso, è un sollievo rifugiarsi in quell'ingenuità, quando si sono innamorati, quando non c'erano dubbi tra loro, né Cora né il passato che César le ha raccontato e che lei non riesce a far quadrare. Non trova la forza né il modo per dirgli tutto quello che ha vissuto ad Alderney. Darcy non ha ostacolato la sua partenza, ma le è difficile credere che l'abbia lasciata andare così.

Qualche giorno dopo, quando non ha più bisogno della sedia a rotelle per arrivare alla sala di fisioterapia, si ferma davanti alla porta di un ascensore accompagnata da un infermiere. Il corridoio è pieno di parenti che visitano i pazienti ricoverati, ma in fondo, in attesa davanti a una macchina del caffè, c'è Salomon. La sua testa enorme le aveva ricordato Humpty Dumpty. Le sorride e lei pensa a una cosa stupida: è la prima volta che vede qualcuno della cerchia di Darcy in pieno giorno? No, non è così. Salomon, Hiroko, Darcy stesso, non sono abitanti esclusivi della notte.

Ma che importa?

Vedere Salomon le conferma ciò che già sospettava: Darcy non la lascerà andare via così.

«Qual è la prima cosa che ti viene in mente se ti dico Guernsey? Dai, prendilo come un gioco».

«I gabbiani».

Immaginava che César ci avrebbe provato prima o poi.

«Darcy. Ti suona familiare questo nome? Fai uno sforzo: Darcy. O Virginia. Chi sono? Citadelle».

«Pensi che non stia cercando di ricordarmelo?»

Non sa se lui le creda, probabilmente no. César la conosce meglio di chiunque altro e riesce a leggere i suoi gesti, il modo in cui evita la conversazione per non lasciarsi sopraffare dal bisogno di confessare. Ha paura delle conseguenze, della prigione. Di perdere César. È stata una stupida a permettere che si creasse questo abisso di sfiducia tra loro: dovrebbe avere il coraggio di parlargli e promette a se stessa che lo farà, ma solo quando usciranno dall'ospedale. Non ha bisogno di rivedere Salomon per sapere che è lì, come se potesse sentire tutto quello che dice.

Una settimana dopo, viene dimessa. Deve continuare ad andare alle sedute di fisioterapia e anche dallo psicologo per recuperare la memoria. Non è difficile ingannare il terapeuta. Conduce i discorsi sui piccoli traumi, l'abbandono di sua madre, la paura del tradimento che le ha lasciato in eredità, la mancanza di affetto di sua zia, affinché tutto sembri normale.

César si sforza di renderle tutto facile, come un padre timoroso che mette protezioni agli angoli dei tavoli e alle prese elettriche per evitare che il figlio si faccia male. Ha lasciato il lavoro in hotel e a Rebeca piace fantasticare di scappare con lui. Cosa succederebbe se sparissero? Potrebbero trovarli? La seconda notte, si sveglia assetata. Va in cucina e apre il rubinetto. Si accorge di avere un messaggio di Darcy sul cellulare. È un breve video registrato con una telecamera di sorveglianza e, anche se è girato in condizioni di scarsa illuminazione, è sufficiente per vedere lei che lotta con Virginia al Die Pracht, la spinge via e poi le conficca la penna sotto il mento. La violenza di quel momento, che si è ripetuto un milione di volte nella sua testa, non la terrorizza tanto quanto ciò che viene dopo: mentre Virginia agonizza, lei non fa nulla. Rimane immobile a guardarla. Si ricorda di essere rimasta paralizzata dalla paura, ma sa che altri occhi vedrebbero in quella registrazione la freddezza di qualcuno che non soccorre una persona che sta morendo. Una persona che preferisce vedere morta. Non ha bisogno che Darcy le scriva cosa vuole da lei, Rebeca lo sa: «Torna. Fai quello che ti ho chiesto». Poggia il cellulare sul bancone quando César entra in cucina e chiude il rubinetto. Prima che lui si avvicini per abbracciarla e si accorga che sta piangendo, Rebeca esce rapidamente dalla cucina mormorando che ha bisogno di dormire. Non è sicura di essere riuscita a nascondere le lacrime.

Salomon ha preso posto su una panchina in piazza. Lei non osa mettere piede sulla terrazza e, ogni volta che esce di casa, lo fa con César. Il suo cervello cerca di escogitare una soluzione, ma ogni strategia che elabora va in fumo perché è convinta che Darcy sia ovunque, come se fosse un essere soprannaturale e i suoi occhi verdi fossero impressi nel cielo, a sorvegliarla.

Telefona quando César scende a fare la spesa. Le è venuta in mente una cosa che potrebbe indebolire Darcy, ma, contrariamente a quanto si aspettava, non è un uomo a rispondere, bensì una donna.

«Mi scusi, non so se ho sbagliato numero. Vorrei parlare con Luis Riba Vendrell».

Morta Virginia, il nipote di Juan Vendrell è diventato l'erede legale della sua fortuna. Forse, se inserisce nell'equazione quell'uomo che ha conosciuto all'associazione della terza età di Gràcia, Darcy potrebbe smettere di farle pressione, essendo più interessato a conservare la fortuna che c'è a Citadelle che a ottenere giustizia.

«Sì, è il suo telefono» risponde la donna, che sembra giovane dal tono di voce.

«Vorrei parlare con lui. Può passarmelo?»

«Mi dispiace. Mio padre è morto una settimana fa».

«Io... mi scusi... non sapevo che fosse malato...»

«Non lo era. È successo... mentre guidava. Un incidente... Il volante si è bloccato e... be'. Una tragedia».

Rebeca si scusa ripetutamente. Riattacca. Forse sta esagerando, ma immagina la mano di Darcy in quell'incidente. È stata lei stessa a dirle il vero nome di Eduard Groizard. Sono riusciti a rintracciare Luis Riba Vendrell, proprio come aveva fatto lei. L'esplosione non si ferma, si propaga, a catena: la morte di Virginia potrebbe aver causato quella del nipote di Juan Vendrell e questo genera un'altra idea, con una solidità che le sembra indiscutibile: se non fa quello che le ordinano, succederà ad altri.

Sono già due settimane che è stata dimessa, ma riesce a malapena a dormire. Si alza quando suona la sveglia dopo un'altra notte insonne. Fa la doccia. Avvolta nell'asciugamano, apre l'armadio. Sta per scegliere cosa mettersi, ma il suo cervello è bloccato. Non riesce a pensare ad altro se non a ciò che Darcy le sta chiedendo con il suo silenzio. César entra in camera con un caffè, lo lascia sul comodino, «Che ti succede?» sembra dire il suo sguardo, anche se non parla. Rebeca non si accorge che l'asciugamano è caduto a terra e che è nuda. Ricomincia a piangere. César la abbraccia e averlo così vicino la eccita. Si aggrappa a quell'emozione, non la provava da quando ha superato la crisi, ha trovato un'ancora di salvezza mentre era sull'orlo del precipizio. Bacia César e cerca il suo cazzo. Lo spinge sul letto con disperazione, con urgenza, qualsiasi interruzione del desiderio farà riapparire la paura. Anche se cerca di trasformare il sesso in una bolla dove sentirsi al sicuro, non ci riesce, per questo scopa con rabbia.

Merino arriva un giorno a pranzo, con il suo solito frastuono e l'odore di alcol. Finge di rispettare la guarigione di Rebeca finché César non li lascia soli. Allora, come un tossico disperato, la assilla di domande sull'indagine che stava conducendo a Oristà. L'avvocato è sicuro che lì ci siano dei soldi, è disposto a continuare da solo. Rebeca preferisce chiudere la questione sul nascere: non ha scoperto nulla, gli mente, e non lavorerà più, abbandona il business delle eredità.

César la lascia sola quel pomeriggio, ha un appuntamento con Noah.

Passa la giornata, come tutte le altre, tra il divano e il letto. Ha paura di guardare verso il parco per timore che ci sia Salomon. Ha paura che squilli il cellulare, e infatti succede di nuovo.

«Ti sto aspettando» le dice Darcy senza salutare. Lei non osa rispondere. «Il tuo ragazzo può finire nei guai: non solo per aver aiutato quella tossica, ma anche per traffico di droga. Capisci cosa intendo?»

Riattacca, ma non importa se non ha risposto a Darcy. Ha poche opzioni. Citadelle estende i suoi tentacoli invisibili intorno a lei, non si chiede nemmeno come facciano a sapere che César si guadagna da vivere spacciando, basta che posino il loro occhio vigile su un obiettivo per radiografarlo, trovare i suoi punti deboli e abbatterlo. Luis Riba Vendrell è morto in un incidente d'auto fin troppo conveniente. Cosa sono disposti a fare a César per far tornare Rebeca ad Alderney?

Verso le nove, quando César torna a casa, va dritto al punto.

«Perché non mi hai detto che non avresti più lavorato con Merino?»

César è stato paziente, ma non ha più intenzione di fingere.

Sa che Rebeca gli sta mentendo.

«Darcy. Virginia. Quel cazzo di Juan Vendrell. Sei andata sull'isola a cercarlo e sono spuntati fuori quei due».

«Non me lo ricordo, César! Non ho la minima idea di cosa sia successo sull'isola!»

Rebeca si aggrappa all'indignazione per fermare la discussione, ma César è stufo di trattarla come una malata bisognosa di cure. Ha bisogno di risposte.

«Non si può fare punto e a capo, Rebeca. So che ti ricordi. E hai paura. Non so se di Darcy o di Virginia... Lei è la regina di Citadelle, vero? C'era scritto nella lettera che Vendrell aveva in macchina».

«Quante volte hai letto il rapporto?»

E, nel chiederglielo, ricorda le allusioni a César che ha lasciato trapelare in quel documento. La sfiducia che lo aveva reso uno sconosciuto e che ora le sembra fuori luogo. Ha permesso che il rancore nei suoi confronti crescesse senza prove. E se fosse stata sincera con César quando è tornata da Oristà? Forse tutto sarebbe andato diversamente.

«'È meglio che non ti avvicini a Virginia'. Questo ti ha detto quel tale Darcy. Perché? Che cosa aveva a che fare lei con Vendrell? Era sua figlia?»

«Non lo so e non voglio saperlo. Basta, César. Per favore».

Si chiude in camera sbattendo la porta come un'adolescente. È fortunata perché César si arrende, non insiste. La decisione è presa: domani, quando dirà che va dal terapeuta, prenderà un taxi per l'aeroporto. Volerà a Londra e da lì a Guernsey e Alderney. A un certo punto chiamerà sua zia Patricia; le dirà che ha deciso di lasciare César, lei ne sarà felice, non le è mai piaciuto. Le chiederà di chiamarlo e di dirgli che è con lei ad Ariza. Ha bisogno di tempo e spazio. Non vuole vedere César, ma nemmeno farlo preoccupare.

Si addormenta pensando a Fred Demara, a una di quelle notti in cui l'impostore sapeva che avrebbe dovuto abbandonare un'identità per assumerne un'altra. Spera solo che questo non sia un viaggio senza ritorno e che, un giorno, possa tornare a essere Rebeca Lang. Che César sappia perdonarla.

12.

A settembre piove spesso. Passa un sacco di tempo sulla terrazza dove ha conosciuto Virginia. Le onde che si infrangono sulla scogliera, la schiuma che si attacca come una meringa alle mura della fortezza, gli spruzzi che le arrivano addosso, confondendosi con la pioggia, anche se più freddi. Indossa il maglione rosso di Virginia, non l'ha lavato, ma l'odore acido che lei emanava è appena percettibile, più un vago ricordo che una presenza. In lontananza, nella nebbia che questo pomeriggio aleggia sull'oceano, si intravede l'isola di Burhou, dietro di essa immagina i sette scogli di Les Casquets, invisibili, come spiriti che abitano una realtà parallela. Le sono venuti in mente gli studenti universitari che li osservavano con il binocolo; la poesia che le avevano citato l'ha trovata in uno dei libri della biblioteca della fortezza. Le piace l'inizio: «Dalle profondità delle acque che si illuminano e si oscurano con l'eterno scambio di vita e morte». E qualche strofa dopo: «Sette teste di roccia che la mezzanotte maschera, e i colpi delle spade della tempesta sono come il ferro contro l'acciaio dei loro elmi consumati dalle onde». I sette elmi che, come le hanno detto quei ragazzi, hanno assistito a naufragi e custodiscono la storia di coloro che giacciono senza tomba nelle profondità dell'oceano.

La poesia la fa sentire una naufraga, ma anche la dama del castello che, a un certo punto del diciannovesimo secolo, guarda il mare sperando di vedere la sagoma della nave di suo marito, che finalmente torna da un lungo viaggio. Sta impazzendo. Fingere di essere Virginia Groizard è insopportabile. I suoi pensieri vagano in territori senza senso. Darcy appare raramente a Citadelle. Hanno cenato in silenzio un paio di sere. Ha smesso di chiamarla con il suo vecchio nome, Rebeca, proprio come Gerald e la signora Langlois, le uniche persone che entrano nella fortezza oltre a Darcy. Tutti la chiamano Virginia. Tutti fingono che sia la figlia di Eduard e Mary Ann. Per loro, Rebeca non è mai esistita.

Guarda come le onde si infrangono con rabbia contro l'isolotto della fortezza, le rocce che a volte spuntano tra la schiuma, levigate, nere. Più volte ha avuto la tentazione di saltare e farla finita, per diventare un altro cadavere senza storia e alimentare l'oceano, cimitero di relitti e scheletri, pirati e prigionieri dell'esercito nazista. In silenzio, per poter finalmente riposare.

Tuttavia, non vuole morire. Nell'ultima settimana, tutti i suoi sforzi si sono concentrati sul dimenticare Rebeca. Sul diventare un'impostora perfetta, come Anna Anderson, morta convinta di essere la granduchessa di Russia, Anastasia, la figlia dello zar Nicola II.

Lei è Virginia Groizard e, in quanto tale, può affrontare il suo presente. Darcy è stato laconico nelle spiegazioni: i soci della Citadelle Trust Services hanno iniziato ad arrivare sull'isola di Guernsey. Tra pochi giorni ci sarà una cena e, quando tutto il personale se ne sarà andato, entreranno nel Die Pracht.

Anche se dorme nella camera del Comandante, non ha osato mettere piede nella stanza nascosta sotto. Alimenta il suo odio – il carburante di cui ha bisogno per andare avanti – con frammenti della biografia di Virginia. Sono pochi e quindi ha inventato una storia d'amore con Greta Hobbs. Una Virginia ingenua, appena ventenne, ha conosciuto Greta a Londra, si è innamorata di lei senza capire che la giornalista voleva solo usarla per entrare a Citadelle. Ha avuto le sue prime esperienze sessuali con Greta e poi, un'estate, l'ha portata ad Alderney. Voleva che i suoi genitori, due persone che l'avevano sempre trattata con freddezza, un continuo promemoria del fatto che non era la loro figlia biologica, approvassero la relazione. Lei li ammirava per la fortuna che avevano accumulato, per il fascino che percepiva nei soci di Citadelle che ogni anno venivano sull'isola per cenare con Eduard e Mary Ann, anche se lei veniva sistematicamente esclusa da quelle riunioni; le era vietato qualsiasi contatto con quei soci e di solito rimaneva rinchiusa a casa di Samuel Darcy.

Virginia aveva scoperto il lato peggiore della vita in quei giorni in cui aveva portato Greta sull'isola. Non solo il falso amore della sua amica, che aveva approfittato della fiducia riposta in lei per curiosare nei segreti della fortezza, ma anche la vera natura dei suoi genitori: quando tutti se ne erano andati, una volta terminata la festa di Citadelle, Eduard le aveva ordinato di uccidere Greta. Era, allo stesso tempo, un invito a far parte a pieno titolo del mondo perverso dei suoi genitori e un modo per vendicarsi del tradimento di Greta. Tuttavia, non si sentiva in grado di farlo. I suoi genitori avevano fatto pressione su di lei, facendole capire che rifiutarsi avrebbe significato essere cacciata dalla famiglia, e le avevano dato delle droghe che le avevano offuscato la mente. Mentre la uccideva, con ogni coltellata, il suo equilibrio mentale andava in pezzi. Virginia era impazzita, non riusciva a gestire il senso di colpa, l'odio e l'amore che provava per i suoi genitori e per Greta. Gli anni passati in psichiatria le hanno permesso di trovare un obiettivo, una sorta di guarigione: se avesse distrutto Citadelle, avrebbe rimesso tutto a posto. Sarebbe stata in grado di recuperare la sua coscienza.

Ora, Rebeca è Virginia. Deve arrivare fino in fondo.

Con Eduard Groizard morto, i filmati che raccontano la storia di depravazione di Citadelle sono inaccessibili. Nessuno sa quale possa essere la password che li tiene al sicuro in qualche angolo del cloud. Qualsiasi tentativo di arrivare ai file originali li bloccherebbe per sempre, così come bloccherebbe il flusso di denaro che alimenta i soci di Citadelle. Ha bisogno di una nuova vittima per porre fine a tutto.

L'esercizio di usurpazione sembra funzionare. Ha fatto suo l'obiettivo di Virginia e Darcy. Passa notti più tranquille, riesce a dormire e, con l'avvicinarsi della festa, l'eccitazione si impossessa di lei, come se sfiorasse con le dita il giorno sognato.

Ma si sta ingannando.

Se ne rende conto quando i primi ospiti arrivano alla fortezza. Li osserva chiusa nella stanza della torre del Comandante. Mentre il personale si occupa del catering, Rebeca è presa dalle vertigini. Non vuole farlo. Vuole scappare. La signora Langlois le prepara una tisana, la minuta anziana cerca di tirarla su, ma i suoi modi la fanno impazzire, sono troppo ridicoli.

«Non c'è motivo di essere nervosa, signorina Groizard. Gli ospiti non vedono l'ora di conoscerla e sono sicura che farà un'ottima impressione».

«Basta, per favore...»

«Suo padre si fidava di lei più che di chiunque altro».

«Sta' zitta, cazzo! Sta' zitta!» Sbuffa come un animale in gabbia e, con una risata, la rabbia si trasforma in disperazione. «Questo non è un teatro. Non lo vedi? Non c'è nessun pubblico che mi applaudirà... Questa è la realtà, cazzo!»

Forse sono le sue urla ad allertare Darcy, che entra nella camera da letto; a un suo cenno, Langlois li lascia soli.

«Non lo farò, Darcy. Non mi importa cosa dici: non uscirò là fuori fingendo di essere Virginia. È una follia».

«Non te l'ho mai chiesto».

«Fantastico. Giochiamo con il cinismo britannico? Certo. È divertentissimo».

«Sei molto nervosa».

«Ma non mi dire! Vuoi che prenda parte a un cazzo di omicidio».

«Questo è il tuo punto di vista. Per me, quello a cui prenderai parte è un atto di giustizia. È una guerra, ci devono essere delle vittime, Virginia».

«Rebeca! Smettila di chiamarmi Virginia!»

«Preoccupi i nostri ospiti con queste urla».

«Vaffanculo».

«Vuoi mettere le carte in tavola? Non vuoi andare in prigione e lo capisco. Non credere che questo mi faccia pensare che sei una codarda. Nemmeno tu vuoi che succeda qualcosa di brutto alle persone che ami. È una tua scelta ed è perfettamente comprensibile. Tra la vita di una sconosciuta e la tua, scegli la tua».

«Non voglio farlo...» Ma non lo dice più con rabbia, bensì come una supplica.

«Posso liberarti dalla paura».

Darcy tira fuori una bustina dalla giacca. Dentro ci sono delle pillole rosa.

«Hiroko le chiama 'il loto'. È un nome un po' snob, ma funzionano davvero. Finché durerà l'effetto, non saprai da dove vieni né chi sei. È come fluttuare».

Vorrebbe dire di no, ma cancellare dalla mente la sua identità, anche se solo per qualche ora, non le sembra poi così male.

«Fallo per Virginia».

È stato un attimo, o almeno così le è sembrato, come quando si esce dall'anestesia, quando la realtà di un incubo al risveglio si mescola con un mondo inaspettato, e così, quando apre gli occhi, non sa come è arrivata in quel posto né da dove viene, né chi è, anche se nessuna di queste domande le offusca i pensieri. È in pace e l'unico impulso che la muove è il desiderio: di cibo, di bevande, di sesso. Gli istinti più primari sono liberi e soddisfarli le regala una felicità sconosciuta. Pura. La sala ha una vetrata attraverso la quale si può vedere il fondo del mare. Il pavimento e i divani sono rivestiti di velluto rosso. Si respirano altri respiri, ci sono uomini e donne nudi, nascosti dietro la maschera di un uomo banale e comune, la stessa per tutti. Anche per lei. Non ha memoria, non ricorda che quel volto di un cinquantenne mezzo calvo è quello della prima vittima delle riprese. Qualcuno le si avvicina – ma chi è lei? Virginia? Rebeca? Perché dovrebbe avere un nome? – e le lecca i seni. I gemiti dell'orgia formano un mormorio a volte punteggiato dal grido di un orgasmo. Ha la pelle d'oca. Vuole essere penetrata e allo stesso tempo vuole bere e ingoiare qualcosa di dolce. Il suo corpo le chiede di soddisfarlo. Un uomo le ha aperto le gambe e la penetra con forza, lei mette le mani su una schiena coperta di peli finché lui non scoppia in una specie di pianto e si allontana. Lo sperma le cola lungo le cosce mentre una frattura attraversa tutta questa illusione. La piacevole alienazione che le aveva regalato il loto svanisce: c'è un uomo dall'altra parte della sala, una donna a cavalcioni sulle sue cosce si muove meccanicamente e, anche se indossa la stessa maschera di tutti gli altri, lei lo riconosce. È una parte della sua vita che ha oltrepassato il velo per ricordarle chi è. La sua presenza lì, in quella sala sottomarina, è incomprensibile, un anacronismo, un errore del sistema, ma la nebbia in cui galleggiava, senza identità, senza pesi né paure, si dissolve e, come se mille specchi si alzassero intorno a lei, riflettendola e affermando chi è, Rebeca torna a essere Rebeca, con il suo passato e le sue paure, con la sua vergogna e la gelosia nel vedere quell'uomo che raggiunge l'orgasmo tra le gambe di un'altra donna. Conosce bene le forme del suo corpo, il modo in cui cammina quando si alza in piedi. È César ed è un lampo che illumina l'oscurità in cui la droga l'aveva sprofondata. Viene verso di lei, le strappa la maschera, vorrebbe non piangere, ma non riesce a trattenersi. Vorrebbe ringraziarlo per essere lì e, allo stesso tempo, spiegargli tutto in un flusso istantaneo o, semplicemente, dirgli: «Aiutami, fidati di me».

Le è impossibile fermare il caos che le esplode intorno. Qualcuno si è avventato su César, qualcuno lo trascina fuori dalla sala. È stordita, non sa se quello che è appena successo è frutto del suo inconscio, che l'ha tradita intromettendosi nel volo delle droghe, o se era davvero César quello che era lì. Anche lei viene costretta a uscire. Incontra la signora Langlois in camera. Vomita accanto al letto. Non ha la forza di restare sveglia. La chimica del suo cervello è scombussolata, come se un abisso si fosse aperto nelle profondità del mare e uno tsunami avesse spazzato via ogni angolo dei suoi pensieri.

Si sveglia sudata, sentendosi male. Una pioggia grigia batte contro la finestra. È giorno, anche se un cielo nuvoloso nasconde il sole, è impossibile indovinare che ora sia. Si avvolge in un impermeabile blu ed esce nel cortile della fortezza. Il vento la costringe a piegarsi per proteggersi dalle sue spinte, soffia più forte che mai. Ci sono pozzanghere sul selciato, le piante rampicanti sui muri gocciolano, fradice, le onde, dopo essersi infrante contro l'isolotto, sputano pennacchi di schiuma verso il cielo. Dall'altra parte del cancello, sulla strada dove nonostante la bassa marea ci sono lingue di mare, vede le luci tremolanti di un'auto della polizia. Non c'è nessuno dentro. Il suo corpo sta bruciando e il contrasto con il freddo della pioggia è sgradevole. Cammina fino al bastione dove si trova il salone. La porta è socchiusa e, prima di entrare, sente Darcy parlare con la gravità di una brutta notizia.

«Lo conosco appena, so solo che alloggiava al De Havelet e che si chiama César. È spagnolo. All'hotel avranno tutti i suoi dati».

Rebeca entra e fa calare il silenzio. I suoi piedi – è uscita scalza, se ne rende conto in questo momento – lasciano impronte bagnate. Darcy corre ad accoglierla.

«Perché sei uscita così, Virginia?»

«Che è successo?»

In piedi, in mezzo al salone, con un taccuino in mano, come se fosse un segretario che prende appunti da una lettera del suo capo, c'è un giovane poliziotto, sulla trentina, con la barba corta e uno sguardo bovino che chiede il permesso a Darcy prima di parlare.

«Stamattina hanno trovato la barca di Gerald vicino alla baia di L'Ancresse, a Guernsey» dice dopo che Darcy annuisce con la testa. «Era vuota».

«Non so cosa possa essere successo» lo interrompe Darcy. «Il mare non era mosso ieri sera e pochi conoscono le correnti come Gerald. Mi è difficile credere che abbia avuto un incidente. Stavo dicendo all'agente Duquemin che era uscito per portare César a Guernsey…»

«Che fine ha fatto?»

«Non lo sappiamo» risponde Duquemin mentre ripone il suo taccuino, come se il suo lavoro lì fosse finito. «Non l'abbiamo ancora trovato».

PARTE TERZA

I mangiatori di loto

1.

Mentre piangeva nella sala sottomarina, Rebeca era Rebeca, non Virginia, come l'aveva chiamata Marine, né la sconosciuta che si era svegliata dalla catatonia a Madrid. Se lo ripete come un mantra per scacciare i demoni che lo perseguitano dalla notte scorsa a Citadelle, tutti nascosti sotto la maschera di quell'uomo comune, tutti nudi, sudati, drogati ed eccitati, che ridono di lui per aver seguito le tracce di Rebeca fino ad Alderney solo per scoprire che Rebeca non era Rebeca, ma Virginia Groizard. Si rifiuta di dare credito alle risate di Darcy, Hiroko, Saskia, del nido di parassiti che ha trovato alla festa nella fortezza. Lui conosce Rebeca, è innamorato di lei, e lei non è un'impostora, ma l'ostaggio di un nome, Virginia, e di alcune bestie, gli invitati a quell'orgia, di cui ignora il gioco. Le sue lacrime erano le lacrime di Rebeca.

Piove e lui cerca riparo sotto la tettoia del bunker, ma il vento spinge la pioggia, le gocce lo colpiscono come spilli di ghiaccio. Neville gli ha chiesto di aspettarlo lì, a Fort Hommet, ma la tempesta che ha dato inizio alla giornata scoraggia i turisti dal passeggiare per la fortezza di Vazon Bay, all'estremità del promontorio, nuda di fronte agli attacchi dell'oceano. Si è fidato del cameriere del De Havelet perché non conosce nessun altro a Guernsey, perché non ha nessun altro a cui rivolgersi. È ingenuo, lo sa, basa il debito di amicizia di Neville sui due bicchieri di Talisker che gli ha pagato al Crown. La sua posizione è davvero fragile.

È rimasto sorpreso nel vedere la terra. Aveva scelto una rotta a caso, senza altro obiettivo che allontanarsi dal punto in cui aveva gettato Gerald in mare. Nella cabina ha trovato un giubbotto salvagente di plastica, non c'erano altri vestiti, così se l'è messo. Ha avuto l'accortezza di gettarsi in mare con l'arpione. L'aveva usato per colpire Gerald, le sue impronte erano impresse sul manico, mille racconti polizieschi gli sono passati per la testa e ha creduto che, sbarazzandosi dell'arma del delitto, avrebbe cancellato anche ogni prova della sua presenza su quella barca. Aveva il cervello annebbiato, non si rendeva conto dell'assurdità del suo ragionamento. Ha nuotato fino alla costa. Non è stato facile, né il giubbotto di plastica né l'arpione gli hanno facilitato il compito. Pioveva forte e l'acqua era gelata. Semisvestito, è stato un miracolo che sia arrivato alla spiaggia senza andare in ipotermia. Ha cercato riparo tra le rovine di una fortezza; lì, dietro alcune rocce, ha nascosto l'arpione. Tremava dal freddo e si è raggomitolato per scaldarsi, ma non riusciva a smettere di tremare. Pensava di essere a Guernsey, ma non ne era sicuro, non conosceva bene l'isola e, al di là delle scogliere rocciose e dei resti di vecchie costruzioni difensive che gli facevano credere di essere tornato sull'isola, non aveva altre certezze.

Faceva fatica a formulare qualsiasi pensiero, non sapeva come ripararsi dal freddo che lo stava uccidendo né cosa fare, perché ogni tentativo di prendere una decisione era contaminato dal ricordo di Rebeca in quell'orgia, non solo dallo sconcerto di averla scoperta lì (come un elemento incoerente in un quadro antico, una carta di credito tra la frutta di una natura morta del diciannovesimo secolo), ma anche dalla vergogna. Perché si era lasciato dominare dal desiderio? Non poteva dare la colpa alle droghe, «il loto» – come lo chiamava Hiroko –, quante volte aveva provato le pillole ed era rimasto padrone di sé? Si sentiva sporco. Il ricordo di Marine, perché era sicuro che fosse lei, a cavalcioni su di lui, mentre scopavano, l'eccitazione a cui si era lasciato andare, il tradimento. Perché aveva fatto una cosa del genere a Rebeca? Non aveva iniziato questo viaggio per cercare di capirla, per riconquistarla? La vendetta, o forse sarebbe più appropriato dire la rivincita, perché questo termine gli sembrava più infantile, era quella la sua motivazione: convincersi che Darcy e Rebeca fossero stati insieme, che ad Alderney ci fosse stata una notte di sesso, o forse più di una. Aver seguito Rebeca fino a lì non aveva senso. In realtà, l'aveva persa molto prima. Non quando era uscita dalla catatonia, nemmeno quando aveva intrapreso questo viaggio sulle isole, probabilmente era stato prima. Ha ricordato di colpo alcune frasi del «Rapporto Vendrell» che lei aveva scritto a Oristà: «Mi è difficile dire quanto di ciò che so di te sia vero e quanto sia pura invenzione», «Dove mi porta la Grande Onda? Lontano da te?»

«Quando è finito tutto, Rebeca?» si è chiesto. E anche: «Perché non sono mai stato completamente sincero?»

Non sa per quanto tempo è rimasto bloccato in quel groviglio di idee, ma a poco a poco l'istinto di sopravvivenza ha avuto la meglio. Doveva ripararsi, doveva decidere cosa fare. Aveva lasciato la fortezza in rovina, infreddolito, aveva percorso una strada sterrata allagata fino a raggiungere alcuni appartamenti turistici: THE BAY APARTMENTS, GUERNSEY aveva letto su un cartello che gli aveva confermato dove si trovava. La pioggia tratteneva gli ospiti all'interno degli appartamenti, ne aveva intuito la presenza attraverso le finestre. Un anziano fragile come un ramo secco era uscito con un ombrello per cercare qualcosa nel bagagliaio della sua auto, parcheggiata davanti al suo appartamento, e César era stato tentato di assalirlo per chiedergli aiuto, ma temeva che il suo aspetto lo avrebbe spaventato e aveva preferito approfittare del momento per irrompere nel bungalow e prendere le prime cose che aveva trovato, una coperta, degli stivali di gomma, per poi uscire senza essere visto.

Un po' più calmo e convinto che la cosa migliore da fare fosse prendere un aereo e sparire dall'isola, si era reso conto che probabilmente non sarebbe stato così facile. Lo scopo di Gerald sulla barca era chiaro: sbarazzarsi di lui in alto mare, Darcy avrebbe fatto in modo che nessuno si ricordasse di César né indagasse per trovarlo. Le cose non erano andate come previsto, lui era il sopravvissuto e Gerald l'annegato. Era stupido pensare di poter tornare al suo hotel e prendere i suoi soldi e i suoi bagagli senza problemi. È stato allora che ha pensato a Neville, il cameriere del De Havelet. È l'unica persona sull'isola con cui ha avuto un rapporto non compromesso da Citadelle.

Le case unifamiliari lungo la strada osservavano in silenzio il suo cammino sotto una pioggia incessante, avvolto nella coperta, sguazzando in un fosso fangoso. Nessuna macchina si era fermata al suo fianco, César non voleva nemmeno attirare l'attenzione, preferiva evitare sguardi, che fossero in pochi a ricordare la sua figura stravagante. Ci aveva messo più di due ore per arrivare a Saint Peter Port, ai giardini del De Havelet. La fame, la stanchezza del viaggio, le ripide salite verso la collina avevano rischiato di farlo crollare, quando aveva visto Neville uscire dal complesso alberghiero. Lo aveva avvicinato senza pensare che il suo aspetto, con la salopette da pescatore e avvolto in una coperta, potesse metterlo sulla difensiva.

«Hai qualcosa a che fare con quella barca che hanno trovato stamattina vicino a L'Ancresse?»

Il cameriere era spaventato, non solo per il modo in cui César gli era piombato addosso, ma anche perché intuiva che c'era qualcosa che non andava. Cosa era successo perché il suo ospite si presentasse in quel modo all'hotel? Era tentato di andare a cercare qualcuno della direzione per dirgli, magari, di chiamare la polizia.

«Ho solo bisogno che mi prendi lo zaino. Entra nella mia stanza, è vicino al letto. Ho i soldi».

«E perché non lo prendi tu? Che cosa hai fatto per non avere il coraggio di entrare nel tuo hotel?» Nelle domande di Neville non c'era traccia della gentilezza che gli aveva mostrato la sera al Crown. «Non raccontarmi storie di angeli e soldi che cadono dal cielo. Ho un occhio esperto: non sei un milionario. Sei un impostore».

«Citadelle...»

Aveva balbettato una spiegazione sconnessa, che era finito nei guai con i soci di Eduard Groizard, con Samuel Darcy, e che l'unica cosa che voleva era tornare a Madrid. Era come se avesse pronunciato una parola d'ordine che apriva le porte di un circolo segreto. Le riserve di Neville erano svanite. La sua tentazione di avvisare i superiori dell'hotel si era trasformata in cautela. Il cameriere lo aveva accompagnato alla sua auto. Erano andati a casa sua e gli aveva prestato dei vestiti, un maglione e dei pantaloni che gli stavano grandi, delle scarpe asciutte, ma non gli aveva permesso di restare lì. Era sicuro che se lo avessero visto con César avrebbe avuto dei problemi, così lo aveva portato a Fort Hommet, la fortezza a Vazon Bay. Gli aveva promesso che sarebbe andato a prendere le sue cose in hotel. Che lo avrebbe aiutato.

La tempesta oscilla come la febbre di un malato, momenti di sonno leggero in cui il vento smette di ululare e la pioggia si placa, e tremori che sembrano voler abbattere le scogliere dell'isola. César si è messo l'impermeabile che gli ha prestato Neville ed è nervoso perché il tempo passa, deve essere già pomeriggio inoltrato e il cameriere non si fa vedere, quindi cammina avanti e indietro per la fortezza. C'è un bunker con vernice mimetica, una postazione di artiglieria che punta un cannone verso l'oceano, stanze chiuse che fanno parte del tour turistico, si intravedono ricostruzioni delle stanze della guarnigione nazista, persino manichini dei soldati che, come spettri, abitano ancora il castello. Guarda la strada, non ci sono macchine. Comincia a convincersi che Neville abbia approfittato della sua situazione per rubargli i soldi dallo zaino. Perché si è fidato di lui? Ora ricorda che, la sera che era con Neville al Crown, lui aveva negato di conoscere Samuel Darcy. È chiaro che gli ha mentito, perché Albert gli ha detto chiaramente che l'avvocato è un personaggio ben noto sulle isole e perché oggi, quando gli ha raccontato di aver avuto problemi con Citadelle e Darcy, Neville non ha fatto alcuna domanda. Al contrario, se all'inizio era diffidente, poi ha lasciato spazio a una strana complicità. Non verrà in suo aiuto, probabilmente sta dando l'allarme a Darcy stesso. Tuttavia, mentre cerca di pensare a cosa può fare per scappare da Guernsey, vede la sua Vauxhall rossa apparire sulla strada sterrata che porta a Fort Hommet.

Vauxhall. Rebeca era rimasta colpita dal fatto che la Opel avesse un nome diverso qui. È bello ricordare dettagli apparentemente normali, come se tutta la sua vita non fosse stata stravolta.

«Tranquillo. Ti puoi fidare di lui. È mio zio, Raymond. Era il capo della polizia qui a Guernsey. Se c'è qualcuno che sa come funzionano Citadelle e Eduard Groizard, quello è lui».

Neville è sceso dall'auto accompagnato da un uomo corpulento sulla sessantina che, più che un poliziotto in pensione, sembra un pescatore temprato da una lunga vita solitaria in mezzo all'oceano.

«Voglio solo il mio zaino».

César si avventa su di esso come un animale assetato. Tra i vestiti trova i suoi documenti e la busta con i soldi, era convinto che Neville glieli avrebbe rubati e, quando incrocia lo sguardo del cameriere, questi non nasconde la delusione.

«Chi credi che sia?»

«Scusa». Prende diverse banconote, senza contarle, e gliele porge. «Per il disturbo».

«Pensi davvero di poter salire su un aereo e andartene così?» Lo zio di Neville afferra César per un braccio e, come un padre che costringe il figlio a cercare il bambino che ha offeso, lo trascina verso una zona rocciosa che scende verso il mare. «Stamattina hanno trovato la barca di Gerald a circa seicento miglia dalla baia di L'Ancresse. Non c'era traccia né di lui né di nessun altro sul ponte». Raymond conduce César all'ingresso di un bunker che si apre in quella zona, nascosto alla vista. «L'agente Duquemin, ne hai sentito parlare? No, vero? Un idiota. Ma è un idiota che non ti conviene avere contro. È andato a parlare con Samuel

Darcy ad Alderney. Tutti sanno che Gerald è il suo uomo di fiducia. Darcy gli ha detto che Gerald è uscito ieri sera per portare un ospite da Citadelle a Guernsey: indovina chi era quell'ospite? Tu. La polizia ti sta cercando. Il tuo nome, la tua foto e i tuoi documenti devono essere già da ore nei porti e ai controlli di sicurezza dell'aeroporto».

L'Atlantico si infrange sugli scogli sparpagliati lungo la costa come cadaveri alla deriva. César lascia vagare lo sguardo in quelle acque grigie, verso un orizzonte che non si vede, è un telo grigio che confonde il cielo con l'oceano. Non aveva pensato seriamente a questa possibilità: essere arrestato per omicidio.

«Che fine ha fatto Gerald?» gli chiede il cameriere e, di fronte al suo silenzio, insiste: «Lo troveranno morto?»

César guarda Neville e suo zio Raymond come se non capisse la loro lingua. Sono due sconosciuti, come può fidarsi di loro? Apre lo zaino per cercare una giacca e togliersi l'impermeabile, è fradicio. Tra i vestiti vede il beauty case dove ha messo le pillole, il flaconcino di fentanil, e la tentazione di scappare, almeno mentalmente grazie alle droghe, sembra una buona opzione per qualche secondo. Raymond insiste con altre domande.

«Che cosa è successo sulla barca? Che cosa avete fatto a Citadelle?» gli chiede mentre lui chiude lo zaino e si mette la giacca. «Hai visto Virginia Groizard?»

La domanda gli fa alzare lo sguardo su Raymond: è possibile che questo sconosciuto possa essere dalla sua parte? Ha notato in lui un'ansia di scavare nel mondo di Citadelle che potrebbe renderlo suo alleato.

«Perché mi hai detto che non conoscevi Samuel Darcy? Al Crown...»

«Mi hai offerto un ottimo whisky e ti ho raccontato alcune cose. Credo di aver fatto la cosa giusta. Non vedo perché dovrei fidarmi di uno sconosciuto che mi ha mentito fin dall'inizio».

César sa che Neville ha ragione, un bugiardo non può pretendere che gli altri non lo siano. Ha peccato di vanità, si è creduto più furbo del cameriere, quando invece è sempre stato un passo indietro rispetto a lui. Eppure eccolo qui. Non l'ha denunciato e non sembra aver avvisato Darcy.

«Ti ricordi delle feste che organizzava Eduard Groizard ad Alderney, di cui mi hai parlato?» César decide di fidarsi di Neville, il cameriere gli ha raccontato di aver lavorato a una di quelle feste. «Sai cosa fanno quando cacciano tutto il personale? C'è una specie di stanza segreta, sotto il livello del mare. Hanno delle pillole rosa, il loto, ti fanno... non so... dimenticare chi sei, e...» Dovrebbe stare zitto, sarebbe più sensato, invece di rivelare a due persone che non sa quali intenzioni abbiano tutto quello che è successo nella fortezza, ma di chi si può fidare? La polizia è una porta chiusa. Saskia? Hiroko? Non c'erano anche loro quella notte? Cercare aiuto a Madrid è assurdo; lì lo perseguono e Merino non rischierà minimamente per lui. «È un'orgia» decide di confessare. «Ma credo che... non tutti quelli che erano lì l'abbiano fatto di loro spontanea volontà. C'è una donna... Loro insistevano nel chiamarla Virginia, ma io so che non era lei. Non era Virginia Groizard».

«Come fai a esserne così sicuro? Hai mai visto Virginia? Vive a Citadelle, è tornata circa sei mesi fa...»

«Perché era Rebeca. Non ho la più pallida idea del perché la facessero passare per Virginia, ma... cazzo... Ho vissuto sette anni al suo fianco, a Madrid, sono venuto fin qui perché qualche settimana fa lei è venuta a Guernsey. Era alla ricerca dell'eredità di un certo Juan Vendrell... ma... Vendrell si è rivelato essere Eduard e... non so come tutto si sia complicato così tanto...»

«Rebeca Lang». E si stupisce che Raymond sia riuscito ad aggiungere un cognome al suo nome. «È venuta per fare un reportage sulla Citadelle Trust Services. Ho parlato con lei al Crabby Jack's».

Spiega a suo nipote che quella donna gli ha detto di essere una giornalista che voleva pubblicare un reportage sulla società di Eduard Groizard. Raymond l'ha incoraggiata a scavare nella storia di Greta Hobbs. I nuovi pezzi non riescono a combaciare con quello che ha vissuto César: se Rebeca era diventata una persona scomoda per Samuel Darcy, per i soci di Citadelle, perché faceva parte di quell'orgia come una di loro? Perché piangeva?

«Dovete aiutarmi» li supplica César. «Devo tornare a Saint Peter Port, alla Old Government House. Ti ricordi le ragazze che c'erano quella sera al bar, Neville? Una di loro, Marine: se c'è qualcuno che può spiegarmi cosa diavolo stava succedendo a quella festa, è lei».

2.

Stava scopando con un'altra donna, ma a che serve la gelosia? O l'idea antiquata che i loro corpi siano un santuario, che quando fanno l'amore si crei una sorta di comunione in cui l'universo si comprime dentro di loro? C'era qualcosa di sacro in quell'idea e, per questo, l'infedeltà è sempre stata così devastante, anche quella frase ridicola di Cora, «Non ti sembra che il cazzo del tuo ragazzo sappia di kiwi?», che ha minato la fiducia di Rebeca. Anche lei lo ha tradito con Darcy e, al Die Pracht, è stata con un uomo, non sa con chi, tutti si nascondevano dietro la maschera della prima vittima, l'uomo comune, o forse sarebbe meglio dire la seconda, perché se la confessione di Vendrell era vera tutto era iniziato con Eduard Groizard.

Che importanza hanno ora i corpi? Che importanza hanno i loro inganni?

César era arrivato ad Alderney cercando di ricostruire i giorni che Rebeca gli aveva nascosto, e si era perso come si era persa lei. Tanto che ora è impossibile per entrambi tornare alle loro vecchie vite.

La tempesta si è placata con l'arrivo della notte, ma nella testa di Rebeca persiste il fragore dell'Atlantico che ha infuriato tutto il giorno contro Fort Citadelle. Le onde hanno invaso le terrazze, il cortile centrale si è allagato, le finestre tremavano sotto le raffiche di vento, resistendo come potevano all'acqua della pioggia e dell'oceano, come se fossero su una nave alla deriva guidata dal capriccio della natura.

A metà pomeriggio, Darcy ha ricevuto la visita di Hiroko. Sono rimasti più di un'ora a parlare nel salotto, con la porta chiusa. Rebeca, avvolta in un impermeabile, ha resistito nel cortile alla pioggia battente per spiarli attraverso le finestre. Sembravano discutere. Il chiacchiericcio insignificante della Hiroko che aveva conosciuto alla cena al *manoir* era scomparso. Rannicchiata su una poltrona, ascoltava in silenzio la ramanzina di Darcy per poi rispondere con frasi brevi, frustate che sembravano turbare l'avvocato, che subito gesticolava come se quello che Hiroko aveva detto fosse una follia.

«Hiroko, che sta succedendo?»

Rebeca aveva cercato di raggiungerla quando finalmente aveva lasciato il salone. Non era sicura di potersi fidare di lei, era un'altra socia di Citadelle, forse partecipava alle orge del Die Pracht, nascosta dietro una delle maschere.

«Virginia, tesoro, sei fradicia. Mia piccola *johatsu*, ti ammalerai». Il suo occhio rotondo si era posato su di lei e lei ne aveva avuto paura, perché la sua tristezza faceva presagire che qualcosa di brutto stava per accadere.

«Portami via da qui, per favore. Portami a Guernsey».

«Non si può andare in mare con questa tempesta. Che ti prende? È per come è finita ieri sera?»

«Le ho già detto di non preoccuparsi». Darcy si era avvicinato con un ombrello, non avrebbe permesso a Rebeca di parlare troppo. «I soci sono ancora sulle isole, non appena il tempo lo permetterà potremo riprendere da dove abbiamo lasciato».

«Saskia è di cattivo umore. Sai chi è? L'olandese che non apre bocca. Ma non è una novità: ogni volta che è fuori dall'acqua è di cattivo umore, anche se questa volta ha le sue ragioni» aveva detto Hiroko. «Ci ha messo tanto tempo a prepararsi. Era il suo giorno».

Il cappuccio dell'impermeabile era così bagnato che l'acqua le colava sul viso come lacrime. Non aveva la forza di asciugarsi. Stavano per tornare allo Splendore, ecco di cosa stavano discutendo

Hiroko e Darcy. L'arrivo di César aveva interrotto il rito. Chi era la vittima designata? Non lo sapeva, forse lei stessa, ma questa possibilità non la spaventava, anzi la tranquillizzava. L'unica cosa di cui era sicura era che Saskia sarebbe stata la prima carnefice questa volta, «era il suo giorno» aveva detto Hiroko. Quello era lo scopo della festa a Citadelle, l'alchimia a cui si riferiva Vendrell nella registrazione, quella di dare a Saskia un nuovo nome. Una nuova vita. La nuotatrice olandese: perché aveva bisogno di cambiare pelle? Saskia era fredda come una lucertola, il suo sguardo vuoto le faceva pensare che, nonostante la sua giovane età, avesse già provato tutte le emozioni possibili, era lo sguardo di una donna anziana, aveva capito in quel momento, quello di un vampiro incapace di trovare soddisfazione in ciò che la vita poteva offrirle.

Hiroko aveva salutato Rebeca con due baci, ma prima di andarsene aveva sentito il suo respiro caldo vicino all'orecchio e uno sguardo complice e rassicurante.

«So chi sei».

Avrebbe voluto trattenerla, chiederle perché lo avesse detto, ma Darcy era a pochi passi. Hiroko aveva attraversato il cancello e raggiunto l'auto che l'aspettava fuori da Citadelle.

Si era chiusa in camera sua. L'avvocato aveva notato che Rebeca aveva cercato l'aiuto di Hiroko e l'aveva seguita avvertendola che quella donna era dipendente da Citadelle, di non farsi ingannare dai suoi modi frivoli da folletto orientale. Anche se aveva bussato con insistenza alla porta per chiedere a Rebeca di farlo entrare, lei non aveva aperto e, dopo qualche minuto, aveva smesso di sentirlo.

Era crollata sul letto. Tutto intorno regnava il disordine di Virginia, i suoi vestiti sporchi, le scatole di pillole, i contenitori di cibo e le bottiglie d'acqua. Sapeva molto poco del personaggio che era stata costretta a interpretare. Aveva fatto scorrere la mano su uno scaffale dove erano ammucchiati alcuni libri, per lo più d'arte. Aveva trovato diversi quaderni e, sfogliandoli, aveva scoperto che erano pieni di disegni a inchiostro, come se fossero incisioni. Erano ritratti di persone di bassa estrazione sociale, come quello della donna nella taverna che aveva visto in salotto, con forti contrasti, le ombre che conferivano un'atmosfera lugubre agli spazi in cui si trovavano, una caverna, un quartiere povero, una casa fatiscente, accentuando la bruttezza dei personaggi e, allo stesso tempo, la loro umanità. Gli sguardi erano disperati. Sguardi che, all'inizio non aveva capito perché, le sembravano familiari. Erano le vittime delle riprese, aveva capito dopo. I loro occhi erano gli stessi che aveva visto spegnersi durante la proiezione, i loro corpi, quelli che erano stati profanati mentre morivano. Forse Virginia aveva portato questo quaderno con sé dal manicomio, una proiezione dei propri incubi. Alcuni fogli erano scivolati dalle pagine del quaderno, cadendo a terra: erano fotocopie di vecchi giornali, riproduzioni di vecchie fotografie, dell'epoca dell'occupazione nazista, delle fortificazioni, in alcune apparivano soldati, ma anche donne vestite a festa o in compagnia dei tedeschi. C'era l'immagine che Virginia le aveva mandato sul cellulare, quella del gruppo di spagnoli prigionieri a Lager-Norderney. Juan Vendrell, al centro, quando non aveva più di diciannove anni.

Aveva sentito dei passi dall'altro lato della porta e riconosciuto il rumore dei piedi della signora Langlois. Dopo aver messo via il quaderno, aveva lasciato la stanza. Aveva la sensazione che la domestica fosse uscita in cortile. Aveva smesso di piovere, se ne era accorta arrivata al bastione, ma il cielo grigio, illuminato da una luce fioca, nascondeva il sole. Langlois stava salendo le scale verso una terrazza. L'aveva chiamata a gran voce finché non si era fermata, ma il sorriso che la donna le aveva rivolto e il fatto che si fosse rivolta a lei chiamandola Virginia l'avevano fatta uscire di senno.

«È ridicolo. Ridicolo! Io non sono Virginia! Sono Rebeca Lang! Lo sai perfettamente! Perché questa farsa?»

«È molto nervosa. Ha preso le medicine?»

«Virginia è morta! Non ti importa? Hai passato tutta la vita a servire questa famiglia, ma non ti importa che sia morta?!»

Avrebbe inseguito Langlois su per le scale, l'avrebbe schiaffeggiata finché non avesse smesso di fingere, ma la mano di Darcy l'aveva afferrata per un braccio come un artiglio, trascinandola in salotto.

«Devi calmarti, Virginia».

Darcy le versa un bicchiere di vino bianco. A Rebeca sfugge un sorriso, non ha più la forza di continuare a rinnegare il nome di Virginia, quello chardonnay è solo un ricordo della persona che era. È calata la notte e nel salotto di Citadelle non c'è altra luce oltre al fuoco del camino. Forse è vero che deve calmarsi, dibattersi alla cieca non serve a niente. È più utile accettare di aver perso quasi tutto e lottare per quel poco che le è rimasto.

«Hanno trovato César?»

«Non ancora. Nemmeno Gerald, ma temo il peggio».

Darcy prende una bottiglia di gin dal mobile bar. Nell'armadietto, Rebeca riconosce la vodka con l'etichetta blu che la signora Langlois ha servito a Hiroko durante la cena al *manoir*, la Blue Mantis.

«Chi morirà?» decide di chiedere.

«Non la conosci. Hai pensato che saresti stata tu?» intuisce Darcy con un sorriso. «So che può sembrare orribile quello che sta per succedere. Anche per me non è stato facile capire che è l'unica soluzione. Credi che non abbia cercato altre vie d'uscita? Nemmeno io ho accesso a tutta la rete finanziaria di Citadelle. I *trust* si moltiplicano, ci sono centinaia di prestanome che rendono tutto impossibile: posso sapere chi sono i soci di Citadelle, ma non posso arrivare dall'altra parte del filo, capisci? Non so dove abbia origine il denaro né in quali mani finisca».

«Sai chi sono adesso, ma non chi erano».

«Esatto. Se provassi ad attaccarli su quel fronte, svanirebbero come fumo».

«Virginia diceva di conoscere il segreto di suo padre. Di poter accedere alle registrazioni».

«Non vale la pena tornare su questo argomento. Vorrei che Eduard fosse ancora vivo e che fossimo riusciti a farlo tornare, anche se non ho mai avuto molta fiducia nel piano di Virginia. Nemmeno nell'utilità di quei filmati: sono la prova della pazzia di Citadelle, ma servirebbero davvero per fermare i soci? Non credo».

«Una persona sta per morire».

«Deve essere così. C'è una telecamera al Die Pracht, lo sai. Appena accadrà, consegnerò il filmato all'agente Duquemin. Non avranno il tempo di lasciare le isole. Fidati di me, stai facendo la cosa giusta».

«Tu ti sarai liberato dei soci, o almeno di una buona parte di loro, e potrai prendere i loro soldi».

«Citadelle, così com'è adesso, sarà finita».

Rebeca decide di non insistere oltre sulle motivazioni di Darcy, che importanza ha il motivo che lo spinge ad agire?

«Dopo tornerò a essere Rebeca?»

«Dopo sarai chi vorrai».

Il vino si è scaldato. Il fuoco del camino è troppo vicino al bicchiere e, quando ne beve un sorso, il sapore la infastidisce. Pensa che forse la trasformazione è andata troppo oltre e che non potrebbe più tornare a essere Rebeca anche se ci provasse. Non le piace più quello che le piaceva così tanto prima. Il vino bianco. Le canzoni degli Ink Spots. Le storie sugli impostori.

«César» osa dire. «Non voglio che gli succeda nulla».

«Credi che sia vivo?» La domanda la ferisce, e Darcy se ne accorge. «Dovresti smetterla di soffrire per lui».

«Decidi anche cosa devo provare? Non so se è vivo, ma se lo è, voglio che lo lasci in pace. Credi che non mi sia accorta di cosa stavi facendo con quel poliziotto? Volevi incolpare César, come hai fatto con me».

«Sarebbe più intelligente se provassi a ottenere qualcos'altro.

Stiamo negoziando, no? Non sprecare le tue carte con César. È l'unica cosa che non dovresti rimpiangere della tua vecchia vita. Chiedimi di cancellare il video di Virginia, non essere sciocca».

«Voglio che lasci andare César».

Darcy si avvicina al camino per ravvivare il fuoco. Ha finito il suo drink e lascia il bicchiere su uno scaffale della libreria. Lì c'è l'incisione che, ora lo sa, è opera di Virginia. La povera donna che conta i soldi in una taverna untuosa. Una delle vittime dello Splendore.

«Cosa sai davvero di César Guerín? Ho fatto il mio lavoro: mi piace conoscere bene le persone con cui ho a che fare. Salomon in questo è eccezionale. Una termite che non si ferma finché non arriva al cuore della questione. I giorni trascorsi a Madrid gli sono serviti per capire meglio chi era César. Vuoi sapere cosa ha scoperto?»

«Non mi interessa. Cora? Gli affari di droga con Noah? Pensi davvero di sorprendermi?»

Darcy prende una sedia e si siede di fronte a Rebeca. Nei suoi occhi verdi brilla il riflesso del fuoco, simile a un folletto che sta per mettere in pratica la sua magia nera, e ripensa a Mesmer, a come i suoi trucchi con il magnetismo finirono per dare origine all'ipnosi.

«César Guerín in realtà si chiama Héctor Mesa. Aspetta, non sbuffare, non sprecare fiato. Tutto quello che ti dirò te lo posso dimostrare con dei documenti, Salomon ha portato delle copie, te le darò. È nato nel 1993 a Madrid. Forse è l'unica informazione veritiera nella sua biografia. Ho letto uno dei curriculum che ha presentato ai colloqui di lavoro ed era pura fantasia. Nel 2005 ha appiccato un incendio a casa sua. Aveva dodici anni, le conclusioni dei vigili del fuoco non lasciavano spazio a dubbi: aveva cosparso di olio la cucina, il corridoio e il salotto e poi aveva appiccato il fuoco con un fiammifero. La casa era in un quartiere a sud, Usera, lo conosci? Io non conosco bene Madrid. Nell'incendio sono morti i suoi genitori e Angela, sua sorella maggiore.

Aveva quattordici anni, era ancora una ragazzina. Lui, invece, se l'è cavata solo con una leggera ustione a un occhio. Nessuno in famiglia ha voluto prendersi cura di lui, così è finito in uno di quei centri per minori e, dato che temevano che la storia dell'omicidio finisse sui giornali, gli hanno dato la possibilità di cambiare nome. Non so perché abbia scelto César Guerín. Questo dovresti chiederlo a lui».

Le sarebbe piaciuto trovare un errore nella dichiarazione di Darcy per poter smontare tutta la storia che l'avvocato ha messo insieme, ma parola dopo parola, mentre Darcy posava sulla tavola tutti i documenti per confermare il suo racconto, Rebeca sprofondava, come se la sua vita fosse costruita su sabbie mobili che, a poco a poco, la stavano inghiottendo, soffocandola. Tutto quello che César le aveva raccontato era una farsa, persino l'età in cui aveva perso i genitori e la sorella, le aveva detto sedici anni, un'altra bugia per assicurarsi che lei non potesse neanche solo sfiorare la verità. Chiude gli occhi e quasi si sente rinchiusa in una bara inghiottita dalla terra. Un unico pensiero la conforta, lei non è Rebeca Lang, lei è Virginia Groizard.

«Credi ancora che valga la pena lottare per César?»

3.

«Le altre sono andate a Londra questo pomeriggio. Anche Leo. Mi hanno invitata a un'altra cena domani. Pagano come se fosse una festa sull'isola di Mustique».

«Perché l'hanno chiesto solo a te?»

«Non ti sembro speciale, César?»

Marine non nasconde la tristezza nei suoi occhi. Li punta sulla spiaggia che la tempesta ha divorato. Neville l'ha accompagnata fin qui, al belvedere di Les Banques; il cameriere ha chiesto a César di aspettarlo in un posto lontano dalla confusione della città, anche se è già tardi, mezzanotte, e Saint Peter Port dorme con le strade quasi deserte.

«Non dovresti tornare a Citadelle» la mette in guardia César.

«Lascia perdere. È stupido fingere che ti importi di quello che faccio».

Non c'è sabbia sulla riva, non sa nemmeno se ci sia mai stata, ma le maree hanno trascinato le alghe, le hanno ammucchiate tra i ciottoli e le pietre dissotterrate, nere e luccicanti, come opali levigati. C'è odore di pescheria, è possibile che tra le alghe e le pietre ci siano centinaia di pesci morti.

«Non è vero, Marine».

Anche se non sta mentendo, sembra che lo stia facendo. Lei preferisce evitare una serie di recriminazioni che non farebbero altro che smascherare la sua solitudine. Ha deciso di essere una stella distante, forse il suo splendore è tenue, ma anche irraggiungibile. È quello che pensa César quando Marine accenna un sorriso e alza il mento per far vagare lo sguardo in un orizzonte senza luce.

«Cosa è successo dopo che mi hanno portato via da lì?»

«È stato troppo imbarazzante. Prima tu. Poi hanno portato via anche Virginia Groizard. Era questo che volevi? Che la festa finisse? Be', ci sei riuscito. Non avrei dovuto darti la maschera. Sembrava che avessero acceso tutte le luci all'improvviso». Ride come se avesse davanti agli occhi una scena ridicola. «Le maschere, i ragazzi, tutti eccitati, cazzo, nemmeno con lo sballo che avevamo addosso potevamo fingere che fosse normale... Un secondo prima era come in un sogno...»

«Mi dispiace» mormora César, non per aver rovinato un'orgia, ma perché è consapevole che, per Marine, stare insieme aveva significato molto di più che per lui.

«Non farmi sentire ancora più stupida, per favore».

«Chi ti ha chiesto di tornare?»

«Samuel Darcy».

«Che cosa sai di tutta quella gente? Di Darcy e degli altri soci di Citadelle?»

«Perché dovrei sapere qualcosa? Hanno i soldi, César: molti più soldi di quanti ne abbia mai visti in vita mia. Ibiza, Parigi, non sono nemmeno paragonabili a questo. È il mondo in cui voglio stare, è per questo che ho lasciato Domaháza, tu no? Dimmi che non ti piacerebbe andare di castello in castello per il mondo, cenando, scopando e prendendo di tutto... Avevi mai provato il loto? È come uscire dal proprio corpo...»

«Potrebbero farti del male».

«So badare a me stessa».

«No, non lo sai, in realtà né tu né io abbiamo capito cosa è successo a Citadelle. Chi è quel cazzo di Darcy? Credi di conoscerlo? No. Ieri sera ci hanno chiusi in quella stanza e... non era solo un'orgia, Marine. C'era qualcosa di più. Virginia Groizard... la donna che dovrebbe essere Virginia... Chi te l'ha detto?»

«Saskia. La stessa ragazza che mi ha invitata. Mi ha dato la maschera e mi ha detto che Virginia sarebbe stata lì...»

«Non era Virginia, Marine. Era Rebeca...»

«È per questo che hai perso il controllo? César, eri fatto, hai visto un fantasma».

«No, merda, Marine. Non ho visto nessun fantasma. Era Rebeca. Non so perché cazzo ti hanno detto che era Virginia. Quello che so è che Rebeca non voleva essere lì». Marine sale in piedi sul muretto di pietra. Un vento freddo le fa svolazzare il vestito. Cerca di mantenere l'equilibrio con passi incerti, come se il muretto fosse il cavo di un funambolo, poi si gira verso di lui. Sorride, giocosa, sembra chiedere un applauso per aver fatto una piroetta.

«Sei ossessionato, César. O pazzo. O entrambe le cose. Ed è bello: vedi Rebeca ovunque... e, cosa ancora migliore, quando la vedi dove non vorresti vederla, ti inventi... Cosa? Un rapimento? O forse l'hanno stregata per trattenerla nella fortezza?»

Vorrebbe dirle che comportarsi così è da idioti, che non serve a niente fingere che sia un gioco, quando qui non ci sono proiettili a salve. Hanno cercato di buttarlo in mare, potrebbe essere in fondo al Canale se non fosse stato più veloce di Gerald. Ma i fari di un'auto attirano la sua attenzione. Un clacson rompe il silenzio della notte. Neville, che era rimasto a pochi metri da loro, va incontro a suo zio, che scende dall'auto. Raymond se n'è andato poco dopo il loro arrivo a Saint Peter Port. Ha ricevuto una chiamata che lo ha costretto a lasciarli, anche se non ha voluto dire loro perché. Neville fa cenno a César di avvicinarsi. Lascia Marine da sola a passeggiare sul lungomare. Il tessuto del suo vestito è trasparente alla luce dei fari, vaporoso, ha scelto di essere una bambina che non capisce le intenzioni dei lupi che la circondano.

«Cosa volete?»

Ma né Raymond né Neville gli danno alcuna spiegazione. Lo accompagnano alla macchina e, dopo aver aperto la portiera del conducente, gli chiedono di salire. Intuisce una piccola figura seduta all'interno, ma solo quando sale accanto a lei la riconosce: Hiroko. Per un attimo, pensa di essere stato tradito, che tutto l'aiuto che aveva trovato in Neville e in suo zio fosse una messinscena per consegnarlo, alla fine, ai soci di Citadelle.

«Io e Raymond siamo buoni amici, condividiamo certe antipatie, e lui ha avuto la premura di avvisarmi» lo tranquillizza Hiroko, che ha intuito il suo timore. «Ti assicuro che con me sei in ottima compagnia, e non è facile scegliere bene gli amici su queste isole, credo che te ne sarai già reso conto».

«Non so cosa vuoi da me».

«Aiutarti, tesoro. Mi piaci, ma non voglio fingere che tra noi sia nata un'attrazione incontrollabile, non voglio rischiare che la polizia mi accusi di aver aiutato un fuggitivo in cambio di una scopata. Mi è rimasto ancora un po' di buon senso». Hiroko si mette comoda sul sedile, come se fosse un letto. «Mi piaci, come mi piacciono molte persone, ma non muovo un dito per loro. Credo sia meglio vedere le cose in modo realistico. Detesto Samuel Darcy. Questa è la tua fortuna. L'ho sopportato troppo a lungo ed è ora che sparisca. Sarei disposta ad allearmi con il diavolo per riuscirci, ma non ne avrò bisogno. Mi basti tu».

«I tuoi problemi non mi interessano».

Non è mai stato facile per lui valutare il grado di sincerità di Hiroko, a causa di quella scomoda asimmetria del suo viso, a volte parla come una squilibrata e altre con la sicurezza di qualcuno che ha vissuto molto più di quanto lui possa immaginare.

«Raymond è in pensione, ma ha lavorato per molti anni nella polizia di Guernsey. Ha degli amici. Gli agenti in servizio lo rispettano. Duquemin, per esempio. E ci sono ancora isolani che lo chiamano quando hanno un problema. Ascoltami, non essere nervoso. Ti sto spiegando perché i 'nostri problemi' ti riguardano. Sei stato piuttosto fortunato: non ci sono molte persone che vivono a Chouet Bay. Sarah Martel è vedova. Una vedova insopportabile, ma che vuole bene a Raymond. Per questo l'ha chiamato quando ha trovato il corpo di Gerald tra gli scogli. Cosa succederà se consegneranno il cadavere alla polizia, César? Mi hanno detto che ha una frattura alla fronte, anche se potrebbe essersela procurata sbattendo contro gli scogli della costa. I medici legali possono scoprirlo: se l'è fatta prima o dopo essere annegato?»

«A che cazzo stai giocando? Se vuoi consegnarmi alla polizia, fallo subito».

«Voglio parlare di Rebeca».

Aveva aperto la portiera dell'auto, deciso ad andarsene, non perché sappia cosa fare dopo, ma perché non sopporta di sentirsi un burattino nelle mani di bambini capricciosi che si divertono a staccargli i capelli, un braccio... Ma Rebeca? Che cosa sa di lei? Non si decide a richiudere la portiera e Hiroko intuisce la sua diffidenza, con il suo enorme occhio rotondo da pesce e la bocca che gli sorride mostrando tutti i suoi denti bianchi e perfetti.

«Cosa ti serve per fidarti di me, César?»

4.

Sente il suo respiro dall'altra parte del telefono, ma non riesce a rispondere. Aveva fantasticato su questo momento, parlare con César e liberarsi di tutto quello che gli aveva tenuto nascosto. Confessargli come era arrivata al Die Pracht e anche come un mostro fatto di panico e senso di colpa fosse cresciuto dentro di lei fino a paralizzarla; era quello il motivo per cui era caduta in uno stato di shock, con continui ricordi del momento in cui Virginia era morta e della lite che avevano avuto allo Splendore. E anche di come Gerald e Darcy l'avevano coinvolta nello smembramento della figlia di Vendrell sulla Sarnia Venture, i pezzi del suo corpo gettati nell'oceano, la silenziosa persecuzione a cui l'avevano sottoposta a Madrid – c'erano loro anche dietro la morte del nipote di Juan Vendrell, o era stato solo un incidente d'auto? Erano vere le minacce contro César? E infine di come si era arresa perché era spaventata, per César e per se stessa, di come era diventata un burattino di Darcy e si era smarrita a Citadelle. Ma ora che lui è dall'altra parte del telefono, non riesce a pronunciare una sola parola.

«Ci sei, Rebeca?»

Non riusciva a dormire. Si rigirava nel letto di Virginia, a disagio come un pagliaccio che non sopporta il suo costume, erano le due del mattino e si era già arresa a una notte di insonnia quando la signora Langlois ha bussato alla sua porta e, in silenzio, l'ha socchiusa. «C'è una telefonata per lei» le ha detto, e poi le ha consegnato un cellulare. Non ha aspettato che Rebeca rispondesse, è uscita dalla camera da letto come un'ombra che si confonde con le altre quando una nuvola passa davanti alla luna. Il rumore di un oceano addormentato ha accompagnato le prime parole di César: «Rebeca, sono io». Ha sentito la tentazione di riattaccare senza rispondere, poi la frustrazione di non essere in grado di raccontare tutto, perché in fondo chi era quella persona con la quale avrebbe parlato?

César insiste, sente il suo respiro come lui sente il suo.

«Rebeca».

«Chi è Héctor Mesa?» rompe il silenzio con una domanda a cui non sa se vuole una risposta.

César non se l'aspettava, quindi rimane in silenzio. Avrebbe potuto prepararsi un discorso o un milione di domande su quello che ha visto allo Splendore, chissà, magari voleva rinfacciarle le sue bugie, ma ormai non c'è più spazio per quello che aveva previsto.

«Chi te l'ha detto?»

Come ricostruire la fiducia quando è stata infranta? Non avevano mai avuto grandi discussioni durante la loro relazione, solo alcuni malintesi all'inizio dovuti alla mancanza di comunicazione, erano sempre stati come due pezzi che si incastravano alla perfezione, e ora, invece, Rebeca non riesce a liberarsi dalla sensazione di essere stata ingannata, di aver partecipato a una farsa senza sapere che tutti tranne lei stavano recitando una parte.

«Stavo per dirtelo un milione di volte, ma... non lo so, sono un idiota, avevo paura che ti allontanassi da me, che iniziassi a guardarmi come se fossi uno psicopatico, è quello che mi è sempre successo. Mi convincevo che chi lo avesse saputo, un compagno del centro di recupero o un amico, avrebbe capito che si può commettere un errore terribile, ma che resta solo un errore, che non significa che io sia così... Ma succedeva sempre la stessa cosa: dopo averglielo detto, si allontanavano, si sentivano a disagio, finivano per emarginarmi. Non potevo sopportare che succedesse di nuovo con te, Rebeca. Non potevo perderti».

La sua voce trema. Senza dire nulla, Rebeca ascolta il suo respiro affannoso; vorrebbe commuoversi, vorrebbe che la sofferenza di César le facesse cambiare atteggiamento. Vorrebbe, come se avesse bevuto una pozione magica, poter tornare indietro nel tempo, a quando sentiva che loro due erano quell'albero fuso, con il sangue di César che scorreva nelle sue vene e il suo in quelle di lui. Ma non arriva nessun incantesimo. La cruda realtà prende il sopravvento: lui è uno sconosciuto che le ha mentito, che ha tradito la sua fiducia fin dall'inizio; lei è prigioniera in una fortezza e domani affonderà ancora un po' di più nella merda quando Darcy metterà in atto il suo piano. È sola, completamente sola.

«Riuscirai a perdonarmi? Devi perdonarmi, ti prego...»

Il suo silenzio la sta soffocando, come se volesse punire più se stessa che César.

«Ti ricordi il fantasma nel mio occhio destro? Perché non ho mai voluto operarmi la cheratite? Perché, in realtà, non voglio dimenticare. Né i miei genitori né mia sorella. Non ho mai voluto far loro del male, è stato... Dio, non so cosa sia stato... Avevo dodici anni ed ero arrabbiato. Avrei potuto andarmene di casa per qualche giorno per spaventarli... ma invece ho appiccato un incendio... Chi ha sofferto più di me? Li amavo. Da morire. Loro, mia sorella... Vorrei poter tornare indietro ed evitare di fare quello che ho fatto, ma è impossibile... Devo portare il peso di quello che è successo. L'unica cosa che posso fare è pentirmi, ogni giorno, anche se questo non risolve nulla... Ho cambiato nome per non dover dare spiegazioni, nient'altro. Non per cancellare i miei ricordi. Non voglio. Non voglio che i miei genitori e mia sorella scompaiano completamente... Ma quel cazzo di errore di quando ero un bambino non mi rende un mostro. Questo è quello che vedevano tutti quelli con cui mi aprivo: che ero un mostro. Finché non ho conosciuto te, Rebeca. È stato un dono. Mi ha fatto capire che valeva la pena vivere... So che avrei dovuto dirti tutto questo prima, sono stato un codardo, ma non un bugiardo; quello che abbiamo vissuto io e te è reale».

«Prendi un aereo e torna a Madrid».

«Non posso lasciarti qui. Mandami al diavolo dopo, Rebeca, ma non me ne andrò senza tirarti fuori da quella fortezza».

«E se volessi restare?»

«Ora sei convinta che io sia un bugiardo di merda, che non mi conosci; ti sbagli. Sono la stessa persona. E so cosa ti succede, Rebeca: hai paura. Lascia che ti aiuti».

«Dimenticami, César, davvero».

«Che cosa è successo con Virginia Groizard? Perché ti stanno costringendo a recitare questa commedia? Che cos'ha in mano quel bastardo di Darcy?»

«Sei un arrogante: credi di sapere cosa mi sta succedendo, ma non ne hai la più pallida idea. Forse sono stufa di essere Rebeca. Forse sono io che ho scelto di essere Virginia».

«Darcy ti sta usando: non so cosa ti abbia detto, ma l'unica cosa che vuole è prendersi i soldi di Citadelle. Hiroko mi ha raccontato tutto. Quello che fanno allo Splendore, come finiscono quelle feste. Non pensa a nessun altro che a se stesso, Rebeca».

«Lasciami in pace».

«Aspetta!»

Rebeca vuole riattaccare come se sbattesse una porta, non sa perché il dito rimane sospeso sul tasto rosso, perché guarda il cellulare come se si fosse fermata dietro una porta socchiusa, ascoltando una conversazione sussurrata che parla di lei.

«Ci sei, Rebeca? Devi credermi. Posso accettare tutto. Qualunque cosa tu decida: se non vuoi più parlarmi, lo capisco... Rebeca? Ti prego, esci da lì. Allontanati da Darcy». Un vuoto di rumore bianco in cui César aspetta che irrompa la voce di Rebeca, ma lei non ha la forza di parlare. «Ti amo, Rebeca. Ti amo e non so... non so perché cazzo dovrei continuare a vivere senza di te, ma, porca troia... non posso separarmi da te in questo modo, sapendo che potrebbero farti del male. Se ti perdo, almeno ho bisogno di sapere che starai bene».

Rebeca scoppia a piangere, tutti quei sentimenti che credeva morti tornano con forza, si rende conto che non può sopportare che lui soffra, non c'è nulla di razionale in questa convinzione, solo un istinto animale di protezione, di amore, che la fa tremare all'idea che César possa crollare o che qualcuno possa fargli del male. Non sa perché, ma è assalita dall'immagine del suo corpo senza vita, come quello di Virginia, di lui vittima di Citadelle, accoltellato e picchiato fino a renderlo irriconoscibile da uomini e donne che come iene si riversano nello Splendore. E se tornando da César questo fosse l'unico risultato che otterrebbe? Non sarebbe meglio accettare di aver perso?

Si asciuga le lacrime. Fa un respiro profondo.

«Dimmi che ci sei, Rebeca. Mi senti?»

Vorrebbe dirgli che anche lei lo ama. Che non le importa di essere Rebeca o Virginia, che lui sia Héctor o César, che la sua ambizione per la Grande Onda le sembra ridicola, tanto quanto quegli anni prima che si conoscessero, che l'unica cosa per cui avrebbero dovuto lottare fin dall'inizio era che nulla li separasse. Avevano un tesoro, l'hanno perso.

Ma Rebeca riattacca senza dire altro.

5.

Il tramonto, di un arancione che sembrava plastica, si è trasformato in pochi secondi in una mezzanotte glaciale. César ha passato la notte perso nei ricordi, senza riuscire a chiudere occhio, abbracciandoli, soffrendo per ciò che ha perso e assaporando i sentimenti che erano nati quel giorno in cui stavano tornando da Cabo de Gata ed era scoppiato il temporale estivo. I lampi squarciavano le nuvole con un bagliore pallido; i tuoni avevano accompagnato l'arrivo del nubifragio. Violenta, con raffiche di grandine contro il cofano e i finestrini dell'auto, la pioggia aveva allagato la strada, i tergicristalli oscillavano impotenti, e non appena la spazzola puliva il vetro, questo si riempiva di nuovo d'acqua, come se stessero avanzando sul fondo del mare e non su una strada del sud. Rebeca si era aggrappata al volante, le raffiche di vento scuotevano il veicolo, e lei si era chinata in avanti come se fosse cieca per cercare le linee bianche che affogavano nelle pozzanghere. Le luci dei camion e delle altre auto erano macchie rosse e sfocate, fuochi fatui che fluttuavano nel nulla, apparendo e scomparendo. Aveva preso la prima uscita, spaventata, perché col buio e la pioggia temeva che da un momento all'altro un veicolo li avrebbe investiti o che sarebbero usciti di strada.

La deviazione sbucava in una rotatoria e poi in una stradina che li aveva portati in un piccolo paese, poco più di una strada, o almeno così sembrava sotto la tempesta che minacciava di spazzare via tutto. Gli alberi si piegavano sotto il vento e il peso dell'acqua, c'erano file di bandierine che pendevano da una casa all'altra, sembravano stendardi dopo una battaglia, sporchi e strappati, resti di un esercito morto. C'erano un bancone da bar e sedie di plastica rovesciate, tavoli spinti dalla furia della natura fino al centro della strada. Il paese era in festa, ma non c'era anima viva per strada, tutti dovevano essersi messi al riparo dall'alluvione che scendeva lungo la via minacciando di invadere le case.

Avevano parcheggiato vicino a una luce accesa, una taverna, e correndo sotto la cortina d'acqua avevano raggiunto la porta. César era stato il primo a entrare, gocciolante come un cane bagnato, Rebeca un passo dietro di lui, e sulla soglia si erano bloccati davanti allo sguardo della gente del posto. La taverna era piena di gente, sessanta o settanta persone, troppe per le dimensioni del locale. Solo pochi minuti prima stavano bevendo e ridendo in allegria. Bambini e anziani, coppie di mezza età, giovani che condividevano un litro di birra, tutti bagnati fradici come loro e, almeno così sembrava, ugualmente sconcertati, anche se forse non tanto per il temporale quanto per il loro arrivo.

Una donna, la cameriera della taverna, li aveva invitati a sedersi su dei barili e aveva offerto loro un asciugamano: «Ogni settembre è lo stesso» aveva detto con rammarico. Come pirati che saccheggiano regolarmente un villaggio costiero, le piogge torrenziali visitavano quella zona alla fine di ogni estate. Rebeca aveva chiesto un caffè per riscaldarsi, lui una birra. Ben presto la gente li aveva dimenticati ed era tornata alle proprie conversazioni. Cercavano di recuperare lo spirito festoso che era stato interrotto dal temporale. Ascoltavano musica sul cellulare o chiedevano sangria a gran voce. Un gruppo si era animato e batteva le mani a una ragazza che ballava la canzone del momento. Un cane si era avvicinato per annusarli e Rebeca lo aveva accarezzato.

«Romulo, vieni qui, non dare fastidio» gli aveva detto una donna.

«Non mi dà fastidio. È molto simpatico» l'aveva tranquillizzata Rebeca. Odorava di crocchette, di animale bagnato e di vino.

Il temporale non accennava a diminuire, come se la quantità d'acqua in quelle nuvole cariche fosse infinita. Anche se erano passate da poco le otto di sera, avevano l'impressione di aver viaggiato avanti nel tempo, come se avessero passato giorni insonni, rifugiati nella locanda.

«Non c'è nessuna pensione. Questo posto è molto piccolo» aveva detto a César un uomo dall'aria contadina. Avevano pensato che la cosa migliore fosse passare la notte lì e aspettare il mattino seguente per riprendere il viaggio. Nessuno aveva offerto loro un'altra opzione. «Come viene, se ne va» li aveva rassicurati un adolescente che sembrava l'eco di suo padre, di suo nonno, di un intero albero genealogico che da secoli ripeteva la stessa solfa. Al bancone della taverna, un uomo sudato e con lo sguardo vitreo per il vino non toglieva gli occhi di dosso a Rebeca, in modo lascivo, almeno così gli era sembrato. A César pareva di riuscire a sentire i suoi pensieri, un rumoroso meccanismo di fantasie libidinose. «Che imbarazzo» aveva detto Rebeca cambiando posizione per non incrociare più il suo sguardo. César si era alzato, non sapeva se avvicinarsi per dirgli qualcosa quando, all'improvviso, l'uomo aveva iniziato a piangere. Sconsolato, come un vedovo davanti al cadavere della moglie. Il proprietario della taverna gli aveva dato una pacca sulla schiena, per incoraggiarlo. Alcuni bambini si erano radunati intorno a lui facendo smorfie per strappargli un sorriso. César aveva fatto notare a Rebeca quello che stava succedendo e, come se fossero stati colpiti da un lampo, entrambi si erano resi conto di essere due estranei in un posto pieno di storie, di vite piene di gioie e drammi che non potevano immaginare: non solo quella dell'uomo al bancone, ma anche quella dei bambini, della ragazza che ballava, della cameriera, dell'adolescente che parlava come se fosse il portavoce di una stirpe. «Maria, Maria» avevano cominciato a cantilenare alcuni. Le usanze di quella comunità gli sfuggivano e, quasi per inerzia, si erano stretti, come se dovessero proteggersi da qualcosa.

Una donna grassoccia e molto anziana si era fatta strada tra la gente, scivolando come acqua che trova una fessura per filtrare fino a un'estremità del bancone, dove c'era una zona di tavoli a cui si accedeva salendo tre gradini. In qualche modo, ricordava un palcoscenico. Si era posizionata accanto a uno dei tavoli, un uomo vecchio quasi quanto lei aveva occupato una sedia al suo fianco e intorno a loro si era creato un silenzio religioso. Lei tastava la superficie del tavolo ed erano stati quei gesti a tradire la sua cecità; i suoi occhi, di un azzurro pallido come la neve, non erano fissi su nulla, si perdevano in un punto indefinito, come se, invece di vedere, annusasse con lo sguardo. L'atmosfera della taverna, fino a quel momento festosa, forse un po' volgare, si era trasformata nella solennità di una cerimonia funebre. Il vecchio che si era seduto al tavolo aveva iniziato a battere il tempo con le nocche sul legno e, allora, la cieca aveva iniziato a cantare. César non conosceva la canzone, nemmeno Rebeca, e non l'hanno mai più sentita. Aveva le tonalità del flamenco, senza essere un canto, forse la melodia di una canzone popolare – *madrugá, me despiertan, me hacen llorar* erano alcune delle frasi che erano riusciti a cogliere. Tuttavia, non era nessuno di questi dettagli in particolare, né il testo né la musica, ma la voce della cieca che aveva creato la magia nella taverna. Strascicata e triste, eterna perché non usciva solo dai suoi polmoni, ma affondava nel tempo, nelle vite di chi non c'era più, nel dolore e nelle speranze di tutti quelli che avevano vissuto e amato in quel paese, come se fosse una medium che si collegava al passato fino a renderlo presente. Incantati, César e Rebeca avevano ascoltato la cieca. Era impossibile sottrarsi a quella bellezza senza artifici. Alla purezza del canto. Solo una donna e la sua voce. Il ritmo sul legno. L'emozione condivisa dai vivi e dai morti. Si erano sentiti privilegiati, testimoni di qualcosa di unico, il legame dei sentimenti attraverso la storia che dava senso alle tristezze del presente, in quella taverna che, circondata dall'oscurità della tempesta, sembrava galleggiare in un enorme nulla.

Quando erano tornati alla macchina, pioveva ancora. Avevano aperto il bagagliaio, preso qualcosa per coprirsi, si erano rannicchiati insieme sul sedile posteriore in attesa che, prima o poi, la tempesta cessasse. Anche se nessuno dei due era sicuro di volere che finisse. Si sentivano fuori dal mondo e dal tempo, insieme, sospesi in un universo oscuro e bellissimo, punteggiato di stelle e costellazioni lontane. Senza fretta né impegni. Senza altro obbligo che quello di amarsi. «Che cos'è la cecità?» aveva mormorato César, e aveva cercato di spiegarsi: «Voglio dire: se non vedi, non ci sono apparenze. Non ci sono vestiti, acconciature o gesti da fingere. Si può ingannare solo con la voce? Immagino di sì. Si può sempre ingannare». Rebeca si era rannicchiata nel suo abbraccio e non aveva risposto. Si erano abituati così tanto al rumore della pioggia che non lo sentivano più. Lei aveva alzato la testa, il suo viso rifletteva l'acqua dei vetri, come cascate di lacrime sulla sua pelle, ma era felice. «Non mentirmi. Mai» lo aveva pregato, e poi si erano baciati. César aveva sentito il cuore accelerare: non voleva che quel momento finisse, non l'aveva mai amata così tanto, ma allo stesso tempo si era reso conto che quella era l'occasione che aveva sempre aspettato. Avrebbe potuto dirle tutto quello che non aveva mai osato confessarle, era sicuro che, in macchina, sotto la pioggia, in quel paese senza nome da qualche parte nel sud, lei avrebbe capito. Lo avrebbe perdonato. Ma aveva lasciato sfuggire il momento, come una nave che avvista la terra e la supera, convinta che ci sarà un'altra spiaggia dove attraccare, e non trova più nel suo viaggio altro che acqua, un oceano infinito e la nostalgia del giorno in cui avrebbe potuto porre fine al suo viaggio.

Quando si era svegliato era giorno. Rebeca guidava e gli sorrideva attraverso lo specchietto retrovisore. Era più di un'ora che avevano lasciato il paese. Non aveva mai saputo come si chiamasse, né il nome della locanda dove avevano sentito cantare quella donna. Preferiva che fosse così, come se quella notte fosse avvenuta nel mondo dei sogni.

Come si può tornare in un sogno?

Ha dormito solo un paio d'ore. La luce del giorno gli fa male e chiude gli occhi, ma il fantasma non scompare, fluttua in una falsa oscurità, dietro le palpebre, come il ricordo della cieca, delle parole che Rebeca aveva pronunciato in macchina. «Non mentirmi. Mai».

Clac, clac, clac, da dove viene quel rumore? César si alza, non riesce a stare seduto. Il motore di un'auto che si avvicina alla casa, chi sarà? Si sono rifugiati nella fattoria di Raymond, il poliziotto in pensione, con Neville e Hiroko, non lontano dalla baia di L'Ancresse, dove le correnti hanno deciso di abbandonare la barca di Gerald. Cos'è quel rumore intermittente che sente? C'è odore di bruciato e di quercia, gli alberi circondano la fattoria nascondendola da occhi indiscreti. Perché c'è odore di bruciato? La fiammata che si accese in casa sua, quando era solo un bambino, il fantasma che ora danza nei suoi occhi, come se lo prendesse in giro per la sua capacità di perdere coloro che ama.

Neville è uscito per stringere la mano alla donna che guidava l'auto, César non l'ha mai vista prima, una donna anziana e minuta che cammina barcollando come un giocattolo. Anche quel *clac-clac* è un gioco della sua memoria? Sono i colpi del vecchio che accompagnava la cieca battendo il ritmo sul legno? Marine starà ascoltando il rumore del mare contro lo scafo della nave che la porta a Citadelle. Non può vederla, non è nemmeno sicuro che stia viaggiando verso Alderney, ma può sentire quelle onde che si infrangono. Non riesce a concentrarsi su uno stimolo, ce ne sono troppi, e ha le vertigini. Il *clac-clac-clac* inizia a farlo impazzire. Hiroko esce di casa con due tazze di tè, lasciando dietro di sé volute di fumo come una piccola locomotiva. Eccola lì, la fonte del rumore, nel recinto che circonda la fattoria. César cammina deciso verso un gabbiano che si è impigliato nel filo spinato, ha una zampa intrappolata e cerca di spiccare il volo, ma le sue ali sbattono contro il terreno, *clac-clac-clac*, e gracchia, disperato. Quando arriva al suo fianco, vede che ogni volta che cerca di scappare, la ferita alla zampa diventa più profonda, una macchia rosso-nera sporca il filo che la tiene intrappolata. Si accovaccia al suo fianco, prova a liberarlo, ma il gabbiano si dimena, cerca di beccarlo, le piume volano via mentre si agita.

«Vuoi che cerchi delle pinze?»

Hiroko gli offre una delle tazze. Non capisce perché gli viene in mente di colpire il gabbiano con una pietra, è pietà o disperazione? Si alza spinto da quella parte di sé che detesta e si allontana rapidamente dal recinto. Hiroko rimane accanto all'uccello: cosa farà? Lo sacrificherà?

Dovrebbe pensare a un modo per lasciare l'isola, per sparire in qualche angolo del mondo e sfuggire alla polizia che, ora ne è certo, Darcy si occuperà di mettergli alle calcagna, ma Rebeca contamina ogni sua idea, perché non può fare nulla per lei, perché l'ha persa. Ricorda anche il loro appartamento in plaza del Conde del Valle de Súchil, gli spazi vuoti che temeva non si sarebbero mai più riempiti quando Rebeca era in ospedale, quegli spazi vuoti che ora lo stanno inghiottendo. Perché non ha mai avuto il coraggio di raccontarle il suo passato?

«Bevi. Ti farà bene».

Hiroko si è seduta accanto a lui sotto il portico della casa, la vecchia sedia a dondolo scricchiola sotto il suo piccolo corpo. César prende la tazza e annusa il tè. Non sente più il *clac-clac-clac*.

«L'hai vista arrivare? In macchina, un attimo fa. È Sarah Martel. Finora ha tenuto il corpo di Gerald nascosto sotto una barca, sulla spiaggia, ma non possiamo continuare così per sempre, lo capisci, vero, tesoro? Dobbiamo consegnarlo all'agente Duquemin».

Tutto gli sembra troppo complicato, un problema matematico irrisolvibile e, in piedi davanti alla lavagna, con il gesso in aria, pensa che sia meglio mollare piuttosto che continuare a cercare una soluzione che non arriverà mai.

«César, non so cosa sia successo con Virginia Groizard, ma posso immaginare cosa sta tramando Darcy: mi hai detto che Eduard Groizard è morto sotto un altro nome, qual era?»

«Juan Vendrell».

«Esatto. Vuoi che ti dica una cosa? Virginia odia Darcy. Con tutta se stessa. O almeno lo odiava, non so più cosa pensare. È stato lui a compilare i documenti per farla ricoverare in un ospedale psichiatrico. È riuscito a farla dichiarare incapace di intendere e di volere. Da allora sta cercando di impossessarsi di tutto il denaro della Citadelle. Se Virginia rimanesse a capo dell'azienda, la sua prima decisione sarebbe quella di sbarazzarsi di Darcy. E lui si sta aggrappando alla sua posizione come a un'ancora di salvezza. Questo gioco delle tre carte, lo scambio con Rebeca, capisci dove vuole arrivare? Deve solo fare in modo che la messinscena duri abbastanza a lungo da sistemare i documenti e diventare l'erede di Citadelle».

«Perché non hai fatto niente? Eri nella fortezza, non hai visto Rebeca? Avresti potuto smascherare questa farsa del cazzo».

«Non è così facile, tesoro. Anch'io sono una vittima: mi sono fidata di Eduard, gli ho dato i miei soldi, ma non avevo idea di cosa stesse succedendo a Citadelle. In un certo senso, ero anche io suo ostaggio. E poi, chi conosceva davvero Virginia? Solo alcuni, i più anziani, l'avevano vista quando era arrivata da bambina. Poi l'avevano tenuta lontana da tutti: passava la maggior parte dell'anno a Londra, a studiare, e non era mai venuta a una delle cene di Eduard e Mary Ann. Non ci avevano mai mostrato una sua foto. Tutto quello che conoscevamo di lei era attraverso i suoi genitori, nessuno l'aveva mai vista di persona. Poi ha passato tre anni in un ospedale psichiatrico e, al suo ritorno, si è rinchiusa a Citadelle. Non voleva vedere nessuno. Gli unici che le parlavano erano Darcy e la signora Langlois».

«Allora come fai a essere così sicura che odia Darcy?»

«Langlois. Ha lavorato per i Groizard fin da piccola. È stata lei a prendersi cura di Virginia quando l'hanno adottata nel 1993 o nel 1994. Oltre a Darcy, è l'unica persona a cui Virginia permetteva di entrare nella fortezza. Quando Eduard e Mary Ann se ne sono andati, ha iniziato a lavorare anche a casa di Darcy».

Il cielo, limpido, non mostra traccia della tempesta del giorno prima, come se fosse del tutto nuovo. Un gabbiano attraversa il suo campo visivo e, cercando quello che era rimasto intrappolato nella recinzione senza trovarlo, César pensa che potrebbe essere lo stesso gabbiano, finalmente libero.

«Per Rebeca io non esisto più. E comunque non so cosa fare per aiutarla».

«Abbiamo Raymond dalla nostra parte: ha passato metà della sua vita sperando di dare un bello scossone a Citadelle e a Darcy. In realtà, non abbiamo affatto bisogno di Rebeca. L'unica cosa che dobbiamo fare è togliere Darcy dall'equazione: non so come abbia fatto a costringerla a rimanere lì, ma se lui scompare, scompaiono anche i problemi della tua ragazza».

«La mia ragazza...»

César sa che è infantile, ma assapora quelle tre parole come se fossero reali, come se lui e Rebeca stessero ancora insieme. Non la incolpa per averlo allontanato, se lo merita, e non si illude di poterla riconquistare; qualunque cosa faccia, nulla potrà ricomporre ciò che è andato in frantumi. Dopo la telefonata, César ha confessato a Hiroko che Rebeca non vuole più saperne di lui; le ha raccontato che lei ha scoperto che lui l'ha ingannata riguardo a un evento fondamentale della sua vita e, con inaspettata facilità, le ha parlato dell'incendio, della morte dei suoi genitori e di sua sorella, forse perché non è rimasto più nessuno di cui temere il rifiuto. Comunque sia, più che liberatoria, quella confessione ha avuto un effetto devastante, César si è reso conto più che mai della sua enorme solitudine.

«È impossibile allontanare Darcy da Rebeca».

«Ne ho parlato con Raymond, quell'uomo ha una mente criminale perfetta, tesoro, credimi, ho visto con i miei occhi come distorce le leggi per ottenere ciò che vuole. All'inizio ero scandalizzata, ma poi mi sono detta: 'Perché mi stupisco?'. Il sistema in cui viviamo dovrebbe proteggerci, ma non funziona, e nonostante ciò ci ostiniamo a rispettarlo, altrimenti che razza di persone saremmo, se lo ignorassimo? Tu ti consideri una persona cattiva, César? No, vero? Puoi avere qualche difetto, o meglio, cattive abitudini.

Nascondere il tuo passato a Rebeca può essere stata una di queste cattive abitudini. Ma sei una persona cattiva? Io credo di no: sei un uomo che non ha avuto fortuna. E cosa succederà se le cose continuano ad andare avanti con questo maledetto sistema? Ti arresteranno. Sarai accusato dell'omicidio di Gerald. Finirai in prigione. Potrebbero estradarti in Spagna. Un quadro desolante, tesoro, ma possiamo forzare un po' le cose affinché non sia così. Non è stata una mia idea, non sopporto quelli che si attribuiscono tutte le idee migliori, è stata di Raymond. Useremo il vantaggio che abbiamo: il corpo di Gerald. Cosa succederebbe se sui suoi vestiti comparisse il dna di Samuel Darcy? La signora Langlois potrebbe dire di averli visti litigare. La nostra cara Sarah Martel, l'anziana che ha trovato il corpo di Gerald, dichiarerà di aver visto Darcy allontanarsi. Lui avrà bisogno di un buon alibi per difendersi e, di una cosa sono sicura, nessuno dei soci di Citadelle andrà alla polizia a testimoniare a suo favore. Non perché non lo stimino, ma perché nessuno vorrà ammettere di essere stato con lui nella fortezza. Ci sarebbero un milione di domande a cui non sono disposti a rispondere».

«Pensi che basterà?»

«Raymond farà arrestare Darcy dall'agente Duquemin. Il caso potrebbe non arrivare nemmeno in tribunale, ma avremo tempo a sufficienza per sistemare le cose».

Tutto tornerebbe al suo posto, pensa César. Rebeca sarebbe libera di prendere un aereo e lui sarebbe scagionato da ogni sospetto. Non c'è modo di tornare al punto di partenza, ma Rebeca avrebbe la possibilità di prendere le sue decisioni.

«Nella baia ci sono delle rovine...» dice César, pensando a come gettare altra terra su Darcy.

«Fort Pembroke? O intendi Fort Le Marchant?»

«Quello più piccolo...»

«Fort Pembroke».

«Sotto una pietra ho nascosto un arpione. È quello che ho usato per colpire Gerald. Oltre al dna sui vestiti, l'arpione... Se venisse ritrovata l'arma con cui è stato aggredito Gerald...»

Hiroko mostra la sua fila di dentini, anche l'occhio rotondo sembra socchiuso a causa di quel sorriso enorme, le sue pupille sono due razzi scintillanti, ansiosi. Le manca solo di urlare di gioia.

«Questo pomeriggio una nave mi porterà ad Alderney. Saremo tutti a Citadelle, compreso Darcy. La signora Langlois ti aprirà la porta del *manoir*. Prendi qualcosa su cui ci siano tracce di dna, uno spazzolino da denti, qualsiasi cosa. Se porti l'arpione... puliscilo bene prima, ovviamente. Potresti avvolgerlo tra i vestiti nell'armadio della sua camera da letto...»

«Come farò ad avvisare Raymond che è tutto pronto?»

6.

Si svolge un rituale silenzioso. Una coreografia di camerieri in uniforme che gravita intorno a loro con movimenti misurati, come macchinisti che cambiano il set per la scena successiva. Tutto riprenderà quando la trasformazione del palcoscenico sarà terminata. Hanno sistemato vassoi di tartine sulla terrazza, hanno spostato i mobili del salone, messo i divani intorno a un tavolo con piattini di vetro pieni di salse e panini. Hanno posizionato dei secchielli per il ghiaccio negli angoli e abbassato le luci per creare un'atmosfera più riservata, gli ultimi raggi di sole di una giornata stranamente luminosa attraversano le feritoie come lance di polvere. Non ha visto la signora Langlois, o forse non ha prestato attenzione a nient'altro che alla bottiglia di vino, ormai quasi vuota. «Sono Virginia» si ripete, e ride da sola della sua stupidità. Un altro bicchiere. La voce di César al telefono, solitamente così intima da darle la sensazione di risuonare dentro di lei anziché uscire dalla sua bocca, all'inizio le era sembrata fastidiosa, quella di qualcuno che parla con un tono stridulo, ma gli strati che deformavano César erano svaniti fino a quando lui era tornato a essere se stesso, fino a quando lei aveva avuto di nuovo l'impressione che comunicassero senza parlare, in una sorta di telepatia possibile solo tra loro due. Allora aveva preferito allontanarsi da lui; senza un addio, senza una parola, solo riattaccando il telefono.

Forse è ossessionata da quella conversazione, forse ci ripensa continuamente perché non vuole affrontare quello che sta per succedere, la scena che questa processione di camerieri sta preparando.

Esce nel cortile di Citadelle. Barcolla sul selciato. Sa che la stanno fissando, ma quando cerca lo sguardo dei camerieri, questi si girano dall'altra parte. Sale le scale fino alla terrazza a forma di trifoglio sopra la torre del Comandante. L'Atlantico finge di essere un mare accogliente, avvolge il promontorio a pochi metri di distanza, l'eliporto dove forse stanotte atterrerà qualcuno degli invitati. Non sa quanti verranno a festeggiare la fine di Citadelle o la morte della prescelta.

Alcuni sono già arrivati, vagano apatici sull'altra terrazza con un bicchiere in mano, come polline che fluttua al capriccio del vento. Saskia è in piscina, appoggiata al bordo, i lunghi capelli neri le si attaccano al cranio come se fossero dipinti. L'acqua sulla sua pelle, sui muscoli delle braccia, brilla di riflessi dorati. Appoggia all'indietro la testa sulle mani intrecciate, con gli occhi chiusi, per lasciare che il sole le riscaldi le palpebre. Salomon è accanto alla piscina, in equilibrio precario, e si accovaccia accanto a lei, lottando per evitare che la sua enorme testa gli faccia perdere l'equilibrio. Ha una bottiglia di vino bianco e due bicchieri.

«Vuoi bere, Virginia?» le chiede, dopo averla sorpresa a osservarli.

Ha bisogno di smettere di pensare, quindi si avvicina a loro e accetta il bicchiere che Salomon le porge. La sua fronte è imperlata di sudore. Gli sorride, forse troppo, come se le labbra stessero per lacerarle le guance.

«Sono come un bambino piccolo; dovrei aspettare, ma ho già bevuto una bottiglia e... Solo a pensare a questa notte, mi viene duro».

Le fa schifo, ma Rebeca preferisce tacere e bere. Salomon è il bizzarro scudiero di Darcy; gli obbedisce con sollecitudine, ha viaggiato fino a Madrid come se i suoi occhi fossero quelli del suo padrone, ma ha partecipato numerose volte allo Splendore. Deve essere la sua ricompensa per il lavoro svolto. Entrare nella sala sotterranea e partecipare all'orgia. Non ricorda che lui sia mai stato il primo carnefice in nessuna delle registrazioni.

«Chi eri prima?»

La domanda di Saskia sorprende Rebeca. Non aveva prestato attenzione a lei mentre Salomon si allontanava in cerca di un terzo bicchiere. Non si era nemmeno accorta che i suoi occhi grigi erano fissi su di lei e ora, guardandoli, prova una strana vertigine, come se le pupille fossero abissi. La nuotatrice non le sorride, indolente come altre volte; Rebeca è convinta che la noia di vivere la stia soffocando.

«La sera che abbiamo cenato a casa di Darcy mi hai detto che in Spagna ti chiamavano Rebeca Lang. Avvocato specializzato in diritto commerciale. Figlia di genitori americani. Com'era Rebeca?»

«Un'idiota che pensava di poter conquistare il mondo. Mi ero stufata di lei e della sua ambizione. Era ridicola». Vuota il bicchiere in un sorso. Vuole che questa distanza abbia un effetto curativo, parlare di Rebeca come se fosse un'invenzione di Virginia, il personaggio di un libro che scompare non appena lo chiudi. «E tu, Saskia? Chi sarai domani?»

«Non lo so». Le viene la pelle d'oca come se fosse percorsa da una leggera scossa elettrica, gli occhi grigi si offuscano, dominati dal desiderio. «Non vedo l'ora di scoprirlo».

Darcy trova Rebeca seduta, come una volta faceva Virginia, sul muretto della terrazza a forma di trifoglio, con le gambe penzoloni sulla scogliera e la bottiglia di vino che le dondola in una mano. Il gioco degli specchi si è rotto non appena ha sentito Saskia fantasticare sulla notte allo Splendore, sul cambio di identità al costo della vita di un'altra donna. Non serve a niente fingere di essere Virginia di fronte a ciò che sta per accadere.

«Sei nervosa?»

«Più che altro ubriaca».

Darcy le si avvicina. Mentre il sole affonda nell'oceano e crea un gioco cromatico di viola e rosa sull'acqua, la temperatura scende. Rebeca sente un brivido. Darcy si toglie la giacca e gliela mette sulle spalle.

«Che gentiluomo».

«Vorrei dirti che non c'è bisogno che entri al Die Pracht, ma i soci sono qui per te, non sarebbero venuti se tu non fossi qui».

«La sacerdotessa della morte».

«Non essere così drammatica».

«Cosa ci guadagnano da tutto questo? Sono ricchi. Possono scoparsi chi vogliono quando vogliono. Potrebbero prendere un fucile e andare in Africa a cacciare bambini come se fossero cervi...»

«Eduard Groizard ha trasformato tutto questo in una specie di religione. E non c'è niente di più potente di una cosa del genere: quando c'è fede, è... In Spagna avete tutte quelle processioni, non ti colpisce il fervore della gente? Andare a messa o baciare i piedi a una vergine dà loro qualcosa che altrove non possono trovare. Nemmeno con la droga. Forse è perché si sentono vicini al 'mistero'... Hiroko è fissata con questa idea: il mistero. Dice che è quello che cercano qui. Cambiare nome. Fare proprie le vite degli altri. In fin dei conti, è un modo per trovare una sorta di eternità...»

«Come i vampiri». Porta la bottiglia alle labbra, il vino le cola da un angolo della bocca. «È quello che mi ha detto Virginia di suo padre. Che era un vampiro. Di tutti voi, che siete vampiri».

«E aveva ragione su tutto, tranne una cosa. Non siamo tutti vampiri».

«No, a te non importa nulla dell'eternità. L'unica cosa che vuoi sono i soldi».

«Quando smetterai di guardarmi per quello che non sono? Mi stai condannando perché non sono un ipocrita. Mi importano i soldi, sì. Come importavano a te, che c'è di male? Mi attribuisci una personalità che ti sei inventata tu. E ti sbagli. Avrei preferito che le cose non fossero finite così. Ti ho fatto venire ad Alderney perché pensavo che sapessi qualcosa di Eduard Groizard. L'ho detto a Virginia. Entrambi speravamo di riuscire a farlo tornare sull'isola. Ma anche tu hai la tua parte di responsabilità: sarebbe andato tutto diversamente se ci avessi detto la verità fin dall'inizio.

Tutto quello che è successo dopo… anche la notte che abbiamo passato insieme, nulla di tutto ciò era previsto». Darcy guarda il mare, interpreta il ruolo del perdente, ma non gli si addice affatto. «So che te ne penti, ma io non posso dire lo stesso, Rebeca».

«Che gentile, ora sono di nuovo Rebeca? No, grazie. Preferisco essere quella pazza di Virginia Groizard…»

Si alza in piedi sul muretto, ma perde per un attimo l'equilibrio e Darcy la afferra subito per un braccio. Creste di schiuma bianca agitano un mare che inizia a diventare nervoso. Immagina che i cadaveri che popolano il fondale marino la stiano incitando.

«Chi è lei? Chi morirà affinché Saskia prenda il suo posto?»

«Non ha importanza».

«Un'affermazione da politico. È tutto calcolato, vero, caro Samuel Darcy? Una formula ben congegnata affinché, quando tutto questo finirà, tu ti ritroverai con ogni singolo centesimo di Citadelle. Non è il delirio di un'ubriaca. Hiroko la pensa come me».

«Quand'è che Hiroko ti ha detto una cosa del genere?»

Darcy la lascia andare e, all'improvviso, lei sente tutta la paura del precario equilibrio in cui si trova, il vento che le sferza i vestiti e, sotto, un oceano che ha smesso di nascondersi e si arrampica sulla scogliera, che vuole catturarla.

«Ieri sera ho parlato con César. Anche lui la conosce…»

Un cameriere arriva sulla terrazza, ma Darcy lo caccia con un grido: «Vattene via!» Ha perso la calma, adesso ignora Rebeca, si guarda intorno, disperato, sembra un magnate a cui hanno rubato tutto il suo impero in un istante.

«Cosa ti spaventa così tanto? Che César sia ancora vivo? A quest'ora sarà già a chilometri di distanza da queste isole del cazzo».

«Chi ti ha messo in contatto con lui?»

Rebeca fa un balzo per scendere dal muretto, si diverte nel vedere Darcy così nervoso, sa che questo non la allontana di un millimetro dal suo destino, ma è una piccola vittoria che vuole assaporare.

«Qual è il problema? Ti fa impazzire che ci sia qualcosa che non hai sotto controllo?»

«Chi cazzo ti ha messo in contatto con César?!»

La scuote prendendola per le spalle, ma Rebeca si libera, non è così lucida come vorrebbe, l'alcol la fa barcollare. Il mal di testa, come un trapano a pressione, le perfora il cervello.

«Cosa mi farai? Sono Virginia Groizard. Non capisci che non puoi fare a meno di me?»

«Hiroko era alla fortezza stamattina, quando hai parlato con César? Dev'essere stato dopo. È stata tutto il tempo con me. Di notte?»

«Non voglio lasciarti a bocca asciutta. Alle due del mattino? Non lo so... Hai fatto bene il tuo lavoro: quello che avevamo sta andando a puttane. Rebeca è morta e sepolta. Non aver paura di César, non farà nulla, Darcy».

«César non mi interessa: chi ti ha passato il telefono? Ascoltami: se credi di poterti fidare di qualsiasi cosa venga da Hiroko, ti sbagli. Te l'ho detto un attimo fa! Hiroko è una fanatica. Mi capisci? Una fanatica del cazzo. Se c'è qualcuno che non vuole che Citadelle smetta di esistere, quella è lei. Se fosse per Hiroko, ogni mese ci sarebbe una riunione. È una tossica. Cazzo, vieni».

Darcy prende Rebeca per il polso. Scendono le scale saltando i gradini e, come spinti da un animale imbizzarrito, entrano nella torre del Comandante. La porta dà accesso al passaggio che collega il bastione alla sala sotterranea. Le pareti rovinate dall'umidità. DIE PRACHT scritto in caratteri gotici sulla porta. Il velluto rosso. La penombra acquatica che sfuma il sangue sottostante, come il concime di una pianta malata. Darcy cerca la tastiera nascosta in una fessura del muro e, dopo aver premuto un tasto, inizia la proiezione. L'uomo di cinquant'anni, nudo e inginocchiato al centro della sala, il volto che poi è diventato la maschera dei partecipanti allo Splendore. La sua tortura e la sua morte, come quelle dei successivi che sono stati filmati su pellicola cinematografica, i colori saturi e pieni di grana; Rebeca cerca di distogliere lo sguardo perché sa che, quella stessa notte, non sarà spettatrice, ma parte di una morte così barbarica.

«Non smettere di guardare!»

Darcy le preme le dita sul mento e le gira la testa verso il muro di pietra dove, deformato, continua a proiettarsi il carosello di morti. Registrazioni video amatoriali, senza contrasto, pallide, che lasciano il posto ad altre che la fanno pensare agli inizi del digitale, alla dimensione dei pixel. E, nel frattempo, uomini, donne che interpretano il ruolo del carnefice, sia giovani che più adulti, l'orgia di sangue e sesso quando gli altri si uniscono, già spogliati delle maschere, perché apparire in quelle registrazioni è la garanzia del loro silenzio.

Una donna grassa, nuda, al centro della stanza. È difficile calcolare la sua età, potrebbe avere tra i trenta e i quarant'anni. Orientale. Hiroko appare dietro di lei, le bacia il collo, le lecca la guancia mentre le tocca il seno. Poi le conficca un punteruolo in un occhio. La donna urla di dolore, ma la quantità di droga che scorre nel suo sangue l'ha ridotta a un sacco di stracci, non ha la forza di resistere alla carneficina di Hiroko, che, furiosa, conficca di nuovo il punteruolo nel corpo della donna, senza cercare alcun obiettivo, solo per il piacere di trapassare la carne.

«Lasciami!» Si dimena, non vuole vedere altro, come quando Virginia le ha mostrato i video per la prima volta. «È disgustoso».

«È disgustoso, sì, Rebeca. Ma è proprio per questo che vogliamo che finisca! Ti rendi conto di chi ti stai fidando?»

«Io non...»

«César...»

«Non so come la conosce...»

«Ma vi ha messo in contatto lei. Hiroko si è servita di César per arrivare a te. Come, Rebeca? Dobbiamo porre fine a tutto questo, ti prego. So che odi quello che stiamo per fare, ma... se non lo facciamo, Hiroko prenderà il posto di Eduard Groizard. Chi ti ha passato César al telefono?»

«La signora Langlois».

7.

«Risali la strada che porta al castello di Essex. A metà, vedrai il *manoir* di Darcy sulla collina a sinistra. Ha il tetto nero e le grondaie dipinte di rosso. È meglio arrivare dal retro, invece di usare l'ingresso principale. Non so se ci sarà qualcuno a Longis Beach o nelle case sulla baia, ma così saremo sicuri che non ti vedrà nessuno. La signora Langlois ti sta aspettando».

Non sono approdati al porto, ma su una spiaggia di sabbia bianca più a est. La parte finale del viaggio è stata difficile, il mare ha sballottato la piccola imbarcazione e César temeva che Raymond, un semplice poliziotto in pensione che ora si trovava a governare il timone, non sapesse evitare gli scogli che spuntavano come un campo minato, ma sono arrivati a terra senza problemi, a parte un po' di mal di mare che non è ancora passato. Un'auto aspettava Hiroko, che è andata a Citadelle: stasera c'è una cena e presto la marea salirà allagando la strada. C'era un'altra macchina per lui e Raymond, si sono diretti a sud dell'isola, la casa di Darcy è nei pressi di Longis Beach, molto vicino alle terre che i nazisti hanno trasformato in un cimitero per i prigionieri di Adolf Island; è così che Raymond ha chiamato Alderney.

«Cosa faccio dopo?»

«Torna qui. Ti aspetto».

Raymond ha parcheggiato l'auto all'incrocio con la strada che sale al castello di Essex. Si sono lasciati alle spalle una zona residenziale, ma in questo punto, ora che César è sceso e Raymond ha spento i fari, l'auto è solo un'ombra tra gli alberi che costeggiano la strada. La notte ha invaso l'isola, si intravedono a malapena punti di luce elettrica, lampioni o finestre, sparsi come lucciole in lontananza.

Si è fatto una doccia e si è cambiato. Ha preso dallo zaino quello che gli sembra essenziale – documenti, soldi – come se stesse partecipando a un'imboscata dall'esito incerto e ignaro di dove lo porterà la notte, una sorta di naufrago in balia delle maree. Sotto il braccio ha l'arpione avvolto in un vecchio asciugamano. Si stringe nella giacca, l'indumento più pesante che ha portato con sé, comprato in un outlet negli ultimi giorni trascorsi con Rebeca a Madrid. Quanto gli sembra estranea ora quella vita.

Quando la strada inizia a curvare intorno alla collina, vede il tetto nero della casa di Darcy. Le grondaie rosse che gli ha indicato Raymond. In alto, il profilo del castello e altre sagome sorvegliano i suoi passi lungo un terrapieno erboso, una torre lontana, una fortezza dall'altra parte della baia, ombre del passato dell'isola che – per un attimo, sente l'adrenalina battere forte nel cuore – teme si alzino, vive come effigi che hanno scoperto un ladro, lui. Ma non succede: le rovine del passato rimangono morte. Silenziose.

Alla fine del terrapieno attraversa un boschetto che cresce alle spalle del *manoir* – tutto è così pretenzioso qui, perché chiamano *manoir* quella casa di campagna? Chi si crede di essere Darcy? Arriva sul retro dell'edificio a due piani, un fascio di luce ambrata illumina la fessura di una porta sul retro aperta. Si avvicina con cautela, facendo attenzione a non fare rumore. La notte è piena di un mormorio di mare e vento teso, come un litigio a bassa voce che, da un momento all'altro, può esplodere in un urlo.

Spinge la porta. Si apre su una zona di servizio, un lavatoio, le luci sono spente, il bagliore che prima lo ha aiutato a trovare la porta proviene dall'interno, da uno stretto corridoio chiuso pochi metri più avanti da una porta di vetro smerigliato. Il pavimento di legno scricchiola sotto i suoi passi. Gli sembra di riconoscere il suono di una radio in qualche angolo nascosto della villa. Mentre si avvicina alla parte nobile, il corridoio si riempie di vecchie foto dell'isola in cornici dorate. Barocche. Stucchi che disegnano fiori sul soffitto, spesse porte di legno con pannelli di vetro smerigliato, ingiallito, non sa se perché è sempre stato così o per il passare del tempo. Un'ombra minuta si staglia dall'altra parte del vetro, cammina verso la porta, e lui sa che dovrebbe tornare indietro, cercare un nascondiglio, ma non ha tempo, la porta si apre e, vestita con un grembiule che lo fa pensare ad altri tempi, a tempi di signori e servitori che lavorano come topi laboriosi, svolgendo il loro compito senza essere visti, una donna anziana ed esile gli sorride e poi con un cenno lo invita a seguirla.

«Signora Langlois?»

Lei però risponde solo con un «shh» mentre gli volta le spalle. César segue la vecchia signora lungo un corridoio che sbuca in un grande salone, dove però non entrano. Sulla destra c'è una scala che porta al piano superiore.

«Nel disimpegno c'è un corridoietto. La terza porta a sinistra è la camera da letto del signore. Mettilo lì».

César non sa cosa fare, perché non lo accompagna semplicemente fino alla stanza? Ma Langlois se ne va, come se provasse un residuo di rispetto per l'uomo che serve.

Vuole andarsene il prima possibile, quindi decide di salire le scale. Nel disimpegno, accanto a un corridoio di dimensioni normali, se ne apre un altro più stretto, con il soffitto più basso: questi corridoi di servizio devono attraversare il *manoir* come un sistema venoso, affacciandosi su ciascuna delle stanze per consentire ai domestici di sistemarle e pulirle quando sono libere, in modo che i proprietari le trovino splendenti e profumate di lavanda al loro ritorno. Cammina lungo il corridoio con la schiena un po' curva, è alto meno di due metri. Conta le porte e apre la terza. È un'ampia camera da letto con finestre che si affacciano sulla baia e sull'oceano. Una di esse è aperta e il vento, sempre più forte, fa svolazzare le tende, le aggroviglia nell'aria per poi, dopo un attimo di tregua, scuoterle ancora di più. Di fronte al letto – non vuole soffermarsi sulla possibilità che Rebeca e Darcy siano stati insieme lì – c'è un armadio a muro. Dentro, una collezione di abiti appesi in base al colore, dal bianco al nero, passando per tutta una gamma di tonalità marroni. In basso, scarpe lucidate alla perfezione. È tutto così ordinato che non sa dove lasciare l'arpione senza che la sua presenza stoni. Alla fine, lo appoggia in un angolo, accanto a un portaombrelli.

Dà un'occhiata alla camera da letto. C'è un bagno privato. Entra senza accendere la luce e fruga nei cassetti. Hiroko gli ha chiesto di prendere qualcosa da mettere sul corpo di Gerald per collegarlo a Darcy. Un pettine gli sembra una buona idea. Lo trova in un cassetto. Nonostante la scarsa illuminazione, intuisce che ci sono dei capelli aggrovigliati.

Sta uscendo dal bagno quando i fari e il rombo di un motore attirano la sua attenzione, si affaccia alla finestra in tempo per vedere l'auto arrivare a tutta velocità all'ingresso della casa e fermarsi con una frenata che solleva una nuvola di polvere, poi, senza togliere la chiave, Darcy scende furioso. «Langlois!» lo sente gridare. Esce dalla camera da letto e cammina in silenzio lungo il corridoio. Ha sentito sbattere la porta e Darcy gridare di nuovo il nome della sua domestica. Raggiunge la rampa di scale, ma non osa scendere. Nel salotto ci sono delle ombre, quelle di Darcy e Langlois; sarebbe facile che lo scoprissero prima che lui raggiungesse la porta sul retro e, allora, tutto il piano che hanno ideato sarebbe inutile.

«Da quanto tempo stai dalla parte di Hiroko? Rispondi! Cos'altro ti ha chiesto di fare? So che hai messo in contatto Rebeca con César, perché? Vuoi forse stare dalla parte di Virginia? Sai meglio di chiunque altro cosa voleva! Parla, cazzo! Parla!»

La rabbia di Darcy non lascia tempo a Langlois per rispondere, o almeno così sembra a César; non può vederli, può solo seguire il movimento delle loro ombre, il rumore di un vetro che si infrange: Darcy deve aver rotto un vaso o uno specchio.

«Credi che non sia in grado di farti parlare?!» Uno schiaffo, forse i passi confusi di Langlois, e poi il piccolo corpo dell'anziana, che cade a terra proprio all'ingresso del salone. Lo sguardo di César incontra quello della domestica, che sembra volergli mandare un messaggio, dirgli che presto sarà il momento di uscire dalla casa. Vede l'anziana sedersi mentre si porta una mano alla bocca, sta sanguinando. L'ombra di Darcy oscura il suo viso.

«Virginia era pazza. Non avrebbe mai dovuto lasciare il manicomio» mormora l'anziana.

«L'hai cresciuta fin da bambina, come puoi parlare così di lei?»

«Virginia è l'unico errore che hanno commesso Eduard e Mary Ann. Virginia e lei. E se vuole continuare a picchiarmi, faccia pure. Mi picchi ancora. Citadelle non merita di essere controllata né da lei né da Virginia... Non avete mai capito cosa sono stati capaci di creare i signori Groizard». La signora Langlois si è alzata con una dignità sorprendente. Si allontana dall'ingresso e, così facendo, si rende conto che attira l'attenzione di Darcy, forse tutto quello che ha detto era solo un espediente per assicurarsi che gli occhi dell'avvocato non si staccassero da lei.

César si toglie le scarpe e scende le scale. Raggiunge il corridoio. Attaccato al muro, torna indietro verso la zona di servizio, fino alla porta sul retro, per uscire all'esterno. Sente ancora l'eco della discussione alle sue spalle. Le urla. Si rimette le scarpe e scappa verso il boschetto. Si arrampica sul terrapieno. Non smette di correre finché non raggiunge la strada principale, all'incrocio dove Raymond lo aspetta. Senza fiato, apre la portiera e si siede accanto all'ex poliziotto.

«Ce l'hai fatta?»

César gli passa il pettine mentre riprende fiato.

«Quel figlio di puttana è tornato. Ha picchiato Langlois».

«Ci penso io».

Raymond accende il motore, fa manovra all'incrocio per allontanarsi nella direzione opposta. César, con il cuore che batte ancora forte, guarda gli alberi e le case, per lo più buie e addormentate, scorrere dal finestrino. Ripensa alle parole della signora Langlois: «Virginia era pazza, lei e Virginia siete un errore, non capite cosa hanno creato i Groizard con Citadelle». Si ripete che era solo una strategia per attirare l'attenzione di Darcy, non può essere altrimenti, perché Hiroko gli ha detto che l'unica persona di cui Virginia si fidava era quella domestica, come avrebbe potuto disprezzarla in quel modo? E poi si rende conto: stavano parlando di Virginia come se fosse morta? Raymond parla al telefono mentre guida a tutta velocità su una strada stretta, i fari illuminano entrambi i lati, seguendo le curve del tracciato, come se fossero luci impazzite di un ottovolante che avanza a zig-zag. «È in casa, Duquemin. Ascoltami. Vai subito. E fai una perquisizione».

Perché tutti questi dubbi adesso?

«Dove stiamo andando, Raymond?»

«Hiroko mi ha chiesto di lasciarti a Citadelle».

8.

Poco più di un'ora fa è arrivato un furgone nero. Hiroko è scesa accompagnata da una ragazza di appena vent'anni con i capelli a caschetto. I soci di Citadelle si sono radunati intorno a lei nel cortile, l'hanno accolta con sorrisi e complimenti mentre sorseggiavano i loro drink, lodavano il catering o facevano commenti insignificanti sulla serata, sul tempo, sull'oceano agitato il cui fragore faceva a gara con la musica *techno* che aveva iniziato a diffondersi nella fortezza. La curiosità, la stessa che impedisce di distogliere lo sguardo da un incidente mortale, ha paralizzato Rebeca quando la ragazza, con un vestito leggero che lasciava intravedere il seno, si è avvicinata a lei.

«Sono Marine».

L'ha salutata con un bacio caloroso e, subito dopo, Theodore e Berenice l'hanno presa a braccetto, come due anziani affascinanti che hanno bisogno di aiuto per camminare, e l'hanno accompagnata sulla terrazza dove c'erano gli altri invitati. Rebeca ha pensato a un quadro mitologico, a un banchetto festoso dove fauni ed eroi portano una vergine avvolta in sete fino a un altare dove un dio si nutrirà della sua carne. Avrebbe dovuto sussurrarle all'orecchio di scappare, di correre lontano dalla fortezza, ma la malinconia dei suoi occhi le ha fatto supporre che conoscesse il suo destino, o era un modo per ingannare se stessa? Ha iniziato ad accettare che l'intenzione di Darcy sia giusta? Una vittima in cambio della morte di Citadelle.

L'idea l'ha fatta sentire a disagio, ha provato un calore improvviso, come se il suo corpo rigettasse del cibo, e si è chiusa nella camera da letto di Virginia con una bottiglia di vino; aveva bisogno di estraniarsi dal mondo che la circonda, ma il costante battito delle onde contro le rocce glielo ha impedito, era un richiamo insistente al qui e ora.

Quando torna nel cortile della fortezza, si accorge che i camerieri sono spariti. Sopra, sulla terrazza, si sente della musica, il basso della canzone – una *techno* oscura, cadenzata, quasi liturgica – rimbalza sulle mura di Citadelle. La porta della fortezza è aperta e lei guarda nell'oscurità dell'isola aspettando di vedere le luci di qualche macchina.

«Stai aspettando Darcy, tesoro?»

Scopre Hiroko seduta sul gradino di pietra di una scala. La brace della sigaretta brilla come ferro fuso quando fa un tiro profondo. Il basso della canzone, non sa come possa risuonare così, dentro di lei, le stringe la gola.

«Siediti qui accanto a me, dai, non essere timida». Fa un broncio infantile, come se fosse terribilmente triste, un'espressione che Rebeca trova sgradevole in una donna della sua età, poi le sorride mostrando due file di dentini. «Rebeca, tesoro, smettila di guardare la porta: Darcy non tornerà. Perché non ne parliamo? Sarà meglio così. Vedrai che in realtà è una buona notizia».

Rebeca non osa avvicinarsi a lei, pensa che smettere di stare in piedi o accorciare la distanza che le separa significhi arrendersi, siglare i termini di un armistizio.

«Come vuoi» accetta Hiroko. «Intanto puoi smettere di preoccuparti per César. La polizia ha scoperto qualcosa di orribile, ma che lo scagiona da ogni sospetto. È stato Samuel Darcy a uccidere Gerald. Sai che il suo corpo è stato trovato su una spiaggia di Guernsey? È stata una vedova, Sarah Martel, a trovarlo. Devono ancora fare l'autopsia, ma scommetto che troveranno altre prove contro Darcy. Resti di dna, qualcosa del genere, come nei film. La polizia lo ha arrestato poco fa nel suo *manoir*. Lui, sempre così britannico, ha perso il controllo: riesci a credere che ha picchiato la signora Langlois? Una donna di più di settant'anni. Grazie a Dio l'agente Duquemin è arrivato prima che la cosa degenerasse. Langlois dice che Darcy è diventato violento quando lei gli ha chiesto perché avesse litigato con Gerald l'altra sera, quando i due sono saliti sulla barca per andare a Guernsey. È stato Darcy ad andare con Gerald, non César». Si diverte a distorcere la realtà. «Duquemin ha fatto una prima perquisizione della casa e ha trovato un arpione nascosto nell'armadio della sua camera da letto. Dicono che potrebbe essere l'arma del delitto: mi segui, Rebeca?»

Sentire il proprio nome le provoca una scossa, una scarica elettrica, capisce che Hiroko sa da tempo – dalla cena a casa di Darcy? – che sta impersonando Virginia. La falsa frivolezza con cui la donna svela l'inganno che hanno ordito contro Darcy è ridicola quanto il suo tono da amica indignata. È rimasta intrappolata in un gioco di bugie, come si fosse persa in un labirinto di specchi, ma ora la verità appare come una via d'uscita, finalmente chiara, senza riflessi che la distorcono.

«Hai usato César per sbarazzarti di Darcy».

«Che importanza ha, piccola *johatsu*? L'importante è che la polizia non ha più nulla contro di lui. È libero».

«Siamo davvero liberi?»

«Molto più di quanto credi».

«So cos'è Citadelle, Hiroko».

«Credo che in realtà tu non lo sappia ancora. È come uno di quei quadri che ingannano l'occhio: all'inizio ti sembra un volto ma, se lo guardi bene, ti rendi conto che è composto da un mucchio di frutta e verdura. Ti stai fermando alla prima impressione».

Guarda la porta aperta della fortezza. Può scappare?

Hiroko la lascerebbe andare via così? Si sente come se, in un mercato di schiavi, fosse passata dall'appartenere a un padrone, Darcy, all'essere la serva di un altro, Hiroko. La tortura che ha subito in passato ora le sembra una sciocchezza rispetto al futuro che l'aspetta.

«Mi costringerai a restare, come Darcy? Anche tu hai il video di Virginia?»

«Dimentica il video. E la telecamera che Virginia e Darcy hanno installato al Die Pracht; l'hanno piazzata bene, appesa al soffitto, ho fatto fatica a raggiungerla e a toglierla». Il suo occhio tondo, gonfio, sul punto di scoppiare, la fa pensare agli occhi sbarrati di alcuni disegni giapponesi. «Puoi vedere questa situazione come una condanna, oppure puoi essere più intelligente e capire che quello che ti offro è una liberazione».

«Vuoi che Citadelle continui per sempre. Virginia e Darcy stavano cercando di porre fine a questa... barbarie... e tu... ci sei stata fin dall'inizio? A complottare con quella spia della signora Langlois, vero?»

«Ti abbiamo solo facilitato il lavoro. Non è stata Virginia a mandarti la registrazione di Eduard Groizard. O Juan Vendrell, chiamalo come vuoi. La signora Langlois ha preso il suo telefono per mandartela. Sapevo che non te ne saresti andata così, che avresti voluto parlare con Virginia per dirle che poteva smettere di tormentarsi con quell'uomo che le aveva fatto tanto male. Che suo padre era morto. E sapevo anche che Virginia avrebbe perso la testa quando avrebbe ricevuto la notizia. L'unica cosa che non sono riuscita a prevedere era che avresti finito per ucciderla... Hai reso tutto più complicato, e anche più divertente. Ho dovuto guadagnarmi la fiducia di César, Raymond e Neville, quei poveri idioti pensano davvero che con Darcy sia finita».

«Hai ottenuto quello che volevi. Citadelle è tua. Lasciami andare».

«Rebeca, so che non sei così ingenua».

«Non hai la più pallida idea di come sono».

Hiroko tace quando un gruppo di ospiti scende le scale. Barcollanti, felici, con gli occhi vitrei per l'alcol e la droga, sono un branco di avvoltoi che scalpitano perché si avvicina l'ora del banchetto. Lo scroscio delle onde contro la fortezza suona come una folla che acclama i gladiatori di un'arena. Hiroko spegne la sigaretta schiacciandola per terra con il piede e, prendendo Rebeca per mano, la allontana da quelle persone, un anziano che si appoggia a un bastone, una donna troppo abbronzata e una coppia di colore.

«Vi offro la possibilità di far parte di Citadelle. A te e a César».

«Ci stai offrendo la possibilità di diventare degli assassini».

«Guarda la realtà, tesoro: non fermarti alla superficie dello Splendore. Il sangue e il sesso sono il pane e il vino di ogni messa. Simboli. Quello che Eduard ha costruito qui va ben oltre. È stato il primo esploratore: capisci cosa intendo? Ammiriamo tutti quegli eroi che hanno scalato le vette più alte o che hanno messo piede per la prima volta al Polo Nord o sulla Luna. Sono stati capaci di addentrarsi nel mistero. Ma, tesoro, la scienza ha già provveduto a catalogare e fotografare tutto. Chi pensa oggi di poter raggiungere un'esperienza mistica? Prima era questo a muovere il mondo. Eravamo convinti che Dio esistesse e che la vita avesse un senso perché tutto era finalizzato al raggiungimento di quel mistero. Ma Dio è morto e la scienza ha dato risposta a tutti gli enigmi della natura. Ecco perché quello che ha fatto Eduard è stato così importante: ha superato confini che nessuno aveva mai superato, ma non in India o nello spazio, bensì dentro di sé. Viviamo imprigionati nelle regole di una morale che ci impedisce di essere liberi. Ciò che è giusto e ciò che è sbagliato, la punizione, la colpa. Che tipo di esseri umani siamo quando tutto questo viene abbattuto? Cosa diventiamo quando ci liberiamo dalla morale?»

«Mostri».

«Ancora una volta, ti fermi alla superficie». Hiroko le sorride, come se si leccasse i baffi prima di rivelarle qualcosa di importante. «Uomini e donne nuovi. Siamo gli esseri umani che nessuno ha mai osato essere. Liberi come Adamo ed Eva in un cazzo di paradiso, Rebeca».

Spinge via Hiroko, la sua vicinanza fisica la disgusta.

«Stasera farete parte di Citadelle».

«Marine».

«È bellissima, vero? Saskia diventerà Marine, ma lasciati trasportare, Virginia, capisci che è meglio che usi questo nome d'ora in poi, non opporre resistenza e scoprirai di cosa sto parlando».

La testa le sta per esplodere. Le pulsa. È possibile che il mare si stia sollevando sulla fortezza come un gigante con artigli bianchi di schiuma? Corre verso la porta della fortezza. A un certo punto apparirà qualcuno, un ospite qualsiasi, e si lancerà su di lei impedendole la fuga, oppure risuonerà lo sparo di un soldato della Cittadella che la colpirà alla schiena dal bastione dove è appostato. Ma non succede nulla di tutto ciò. La corsa la porta fino alla strada. La marea sta salendo, ha già inondato gran parte del cemento, ma non si ferma, anche se la forza della corrente, quando le colpisce le gambe, le rende difficile mantenere l'equilibrio.

Un'auto la illumina dall'altra parte, non si ferma nonostante l'alta marea copra già alcuni centimetri della strada, e avanza verso di lei, che è rimasta paralizzata, come un coniglio congelato dalla luce dei riflettori; sente la vibrazione metallica dentro di sé, la stessa che ha anticipato il suo sprofondare nello shock. Cosa succederà? Cosa le faranno? Teme il dolore fisico, teme la paura che la sta bruciando dentro. L'auto si ferma a pochi metri da lei e la portiera del passeggero si apre. Una figura scende e solo quando è più vicina, quando i fari si spengono e il controluce smette di oscurarla, la riconosce: è César.

9.

Lo odia. Vorrebbe farlo a pezzi come si fa con un foglio su cui c'è scritta una confessione troppo dura da sopportare. César si nasconde il viso tra le mani; seduto in un angolo del salotto, avrà bisogno di tempo per capire tutto quello che gli ha detto Rebeca, dalla morte di Virginia al tradimento di Hiroko. La perversione di Citadelle. Quelle riprese. Il prossimo sacrificio di Marine, il loro, trascinati insieme in questo pozzo: stanno camminando su una terra malata, niente potrà impedire il contagio.

Gli ospiti hanno invaso il salotto. Salomon bacia una ventenne, la sua calvizie brilla come il guscio di un uovo alla luce del fuoco del camino. Hiroko passeggia tra loro con una ciotola di vetro piena di pillole rosa.

«È l'ora dei mangiatori di loto».

César sente il bruciore delle lacrime che non riescono a scendere. La stupidità di credersi un cavaliere errante che voleva salvare Rebeca e che invece non ha fatto altro che condannarla ulteriormente. Marine è entrata accompagnata da Saskia, bellissima e felice. Si avvicina a lui e gli sussurra all'orecchio: «Che ci fai qui?» «Non lo so» risponde César. Poi lei prende una pillola dalla ciotola, se la mette sotto la lingua e gli dice: «Oggi non voglio essere me stessa», prima che Saskia la porti in un altro punto della sala. «Neanch'io» pensa César.

Come evitare che i suoi pensieri si proiettino verso il futuro che attende Marine? Rebeca gli ha descritto le registrazioni, immagina il corpo violato della ragazza, la sua pelle aperta da centinaia di ferite mentre il branco la trasforma in un oggetto sessuale, penetrandola, leccandola, mescolando i fluidi con il sangue. La ragazza malinconica che gli aveva parlato del suo paese in Ungheria, quella che aveva ammesso arrossendo e solo con un gesto di aver iniziato a provare qualcosa per César, quella che sognava, come una astronauta lanciata in un viaggio incredibile, un futuro luminoso. Come fermare la sua esecuzione? L'impotenza e anche il senso di colpa lo bloccano, perché lei non merita questo finale, perché lui non sa come impedirlo. Il ritmo accelerato, ripetitivo e grave di *I Hate Models* rimbomba nella sala. È come precipitare in un burrone senza fine.

Diventeranno assassini. Questo è il patto: Saskia darà il primo colpo, ma poi loro si uniranno agli altri animali che divoreranno avidamente il corpo di Marine. È il prezzo da pagare per sopravvivere, ma vale la pena continuare a vivere a queste condizioni?

Theodore e Berenice, con sorrisi innocenti da anziani, distribuiscono le maschere di lattice da uomo comune, la prima vittima nelle riprese. Alcuni hanno iniziato a spogliarsi. Stasera c'è solo un gruppo di eletti di Citadelle, non hanno bisogno di nascondere il trasferimento al Die Pracht.

Qualcuno porge a Rebeca la ciotola con le pillole rosa. È una codarda, lo sa, quindi ne prende due e se le mette in bocca. Sente l'amaro della droga che si scioglie nella saliva. Quando smetterà di essere consapevole di chi è?

Quando dimenticherà come è arrivata fin lì?

Salomon è nudo, con il pene eretto, si infila la maschera da uomo comune.

«È più facile se dimentichi chi sei» dice Hiroko a César quando gli avvicina la ciotola di pillole. Lui le prende, sono come ninfee che galleggiano in uno stagno.

«Le prendi sempre?» le chiede.

«Un giorno riuscirò a farne a meno» sogna Hiroko.

Saskia appare alle sue spalle. La circonda con le sue braccia muscolose e le lecca il collo come se fosse una lucertola, le infila una mano sotto la camicetta per accarezzarle un seno. Hiroko chiude gli occhi e lascia sfuggire un sospiro di eccitazione. Lo sguardo vuoto di Saskia ha un bagliore sconosciuto, la promessa dello Splendore l'ha accesa, come il tossico che prova una scarica di adrenalina quando inizia a cuocersi l'eroina, la vicinanza dell'estasi le restituisce la vita. César tiene la ciotola di loto senza smettere di guardarle.

Qualcuno costringe Rebeca ad alzarsi. Un'altra persona, non sa se sia Theodore, la spoglia. Le pareti di pietra della fortezza ruotano intorno a lei, sfocate, non si rende conto di come ha lasciato il salone e, per mano, qualcuno la accompagna fino alla torre del Comandante. Sta uscendo da se stessa, ma, come quando è sveglia, il suo cervello è instabile e le mostra immagini inaspettate: nazisti ubriachi che puzzano di sudore, prostitute, Juan Vendrell e Eduard Groizard, la notte in cui Alderney era un campo di concentramento, mentre tutti percorrono la sua stessa strada verso la sala sottomarina, come fantasmi intrappolati nel tempo.

La scala dai gradini irregolari. Le pareti che trasudano acqua. Gli ultimi indumenti lasciati lì abbandonati. Le lettere gotiche sull'arco della porta: DIE PRACHT. Lo Splendore.

César cerca Rebeca nella penombra della sala. La vetrata sotto il livello del mare, le acque dell'Atlantico che ribollono agitate ma silenziose, come se quello fosse uno spazio insonorizzato. Sente solo il proprio respiro, quello dei corpi degli invitati, ansimanti. Alcuni stanno scopando. Un'orgia in cui si ripete lo stesso volto per tutti i partecipanti, così volgare, così comune.

Dov'è Rebeca?

Si è sdraiata sulla panca che corre lungo la sala, il velluto rosso è caldo e umido, ma Rebeca non si chiede perché, sta perdendo la sua identità. Madrid, César, la casa in plaza del Conde del Valle de Súchil, il suo amore, la sua colpa per la morte di Virginia, il futuro di Marine, Darcy, tutto si sta sgretolando come la scia d'olio lasciata da una nave che si perde in alto mare, là dove non c'è traccia di civiltà, un deserto d'acqua. Apre leggermente gli occhi quando vede Marine, l'unica che non ha una maschera, qualcuno la accompagna al centro della sala, la aiuta a inginocchiarsi.

Non sono i suoi occhi, pensa César quando la guarda. Non riconosce la ragazza con cui ha condiviso un gelato a Braye Beach, non è altro che una maschera vuota, proprio come Rebeca quando ha avuto la crisi, un guscio animato, ma dentro il quale non c'è più anima. È l'effetto delle droghe, e lui si abbandona a quel miracolo, le pillole di loto danno loro la possibilità di sopportare tutto questo. A Marine. A lui. Trasformati in corpi vuoti, non c'è spazio per la sofferenza perché, in qualche modo, sono già morti.

Il desiderio che sta per esplodere tra gli invitati elettrizza l'atmosfera, è effervescente, tutti non vedono l'ora che accada, che vengano abbattute le barriere per poter divorare il corpo di Marine. Per dare libero sfogo, senza nulla che reprima le loro azioni, alla bestia che è in loro.

Saskia bacia Hiroko prima di camminare verso il centro della sala. Il vetro disegna anche sul suo corpo delle linee d'acqua. Ha un pugnale nella mano destra. In ginocchio, dietro Marine, le sfiora il collo con la lingua.

Rebeca vorrebbe continuare a perdersi nell'assenza, ma l'immagine di Marine e di Saskia che, dietro di lei, le accarezza la pelle della spalla con la punta del pugnale le impedisce di allontanarsi completamente, di dimenticare Virginia e se stessa, Rebeca. Distogliendo lo sguardo dalle due donne, scopre César seduto sulla panchina, si è tolto la maschera e intravede l'aspettativa sul suo volto: si è abbandonato a questa lussuria? Si è trasformato anche lui in un animale?

Saskia è troppa fatta, il pugnale, quando cerca di sollevarlo, le scivola dalle mani. Cade a terra con un rumore metallico.

«Sta succedendo» pensa César.

In attesa, cerca tra gli invitati. Ha la maschera, ma intuisce chi è dal suo corpo minuto; Hiroko riesce a malapena a stare in piedi. Trema e sta urinando, gocciola tra le gambe.

Saskia vomita contorcendosi, crolla e ha violente convulsioni, come un pesce fuori dall'acqua.

Il desiderio nella sala sottomarina si è congelato. La maggior parte degli ospiti si toglie le maschere. Salomon accorre in aiuto di Saskia. Ha gli occhi rivolti verso l'alto, il vomito che le macchiava le labbra si è mescolato alla schiuma che ora le esce dalla bocca. Al centro, Marine, sporca del vomito di Saskia, non reagisce al caos che la circonda, immobile come una statua di sale.

Hiroko finisce come Saskia. A terra, tra urina e feci, il suo corpo si contorce come se fosse in preda a un attacco epilettico. È inutile cercare di aiutarla.

«È morta» dice qualcuno dopo aver cercato il battito di Saskia sul collo.

La maschera dell'uomo comune che nasconde il volto di Hiroko è macchiata di vomito e sangue. Si è morsa la lingua. Quando qualcuno gliela toglie, il suo viso non è altro che uno stampo di cera senza vita. Livido, sporco di sangue e sudore.

10.

Uno stormo di gabbiani gracchia nel cielo grigio. Fa freddo e una pioggerella sottile le bagna il viso. Rebeca ha lo sguardo perso all'orizzonte, verso la vaga ombra che immagina siano gli scogli di Les Casquets, sette navi affondate.

«Dovremmo andare» dice lui.

«Dove?» Non è un rimprovero, vorrebbe solo che lui fosse in grado di darle una risposta.

Rebeca si stringe le braccia intorno al corpo, nasconde le mani nelle maniche del maglione di lana rossa, come se fossero dei guanti, proprio come faceva Virginia. César, al suo fianco, vorrebbe finalmente rompere la distanza che li separa e abbracciarla, è diventato un bisogno urgente come respirare.

«Non ci lasceranno mai in pace».

César non trova argomenti per contraddirla. La marea è alta e la strada è impraticabile. Il muro offerto dall'Atlantico sembra il loro unico riparo. Una difesa intermittente, al ritmo delle fasi lunari.

Sulla terrazza, i bicchieri e i piatti della sera prima sono ancora lì, alcuni sono caduti a terra trascinati dal vento e a César ricordano in modo perverso la fiera abbandonata del paese in quella notte di tempesta. Ci sono resti di cibo in decomposizione, bottiglie mezze vuote di vodka con l'etichetta blu. Le nuvole si addensano lassù, nel cielo, sempre più nere.

«E se parliamo con la polizia?» azzarda lui. Rebeca sa che ha avuto contatti con Raymond, ma dubita che il poliziotto in pensione abbia una vera conoscenza di ciò che accade sull'isola. Solo l'intuizione che c'è qualcosa di marcio. Di quali armi dispone un tipo come lui contro le decine di soci di Citadelle?

Quando Saskia e Hiroko sono morte, la notte dello Splendore è finita. Né César né Rebeca hanno cercato di impedire che trasportassero i cadaveri e, dalla terrazza più alta, li gettassero dalla scogliera affinché l'oceano li seppellisse e i granchi e le aragoste ne divorassero la carne. Non hanno fatto nulla nemmeno per impedire che portassero via Marine: le droghe l'hanno lasciata in uno stato di assenza tale che non conserverà alcun ricordo di ciò che è successo al Die Pracht, o almeno così sperano. Solo quando sono rimasti soli nella fortezza lui le ha detto: «Fentanil. Ho un flacone di fentanil liquido e l'ho aggiunto alle pillole prima che Hiroko e Saskia le prendessero».

Overdose. Il fentanil ha distrutto i loro corpi prima che potessero fare del male a Marine e, allo stesso tempo, ha nascosto chi c'era dietro tutto questo. Nessuno di Citadelle voleva che la polizia entrasse nella fortezza per indagare. Hanno buttato i corpi in mare e hanno deciso di cancellare tutto tranne una cosa: che Rebeca è Virginia Groizard. Lei è la proprietaria della fortezza e dei segreti che nascondono le identità di Salomon, Theodore e Berenice, di tutti gli altri.

Per questo non si dimenticheranno di lei.

«Tu potresti sparire» dice a César.

«Voglio restare. Se me lo permetti».

Rebeca gli ha mostrato i filmati della sala sottomarina. Lo spettacolo dei crimini. Gli ha raccontato che Virginia voleva farla finita con tutto questo. Anche Darcy, anche se lui non era disposto a rinunciare ai soldi della Citadelle Trust Services. Le immagini sono archiviate da qualche parte in rete, impossibile accedervi senza una password che solo Eduard Groizard conosceva. Un errore nell'inserirla causerebbe la cancellazione di tutte le immagini e di tutti i dati che permettono di arrivare ai soldi.

«Quello che voleva fare Darcy era una follia» la consola lui.

«È possibile che l'unico modo per porre fine a tutto questo fosse proprio una follia».

L'hanno arrestato. Le prove false usate per incastrare Darcy hanno funzionato. Almeno per ora. Tutto ciò che li circonda è condizionato da questa sensazione di provvisorietà, dopo il terremoto temono la scossa di assestamento.

«'Ho scoperto il suo segreto'» dice Rebeca, e nel suo sguardo c'è un bagliore che lui credeva ormai perduto, lo stesso che appariva quando toccava con la punta delle dita una fortuna nascosta. «È quello che mi ha detto Virginia: 'Digli che so qual è la chiave. Ho scoperto il suo segreto'».

Rebeca corre giù per le scale, sembra che sia il vento stesso a trasportarla. César la insegue fino alla torre del Comandante. Fino alla camera da letto, dove la trova che rovista su uno scaffale. Prende un quaderno di disegni realizzati con forti chiaroscuri.

«Erano qui».

E, mentre lo dice, dalle pagine cadono alcuni fogli, fotocopie di articoli di giornale, fotografie in bianco e nero.

«Ti ricordi il rapporto che ho scritto a Oristà? Ho messo le foto di Juan Vendrell e di sua moglie, Meredith».

«Che stai facendo?»

«C'è qualcosa in tutta la storia di Vendrell che non riesco a capire: come può un essere umano degenerare al punto da provare piacere nell'uccidere il suo unico amico? Perché questo era Eduard Groizard per Vendrell». Rebeca mette alcune foto sul tavolo. Immagini sbiadite, senza colore, dell'occupazione nazista di Alderney: alti funzionari in posa in Victoria Street, personale della Todt che sorveglia il lavoro dei prigionieri, soldati che montano una mitragliatrice in una baia, con una delle fortezze sullo sfondo. C'è anche l'immagine del campo di concentramento di Norderney, lei gli indica il ragazzo che Juan Vendrell nella registrazione ha detto di essere, l'adolescente che appare al centro. Ogni foto trasmette, come polvere sospesa nell'aria, la sofferenza, la follia che ha invaso l'isola, il silenzio. «Gli uccelli se n'erano andati» dice Rebeca ricordando come Vendrell descriveva il suo arrivo ad Alderney. I contorni degli uomini fotografati sono sfocati, sembra che abbiano iniziato a dissolversi per trasformarsi in fantasmi. Ma non si sofferma su nessuna di queste immagini, ne cerca un'altra, quella di un gruppo di donne vestite a festa. Truccate e ben pettinate, con fiori tra i capelli, sorridono al fotografo. Sul retro, scritto con inchiostro blu, si legge: «Prostitute ad Alderney». Ricorda che ne avevano portate alcune sull'isola.

«Ti ricordi la moglie di Juan Vendrell? Meredith. Guardala e guarda questa ragazza, quella a sinistra. Non ti sembrano la stessa persona? Il neo sotto l'occhio destro».

«E questo cosa importa? Ha conosciuto sua moglie ad Alderney. Forse era una delle prostitute».

César capisce che è questo che Rebeca vuole dimostrargli. Mary Ann, o Meredith, come si è fatta chiamare in seguito, potrebbe aver incrociato la vita di Vendrell nei campi di concentramento e, dopo la liberazione, averlo sposato. Il vago ricordo del suo viso, il neo sotto l'occhio, gli arriva come un profumo del passato.

«E se non avesse mai smesso di mentire? Perché Juan Vendrell sarebbe dovuto tornare alla sua prima identità alla fine della sua vita? Non si era mai pentito di quello che aveva fatto a Citadelle e, per entrambi, far parte di quella merda aveva significato abbandonare il passato per sempre. Non ha senso che prima di morire volesse recuperarlo».

«Secondo te, ha continuato a scappare. Ha smesso di essere Eduard per diventare Juan, ma non era mai stato nessuna di quelle due persone».

«Come lei non è mai stata Mary Ann né Meredith».

Rebeca ora si concentra su altre due foto; sono di un concerto in una sala chiusa e addobbata per l'occasione. Oltre ai musicisti dell'orchestra, con fisarmonica e batteria, un altro abbracciato a un contrabbasso, ci sono ufficiali nazisti e donne. Anche se l'immagine è sfocata, riconosce le stesse che nella foto precedente posavano per strada. La felicità, l'insignificanza dell'insieme, è offensiva: fuori da quel luogo, i prigionieri morivano di fame, torturati, infestati dalle pulci.

«Nella registrazione che mi ha mandato diceva che, alla fine dell'occupazione, poco prima che chiudessero tutti i campi, c'era stata una festa sull'isola. Avevano portato un'orchestra e poi, di notte, erano venuti qui, al Die Pracht».

A sinistra della foto, anche se sfocata, si riconosce la donna con un neo sotto l'occhio destro. Dietro di lei, un ufficiale nazista le tiene le mani sulle spalle. Indossa piccoli occhiali dalla montatura rotonda, ha i capelli rasati ai lati e un baffo tagliato alla Hitler.

«Lui parlava di una prostituta che viveva con il comandante. Una certa Ivonne. Sbriciolava le fette di pane per gettarle ai prigionieri e si divertiva a guardarli mentre lottavano per prenderle... Forse quello era il vero nome di Mary Ann: Ivonne. So che non ha senso, che è solo un'intuizione, ma hai visto questa foto di una guardia delle SS? Perché Virginia ce l'aveva? È lo stesso ufficiale che sta dietro alla prostituta al concerto. Guarda bene i suoi lineamenti, César: non è più facile riconoscere Juan Vendrell in quei tratti che in quelli dell'adolescente del campo di Norderney? E se fosse questo il segreto che Virginia aveva scoperto? La chiave».

César deve sforzarsi per ricordare le fattezze di Juan Vendrell, per sovrapporre il suo volto a quello sfocato di questa foto di una guardia delle SS.

«Si divertiva» insiste Rebeca, «quel bastardo si divertiva quando raccontava che, dopo l'occupazione, le guardie che erano a capo dei campi erano scappate senza essere punite. Nella registrazione che ha mandato a Virginia ha ripetuto il nome di un tedesco due o tre volte. Ti giuro che lo diceva in un modo tutto particolare. Come diceva il nome della prostituta, Ivonne. Anche quello di questo ufficiale lo diceva in modo diverso: Otto Hogëlow».

César si concentra sulla foto dell'ufficiale delle SS.

«Pensi che sia lui?»

«La chiave dei filmati, César. Deve essere il suo nome. Chi altro lo sapeva?»

«Vuoi provare?»

«Che cosa abbiamo da perdere?»

Si affrettano lungo il corridoio, fino alla porta che collega la torre del Comandante con quella che nasconde la sala dello Splendore. Le luci rosse illuminano una camicia e un reggiseno abbandonati sui gradini, disprezzati dai soci di Citadelle che sono scappati dalla fortezza la notte prima, quando tutto quello che avevano preparato è andato storto. Rebeca attraversa l'arco con la scritta DIE PRACHT e, mentre lo fa, sente una specie di risonanza, come se stesse calpestando le tracce di qualcosa che è successo molto tempo fa, nel passato. Dopo quel concerto sull'isola, erano tornati nella sala sottomarina per festeggiare un'altra notte di sesso e violenza senza limiti a spese di alcuni prigionieri russi. Lui era lì. Otto Hogëlow. Aveva torturato e violentato quei detenuti proprio come aveva fatto prima con Juan Vendrell e Eduard Groizard. È convinta che, proprio come lei, anche Virginia abbia scoperto questo segreto grazie ad alcune foto sopravvissute all'occupazione nazista e giunte fino ai giorni nostri come il messaggio in bottiglia di un naufrago.

Cerca sulla parete la nicchia dove si trova la tastiera. La trova e, premendo un pulsante, il proiettore si accende. Il fascio di luce attraversa la sala e proietta sulla parete di pietra la successione dei crimini. Poi digita il nome: «Otto Hogëlow». Sa bene che, se sta sbagliando, perderà l'accesso alle registrazioni, ma non le importa dei soldi. Tuttavia, quello che appare sulla parete, sovrapposto al filmato dell'orgia in cui i soci di Citadelle fanno a pezzi il corpo di una vittima, è un messaggio fluttuante: «Vuoi scaricare il file?» E sotto due opzioni: «Sì», «No». La chiave ha funzionato.

«Avevi ragione».

Ma il sorriso di César si congela quando si concentra su Rebeca. Tutta la sua emozione è svanita, c'è il panico nei suoi occhi.

«Rebeca, possiamo portare il materiale alla polizia».

«Credi davvero che possiamo farlo?»

«Fermeranno questa follia».

«È possibile, ma per questo non abbiamo bisogno della polizia. Sono Virginia Groizard, non ti ricordi? Anch'io posso distruggere Citadelle».

«Li metteranno tutti in prigione, quei figli di puttana».

«Chi sono quei figli di puttana, César? Dimmi: chi sono? Nessuno. Non hanno un passato. I loro nomi non valgono un cazzo. Sono dei fantasmi di merda. Prima che la polizia riesca a identificarli, saranno spariti di nuovo. Non possono prenderli, non capisci? È impossibile. Ecco perché Virginia voleva che suo padre tornasse. Portarlo qui era l'unico modo per fermarlo».

«Non puoi saperlo».

«È assurdo illuderci. Lo so bene. Sono ricchi. Molto più di quanto tu possa immaginare. E possono fare quello che vogliono. Se muoviamo un dito contro di loro, ci uccideranno. È l'unica cosa che otterremmo».

Sulla parete, la proiezione continua. César riconosce Hiroko che si lascia andare all'orgia dopo aver ucciso una donna. Rebeca preme l'opzione «No» sullo schermo e la sala torna al buio quando la registrazione si interrompe. César cerca una via d'uscita, vuole offrire a Rebeca una speranza che attenui questa sensazione di oppressione, ma non trova nulla. Lei ha ragione: non sanno i loro nomi né dove si trovino. Non sanno nemmeno quanti possano essere.

«Te l'ho già detto. Vattene. Tu non hai motivo di restare qui. Io sono Virginia Groizard. Puoi tornare a Madrid ed essere il César che eri...»

Sta piangendo. Ha accettato la sua prigionia.

«E io che cosa sono senza di te? Niente. Non voglio stare in nessun posto che non sia al tuo fianco».

Si avvicina a lei e la abbraccia così forte che i confini si dissolvono, come prima, come quando non c'erano dubbi ed erano sicuri di chi fossero. Rebeca affonda il viso nel collo di lui e poi alza lo sguardo, si baciano e, anche se sono lontani da qualsiasi territorio conosciuto, per la prima volta dopo tanto tempo si sentono a casa. César guarda la vetrata; si riflettono debolmente come due spettri e l'inganno della prospettiva li fa sembrare immersi nell'oceano, come il tesoro perduto di un antico naufragio, due statue, un tempo fatte di marmo brillante e ora dimenticate sul fondo del mare, ricoperte di licheni.

Non gli importa. Sono insieme e possono respirare sotto il mare.

Sognano di congelare questo momento, che nulla rompa la bolla, l'illusione che loro due costituiscano un universo isolato dal mondo, ma il tempo passa. E continuerà a passare. Presto arriverà l'autunno e poi un inverno che, sicuramente, sarà rigido sull'isola e che darà il via alla primavera; a quel punto, forse, la loro preziosa solitudine finirà.

Cercano di dormire e, stanchi di rigirarsi nel letto, insonni, passeggiano per la fortezza. Lui prepara un tè. Lei sale sulla terrazza avvolta in una coperta, le onde si impennano come cavalli dalla criniera bianca e poi si infrangono contro il promontorio.

Si incontrano nel cortile. Lui le offre una tazza e lei ne beve un sorso. Il vapore del tè caldo fluttua per un istante nell'aria prima di dissolversi nel freddo della notte. Hanno imparato che le variazioni più significative delle maree si verificano durante la luna piena. La striscia di terra che collega Citadelle scompare completamente durante l'alta marea, nemmeno un'ombra testimonia la sua esistenza. Con la bassa marea, come adesso, la strada e il ghiaione che la circonda sono più larghi che in qualsiasi altra fase lunare. Non vogliono guardare la porta della fortezza, eppure lo fanno: la strada di cemento screpolato si estende silenziosa nell'oscurità in cui è immersa Alderney. Non possono scappare, come non si può evitare il sonno eterno. Una notte, scopriranno di essere addormentati e in balia dei mostri che li aspettano nei loro incubi.

Un tuono rimbomba nel cielo e il suo eco si protrae per alcuni secondi, le nuvole si addensano, nere come bocche, in un cielo dove la luna piena conferisce una patina argentata alla strada. Da un giorno all'altro sarà invasa dall'esercito di Citadelle, dalle auto e dalle risate dei suoi soci, che arriveranno affamati per festeggiare un'altra notte allo Splendore.

Nota dell'autore

Questa è una storia di fantasia che si basa su un passato reale. Anche se tutto quello che si racconta su Citadelle e sulla sala sotterranea è inventato, la descrizione della vita ad Alderney durante l'occupazione nazista vuole essere veritiera. Voglio sottolinearlo in memoria di coloro che sono morti o sono stati torturati lì. Per approfondire gli anni della Seconda guerra mondiale ad Alderney e l'esperienza dei prigionieri nei campi di concentramento, cito alcuni libri che affrontano l'argomento e che mi sono stati di grande aiuto nel documentare questa storia.

Martí Crespo Sala, *Esclavos de Hitler. Republicanos en los campos nazis del Canal de la Mancha,* Reportajes 360°, Editorial UOC, Barcelona, 2015.

Caroline Sturdy Colls e Kevin Colls, *Adolf Island,* Manchester University Press, Manchester, 2022.

Solomon H. Steckholl, *The Alderney Death Camp,* Granada Publishing Limited, London, 1982.

Le foto dei prigionieri spagnoli nel campo di Norderney e di Otto Hogëlow usate in questo romanzo sono vere.

Indice

GRAFICA VENETA CARBON NEUTRAL

Questo libro è stampato da Grafica Veneta S.p.A.
con un processo di stampa e rilegatura certificato 100% carbon neutral
in accordo con PAS 2060 BSI

PEFC
PEFC/18-31-226
Certificato PEFC
Questo prodotto è realizzato con materia prima da foreste gestite in maniera sostenibile e da fonti controllate
www.pefc.it

Fotocomposizione: Alessio Scordamaglia

Finito di stampare
nel mese di settembre 2025
per conto di Adriano Salani Editore s.u.r.l.
da Grafica Veneta S.p.A. di Trebaseleghe (PD)
Printed in Italy